Mein Name ist Yan. Yan aus Eza. Obwohl ich bisher nichts von der Kraft und Neugier meiner Jugend eingebüßt habe, bin ich dem Kindesalter schon lange entwachsen. Vermutlich wurde ich vom Jungen zum Mann, als ich vor langer Zeit gemeinsam mit einigen Freunden und dem Mädchen, das später meine Frau werden sollte, durch die Oberen und Unteren Königreiche zog. Im Verlauf dieser Reise, die das Antlitz der Welt veränderte, sahen wir unzählige Male dem Tod ins Auge. Das alles liegt jetzt schon fast fünf Jahrzehnte zurück.

Mittlerweile bin ich einundsechzig Jahre alt. Cael, mein einziger Sohn, zählt siebenunddreißig Winter, und meine Frau Léti und ich sind längst Großeltern.

Trotzdem fällt es mir nicht schwer, mich an jene Zeit vor sechsundvierzig Jahren zu erinnern, deren Folgen – gute wie schlechte – wir noch heute spüren.

Alles begann mit einer Reihe von Morden, begangen von den Boten der Göttin Zuïa. Ein paar Menschen, darunter Léti und ihre Tante Corenn, entkamen den Mördern. Sie schlossen sich zusammen, um einander zu beschützen und herauszufinden, weshalb es die Boten Zuïas auf sie abgesehen hatten. Ich folgte Léti, und gemeinsam begaben wir uns auf eine lange, abenteuerliche Reise, auf der wir viele Kämpfe ausfechten und unzähligen Gefahren trotzen mussten. Am Ende gelang es uns, das Geheimnis von Ji, wie wir es nannten, zu lüften.

Ji ist eine kleine unbewohnte Insel vor der lorelischen Küste, eine scheinbar bedeutungslose Anhäufung von Felsen im

Meer. Anderthalb Jahrhunderte zuvor hatte ein seltsamer Fremder namens Nol Würdenträger aus allen Ländern und Königreichen der bekannten Welt auf der Insel versammelt. Diese Würdenträger, welche die weisen Gesandten genannt wurden, verschwanden spurlos und blieben einige Dekaden lang verschollen. Als sie schließlich wieder heimkehrten, bewahrten sie Stillschweigen über alles, was ihnen widerfahren war, und die meisten fielen in ihrer Heimat in Ungnade.

Die Menschen, mit denen ich vor sechsundvierzig Jahren jene gefährliche Reise unternahm, waren Nachkommen der weisen Gesandten – so auch Léti und Corenn.

Auf unserer Reise erlebten wir die seltsamsten Abenteuer und entdeckten Unglaubliches: Offenbar hatte Nol die weisen Gesandten auf der Insel Ji durch eine magische Pforte geführt. Überall auf der bekannten Welt gab es weitere Pforten, die der auf Ji ähnelten, und sie alle führten zu einem seltsamen Ort, dem Jal, das aus zwei gegensätzlichen Hälften bestand: dem Dara und dem Karu. Das Reich des Lichts und die Welt der Schatten. Ein wunderschönes Tal und ein finsteres Labyrinth. Die Kinderstube der Götter und die Wiege der Dämonen.

Das Jal war nämlich nichts anderes als der Ort, an dem Götter und Dämonen entstanden. Die Unsterblichen nährten sich aus den Gedanken, Träumen und Gebeten der Sterblichen – und aus ihren Seelen, denn diese verschmolzen beim Tod eines Menschen mit einem Gott oder Dämon. So wuchsen im Dara und im Karu über Jahrhunderte hinweg Götter- und Dämonenkinder heran, bevor sie in die Welt der Sterblichen überwechselten und dort den Platz einnahmen, den die Menschen ihnen zugedacht hatten.

Die weisen Gesandten kannten nun das Geheimnis der Unsterblichen. Diese Bürde war schon schwer genug zu tragen, aber es sollte noch schlimmer kommen. Einer der weisen Gesandten, ein Hexer namens Saat, verführte ein Kind des Jal zum Bösen. So erschuf er den grausamsten Dämon, den die Welt je gesehen hatte, und nahm ihn mit in die Welt der Menschen. Und Saat war es auch, der die Boten Zuïas damit beauftragte, die Nachkommen der weisen Gesandten zu ermorden – denn eine Prophezeiung besagte, dass sein Dämon, dem er den Namen Sombre gegeben hatte, einst von einem Nachfahren der weisen Gesandten besiegt werden könnte.

Im letzten Moment gelang es uns, Saats Pläne zu durchkreuzen und zu verhindern, dass er die bekannte Welt unterjochte. Der Hexer war nahezu unsterblich, aber als sich sein Dämon von ihm abwandte, verlor er seine Unverwundbarkeit. Léti versetzte Saat schließlich den Todesstoß, indem sie ihm sein eigenes Schwert ins Herz stieß.

Nach Saats Tod lebten wir über zwanzig Jahre in Frieden. Niemand wusste, was aus Sombre geworden war, und wir hofften, nie wieder von ihm zu hören. Doch das Schicksal meinte es nicht gut mit uns: Eines Tages tauchte der Dämon wieder auf, und diesmal hatte er es auf unsere Kinder abgesehen.

Nach zwei Jahrzehnten der Untätigkeit brannte Sombre auf neue Eroberungen, und er hatte sich neue Verbündete gesucht, Menschen und Dämonen. Als Erstes tötete er Aliandra die Sonnige, eine Göttin aus dem Dara. Daraufhin überstürzten sich die Ereignisse. Einige Götter, darunter Nol und Eurydis, versuchten zu retten, was zu retten war, und holten uns ins Jal, damit Sombre uns nichts antun konnte. Doch sie schafften es nicht mehr, auch unsere Töchter und Söhne in Sicherheit zu bringen. Um ihre Chancen, Sombre zu besiegen, nicht noch mehr zu verringern, hinderten sie uns daran, unseren Kindern zu Hilfe zu eilen. So blieben wir Gefangene des Jal, während sich unsere Kinder auf die Suche nach uns begaben und ein ums andere Mal um ihr Leben kämpfen mussten.

Auf ihrer Reise fanden sie einiges über das Jal, die magischen Pforten und die Herkunft der Götter heraus, und schließlich schafften sie es sogar, zu uns ins Dara zu gelangen. Doch wir konnten uns nicht lange über das Wiedersehen freuen, denn Sombre führte weiter Böses im Schilde: Um sich zum Herrscher über Menschen, Götter und Dämonen aufzuschwingen, tötete er nach und nach alle Ewigen Wächter – das waren die magischen Kreaturen, die die Pforten ins Jal bewachten – und versperrte so sämtliche Durchgänge zwischen der Welt der Menschen und dem Jal. Wenn wir nicht den Rest unseres Daseins im Jal verbringen wollten, mussten wir es auf der Stelle verlassen. Uns blieb keine Zeit, unsere nächsten Schritte zu planen.

Obwohl die beiden Generationen von Erben nun wieder vereint waren, konnten wir nichts gegen Sombre ausrichten: Er hetzte uns Lemuren auf den Hals, niedere Dämonen in Affengestalt, die er sich untertan gemacht hatte. Auf der Flucht vor den Bestien tappten wir in die Falle, die Sombre uns gestellt hatte. Er lockte uns an jenen Ort, an dem er seine finsteren Pläne schmiedete: den Palast der lorelischen Königin Agénor. Und so begann der Kampf zwischen Sombre und seinem Erzfeind, jener Kampf, von dem eine Prophezeiung hundertvierzig Jahre zuvor gekündet hatte.

Unsere Körper und Seelen trugen schwere Wunden davon. Kein einziger der tapferen wallattischen Krieger, die sich uns angeschlossen hatten, überlebte diese blutige Nacht, als gäbe es beim Kampf zwischen dem grausamsten Dämon der Welt und den wenigen Sterblichen, die das Geheimnis seiner Herkunft kannten, keinen Platz für andere.

Unsere Kinder überraschten uns durch ihren Mut und ihr

Geschick im Umgang mit der Waffe. Meinem Sohn Cael gelang es sogar, den Dämon in die Knie zu zwingen. Für eine Weile dachten wir, er wäre der Erzfeind aus der Prophezeiung, und der Alptraum wäre endlich vorbei. Doch das war ein Irrtum. Sombre konnte nicht mit einer Waffe besiegt, sondern musste auf andere Art getötet werden.

Dieses letzte Geheimnis enthüllte uns die Göttin Eurydis, deren Beiname »die Führende« lautete. Sie erschien uns in jenem prächtigen Ballsaal von Sombres Palast, während wir blutüberströmt und zu Tode erschöpft inmitten unserer gefallenen Kameraden standen. Der Dämon war bereits im Begriff, sich abermals zu erheben – da verkündete uns Eurydis, dass wir die einzigen lebenden Menschen seien, die beide Hälften des Jal gesehen hätten. Deshalb besäßen wir grenzenlose Macht über die Existenz dieses unwirklichen Orts. Wenn jeder von uns das Jal verleugnete, würde es sich für alle Zeiten in Nichts auflösen und sämtliche Götter und Dämonen mit ihm.

Obwohl dies die einzige Chance war, unser Leben zu retten, fiel uns die Entscheidung unendlich schwer. Eine von uns, Eryne, war nämlich im Jal gezeugt worden, und alles deutete darauf hin, dass auch sie für immer verschwinden würde, wenn wir das Jal verleugneten. Sie selbst war entschlossen, ihr Leben zu opfern, aber Amanón, ihr Geliebter, weigerte sich rundheraus, sie in den Tod zu schicken, und bedrohte uns sogar mit dem Schwert. Aus Liebe zu Eryne war er bereit, dem Dämon die Herrschaft über die Welt zu überlassen.

Erynes Bruder Nolan gelang es schließlich, ihn zur Vernunft zu bringen, und Nolan war auch der Letzte von uns, der das Jal verleugnete – so wurde er zu dem Erzfeind aus der Prophezeiung. Indem er vier einfache, aber schicksalsträchtige Wörter aussprach, tötete er Sombre, brachte das Jal zum Verschwin-

den und vernichtete sämtliche Götter, Dämonen und übersinnlichen Kreaturen, auch Nol und Eurydis, die uns bei unserer Suche begleitet hatten. Fortan war die Welt in der Hand der Menschen, die nichts von all dem ahnten.

Damals konnten wir nicht abschätzen, welche Folgen unser Tun haben würde. Wir waren einfach nur außer uns vor Glück, weil ein Wunder geschehen war: Anders als erwartet weilte Eryne noch immer unter uns. Wir hatten überlebt, alle von uns, und glaubten, damit endete die Geschichte.

Welch ein Irrtum.

Mit einem Mal spürte Serguel etwas Warmes und Feuchtes an seiner Hüfte. Der Hund, den er unter seinem Mantel verbarg, hatte ihn zum dritten Mal in einer knappen Dezime angepinkelt. Im Gehen rammte er dem Tier mit voller Wucht die Faust in die Flanke, um ihm richtig wehzutun. Das Winseln, das der Hund trotz zusammengebundener Schnauze von sich gab, bereitete ihm hämisches Vergnügen, und er schlug gleich noch einmal zu. Vermutlich hätte er den Hund windelweich geprügelt, wären nicht drei Säufer aus dem Wirtshaus getorkelt gekommen, an dem er soeben vorbeiging.

Um die Zecher nicht auf sich aufmerksam zu machen, senkte er den Kopf und setzte seinen Weg durch die finsteren Gassen Lorelias fort. Für Saufgelage, bei denen Wildfremde einander ewige Freundschaft schworen, nur weil sie gemeinsam ein paar Krüge Bier geleert hatten, hatte er nichts als Verachtung übrig, denn Serguel hielt sich für einen Mann mit Prinzipien, der seine Entscheidungen nicht aus einer bierseligen Laune heraus traf. Er hatte ein Ziel.

Er strebte nach Höherem. Und auch wenn der Hund ihn noch zehnmal anpinkelte, würde sich daran nichts ändern. Um dem Tier zu zeigen, wer der Herr war, stieß er ihn absichtlich gegen die Hausmauer, als er um die nächste Straßenecke bog. Der Köter gab ein jämmerliches Fiepen von sich, und sein Peiniger grinste schmierig.

Der Hund gehörte einem Schmied in der Straße, in der Serguel eine schäbige Dachkammer bewohnte, und er hatte das Vieh von Anfang an gehasst. Überall hinterließ es seine Lachen und Haufen, mit Vorliebe vor der Tür, durch die Serguel mehrmals am Tag ein und aus ging. Außerdem kläffte es sich jedes Mal die Lunge aus dem Hals, wenn Serguel an ihm vorbeiging. Der Köter hatte ihm den letzten Nerv geraubt, und da es diesmal seine Aufgabe gewesen war, ein Opfertier für die Zeremonie zu besorgen, hatte er keine Dezille gezögert.

Schon vor zwei Tagen hatte er dem Hund einen Sack übergestülpt und ihm Pfoten und Schnauze zusammengebunden. Seitdem hielt Serguel ihn in dem zugigen Loch gefangen, in dem er hauste. Er gab ihm weder Wasser noch Futter. Nur wenn der Köter zu laut winselte oder mit seinen Krallen über den morschen Holzboden kratzte, schenkte er ihm etwas Aufmerksamkeit und bestrafte ihn. Außerdem setzte es Prügel, wenn das Tier wieder einmal eine Lache hinterließ. Er fragte sich, wie ein Hund, der nichts trank, so viel pinkeln konnte. Vielleicht war das Vieh krank – da war es nur gut, wenn er es von seinem Leid erlöste.

Serguel war unglaublich stolz, weil bisher keiner der Brüder seines Zirkels ein so gutes Opfertier mitgebracht hatte. Die Kaninchen und Hühner, die sie bisher für ihre

Zeremonie verwendet hatten, waren schon vor geraumer Zeit langweilig geworden. In der vergangenen Dekade waren alle ganz aufgekratzt gewesen, weil sie ausnahmsweise eine Katze geopfert hatten. Aber heute Abend … Serguel würde es ihnen allen zeigen. So schnell würde ihn keiner der anderen übertrumpfen.

Da er es eilig hatte, die Bewunderung seiner Brüder zu ernten, beschleunigte er seine Schritte. Nach wenigen Dezillen erreichte er den vereinbarten Treffpunkt. Die Barbier-Enfel-Straße war eine schäbige Sackgasse, in der man nur selten einen Menschen antraf, seit das Westtor der Altstadt zugemauert worden war. Seit Jahrzehnten standen die meisten Häuser leer und verfielen zusehends. Nach einem flüchtigen Blick über die Schulter klopfte Serguel an die Tür eines der besser erhaltenen Gebäude. Acht Schläge gegen das Holz, in einem genau festgelegten Rhythmus.

Die Mitglieder seines Zirkels legten großen Wert auf geheime Losungen, Abzeichen und Rituale. Schließlich war ihr Tun von herausragender Bedeutung, auch wenn es das Verständnis der allermeisten Sterblichen überstieg. Der Meister hatte es ihnen unzählige Male eingebläut: Sie waren Auserwählte, die zu Höherem berufen waren, mussten ihr Geheimnis aber unbedingt wahren, sonst würden sie nie die nächste Daseinsstufe erreichen. Das war der Preis für die Unsterblichkeit, die den treuesten Anhängern versprochen war, und Serguel war zum Äußersten bereit, um den ersehnten Lohn zu erhalten. Eigentlich war er zu allem bereit, wenn es nur dem Zirkel diente. Im Kreise der Brüder fühlte er sich wohl, denn hier wurde ihm endlich einmal Respekt gezollt.

In der Tür öffnete sich eine kleine Holzklappe. Serguel murmelte die Parole und schob sich durch den schmalen Spalt, der sich vor ihm auftat. Kurz bevor er im Inneren des Hauses verschwand, meinte er zu sehen, wie hinter ihm ein Schatten vorbeihuschte. Doch da ihm das in letzter Zeit häufiger passierte, schenkte er dem flüchtigen Eindruck keine Beachtung, sondern konzentrierte sich ganz auf den Meister, der in einer schwarzen Kutte und mit einer Kerze in der Hand vor ihm stand. Serguel begegnete ihm fast jeden Tag. Er hieß Fidenis, aber bei den Zusammenkünften des Zirkels nannte er sich Ankmar.

»Willkommen, Bruder«, sagte Ankmar. »Was hast du uns mitgebracht?«

Wortlos öffnete Serguel den Mantel und ließ den Hund fallen. Das gefesselte Tier plumpste zu Boden und jaulte erstickt auf. Ein freudiger Ausdruck huschte über Ankmars Gesicht, bevor seine Züge zu einer lüsternen Maske erstarrten.

»Wunderbar«, flüsterte er heiser. »Das wird die beste Zeremonie aller Zeiten!« Er stellte die Kerze ab, packte den winselnden Hund an den Fesseln und hob ihn hoch. »Beeil dich«, sagte er zu Serguel. »Die anderen sind schon oben.«

Serguel nickte hastig, während der Meister die knarrende Treppe hochstieg und verschwand. Angewidert zog Serguel das uringetränkte Hemd aus und streifte sich die schwarze Kutte über. Sofort hatte er das Gefühl, von neuer Kraft, einer körperlichen und geistigen Stärke erfüllt zu werden. Er war jetzt eins mit seinen Brüdern, und falls es ihm gelingen sollte, die Lehren des Meisters Wirklichkeit werden zu lassen, würde er in einem halben Dekant eins werden mit dem Geist, zu dem sie beteten.

Mit Alastiir. Dem Allesverschlinger.

Ihn hatten sie auserwählt, er war der Gott, in den sie all ihre Hoffnungen setzten.

Um von Alastiir erhört zu werden und die nächste Daseinsstufe zu erreichen, schreckte Serguel vor nichts zurück. Und sicherlich nicht davor, einen räudigen Köter zu opfern.

Wir nahmen an, dass sich die Vernichtung des Jal und das Verschwinden der Götter und Dämonen auf die Welt der Sterblichen auswirken würden. Auch gingen wir davon aus, dass die meisten Sterblichen nichts von den Veränderungen mitbekommen würden, weil sie auf einer rein spirituellen Ebene stattfanden.

Jedoch rechneten wir nicht mit dem völligen Verschwinden der Magie.

Wie nur sehr wenige Menschen der bekannten Welt waren Létis Tante Corenn und ich in der Lage, mit unserem magischen Willen auf die vier Elemente einzuwirken, aus denen jedes Lebewesen und jeder Gegenstand besteht. So konnten wir fast alles erreichen, was wir uns vornahmen, auch wenn wir stets große Vorsicht walten lassen mussten. Zum Beispiel waren wir imstande, aus der Ferne eine Bogensehne zum Reißen zu bringen, einen Gegenstand schweben zu lassen oder sogar einen Menschen in tiefen Schlaf zu versetzen. Diese Fähigkeiten waren uns bei unseren Reisen von großem Nutzen gewesen und hatten uns oftmals das Leben gerettet. Doch mit dem Verschwinden der Götter war es auch mit unseren übersinnlichen Kräften vorbei.

Ich entdeckte den Verlust, als ich meinen Sohn kurz nach unserem Sieg über Sombre in Magie unterweisen wollte. All meine Bemühungen blieben vergeblich. Weder Corenn noch ich konnten noch auf unsere Umgebung einwirken, und das aus einem einfachen Grund: Wir sahen die Welt nicht mehr auf dieselbe Art wie vorher. Im Inneren eines Wesens oder Gegenstands nahmen wir die vier Elemente, aus denen alles besteht, nicht mehr einzeln wahr, sondern als zusammengeballten Energiekern, der sich ständig veränderte und mal heller, mal dunkler leuchtete. Sicher hätten wir irgendetwas bewirkt, wenn wir unseren magischen Willen auf diesen Energiekern gerichtet hätten, aber Corenn und ich waren nicht bereit, dieses Wagnis einzugehen. Ich wäre in der Vergangenheit schon einmal fast an der Reglosigkeit gestorben, die einen Magier trifft, wenn er sich überschätzt und seine eigenen Kräfte auf ihn zurückschlagen, und mir stand nicht der Sinn danach, mich noch einmal wie ein unvorsichtiger Zauberlehrling zu gebärden.

Ich war nicht sonderlich traurig über den Verlust der Magie. Als Junge hatte ich mich ohnehin nur bemüht, meine magischen Kräfte zu entwickeln, um Léti zu beeindrucken. Offenbar hängt die Liebe meiner Frau jedoch nicht von meinen Fähigkeiten als Magier ab, und da nach dem Sieg über Sombre Frieden in der Welt zu herrschen schien, waren meine Kräfte auch nicht weiter von Bedeutung. Niemals hätte ich geglaubt, dass ich einst noch ein drittes Mal zu einem gefährlichen Abenteuer würde aufbrechen müssen.

Corenn nahm das Verschwinden ihrer Fähigkeiten ähnlich gelassen hin. Sie gewann der Sache auch etwas Gutes ab: Nun konnte niemand mehr seinen magischen Willen für böse Zwecke einsetzen, denn auch Hexer wie Saat hatten ihre Kräfte verloren und waren so machtlos wie gewöhnliche Sterbliche. Na-

türlich würden einige magisch Begabte versuchen, ihren Willen auf den Energiekern zu richten, den wir wahrgenommen hatten, aber es würde Jahrzehnte dauern, bis sich daraus eine neue Form der Magie entwickelt hätte – wenn das überhaupt möglich war. So war die Welt nicht nur von Göttern befreit, sondern auch von allen Menschen, die schwarze Magie betrieben, um die Macht eines Gottes oder Unsterblichkeit zu erlangen.

Neben dem magischen Willen hatte es vor dem Verschwinden des Jal noch eine weitere übersinnliche Fähigkeit gegeben: die Kraft der Erjaks. Erjaks waren Männer und Frauen, die zumeist einem der Klans aus dem Weißen Land entstammten und kraft ihrer Gedanken mit höheren Tieren sprechen konnten. Sie bewahrten ihre Fähigkeit auch nach dem Verschwinden des Jal, aber von Bowbaq und Niss weiß ich, dass sie sich seitdem doppelt so stark konzentrieren müssen. Im Laufe der Jahre stellte sich außerdem heraus, dass keines der Kinder, die nach dem Verschwinden des Jal geboren wurden, die Erjak-Gabe aufweist. So sind wohl auch die Erjaks dazu bestimmt, eines Tages auszusterben.

Die Götter Eurydis und Nol der Seltsame hatten verkündet, nach Sombres Sturz werde eine neue Zeit anbrechen: das Zeitalter von Ys, auch das Zeitalter der Harmonie genannt. Sämtliche Schriften, die von diesem Zeitalter künden, sprechen von einer verheißungsvollen Ära, in der die Menschen glücklich und in Frieden zusammenleben, einer Ära, in der es kein Leid, keine Habgier und keine Grausamkeit mehr gibt, jene Geißeln der Menschheit, die den Abgründen unserer sterblichen Seelen entstammen.

Bisher ist davon allerdings nicht viel zu merken.

Vielleicht dauert es einfach noch ein paar Jahrhunderte, bis der schöne Traum in Erfüllung geht, denn die Menschen haben sich nicht verändert: Sie sind immer noch jederzeit bereit, ihrem Nachbarn aus Selbstsucht Leid zuzufügen. Überall auf der bekannten Welt lügen, stehlen, und streiten die Menschen wie eh und je; sie verstümmeln, vergewaltigen und töten einander, als trügen sie nach dem Verschwinden der Götter nicht selbst Verantwortung für ihr Leben.

Manchmal glaube ich sogar, es geschehen mehr Gräueltaten als je zuvor. Ahnen die Menschen vielleicht, dass die Götter sie ihrem Schicksal überlassen haben? Denken sie vielleicht, keine Strafe mehr fürchten zu müssen? Ziehen sie deshalb beim nichtigsten Streit oder beim ersten unfreundlichen Wort das Schwert?

Ich und meine Gefährten haben keiner Menschenseele vom Verschwinden des Jal erzählt. Schließlich wussten die Menschen auch zuvor nicht, dass dieser Ort existierte. Wenn wir verkündet hätten, er habe sich in nichts aufgelöst, hätte man uns bestenfalls für Verrückte gehalten, schlimmstenfalls wäre die Welt im Chaos versunken.

Die Menschheit weiß also nichts von ihrer Lage, auch wenn manche etwas zu ahnen scheinen. Vor allem in den letzten Jahren breitet sich eine seltsame Unruhe aus, wie bei Schafen, die instinktiv spüren, dass sich ein Rudel Wölfe nähert. Das sichtbarste Zeichen dieser Unruhe ist die Tatsache, dass immer mehr religiöse Geheimbünde gegründet werden.

Für uns, die Erben von Ji, ist das ein böses Omen.

Der Abend war ein voller Erfolg. Auch wenn Serguel die nächste Daseinsstufe noch nicht erreicht hatte, platzte er fast vor Stolz. Die fünf Mitglieder seines Zirkels, einschließlich des Meisters, hatten ihn in den höchsten Tönen gelobt, weil er den Hund als Opfergabe mitgebracht hatte. Bevor sie mit der eigentlichen Zeremonie begannen, entzündeten sie ein paar Kerzen und Lampen mit ätherischen Ölen, verbrannten Weihrauch und rezitierten Verse aus einem Buch, dessen Einband aus Menschenhaut gefertigt war.

Den Hund banden sie mit einem Strick so straff an einen Deckenbalken, dass seine Pfoten gerade noch den Boden berührten. Sie nahmen ihm die Fesseln ab, außer der um das Maul, damit er sie nicht durch Kläffen verriet. Dann ließ der Meister flüssiges Wachs auf das Tier tropfen und brachte auf seinem Fell das Symbol des Allesverschlingers an. Der immer inbrünstigere Singsang seiner Brüder, die Weihrauchschwaden und der rituelle Schnaps, der ihm in der Kehle brannte, versetzten Serguel in einen Rausch, in dem sich sein Geist tatsächlich zu ungeahnten Höhen aufzuschwingen schien. Selbst dass der Köter mit eingeklemmtem Schwanz immer wieder ein paar Tropfen Urin verspritzte, ärgerte ihn nun nicht mehr. Noch nie hatte er sich so gut gefühlt. Er war ein Auserwählter, allen Unwissenden und Ungläubigen überlegen. Als der Meister endlich verkündete, die glühenden Kohlen seien nun heiß genug, jagte ihm ein Schauer durch den Körper, denn jetzt kam der Höhepunkt der Zeremonie, der Moment, an dem sie mit ihrem Gott in Verbindung treten würden.

Auf ein Zeichen des Meisters hin legte die einzige anwesende Frau ihre Kleider ab. Unter anderen Umständen hätte Serguel ihren nackten Körper alles andere als schön gefunden, doch in diesem Augenblick spielte das keine Rolle. Das Einzige, was zählte, waren ihre Hingabe und ihre Entschlossenheit, einem höheren Zweck zu dienen.

Ohne sie konnte die Zeremonie nicht stattfinden. Es war wirklich ein Jammer, dass es so schwierig war, Frauen zu finden, die bereit waren, ihrem Zirkel beizutreten. Sämtliche Brüder waren ständig auf der Suche nach neuen weiblichen Mitgliedern, aber sobald diese erfuhren, was von ihnen erwartet wurde, ergriffen sie die Flucht. Für diese armseligen Weiber, die nicht nach Höherem strebten, hatte Serguel nur Verachtung übrig. Vermutlich gefiel ihnen ihr erbärmliches Leben. Anders konnte sich Serguel ihr Verhalten jedenfalls nicht erklären.

Der Meister überreichte seiner Schülerin eine Eisenschale voll glühender Kohlen, und Serguel hob den Hund hoch. Die Frau stellte die Schale auf dem Boden ab, trat einen Schritt zurück und kniete nieder, während Serguel das am ganzen Leib zitternde Tier auf die Glut herabließ und den Knoten des Stricks enger zog. Wimmernd tänzelte der Köter auf den glühenden Kohlen herum. Von der Eisenschale herunterspringen konnte er nicht, ohne sich zu strangulieren. Die Zeremonie würde sich also eine ganze Weile hinziehen. *Hoffentlich einen Dekant oder länger,* dachte Serguel. Lüstern starrte er auf die nackte Frau hinab, die immer noch vor der Schale kniete.

Der Meister schürzte seine schwarze Kutte, murmelte ein letztes Gebet und schickte sich an, von hinten in sie einzudringen. Nach ihm würden die anderen an die Reihe kommen, bis sie alle mit Alastiirs Geist in Verbindung getreten wären. Weil Serguel das Opfertier mitgebracht hatte, war er als Zweiter an der Reihe. O ja, die Zeremonie war wahrlich ein voller Erfolg. Sie hätte nicht besser laufen können.

Bis plötzlich die Decke einstürzte.

Serguels erster Gedanke war, dass ein morscher Deckenbalken nachgegeben hatte, denn die Häuser in der Barbier-Enfel-Straße waren die reinsten Bruchbuden. Selbst Landstreicher hielten sich fern, weil sie fürchteten, bei einem Einsturz unter den Trümmern begraben zu werden. Serguel hob den Blick zur Decke, aber diese wirkte mehr oder minder unversehrt. Erst als es aufhörte, Holzsplitter, Mörtel, rostige Nägel, Mäusekot und Staubflocken zu regnen, konnte er erkennen, was geschehen war: Zwischen den Deckenbalken klaffte ein Loch, und unten stand eine Gestalt, umgeben von den verdatterten Mitgliedern des Zirkels.

In seiner Benommenheit dachte Serguel im ersten Moment, es wäre ihnen tatsächlich gelungen, ein höheres Wesen herbeizurufen. Vielleicht sogar Alastiir selbst? War ihre Zeremonie so wirkungsvoll gewesen? Hatte der Gott sie wahrhaftig erhört?

Doch als er die Gestalt näher betrachtete, wurde ihm rasch klar, dass keine höheren Mächte im Spiel waren: Der Fremde mochte zwar einen beeindruckenden Auftritt hingelegt haben, aber er trug gewöhnliche Kleider, die Serguel an die Uniform der lorelischen Miliz erinnerten. Die schwarze Maske, die sein Gesicht komplett verbarg, bestand aus grobem Stoff, und das Heben und Senken seines Brustkorbs zeugte davon, dass er wie jeder Sterbliche atmete. Vermutlich war der Fremde nur ein Vagabund, der im Dachstuhl geschlafen hatte, während der Zirkel seine Zusammenkunft abhielt.

Als der Maskierte jedoch zum Angriff überging, fragte sich Serguel, ob sie es nicht doch mit einer übersinnlichen Kreatur zu tun hatten.

Der Fremde ließ ihnen etwa drei Herzschläge Zeit. Das reichte, um sich sein Bild einzuprägen, nicht aber, um eine Waffe zu ziehen oder zu fliehen. Als er mit einer massiven Eisenstange auf die Brüder losging, war es zu spät – er schlug ohne Vorwarnung zu. Mal gebrauchte er die Eisenstange, mal die Kette, die an der Stange befestigt war. Beim Anblick des zweischneidigen Dolchs am anderen Ende der Kette erstarrte Serguel vor Entsetzen. Noch setzte der Fremde diese Waffe nicht ein, aber das konnte sich jeden Moment ändern. Serguel rührte sich nicht vom Fleck.

Die Frau hatte sich beim Einsturz der Decke in eine Ecke geflüchtet. Jetzt kauerte sie an der Wand, die Hände auf die Ohren gepresst, und stieß einen langgezogenen Schrei aus. Der Meister lag am Boden. Ihm hatte der Fremde Knie und Handgelenke zerschmettert. Ein Bruder war von der Eisenstange am Kopf getroffen worden und lag besinnungslos inmitten der Trümmer. Die beiden verbliebenen Brüder versuchten, sich gemeinsam auf den Angreifer zu stürzen, aber er bewegte sich so schnell, dass sie unbewaffnet keine Chance gegen ihn hatten. Als einer der Männer ihn packen wollte, wickelte der Maskierte ihm die Kette um den Arm und verdrehte ihm das Schultergelenk, gleichzeitig rammte er dem andern die Eisenstange ins Gesicht. Dann schleuderte er den ersten mit einem Schulterwurf zu Boden und setzte ihn mit einem Handkantenschlag gegen die Kehle außer Gefecht. Schließlich wandte er sein schwarz maskiertes Gesicht Serguel zu.

Schlagartig ging Serguel auf, dass er der Einzige war, der noch aufrecht stand. Panisch sah er sich nach einem Fluchtweg um.

Als der Fremde den Dolch hob, war es zu spät: Die Waffe

sauste durch die Luft und zog die Kette wie einen Schweif hinter sich her. Serguel wähnte sich bereits verloren, als er merkte, dass der Dolch gar nicht ihn hatte treffen sollen. Die Klinge durchtrennte das Seil, das den Hund auf den glühenden Kohlen hielt. Das befreite Tier raste die Treppe hinunter und verschwand.

Serguel hatte keine Zeit, sich zu fragen, was der Fremde mit ihm anstellen würde. Der Maskierte zog ruckartig an der Kette und fing den zurückschnellenden Dolch auf, nur um ihn gleich wieder in einer Seitwärtsbewegung fortzuschleudern. Die Kette wickelte sich zweimal um Serguels Hals und nahm ihm die Luft. Bevor er auch nur blinzeln konnte, stand der Fremde hinter ihm, packte die Kette an beiden Enden und drückte Serguels linke Gesichtshälfte in die Glut. Serguel schrie auf und wehrte sich verzweifelt, doch der Maskierte hielt ihn mit eisernem Griff fest. Schließlich ließ er Gnade walten und gab ihn frei. Lange hatte das Martyrium nicht gedauert, aber Serguel würde in jedem Fall Brandnarben zurückbehalten. Der Fremde nahm Serguel die Kette ab und stieß ihn zu Boden.

Dann ergriff er zum ersten Mal das Wort. Seine Stimme bebte vor Zorn. »Eure Dämonen existieren nicht! Hört auf, sie heraufzubeschwören, oder ich bin beim nächsten Mal nicht so nachsichtig.«

Jedem der Brüder, die sich auf dem Boden krümmten, wandte er das maskierte Gesicht zu, bevor er wie ein Schatten verschwand. Als die Haustür unten zuschlug, brach Serguel in Tränen aus. *Dämonen existieren nicht?* Er hätte schwören können, soeben einen gesehen zu haben.

Meine Enkelin weiß nichts von unseren Abenteuern, dabei ist sie so wissbegierig wie ich in ihrem Alter. Sie weiß nur, dass wir viel gereist sind, damals, als in den Oberen Königreichen ein blutiger Krieg tobte. Ihr haben wir einfach erzählt, wir seien auf der Flucht vor den Kämpfen durch die Lande gezogen.

Ganz hat sie uns die Lüge wohl nicht abgenommen – sie ist nicht auf den Kopf gefallen, und irgendwann wird der Tag kommen, an dem sie Fragen stellt, die wir nicht mit einem Lächeln und einem Schulterzucken abtun können. Wie haben sich ihre Eltern kennengelernt, wo sie doch aus verschiedenen Ländern stammten? Warum waren ihre engsten Freunde Lorelier? Was hatten sie auf ihrer Reise erlebt? Ich kann mir mühelos vorstellen, wie sie uns Löcher in den Bauch fragt. Noch bewahrt sie sich einen Rest kindlicher Unschuld, aber meine Enkelin ist zu einem selbstbewussten Mädchen herangewachsen, und bald wird ihre Neugier überhandnehmen. Dann werden mein Sohn und seine Frau vor einer schwierigen Entscheidung stehen. Entweder erfinden sie eine ausgefeilte Lügengeschichte, oder sie sagen ihrer Tochter die Wahrheit und bürden ihr ein schweres Erbe auf.

Ich weiß selbst nicht, welche Entscheidung die richtige ist. Cael machte uns damals Vorwürfe, weil wir ihm nichts gesagt hatten, aber auch er hat einsehen müssen, dass die Dinge nicht immer so einfach sind, wie sie scheinen. Wie erzählt man einem Kind, dessen Glück einem am Herzen liegt, vom Jal, von den Dämonen, von Sombre? Und wann ist der richtige Zeitpunkt dafür? Es kommt einem immer zu früh vor – bis es eines Tages plötzlich zu spät ist. Jahrelang hat man seinem Kind etwas vorgemacht, und um ihm die Enttäuschung darüber zu ersparen, dass seine Eltern es angelogen haben, schweigt man weiterhin. Alles andere wäre zu schmerzhaft.

Meines Wissens hat sich bisher keiner meiner Freunde dazu durchringen können, der nächsten Generation jenes schwere Erbe aufzubürden, obwohl es um ein Geheimnis geht, das sie unmittelbar betrifft. So sind die Kinder von Eryne, Amanón, Zejabel, Nolan, Ke'b'ree, Niss und Cael ebenso ahnungslos, wie sie selbst es vor zwanzig Jahren waren. Sie glauben, wie alle anderen zu sein, dabei sind sie etwas ganz Besonderes. Sie sind vom Schicksal gezeichnet, denn durch ihre Adern fließt das Blut des Jal. Als wir ihnen das Leben schenkten, haben wir es ihnen vererbt. Es ist der Preis, den wir dafür zahlen müssen, dass wir Antworten auf unsere Fragen suchten. Wir verbrachten einige Zeit im Jal, sowohl in den Gärten des Dara als auch in der Unterwelt des Karu, wobei uns die rätselhafte Magie jenes Orts beeinflusste. Durch den Aufenthalt im Jal verlängerte sich unsere Lebensdauer, zugleich verringerte sich jedoch unsere Fruchtbarkeit: Die meisten von uns haben nur ein einziges Kind in die Welt gesetzt. Wir trösten uns mit dem Gedanken, dass unseren Söhnen und Töchtern ein ungewöhnlich langes Leben beschert ist. Sie werden sich bis ins hohe Alter eine sichere Hand und einen festen Stand bewahren – so wie Grigán mit seinen achtundachtzig Jahren.

Vor allem hoffen wir aber, dass unsere Vergangenheit sie nicht einholen wird.

Eigentlich müssten wir uns keine Sorgen machen. All unsere Feinde sind tot: Saat, Aleb, Gors der Zimperliche, Zamerine, Königin Agénor und selbst Sombre, der von allen der Mächtigste war. Der Erzfeind hat Sombre bezwungen, und die Prophezeiung hat sich erfüllt. Ein neues Zeitalter ist angebrochen. Ein Zeitalter ohne düstere Offenbarungen vom Weltuntergang. Ein Zeitalter, in dem die Zukunft noch nicht geschrieben ist.

Doch das bedeutet auch: ein Zeitalter, in dem alles geschehen kann, selbst das Unfassbare.

Lange Zeit lebten wir in Ruhe und Frieden, doch irgendwann kamen uns Zweifel. Amanón, der stets wachsam geblieben ist, schrieb uns, er mache sich Sorgen – ernsthafte Sorgen. In seinem Brief steht, wir sollten uns bereithalten.

Nur zu gern würde ich glauben, dass er sich irrt, aber Amanón ist niemand, der überstürzt handelt. Außerdem gibt es Anzeichen, Ereignisse, über die wir uns gegenseitig auf dem Laufenden gehalten haben und die sich, als wir die Mosaikteile erst einmal zusammengefügt hatten, zu einem schrecklichen Verdacht verdichteten.

Ein neues Zeitalter mag begonnen haben, aber wir dürfen nicht vergessen, dass die Geschichte eine Wiederkehr des Immergleichen ist.

Jeder Tod kündet von einer neuen Geburt.

ERSTES BUCH

DIE GRAUE LEGION

Damián stieg die fünf Stockwerke zu seinem Arbeitszimmer empor, ohne stehen zu bleiben. Dank seiner dreiundzwanzig Jahre und seiner hervorragenden körperlichen Verfassung kostete ihn das Treppensteigen keine Mühe. Zudem herrschte kurz vor dem Mit-Tag auf den Fluren und Treppen des Hauptquartiers der Grauen Legion ein ständiges Kommen und Gehen, und er wollte nicht von einem Kameraden angesprochen werden, dem gerade nach einem Plausch zumute war. Auch im obersten Stockwerk, in dem die ranghöchsten Legionäre untergebracht waren, verlangsamte er seine Schritte nicht. Der Mann, der auf dem Treppenabsatz Wache hielt, salutierte.

»Für Euch wurden zwei Berichte abgegeben, Ritter. Sie liegen auf Eurem Schreibtisch.«

Damián dankte dem Mann mit einem knappen Nicken und ging rasch weiter zu seinem Arbeitszimmer. Erst vor knapp zwei Monden war er in einen höheren Rang erhoben worden und hatte sich noch nicht daran gewöhnt, »Ritter« genannt zu werden. In Lorelia gab es nur elf Männer und Frauen dieses Dienstgrads, und in der gesamten Grauen Legion waren es nicht mehr als achtzig. Damián war von allen der Jüngste, und die Angelegenheiten, um die er sich zu kümmern hatte, waren keine, die man für gewöhnlich Anfängern anvertraute. Er konnte stolz sein auf seine Laufbahn.

Noch glücklicher wäre er allerdings gewesen, wenn man sich nicht erzählt hätte, sein Vater halte die Hand über ihn und er sei nur deshalb so erfolgreich.

Es war nicht immer ganz einfach, den Namen von Kercyan zu tragen. Als Erynes und Amanóns Sohn und Reyans Enkel würde Damián eines Tages die Herzogswürde erben, und das rief Neider auf den Plan. Auch die Theaterstücke aus der Feder seines Großvaters Rey, in denen dieser hemmungslos über die lorelischen Edelleute herzog, waren seinem Ruf nicht gerade zuträglich, waren doch fast alle ranghohen Legionäre adliger Herkunft. Im Grunde wurde Damián nur von jenen Legionären geschätzt, mit denen er bereits zusammengearbeitet hatte, denn sie wussten um sein Pflichtbewusstsein, seine Ehrlichkeit und Bescheidenheit.

Doch selbst unter seinen Kameraden gab es welche, die sich das Maul zerrissen, weil sie ihn für ein Vatersöhnchen und einen Emporkömmling hielten.

Ein Wunder war das nicht, denn Damiáns Vater Amanón war niemand Geringeres als der Kommandant der Grauen Legion. Mehr noch: Nach Königin Agénors Tod hatte er die Legion, die dem lorelischen Königshaus diente, komplett neu aufgebaut. Aus einer Bande von Spitzeln und Mördern, die als Mittel nur Verbrechen und Gewalt kannte, hatte er ein hoch angesehenes diplomatisches Korps gemacht. Mittlerweile dienten die Grauen Legionäre hauptsächlich als Botschafter Loreliens und führten in dieser Eigenschaft Verhandlungen mit anderen Ländern und Königreichen. Morde, Entführungen, Folterungen, Rachefeldzüge und Intrigen gehörten der Vergangenheit an. Die neuen Legionäre wachten zwar immer noch über die Sicherheit des Königreichs, bemühten sich aber bei Konflikten stets um eine friedliche Lösung. Jenseits der lorelischen Grenzen genossen die Grauen Legionäre ein so hohes Ansehen, dass sie manchmal bei Streitigkeiten anderer Länder als Schlichter herangezogen wurden. Amanón hatte hervorragende Arbeit geleistet – zumindest das wagte niemand in Abrede zu stellen.

So war es nicht immer gewesen. Amanón, der sein Brot zuvor als Übersetzer verdient hatte, war nämlich nur dank seines Schwiegervaters Reyan zum Kommandanten der Grauen Legion ernannt worden. Der Herzog hatte verhindern wollen, dass seine Tochter die lorelische Hauptstadt verließ, und deshalb seinem Schwiegersohn vorgeschlagen, sich hier eine Arbeit zu suchen. Seine Worte waren Monrand dem Ersten zu Ohren gekommen, dem neu gekrönten König, und dieser hatte sich daran erinnert, dass er seinen Thron Reyan und seinen Gefährten verdankte, die Königin Agénors Verschwörung aufgedeckt hatten. Daraufhin hatte er Amanón den Posten offiziell angeboten, und dieser hatte nach einigem Zögern angenommen.

Am Anfang hatte er es nicht leicht: Man hielt ihm seine kaulanische Herkunft vor und beschuldigte ihn, die Graue Legion für persönliche Zwecke missbrauchen zu wollen, nämlich um seine private Sammlung ethekischer Handschriften und archäologischer Fundstücke zu erweitern. Doch irgendwann verstummten die Zweifler und Neider. Amanón führte die Graue Legion nun schon seit über zwanzig Jahren mit straffer Hand, und wer es wagte, ihn öffentlich schlechtzumachen, blamierte sich nur selbst.

Das Dumme daran war nur, dass sein Sohn umso mehr als Günstling galt. Dabei hatte sich Damián seinen Vater zum Vorbild genommen. Er hatte Literatur, Fremdsprachen und Rhetorik studiert, war ein hervorragender Reiter und Bogenschütze, und sein Großvater Grigán, ein erfahrener Krieger, hatte ihn im Umgang mit dem Schwert unterwiesen. Als Damián in die Legion eingetreten war, hatte er ganz unten angefangen und sich mühsam hochgearbeitet. Er hatte jede noch so unliebsame Aufgabe erledigt, jeden Wachdienst übernommen, bei Tag und Nacht, und hatte sich für Aufträge gemeldet, die sonst niemand haben wollte. Nach und nach hatten sich seine Bemühungen ausgezahlt. Um in den Rang eines Ritters erhoben zu werden, hatte er eine schriftliche Prüfung bestehen müssen, bei der er sich gegen sieben andere Kandidaten durchgesetzt hatte. Deshalb war Damián überzeugt davon, sich seinen Titel verdient zu haben, und er ertrug es nicht, wenn jemand ihm das Gegenteil unterstellte.

Trotzdem kamen ihm manchmal selbst Zweifel. Hatte sein Vater nicht vielleicht doch ein gutes Wort für ihn eingelegt?

Er schüttelte den Kopf, um die ärgerlichen Gedanken zu verscheuchen, und öffnete die Tür zu seinem Arbeitszimmer. Der Raum war klein, aber ordentlich und zweckmäßig eingerichtet, genauso, wie es ihm gefiel. Als eine seiner ersten Amtshandlungen hatte Amanón einen leerstehenden Palast mitten in der Hauptstadt, in dem einst der königliche Handelskommissar residiert hatte, zum Hauptquartier der Grauen Legion gemacht. Nun gingen alle ranghohen Legionäre ihrer Arbeit unter einem Dach nach, wodurch die Zusammenarbeit wesentlich reibungsloser ablief. Von seinem Arbeitszimmer im fünften Stock hatte Damián einen herrlichen Blick über den Platz der Reiter. Nur selten hatte er jedoch die Muße, am Fenster zu stehen und hinauszuschauen: Es gab viel zu tun.

Zu seinen Pflichten gehörte die Beobachtung der neu

gegründeten Sekten und religiösen Kulte. Im Königreich Lorelien herrschte seit jeher Religionsfreiheit, aber seit einigen Jahren gab es Auswüchse, wie man sie bisher eher aus der Heiligen Stadt Ith kannte: Es kam zu Selbstverstümmelungen, Tieropfern, Selbstmorden und rituellen Morden. Amanón höchstpersönlich hatte ihn damit beauftragt, die Vorfälle zu überprüfen und ihm über jeden einzelnen Bericht zu erstatten. Zu den schlimmsten Vorkommnissen führte Damián dann eine Untersuchung durch, um die Täter vor Gericht zu bringen. Es war nicht Aufgabe der Grauen Legion, in den Straßen Lorelias zu patrouillieren, um für Ruhe und Ordnung zu sorgen, und auch nicht, anstelle eines Richters Recht zu sprechen. Damián befolgte die neuen Grundsätze der Legion gewissenhaft: Nach jedem Vorfall suchte er als Erstes das Gespräch mit den Sektenanhängern, um sie davon zu überzeugen, ihre religiöse Hingabe mit weniger extremen Mitteln zu bekunden. In letzter Zeit war er jedoch immer häufiger gezwungen, sich die Spuren ihrer mörderischen Exzesse anzusehen.

Gerade eben hatte er im Osten der Stadt den Schauplatz eines grausamen Mordes besichtigt. Unbekannte Täter hatten einem Mann einen Strick um den Hals gelegt und ihn von einer Brücke gestoßen. Seit Damián mit der Beobachtung der Sekten betraut worden war, war es das dritte Opfer, das auf diese Weise ums Leben gekommen war. Bisher hatte er nur wenig über die Täter herausfinden können: Sie schienen ihre Opfer nach dem Zufallsprinzip auszuwählen und sie im Namen eines Gottes zu erhängen, der vermutlich ihnen allein bekannt war. Diesmal hatten sie ihr Opfer allerdings zuvor gefoltert, denn der Erhängte wies auf einer Gesichtshälfte Verbrennungen auf. Außerdem roch er nach Hundepisse, aber Damián hatte keine Ahnung, ob das mit dem Mord zusammenhing. Wahrscheinlich war der Mann ganz einfach zur falschen Zeit am falschen Ort gewesen.

Jetzt musste Damián einen Bericht über den Vorfall verfassen. Er beschloss, zuvor die Schriftstücke zu lesen, die auf seinem Schreibtisch auf ihn warteten. Es handelte sich um Berichte seiner Untergebenen. Falls sie etwas mit seinem Fall zu tun hatten, würde das vielleicht ein neues Licht auf die Sache werfen. Er vertiefte sich in den ersten Bericht, obwohl recht schnell klar war, dass er nichts mit dem Vorfall auf der Brücke zu tun hatte. Gerade las er die letzten Zeilen des zweiten Schriftstücks, als es an der Tür klopfte.

»Ritter?«, fragte der Wachsoldat. »Ich habe hier einen, äh … Gefangenen für Euch.«

Damián seufzte schwer. Allein an der Art, wie der Wachmann das Wort »Gefangener« betont hatte, erkannte er, worum es ging. Er straffte die Schultern und räusperte sich, bevor er mit fester Stimme sagte: »Herein mit ihm.«

Der Legionär öffnete die Tür und führte einen Mann in Handschellen in das Arbeitszimmer. Er grüßte seinen Vorgesetzten mit einem knappen Nicken und ging wortlos wieder hinaus. Beide befanden sich nicht zum ersten Mal in dieser Situation, weshalb jede Erklärung überflüssig war. Als Damián mit dem Gefangenen allein war, musterte er ihn abschätzig.

Der Mann war etwas jünger als Damián, und seiner Kleidung war anzusehen, dass er keine Not litt, auch wenn sie jetzt zerknittert und mit Wein- und Blutflecken besudelt war. Zweifellos handelte es sich um die Folgen einer Wirtshausschlägerei. Der Gefangene selbst schien keine ernsthaften Blessuren davongetragen zu haben. Hinter den Fransen seines langen braunen Haars grinste er spöttisch in sich hinein. Obwohl er mit Handschellen gefesselt in einem Arbeitszimmer der Grauen Legion stand, gebärdete er sich immer noch wie ein Draufgänger, dem niemand Vorschriften zu machen hatte.

Eigentlich war es weder Damiáns Aufgabe noch die der Grauen Legion, sich um Säufer und Raufbolde zu kümmern, aber diesen Mann lieferten die Nachtwächter immer wieder bei Damián ab, vermutlich weil sie Scherereien fürchteten, wenn sie ihn ohne viel Federlesens in den Kerker warfen. Dabei hatte Amanón keine besondere Order ausgegeben. Vielleicht hätte er das tun sollen, denn dann hätte Damián sich nicht zwei- bis dreimal in jeder Dekade dieses hämische Grinsen ansehen müssen, das Grinsen eines Mannes, der sich weigerte, seine Lektion zu lernen.

Krampfhaft versuchte Damián, die Wut zu unterdrücken, die in ihm aufstieg. Als sich das Schweigen in die Länge zog, verlor der Gefangene die Geduld.

»Lässt du mich jetzt endlich frei, oder was?«, blaffte er und hob die gefesselten Hände.

Damián war derart überrumpelt von der Unverschämtheit des Kerls, dass er seinen Zorn für einen kurzen Moment vergaß, eine Schublade aufzog und einen Schlüsselbund hervorholte. Dann ging er um seinen Schreibtisch herum zu dem Mann, dessen Grinsen immer breiter wurde.

Sie waren so unterschiedlich, ja geradezu gegensätzlich,

dass Damián bisweilen nicht glauben konnte, dass dieser Mann sein Bruder war.

Der Junge schenkte ihr ein strahlendes Lächeln, das sie geflissentlich übersah. Schließlich floss auch ihr Verhalten in ihre Note ein. Angestrengt bemühte sich Lorilis um eine undurchdringliche Miene, konnte sich dem Charme des Müllerlehrlings aber nicht ganz entziehen. Nach einer Weile rief die Ratsfrau, bei der sie in die Lehre ging, die Vierzehnjährige zur Ordnung: »Lorilis! Du scheinst mir nicht ganz bei der Sache zu sein. Hörst du überhaupt zu?«

Schamesröte schoss ihr in die Wangen. Sie hatte sich so sehr darauf konzentriert, das Gehabe des Jungen zu ignorieren, dass sie fast nichts vom Vortrag des Müllermeisters mitbekommen hatte.

»Äh … Ja, natürlich … Der Bach wird durch einen Kanal gelenkt. Verschiedene Klappen regeln die Wasserzufuhr, die Strömung bewegt das Mühlrad und dieses wiederum den Mahlstein …«

»Das weiß jeder«, fiel ihr die Ratsfrau ins Wort. »Aber kannst du uns auch sagen, wie dieser Kanal heißt? Und wie viel Getreide die Mühle in einem Dekant mahlen kann?«

»Siebenhundert Pfund!«, rief der Lehrling stolz.

Lorilis warf ihm einen vernichtenden Blick zu. Offenbar reichte es ihm nicht, ihren Unterricht zu stören, er musste sie auch noch wie einen Trottel dastehen lassen. Sein selbstgefälliges Lächeln und Augenzwinkern konnte er sich sparen! Plötzlich wusste sie nicht mehr, was sie noch kurz vorher an ihm gefunden hatte.

»Der Kanal heißt Gerinne«, sagte sie trotzig. »Und oben am Wehr fließt das Wasser durch ein Gitter, das regelmäßig gesäubert werden muss, mindestens einmal pro Dekade.«

Der Müller und die Ratsfrau nickten, und der Unterricht ging weiter. Als Nächstes besichtigten sie die Getreidespeicher. Doch obwohl sich Lorilis fest vornahm, von nun an aufmerksamer zu sein, begann sie sich rasch wieder zu langweilen. In dieser Dekade hatten sie bereits eine Sägemühle, eine Walkmühle und eine Papiermühle besucht. Die Funktionsweise war immer dieselbe, nur die Erzeugnisse unterschieden sich. Jedenfalls hatte sie den Eindruck, mittlerweile genug über das Thema zu wissen. Warum schleppte Ratsfrau Izaelle sie nur immer weiter von Mühle zu Mühle?

Natürlich kannte Lorilis die Antwort: Es gehörte zu ihrer Ausbildung. Wenn sie Ratsfrau des Matriarchats von Kaul werden wollte, musste sie Land und Leute kennen, und daher war es unabdingbar, dass sie alles über die verschiedenen Handwerke wusste.

Nicht immer hatten die Ratsfrauen eine Lehre durchlaufen. Nach alter Tradition hatte jedes Dorf seine Älteste in den Rat der Mütter entsandt. Die Weisheit und Lebenserfahrung dieser Frauen hatten die althergebrachte Ordnung bewahrt, und lange Zeit waren alle mit dieser Regelung zufrieden gewesen. Doch seit Lorilis' Urgroßtante Corenn dem Rat der Mütter vorstand, hatte sie zahlreiche Neuerungen durchgesetzt. Mittlerweile durfte keine Ratsfrau mehr eine Entscheidung treffen, ohne alle damit zusammenhängenden Abläufe genau zu kennen.

Eine weitere Veränderung war die Einführung des Noviziats: Junge Mädchen, die Ratsfrau oder Dorfmutter werden wollten, konnten ab dem Alter von dreizehn Jahren bei einer erfahrenen Ratsfrau in die Lehre gehen. Die Lehrerinnen unterrichteten die Mädchen in verschiedenen Fächern und reisten mit ihnen durchs Land. Wer keine große Begabung zeigte, wurde nicht gleich wieder nach Hause geschickt – manche Mädchen gaben von selbst nach einer Weile auf oder ihre Ausbildung dauerte eben länger. Die eifrigsten Schülerinnen hingegen beendeten das Noviziat nach vier Jahren und wurden Dorfmutter ihres Heimatdorfs oder Ratsfrau im Ständigen Rat von Kaul. Die Ergebnisse waren sehr befriedigend, und die Wirtschaft des Matriarchats florierte.

Vor einem knappen Jahr hatte Lorilis mit dem Noviziat begonnen, ohne sich großartig Gedanken über ihre Zukunft zu machen. Anfangs war sie von verschiedenen Ratsfrauen unterrichtet worden, und nun zog sie mit der hochverehrten Mutter Izaelle von Dorf zu Dorf, um das Land kennenzulernen. Hin und wieder bereute sie ihre Entscheidung, denn Niss und Cael fehlten ihr sehr. Lorilis sah ihre Eltern nur noch ein- bis zweimal pro Mond, wenn ihre Wege sie nach Kaul führten. Manchmal dachte sie, dass sie vielleicht nur Novizin geworden war, um ihnen einen Gefallen zu tun. Ihre ganze Familie hielt das Noviziat für das Beste, was ein junges Mädchen tun konnte. Ihre Großmutter Léti platzte vor Stolz, und selbst ihr Urgroßvater Bowbaq, der im fernen Arkarien lebte, beglückwünschte sie bei jeder Gelegenheit zu ihrer Entscheidung.

Doch es war nicht Lorilis' Art, sich endlos den Kopf darüber zu zerbrechen, was wäre, wenn sie einen anderen

Weg eingeschlagen hätte. Das Lernen fiel ihr leicht, weil sie nicht auf den Kopf gefallen war und mit wachen Augen durch die Welt ging. Bisher waren ihre Noten immer gut gewesen, und obwohl sie die Vorträge über Mahlwerke und Bewässerungsgräben langweilten, war das Noviziat vermutlich die beste Wahl, die sie hatte treffen können, jedenfalls wenn sie im Matriarchat bleiben wollte.

Alle anderen Jungen und Mädchen ihres Alters, die nicht schon als Fischer, Bauern oder Handwerker arbeiteten, gingen in der Hauptstadt zur Schule, die meisten im Großen Haus von Kaul. Da war es Lorilis immer noch lieber, Dekade um Dekade durchs Land zu ziehen. Tag und Nacht in einer muffigen Schule zu verbringen, erschien ihr wenig verlockend – obwohl es vom Großen Haus nicht weit zu ihrem Elternhaus war. Eine weitere Möglichkeit wäre es gewesen, bei einem ihrer Verwandten in die Lehre zu gehen. Aber bei welchem?

Niss, ihre Mutter, war Künstlerin: Sie zeichnete, malte, töpferte und schnitzte Skulpturen aus Holz. Es verging keine Dekade, in der sie nicht ein Kunstwerk schuf, das sie anschließend verschenkte. Sie weigerte sich standhaft, ihre Arbeiten zu verkaufen, obwohl sie damit ein kleines Vermögen hätte machen können. In Kaul gab es zahlreiche wohlhabende Kaufleute und Handwerksmeister, die bereit waren, hohe Summen für ihre Werke zu zahlen, doch Niss bat sie stets, das Geld stattdessen einem Waisenhaus in Lorelia zu spenden. So konnte sie weiterhin ohne Hintergedanken Menschen mit ihren Werken erfreuen.

Es war ein faszinierendes Leben, aber Lorilis glaubte nicht, darin ihren Platz finden zu können. Sie war ganz einfach nicht dazu imstande, solch prächtige Gärten zu malen wie ihre Mutter. Manchmal kam es ihr vor, als bilde Niss eine Welt ab, die niemand außer ihr selbst kannte.

Auch ihr Vater brauchte Lorilis' Hilfe nicht. Trotz seines jungen Alters – er war erst siebenunddreißig – war Cael bereits ein berühmter Gelehrter. In der Familie hieß es, die Wissbegierde habe er von seinem Vater Yan geerbt und an Lorilis weitergegeben. Doch mit seinem Lerneifer und seiner Neugier konnte sie nicht mithalten. Cael interessierte sich für sämtliche Bereiche der Wissenschaft, vor allem aber für Astronomie, Geologie und Geometrie. Manchmal lächelte er geheimnisvoll und behauptete, die Menschen lebten in einem neuen Zeitalter und müssten deshalb die Welt so gründlich wie möglich erforschen. Seine größte Leidenschaft galt der Kartographie. Er hatte sich – mehr oder minder zum Spaß – vorgenommen, den Begriff »die bekannte Welt« durch den Begriff »die Welt« abzulösen. Zu diesem Zweck wollte er eine Landkarte erstellen, in die sämtliche Königreiche und Länder, Flüsse, Gebirge, Wüsten und Meere eingezeichnet waren. Einige Könige und Herrscher, denen sein Vorhaben zu Ohren gekommen war, hatten sich bereiterklärt, seine Expeditionen zu unterstützen. Seit gut zehn Jahren schickte Cael immer wieder Seefahrer aus, deren Berichte seine Forschungen vervollständigten. Ein Ende war nicht in Sicht, und seine Arbeit war gewiss reizvoll, aber wie konnte Lorilis mit ihren vierzehn Jahren ihrem Vater helfen? Gar nicht.

Natürlich hätte sie auch auf dem Gestüt ihrer Großmutter Léti arbeiten können. Aber so sehr sie Pferde liebte, ihre Aufzucht interessierte sie einfach nicht. Auch konnte sie sich nicht vorstellen, wie ihr Großvater Yan Dorfkindern das Lesen beizubringen.

Dann war da noch der arkische Zweig der Familie: ihre Großeltern Robe und Prad und ihre Urgroßeltern Ispen und Bowbaq. Lorilis liebte sie alle heiß und innig und besuchte sie, sooft es ging, aber auf keinen Fall wollte sie für immer ins Weiße Land ziehen. Dank ihrer Mutter war ihr die arkische Lebensweise zwar vertraut, aber sie selbst war mit Leib und Seele Kaulanerin. Sie war im Matriarchat aufgewachsen, hier war ihr Zuhause, und sie hatte nicht die Absicht, ihre Heimat je zu verlassen – selbst wenn sie sich bei der Besichtigung der Mühle zu Tode langweilte.

Endlich versiegte der Redefluss des Müllers. Offenkundig war der Mann überglücklich, dass sich endlich einmal jemand für seine Arbeit interessierte. Er hatte sich lang und breit über sein Handwerk ausgelassen, und nur ein Bruchteil seiner Ausführungen hatte mit dem zu tun, worüber die Ratsfrau ihn zu sprechen gebeten hatte. Auch die hochverehrte Mutter Izaelle schien genug von seinem Geschwätz zu haben, denn kaum war der Müller verstummt, verabschiedete sie sich hastig.

Izaelle und Lorilis traten aus dem Getreidespeicher, kletterten auf den Kutschbock des Pferdewagens, mit dem sie hergekommen waren, und machten sich auf den Rückweg in das Dorf, in dem sie untergebracht waren. In der restlichen Zeit bis zum Mit-Tag würde Lorilis über ihren Büchern hocken, und nach dem Mit-Tag würden sie ein weiteres Mitglied der Dorfgemeinschaft besuchen. Bei diesem Gedanken seufzte Lorilis trotz ihrer guten Vorsätze schwer. Ihre Lehrerin runzelte die Stirn, sagte aber nichts. Sie ergriff die Zügel, schnalzte mit der Zunge und lenkte das Gespann auf den schmalen Feldweg.

Kaum zwei Dezillen später kam ihnen ein Reiter entgegen. Es handelte sich um einen der Söhne der Familie, bei der sie wohnten, einen Jungen von vielleicht zehn oder elf Jahren. Noch bevor er den Mund aufmachte, hatte Lorilis eine dunkle Vorahnung.

»Eine Brieftaube hat eine Nachricht gebracht«, sagte der Junge. »Sie ist für Euch.«

Ratsfrau Izaelle nahm das winzige Stück Papier entgegen und las die wenigen Zeilen. Wenngleich sie versuchte, sich nichts anmerken zu lassen, wirkte sie plötzlich angespannt. Lorilis kam ein schrecklicher Verdacht: Jemandem aus ihrer Familie musste etwas zugestoßen sein.

Während Damián mit dem klemmenden Handschellenschloss kämpfte, biss sich Guederic auf die Lippen, um nicht laut loszuprusten. Sein großer Bruder würde ihm gehörig den Kopf waschen, falls er auch nur einen Ton von sich gab. Die Standpauke hätte ihm zwar nichts ausgemacht, aber er hatte keine Lust, die Handschellen auch nur eine Dezille länger zu tragen, nur weil Damián meinte, ihm wieder einmal »eine Lektion« erteilen zu müssen.

Endlich ertönte das befreiende Klicken. Als Damián ihm die Handschellen abnahm, stieß Guederic einen gespielten Schmerzensschrei aus, um seinen Bruder zu foppen. Damiáns mitfühlender Blick belustigte ihn. Es fehlte nicht viel, und Damián hätte sich dafür entschuldigt, dass er ihn auf freien Fuß setzte.

»Danke«, murmelte Guederic und rieb sich die Handgelenke. »Ich frage mich wirklich, warum sie mir die Dinger jedes Mal anlegen. Sie wissen doch, dass du sie mir wieder abnimmst.«

»Wahrscheinlich, um sich vor deinen Fäusten zu schützen«, entgegnete Damián scharf. »Was hast du diesmal angestellt? Und woher stammt das Blut auf deinem Hemd?«

Guederic zuckte mit den Schultern und grinste.

»Ach, von irgendeinem Idioten. Er hat sich auf die Zunge gebissen, als ich ihm eins auf die Nase gab. Ob das Blut aus seiner Nase oder von seiner Zunge stammt, kann ich dir leider nicht sagen.«

Damián verzog das Gesicht. Offenbar fand er die Bemerkung überhaupt nicht witzig.

»Warum hast du dich überhaupt geprügelt? Ich nehme an, du hattest wie immer einen guten Grund?«

Guederic zuckte abermals mit den Schultern. Damiáns strenger Blick schüchterte ihn nicht ein, sondern amüsierte ihn eher.

»Hast du nur einen Gedanken an Mutter verschwendet?«, fuhr Damián fort. »Was soll ich ihr sagen? Dass ihr Sohn wieder mal eine Nacht im Gefängnis verbracht hat, in Gesellschaft von Säufern und Schurken?«

Zum ersten Mal verschloss sich Guederics Gesicht, und er setzte einen bockigen Ausdruck auf. »Sag ihr einfach gar nichts. Und dir bin ich auch keine Erklärung schuldig. Meinetwegen leg mir die Handschellen wieder an und ruf die Wache. Ich komm schon allein zurecht.«

Guederic meinte es ernst. Lieber verbrachte er ein paar Tage im Kerker, als seiner Mutter Kummer zu bereiten, denn er liebte Eryne über alles.

Nach wenigen Momenten angespannten Schweigens gab Damián nach. »Sei's drum, ich sage ihr nichts. Aber dir ist klar, dass Vater davon erfahren wird, auf welchem Weg auch immer. Vielleicht hat man ihn bereits benachrichtigt.«

»Er erfährt sowieso immer alles«, brummte Guederic mürrisch. »Aber auch er wird Mutter nichts sagen.«

Zumindest hat er das bisher nie getan, dachte Guederic. Amanón war zwar immer für seine Söhne da, aber er ließ sie ihr eigenes Leben leben und mischte sich nicht in ihre Angelegenheiten ein. Manchmal machte Guederic der Gedanke traurig, dass es den Kommandanten der Grauen Legion nicht groß zu kümmern schien, wo sich sein Jüngster herumtrieb. Vielleicht fand Amanón seine Eskapaden aber auch nicht weiter schlimm und vertraute darauf, dass Guederic mit dem Alter von selbst zur Vernunft kam.

Da konnte er allerdings lange warten. Guederic liebte seine nächtlichen Streifzüge durch die Stadt und war ständig auf der Suche nach Abenteuern. Nur seiner Mutter wegen hatte er Lorelia noch nicht verlassen – er hätte sie einfach zu sehr vermisst. Wäre das Vermögen seiner Familie nicht gewesen, hätte er am liebsten das Leben eines Vagabunden geführt.

Seine Abenteuerlust hatte er wohl von Grigán und Rey geerbt, seinen beiden Großvätern. Die Weisheit seiner Großmütter Corenn und Lana schien hingegen eher auf Damián übergegangen zu sein. Für Guederics Geschmack war sein Bruder jedenfalls viel zu ernsthaft.

»Muss ich mir Sorgen machen?«, fragte Damián. »Wird der Kerl, den du verprügelt hast, auf Rache aus sein?«

»Und wenn schon. Es wird Tage dauern, bis er überhaupt wieder laufen kann.«

Damián runzelte die Stirn, und Guederic fügte besänftigend hinzu: »Zerbrich dir nicht den Kopf. Wir haben unsere kleine Meinungsverschiedenheit beigelegt. Der Kerl macht mir keinen Ärger mehr.«

Ganz sicher war er sich dessen jedoch nicht. Er hatte erst von seinem Gegner abgelassen, als dieser um Gnade gefleht und ihn um Verzeihung gebeten hatte. So schnell würde der Kerl oder einer der Saufbrüder, die die Schlägerei beobachtet hatten, keine herablassende Bemerkung über die Familie von Kercyan mehr machen.

Vielleicht hatte er es diesmal jedoch zu weit getrieben. Zugegebenermaßen neigte er dazu, beim kleinsten Anlass auf andere loszugehen und erst aufzuhören, wenn seine Gegner stöhnend am Boden lagen. Auch zögerte er nicht, sie dort zu treffen, wo es so richtig wehtat. Im Eifer des Gefechts kam ihm das stets recht und billig vor, aber hinterher schämte er sich. Nicht dass er jemals echte Reue empfunden hätte. Schließlich hatte er noch nie jemanden zum Krüppel geschlagen oder gar getötet. Bei seinen Prügeleien verließ er sich allein auf seine Kraft, Schnelligkeit und Entschlossenheit. Eine Waffe trug er nicht. Nur selten zückte ein Gegner ein Messer und fuchtelte ihm damit vor dem Gesicht herum, aber bisher hatten solche Feiglinge ihre Unbedachtheit stets bitter bereut. Guederic brach ihnen zwei oder drei Finger, damit sie ernsthaft über ihren Fehler nachdenken konnten.

Trotzdem hatte Damián nicht ganz Unrecht: In den letzten Jahren, die er hauptsächlich damit zugebracht hatte, nachts durch die Gassen Lorelias zu streifen, hatte er sich mehr Feinde als Freunde gemacht. Obschon seine Gegner ihm nach einer Schlägerei meistens aus dem Weg gingen, war es jederzeit möglich, dass ihm jemand aus Rache einen Dolch in den Rücken stieß. Dieser Gedanke, den er nie ganz vergaß, führte paradoxerweise dazu, dass er sich lebendig fühlte – ein Gefühl, das er brauchte wie die Luft zum Atmen.

»Alles in Ordnung«, sagte Guederic mit Nachdruck. »Um mich brauchst du dir keine Sorgen zu machen.«

Damián musterte ihn eine Weile, bevor er sich seufzend wieder an seinen Schreibtisch setzte. Er begann, Papiere und Schriftrollen hin und her zu schieben, um Guederic darauf aufmerksam zu machen, dass er zu tun hatte.

»Ich finde allein raus. Den Weg kenne ich ja«, sagte Guederic grinsend. »Und … sag Mutter nichts, ja?«

»Versprochen. Du kannst dich auf mich verlassen.«

»Ich weiß. Das finde ich ja so amüsant an dir.«

Noch lustiger fand er die fassungslose Miene seines Bruders. Guederic grinste ihm ein letztes Mal ins Gesicht, winkte lässig, öffnete die Tür und trat auf den Flur.

»Bis zum nächsten Mal!«, rief er, bevor er die Tür ins Schloss fallen ließ und seinem Bruder damit jedes weitere Wort abschnitt.

Auf der Treppe, die zur Eingangshalle hinabführte, begegnete Guederic einer Grauen Legionärin, deren Gesicht ihm vage bekannt vorkam. Vor ein paar Dekaden hatte sie ihn nach einer Schlägerei im Hafen in Handschellen zu Damián gebracht. Da sie nicht hässlich war und er um seine Wirkung auf Frauen wusste, warf er sein langes Haar zurück und schenkte ihr ein strahlendes Lächeln.

Sie bedachte ihn mit einem kalten Blick und ging wortlos an ihm vorbei, ohne einen Hehl aus ihrer Verachtung zu machen. Anscheinend hatte auch sie ihn erkannt.

Egal. Eine solche Kleinigkeit konnte Guederic nicht die

Laune verderben. Er war wieder auf freiem Fuß, und das war im Moment alles, was er wollte.

Lorilis wusste immer noch nicht, wie ihr geschah. Noch vor zwei Dezimen hatte sie sich bei der Besichtigung einer Mühle maßlos gelangweilt, und nun stand sie am Ufer eines Flusses, ihre Sachen zu einem Bündel geschnürt, und wartete darauf, dass ein Fremder sie in eine Stadt jenseits der Grenze brachte.

»Alles wird gut«, sagte Izaelle zum wiederholten Male. »Mach dir keine Sorgen, du bist in guten Händen.«

Lorilis nickte, aber die Worte der Ratsfrau, die sie eigentlich beruhigen sollten, bewirkten genau das Gegenteil. Warum machte ihre Lehrerin ein so bekümmertes Gesicht, wenn alles in bester Ordnung war? Lorilis hatte das ungute Gefühl, dass sie ihr etwas verheimlichte, obwohl Izaelle auch nicht mehr wusste als sie selbst: nämlich fast gar nichts.

Die Nachricht, die sie zu der überstürzten Abreise zwang, stammte von ihrem Vater. Nach ihrer Wahl zur Großen Mutter von Kaul hatte Corenn in jedem größeren Dorf einen Taubenschlag einrichten lassen, damit Nachrichten ohne Verzögerung in die Hauptstadt gelangten. Niss und Cael hatten Lorilis auch nur erlaubt, als Novizin durchs Land zu reisen, weil sie auf diese Weise jederzeit mit ihr in Verbindung treten konnten. Damit ihre Eltern immer wussten, wo sie sich gerade befand, schickte Izaelle jedes Mal, wenn sie in einem neuen Dorf ankamen, eine Brieftaube. Bis heute hatten sie noch nie eine Antwort erhalten.

In der Nachricht, die nur aus wenigen Zeilen bestand, bat Cael Ratsfrau Izaelle, Lorilis nach Benelia zu schicken, wo sie in Empfang genommen und in Sicherheit gebracht werden würde. Mehr stand nicht auf dem Zettel. Die wenigen Zeilen stellten Lorilis' Leben auf den Kopf, beantworteten jedoch keine ihrer Fragen. Was war passiert? Warum schickte ihr Vater sie nach Benelia? Wer erwartete sie dort? Und wo waren Niss und Cael?

Vor etwa einem Jahr hatten ihre Eltern sie und ihre Lehrerinnen zu einem Gespräch gebeten. Sie hatten ihnen eröffnet, dass Lorilis eines Tages in Gefahr geraten könnte, schließlich war sie die Urenkelin der Großen Mutter von Kaul, und jemand könnte versuchen, sie zu entführen oder ihr gar etwas anzutun. Damals war Lorilis die Sache völlig unwirklich vorgekommen, wie eine Abenteuergeschichte. Bis heute hatte sie sich nie bedroht gefühlt, aber jetzt war alles anders. Schwebte sie tatsächlich in Lebensgefahr? Und wenn ja, wer hatte es auf sie abgesehen?

Sie konnte noch so sehr versuchen, ruhig zu bleiben, das mulmige Gefühl wollte einfach nicht verschwinden. Die Vorstellung, jemand könnte ihr, ihren Eltern oder Großeltern etwas antun wollen, schnürte ihr die Kehle zu.

In diesem Moment näherte sich das Ruderboot, das sie fortbringen sollte, und sie kniff argwöhnisch die Augen zusammen.

»Das ist der Bruder des Müllers, dessen Mühle wir heute besichtigt haben«, erklärte Izaelle hastig. »Ihr rudert bis zur Gisle und dann weiter den Fluss hinab. Ihr müsstest Benelia noch vor dem Abend erreichen.«

Der Mann nickte bloß, und Lorilis musterte ihn skeptisch. Warum sagte er nichts? So jemand konnte nichts

Gutes im Schilde führen! Außerdem war das Boot viel zu klein für eine so weite Reise, und der Alte konnte die Ruder benutzen, um sie niederzuschlagen. Lag in seinem stummen Lächeln nicht eine mörderische Absicht? Doch schon im nächsten Moment kamen ihr diese Gedanken lächerlich vor. Sicher wollte der Mann ihr nur helfen.

Zögernd setzte sie einen Fuß ins Boot. Es schwankte und begann heftig zu schaukeln, als sie ganz an Bord kletterte. Lorilis empfand das als böses Omen: Von nun an hatte sie ihr Leben nicht mehr selbst in der Hand. Sie musste sich einem Fremden anvertrauen und wusste nicht, wohin ihr Weg sie führte.

Izaelle reichte ihr das Bündel mit ihren Sachen, beugte sich vor und drückte ihr einen Kuss aufs Haar. Lorilis starrte sie verdattert an. In den acht Dekaden, die sie gemeinsam durchs Land gereist waren, hatte Izaelle ihr nicht einmal ihre Zuneigung gezeigt. Als Lehrerin musste sie sich natürlich zurückhalten, aber gerade deshalb hatte die Geste etwas so Dramatisches. Lorilis brachte kein Wort des Abschieds heraus, sondern hob nur die Hand zum Gruß, während sich das Boot vom Ufer entfernte und sie einem ungewissen Schicksal entgegentrug.

Nach einer knappen Dezille konnte sie die Tränen nicht mehr zurückhalten. Sie machte sich schreckliche Sorgen um ihre Eltern und konnte sich einfach nicht mit ihrer verzweifelten Lage abfinden. Läge das Dorf, das sie mit Izaelle besucht hatte, näher an Kaul als an Benelia, hätte sie das Matriarchat nicht verlassen müssen. Dann hätte ihr Vater sie abgeholt, und alles wäre gut gewesen.

Es stimmte, was die Leute sagten: Manchmal genügte eine Belanglosigkeit, um ein ganzes Leben zu verändern.

Damián hatte sich gerade wieder in seine Papiere vertieft, als es abermals an der Tür klopfte. Einen Moment lang fragte er sich, ob Guederic ihn um Entschuldigung bitten oder sich noch einen schlechten Scherz erlauben wollte. Aber sein Bruder würde wohl kaum länger als nötig im Hauptquartier der Grauen Legion verweilen. Unwillig schüttelte er den Kopf und rief den Besucher herein.

Durch die Tür trat eine Frau in der Uniform der Grauen Legionäre. Seit Amanón die Legion leitete, gab es mehr und mehr Frauen in ihren Reihen. Anfangs hatten die Lorelier diese Entwicklung, die sie Amanóns Herkunft aus dem Matriarchat von Kaul zuschrieben, mit großem Misstrauen verfolgt, aber mittlerweile hatten sie sich daran gewöhnt.

Die junge Frau, die nun etwas steif vor ihm stand, war nicht älter als er selbst und konnte auf eine fast ebenso glänzende Laufbahn zurückblicken. Auch sie hatte sich Hoffnungen gemacht, in den Rang einer Ritterin erhoben zu werden, aber schließlich war die Entscheidung auf ihn gefallen. Amanón schätzte ihre Arbeit jedoch so sehr, dass er sie stattdessen zu seiner persönlichen Leibwächterin gemacht hatte. Dass sie mittlerweile mehr Zeit mit seinem Vater verbrachte als er selbst, machte Damián nichts aus. In gewisser Weise war er sogar froh, dass er nicht auch noch diesen Posten übertragen bekommen hatte, sonst wäre mit Sicherheit das Gerede wieder losgegangen, er sei ein Vatersöhnchen.

Die Legionärin salutierte und wartete, dass er sie zum Sprechen aufforderte. Obwohl es nicht Damiáns Art war, seine Macht auszunutzen oder gar seine Untergebenen zu demütigen, nahm er sich einen Moment Zeit, um sie zu mustern. Ihr Haar war zu einem Knoten gebunden, das Gesicht ungeschminkt, und sie trug keinen Schmuck, der das Grau ihrer Uniform durchbrochen hätte. Trotzdem hatte sie eine sehr weibliche Ausstrahlung, und viele Männer hätten sie sicher als hübsch bezeichnet. Doch darüber wollte Damián nicht nachdenken, schließlich war sie seine Untergebene. Außerdem hatte sie tiefe Ringe unter den Augen.

»Ich höre, Souanne«, sagte er.

Die Legionärin entspannte sich und sah ihm in die Augen. Was er in ihrem Blick sah, gefiel ihm gar nicht: eine Mischung aus Neid, Bitterkeit und Geringschätzung, vermutlich weil er zum Ritter befördert worden war und sie nicht.

»Auf Befehl des Kommandanten soll ich Euch sofort nach Benelia eskortieren.«

Verblüfft riss Damián die Augen auf. Zwar hatte sein Vater schon mehrmals davon gesprochen, dass sich Damián vielleicht eines Tages würde in Sicherheit bringen müssen, weil ein Feind der Grauen Legion seine Familie bedrohen könnte, und deshalb hatte Amanón gewisse Vorsichtsmaßnahmen getroffen. Aber Damián hatte das alles nicht besonders ernst genommen.

»Zeigt mir das Schriftstück«, sagte er angespannt.

»Das geht nicht. Der Kommandant hat mir den Befehl mündlich gegeben. Ich bin sofort hierher aufgebrochen.«

»Wo ist mein Vater? Wo hat er Euch diesen Befehl erteilt?«

»Den Abend und die Nacht haben wir im Haus des Herzogs von Kercyan verbracht. Ich weiß nicht, wo sich der Kommandant jetzt aufhält.«

»Ihr wart bei meinen Großeltern? Was habt ihr dort getan?«

Die Legionärin runzelte verärgert die Stirn. Damián fand ihr Benehmen unverschämt – vor allem, weil ihre Nachricht ihn in helle Aufregung versetzte –, aber offensichtlich war sie völlig übermüdet, was ihr Verhalten entschuldigte.

»Das weiß ich nicht. Euer Vater pflegt mich nicht in seine Angelegenheiten einzuweihen. Ich habe draußen vor dem Tor Wache gehalten. Im Laufe der Nacht trafen noch andere Besucher ein, Kaulaner, glaube ich. Der Kommandant begrüßte sie wie alte Freunde. Und heute Morgen befahl er mir, Euch nach Benelia zu bringen. Mehr kann ich nicht sagen.«

Damián wollte weitere Fragen stellen, ahnte aber, dass sie vergeblich gewesen wären. Außerdem hatte er selbst ein paar Vermutungen. Bei den Reisenden aus dem Matriarchat dürfte es sich um Corenn und Grigán gehandelt haben, seine Großeltern väterlicherseits, und vielleicht noch um Yan, Léti, Cael und Niss, die zu einem anderen Zweig der Familie gehörten. Diesen Teil seiner Verwandtschaft kannte Damián nicht besonders gut, aber für ihr plötzliches Auftauchen in Lorelia konnte es nur eine Erklärung geben: Ihr Besuch musste irgendwie mit dem Verrat der einstigen Königin Agénor zusammenhängen, den seine Eltern und Großeltern zwanzig Jahre zuvor aufgedeckt hatten. Auf die eine oder andere Weise hatte sie die Vergangenheit eingeholt.

Und Amanón hielt die Gefahr anscheinend für groß genug, um ihn vorsichtshalber in Sicherheit bringen zu lassen.

Angst um sein Leben hatte Damián nicht. Sein Vater war noch nie mit einem Vorhaben gescheitert und würde die Sache binnen Dekanten, schlimmstenfalls Tagen gelöst haben. Trotzdem machte sich Damián Vorwürfe, weil er nicht zu Hause gewesen war, als sein Vater ihn brauchte. Zu gern wäre er bei der nächtlichen Zusammenkunft dabei gewesen, hätte Grigán und Corenn begrüßt und erfahren, worum es eigentlich ging. Wie so häufig hatte Damián jedoch in den Unterkünften der Grauen Legionäre übernachtet, um zu beweisen, dass er einer von ihnen war.

Das brachte ihn auf einen anderen Gedanken: Warum war eigentlich niemand auf die Idee gekommen, ihn zu holen? Wenn die Angelegenheit so wichtig war, warum wurde er dann nicht eingeweiht? Warum schickte man ihn fort und verheimlichte ihm den Grund dafür, als wäre er ein Kind, das man vor einer unangenehmen Wahrheit schützen musste?

»Verstehe«, sagte er trotz seiner Verwirrung. »Gehen wir. Wenn wir uns beeilen, schaffen wir es vielleicht noch, meinen Bruder einzuholen. Er hat das Gebäude gerade eben erst verlassen.«

»Von Eurem Bruder war nicht die Rede«, sagte Souanne mit zusammengekniffenen Lippen.

Sie versuchte nicht, ihre Verachtung zu verbergen. Damián wunderte das nicht. Das einzige Mal, dass sich die beiden begegnet waren, hatte Guederic Handschellen getragen und Souanne den billigen Fusel vor die Füße gespuckt, mit dem er sich in jener Nacht betrunken hatte.

»Mag sein. Aber Ihr habt Eure Anweisungen, und ich

habe meine. Ich musste meinen Eltern schwören, meinen Bruder in einer solchen Situation niemals zurückzulassen. Der Kommandant hat Euch nicht ohne Grund zuerst zu mir geschickt.«

Die Legionärin nickte knapp, und Damián ignorierte ihren Widerwillen. Er würde Lorelia nicht ohne Guederic verlassen, selbst wenn er ihn am Nacken packen und hinter sich herschleifen müsste – was gar nicht unwahrscheinlich war.

Da alles gesagt war, gürtete sich Damián sein Schwert um, warf den grauen Umhang um die Schulter und folgte Souanne hinaus auf den Flur.

Der Bericht über den Toten von der Brücke würde warten müssen.

Bei der Schlägerei hatte Guederic seinen Mantel verloren, und so konnte er die Blutflecke auf seinem Hemd nicht verbergen. Die Passanten, denen er begegnete, warfen ihm misstrauische Blicke zu, aber niemand sprach ihn an, was ihm nur recht war. Nachdem er das Gebäude der Grauen Legion verlassen hatte, kehrte er schnurstracks an den Schauplatz der nächtlichen Ereignisse zurück.

Der Wirt der Schänke, ein Mann in den Fünfzigern mit buschigen Augenbrauen, erbleichte, als Guederic durch die Tür trat.

»Ich habe die Wachen nicht gerufen!«, rief er hastig. »Sie kamen zufällig vorbei und hörten das Gepolter. Wenn sie mich fragen, werde ich sagen, dass es nicht Eure Schuld war.«

Furchtsam beäugte er Guederics Hände und dachte an

die gezielten Fausthiebe, mit denen Guederic seinen Widersacher zu Boden gestreckt hatte.

»Der Kerl hätte Euren Bruder nicht beleidigen dürfen«, plapperte der Wirt weiter. »Wenn man nicht weiß, wovon man spricht, hält man besser den Mund. Ihr hattet jedes Recht der Welt, ihn …«

»Ich will nichts mehr davon hören«, schnitt ihm Guederic das Wort ab. »Ich will diese ganze unselige Geschichte einfach vergessen. Ich bin nur gekommen, um meinen Mantel zu holen.«

Die scheinheiligen Schmeicheleien des Wirts gingen ihm auf die Nerven. Außerdem gefiel es ihm gar nicht, dass er schon wieder alle Blicke auf sich zog, auch wenn die einzigen Zeugen ihres Gesprächs ein paar Säufer waren, die sich schon am frühen Morgen kaum noch auf ihren Hockern halten konnten.

»Ich habe den Mantel für Euch verwahrt«, sagte der Wirt. »Ich wollte ihn zu Eurem Vater bringen lassen, war mir aber nicht sicher, ob …«

»Darüber müsst Ihr Euch jetzt nicht mehr den Kopf zerbrechen«, blaffte Guederic.

Er nahm den Mantel und zahlte die Zeche für den gestrigen Abend. Dann trat er auf die Straße und sog die frische Morgenluft ein. Der muffige Geruch im Wirtshaus hatte Erinnerungen an die nächtliche Prügelei in ihm wachgerufen und ihm die Laune verdorben. Vielleicht sollte er zum Hafen schlendern, denn er liebte es, den Schiffen beim Ein- und Auslaufen zuzusehen und von fernen Ländern zu träumen. Er könnte sich auch einfach in einem Park ins Gras legen und den Tag vertrödeln. Oder aber er streifte durch die Stadt und lauschte den Gesprächen der

Leute, denn dabei lernte man mehr als aus allen Büchern der Welt.

Ja, all das hätte er tun können. Aber an diesem Morgen wollte er seine Zeit wie so oft sinnvoll nutzen, und so schlug er den Weg zum Waisenhaus ein.

In Lorelia gab es drei große Kinderheime. Eigentlich war es egal, welches er besuchte, denn seine Mutter Eryne hatte zwei der Waisenhäuser gegründet und leitete alle drei. Zusätzlich kümmerte sie sich um achtzehn weitere Waisenhäuser jenseits der Grenzen Loreliens.

Ähnlich wie Amanón, ihr Ehemann, den Posten als Kommandant der Grauen Legion eher zufällig erlangt hatte, hatte auch Eryne ursprünglich nicht danach gestrebt, eine solch verantwortungsvolle Arbeit zu übernehmen. Doch nach Königin Agénors Tod und dem Ende des Kriegs zwischen Lorelien und Goran hatte Eryne, die kurz zuvor Damián zur Welt gebracht hatte, sich der Kriegswaisen angenommen. Sie hatte den Anblick all der Kinder, die verloren durch die Straßen irrten, einfach nicht mehr ertragen. Damals verhungerten viele Säuglinge, weil sie keine Amme hatten, denn seltsamerweise wurden in den ersten Jahren nach dem Krieg viel mehr Kinder als gewöhnlich geboren, und ein Teil der Neugeborenen wurde ausgesetzt, weil ihre Mütter bei der Geburt gestorben waren oder ihre Familien zu arm waren, um sie zu ernähren. Das einzige Waisenhaus, das es damals in Lorelia gegeben hatte, war rasch überfüllt gewesen. Daraufhin nahm Eryne die Dinge in die Hand: Zunächst kauften sie von ihrem eigenen Vermögen weitere Häuser, später begann sie dann auch, unter den lorelischen Edelleuten Spenden zu sammeln. Irgendwann hatte sie so viel Geld beisammen, dass sie sogar im Ausland Waisenhäuser gründen konnte.

Natürlich reichte das nicht aus, um alles Elend endgültig aus der Welt zu schaffen, aber Eryne hatte Tausende Kinder vor Hunger, Krankheiten und einem frühzeitigen Tod bewahrt. Guederic konnte sich nichts Bewundernswerteres vorstellen, und deshalb half er seiner Mutter auch so oft wie möglich. Sinnvoller konnte er seine Zeit nicht nutzen. Nur manchmal musste er einfach allein sein und seinem unbändigen Freiheitsdrang folgen.

Nachdem er einige Dezimen durch die Straßen gelaufen war, trat er in den gepflasterten Hof des Waisenhauses *Die helfenden Hände*. Eine Pflegerin trat aus der Tür und grüßte ihn. »Eure Mutter ist heute Morgen nicht gekommen«, sagte sie mit einem leichten Stirnrunzeln. »Wahrscheinlich ist sie im *Lustigen Margolin*. Dafür war Euer Bruder vor wenigen Dezillen hier, weil er Euch suchte. Es schien wichtig zu sein.«

Guederic verzog enttäuscht das Gesicht und dankte der Pflegerin. Bis zum *Lustigen Margolin* war es ein langer Weg, und es war bereits Mit-Tag. Außerdem wusste er nicht mit Gewissheit, dass seine Mutter dort war. Am besten suchte er nicht länger nach Eryne, sondern machte sich ohne sie an die Arbeit.

Die Nachricht, dass Damián ihn suchte, ließ ihn hingegen völlig kalt. Vermutlich hatte sein Bruder Einzelheiten über die nächtliche Schlägerei erfahren und wollte ihn nachträglich die Leviten lesen. Dass Guederic einen Grauen Legionär auf die Bretter geschickt hatte, musste Damián gehörig gegen den Strich gehen, auch wenn dieser Legionär ein Schwachkopf war, der seine Familie beleidigt hatte.

Guederic hatte keine Lust, sich von seinem Bruder dafür beschimpfen lassen, dass er die Familienehre verteidigt hatte. Sollte Damián ihn doch suchen – in der Zwischenzeit hatte er alle Hände voll zu tun: Er musste fünfzig Betten beziehen, Essen austeilen und mit den Kindern Ball spielen. Nichts war in diesem Moment wichtiger.

Schließlich stand die Welt nicht kurz vor dem Untergang.

Den ganzen Tag war das Boot wie ein totes Stück Holz den Fluss hinuntergetrieben. Die Zeit schien stillzustehen, und noch nie waren ein paar Dekanten Lorilis so endlos vorgekommen. Die Angst um ihre Eltern und ihre eigene Hilflosigkeit ließen ihr keine Ruhe. Einmal machten sie kurz Halt, um sich die Beine zu vertreten, doch die restliche Zeit saß sie auf der harten Ruderbank und starrte auf den Horizont, der niemals näher kam.

Der alte Kaulaner, der an den Rudern saß, nahm seine Aufgabe, sie sicher nach Benelia zu geleiten, sehr ernst. Er hielt sich immer in der Mitte des Flusses, damit niemand sie vom Ufer aus angreifen konnte, und selbst das karge Mit-Tags-Mahl, ein Kanten Brot und etwas Käse, nahmen sie auf dem Wasser ein. Da Lorilis vor Beklemmung kaum etwas herunterbekam, verfütterte sie die Hälfte des Brots an ein paar Enten.

Immerhin wusste sie mittlerweile, warum der Bootsführer bei der Abfahrt so schweigsam gewesen war. Er litt an einer Krankheit, die ihm das Sprechen fast unmöglich machte. Die wenigen Worte, die er im Laufe des Tages hervorgebracht hatte, waren nahezu unverständlich gewesen. Nicht einmal seinen Namen hatte sie verstehen können. Fortan hatte Lorilis darauf verzichtet, ihm überflüssige Fragen zu stellen, und nachdem sie eine Weile versucht hatte, ein recht einseitiges Gespräch zu führen, war sie irgendwann verstummt.

Nun betrachtete sie gedankenverloren die vorbeiziehende Landschaft. Mit seinen Feldern und Dörfern erinnerte dieser Teil von Lorelien an das Matriarchat, und Lorilis hätte nicht sagen können, wann sie die Grenze überquert hatten. Sie kamen an Bauernhöfen, Windmühlen und Burgen vorbei, und am Ufer wuchsen Birken, Edelweiden und buschige Grulen.

Allmählich begann sich die Umgebung zu verändern. Je näher sie Benelia kamen, desto größer wurden die Dörfer, und es gab mehr und mehr Anzeichen menschlichen Lebens. Auch begegneten ihnen immer häufiger andere Boote. Der Handel war einer der wichtigsten Wirtschaftszweige des Königreichs Lorelien, und auf dem ruhigen Gewässer fuhren immer wieder schwer beladene Frachtkähne an ihnen vorbei. Plattbodenboote, Jollen, Schoner, Kutter und Segelschiffe aller Größen transportierten Waren flussaufwärts zu den Städten Le Pont oder Semilia, nach Arkarien oder ins romische Königreich. Andere kehrten aus dem Norden zurück und waren mit Bier aus Cyr-la-Haute, Milo, Qinga, Eisenerz oder gepökeltem Rotschweinfleisch beladen.

All das wusste Lorilis dank ihrer Ausbildung, aber zum ersten Mal sah sie das Wasserballett mit eigenen Augen. Manche Schiffe waren so groß, dass sie aufpassen mussten, ihnen nicht zu nahe zu kommen. Die Wellen, die sie verursachten, brachten ihren Kahn heftig zum Schaukeln. Zum Glück war ihr Begleiter ein erfahrener Bootsführer und bewahrte sie ein ums andere Mal vor dem Kentern. Einmal wären sie fast mit einem jezebischen Kutter zusammengestoßen, und die Seeleute beschimpften sie wüst. Eigentlich war der Vorfall nicht weiter schlimm, aber er erinnerte Lorilis daran, dass sie weit weg von zu Hause in einem fremden Land war – und dass die Menschen sehr bösartig sein konnten.

Es war der Beginn der Jahreszeit des Wassers, und die Tage waren noch schön, auch wenn es früh dunkel wurde. Als Benelia endlich in Sicht kam, stand die Sonne tief am Himmel. Im schwindenden Tageslicht betrachtete Lorilis die vor ihr aufragenden Mauern und Türme. Die Stadt war genauso alt wie Lorelia auf der anderen Seite des Flusses und einst sogar lorelische Hauptstadt gewesen. Lorelia hatte ihr diesen Titel streitig gemacht, nachdem es durch den Handel mit den Unteren Königreichen reich geworden war. Trotzdem war Benelia prächtig anzusehen: Zahlreiche Paläste zeugten von der einstigen Größe der Stadt.

Allerdings herrschte in manchen Vierteln große Armut. Das Nebeneinander von Arm und Reich war schon im Hafen zu beobachten: Nur wenige Schritte von jahrhundertealten Prachtbauten entfernt hausten Menschen in Bretterbuden und Zelten, und am Pier lagen elegante Gondeln neben verwitterten Fischkuttern vor Anker. Manche Boote waren offensichtlich schon seit Jahren nicht mehr seetüchtig.

Lorilis betrachtete ihre Umgebung mit einer Mischung aus Schrecken und Faszination. Sie befand sich in einer fremden Stadt, weit entfernt von allem, was sie kannte, den freundlichen Umgangsformen des Matriarchats, dem

Schutz der Ratsfrauen und der Liebe ihrer Eltern. Bald würde sie auch den alten Mann verlassen müssen, der sie nach Benelia gebracht hatte. Anfangs mochte sie sich vor ihm gefürchtet haben, aber nun war er der letzte Mensch, der sie mit ihrem alten Leben verband – und sie kannte nicht einmal seinen Namen.

Ihre Anspannung stieg, während der Alte das Boot zwischen den am Pier liegenden Schiffen hindurchmanövrierte. Lorilis musterte die Menschen, die sich auf den Anlegestegen tummelten. Irgendeiner von ihnen war hier, um sie in Empfang zu nehmen, zumindest hatte ihr Vater das geschrieben. Ratsfrau Izaelle hatte versprochen, ihren Eltern eine Brieftaube zu schicken, um sie wissen zu lassen, dass Lorilis unterwegs war. Hoffentlich hatten Niss und Cael die Nachricht bekommen ... Und hoffentlich hatten sie der Person, die sie abholen sollte, noch Bescheid geben können, denn sonst würde sich Lorilis mutterseelenallein bei Nacht in einem fremden Hafen wiederfinden.

Insgeheim hoffte sie immer noch, von jemandem abgeholt zu werden, den sie kannte, zum Beispiel von ihrer Großmutter Leti.

Als ein Mann ihnen vom einem der Anlegestege aus ein Zeichen gab, platzte der schöne Traum. Lorilis hatte ihn noch nie im Leben gesehen. Seine graue Uniform und der lange Umhang, den er darüber trug, verliehen ihm ein düsteres Aussehen. Dass der Bootsführer den Mann misstrauisch musterte, machte die Sache nicht besser, doch da der Fremde ganz offensichtlich sie meinte, steuerte der Kaulaner schließlich an den Steg heran.

Der Mann mit dem grauen Umhang sprang an Bord,

noch bevor der Alte die Leinen festgemacht hatte. Lorilis warf ihrem Begleiter einen besorgten Blick zu und wusste nicht, wie sie sich verhalten sollte. Der Mann schien nichts von all dem zu bemerken, und wenn doch, kümmerte es ihn nicht. Zielstrebig schnappte er sich Lorilis Bündel, warf es auf den Steg und kletterte hinterher. Dann wandte er sich um und streckte ihr die Hand hin.

»Aber …? Was …? Wer …?«, stammelte sie verwirrt.

»Du bist doch Lorilis, oder?«, blaffte der Fremde. »Wir müssen los! Beeil dich!«

Der alte Kaulaner stieß einige unverständliche Laute aus, die den Fremden vermutlich zu einem höflicheren Umgangston bewegen sollten, aber dieser beachtete ihn gar nicht. Lorilis wusste nicht mehr ein noch aus. Tränen schossen ihr in die Augen. Hier in Benelia wurde sie nicht mit dem Respekt behandelt, den sie aus dem Matriarchat gewohnt war – für den Mann war sie nur eine Vierzehnjährige, der er wegen einer Laune des Schicksals Geleitschutz geben musste. Woher kannten Niss und Cael überhaupt einen solchen Rüpel? Und wie konnten sie so jemandem das Leben ihrer einzigen Tochter anvertrauen?

»Komm schon«, drängte der Mann in der grauen Uniform. »Bist du schwer von Begriff oder was?«

Aus Trotz, aber auch aus Angst ließ sie sich wieder auf die Holzbank fallen. Ein entsetzlicher Gedanke schoss ihr durch den Kopf: *Wer sagte eigentlich, dass ihre Eltern den Mann geschickt hatten?* Vielleicht war er ja gerade derjenige, vor dem sie sie beschützen wollten …

Sie maßen sich eine Weile mit stummen Blicken, bevor der Mann einen Fluch ausstieß und in seinen Taschen zu wühlen begann. Bevor sie sich ausmalen konnte, was für eine Waffen er ziehen würde, hielt er ihr die offene Handfläche hin und schnauzte: »Hier! Können wir jetzt endlich los?«

Fassungslos starrte das Mädchen auf den Gegenstand, den er ihr hinhielt, einen Edelstein von der Größe einer Gewürznuss. Sie erkannte sofort, worum es sich handelte: ein Gwelom!

Lorilis riss die Augen auf. Seit ihrer frühesten Kindheit war sie fasziniert von diesen Steinen, die extrem selten waren und in keiner bekannten geologischen Abhandlung erwähnt wurden. Trotzdem besaßen all ihre Verwandten einen oder mehrere dieser Steine: Corenn, Grigán und sogar ihre Cousins aus Arkarien. Sie waren so etwas wie das Familienheiligtum, ein Geheimnis, das sie sorgsam hüteten. Dabei hätten die Steine sie reich machen können, denn sie hatten eine erstaunliche, beinahe magische Eigenschaft.

Lorilis hatte das Phänomen schon häufiger beobachtet. Auch sie besaß einen der Edelsteine und wurde nicht müde, ihn zu betrachten, denn er veränderte ständig sein Aussehen. Bald war er durchsichtig, bald trüb wie Nebel, mal schillerte er in allen Farben, dann wieder war er matt und glanzlos. Und das Tollste an dem Gwelom war: Die Veränderungen schienen mit der Gemütsverfassung und Gesundheit seines Trägers zusammenzuhängen. Bisher hatte Lorilis nicht herausgefunden, welchen Regeln die Veränderungen gehorchten, doch auch wenn das Phänomen unerklärlich war, war es deshalb nicht minder real. Jedes Mal, wenn Lorilis Fieber hatte, färbte sich ihr Stein zum Beispiel tiefrot. Außerdem wurden die Farben von

Jahr zu Jahr kräftiger, so als entstehe mit der Zeit zwischen ihr und dem Gwelom ein immer engeres Band.

Ihren Eltern zufolge hatten sich die Steine anfangs nicht verändert. Sie hatten sie im Rideau-Gebirge entdeckt und sie allein wegen ihrer außergewöhnlichen Schönheit mitgenommen. Erst neun oder zehn Jahre vor der Geburt ihrer Tochter hatten die Gwelome ihre geheimnisvolle Fähigkeit preisgegeben. Was es genau mit den Steinen auf sich hatte, blieb ein Rätsel, und Lorilis war froh, dass nur ihre Familie das Geheimnis kannte.

Zumindest hatte sie das bisher geglaubt. Doch nun hielt ihr der Uniformierte ein braunes Gwelom unter die Nase.

»Wer hat euch diesen Stein gegeben?«, fragte sie neugierig, ihre Angst mit einem Schlag vergessend. »Meine Eltern?«

»Nein. Der Kommandant der Grauen Legion höchstpersönlich. Er ist ein Freund deiner Eltern. Wahrscheinlich kommst du deshalb in den Genuss dieser Vorzugsbehandlung. Vertraust du mir jetzt?«

Lorilis wandte sich zu dem Bootsführer um, aber dieser zuckte nur hilflos mit den Schultern. Für ihn war das Gwelom nichts als ein gewöhnlicher Stein.

»Na gut«, sagte Lorilis kurz entschlossen. »Ich komme mit Euch.«

Sie dankte dem hilfsbereiten Kaulaner mit einem Kuss auf die Wange, ergriff die ausgestreckte Hand des Fremden und kletterte auf den Anlegesteg. Mit großen Schritten lief der Mann den Pier entlang, während sie hinter ihm herstolperte.

Am Ende des Stegs stießen drei weitere Männer in grauen Umhängen zu ihnen. Die Uniformierten wechselten ein paar Worte miteinander, und Lorilis vermutete, dass sie sich entlang des Hafenbeckens verteilt hatten, damit sie ihre Ankunft nicht verpassten. Zumindest hoffte sie das … Denn sollte dies doch eine Falle sein, dann war sie nun ohne Frage zugeschnappt.

Der Abschied von den Kindern dauerte fast ebenso lange wie die Partie Hasch-mich-am-Kinn, die er zuvor mit ihnen gespielt hatte. Guederic wurde von einem Pulk Kinder umringt, die ihn nicht gehen lassen wollten, bevor er nicht jedem einen Abschiedskuss auf die Wange gegeben hatte. Er hatte den ganzen Tag mit ihnen getobt, herumgealbert, ihnen Geschichten erzählt und sie spielerisch dazu gebracht, ihre Arbeiten zu erledigen, und nun fiel ihnen die Trennung umso schwerer. Außerdem wussten die Kinder genau, dass er manchmal nachgab und bei ihnen im Schlafsaal übernachtete. Also ließen sie nicht locker, sondern zupften weiter beharrlich an seinen Kleidern. Ein paar begannen sogar zu weinen.

Doch diesmal ließ sich Guederic nicht erweichen. Ihre flehenden Gesichter berührten ihn zwar durchaus, aber er wusste auch, wie schnell Kinder ihren Kummer vergaßen. Kaum einen halben Dekant nach seinem Aufbruch würden sie ein neues Spiel gefunden haben, und ihr Schlafsaal würde wieder von Kichern und Prusten widerhallen. Er selbst hatte an diesem Abend nämlich noch etwas vor. Keine Zechtour oder nächtliche Schlägerei diesmal: Nein, er wollte mit seinen Eltern zu Abend essen. Er sehnte sich danach, endlich wieder einmal in Gesellschaft von Eryne und Amanón ein schmackhaftes Mahl einzunehmen.

Plötzlich spürte Guederic, wie sehr ihm die gemeinsamen Mahlzeiten, das Lächeln seiner Mutter und der wohlwollende Blick seines Vaters fehlten.

»Morgen komme ich wieder!«, versprach er. »Aber dafür müsst ihr mich erst einmal gehen lassen.«

Die Kinder begriffen, dass Guederic es ernst meinte, und ließen ihn los. Er winkte den Pflegerinnen zum Abschied zu, verließ den Schlafsaal und stieg die Treppe hinunter. Als er auf den Hof hinaustrat, überlief ihn in der kühlen Abendluft ein Schauer.

Für einen kurzen Moment bedauerte er, nicht mit dem Pferd gekommen zu sein. Er war ein guter Reiter, und seine Eltern hatten mehrere prächtige Tiere im Stall stehen. Zu Fuß würde der Heimweg eine ganze Weile dauern. Andererseits waren sein Lebenswandel und seine Unbekümmertheit nicht mit der Pflege eines Pferdes vereinbar. Zwangsläufig hätte er das Tier vernachlässigt, und das wollte er nicht. Er blies sich in die Hände, überquerte zügig den Hof, schob das Holztor auf und trat hinaus auf die Gasse.

Zu spät bemerkte er, dass er erwartet wurde. Vier breitschultrige Kerle mit finsteren Mienen lungerten vor dem Tor herum. Guederic kannte nur einen von ihnen: Es handelte sich um den Legionär, mit dem er sich am Abend zuvor geprügelt hatte. Die anderen trugen unauffällige Kleidung, konnten aber trotzdem zur gleichen Bande gehören. Schon an der Art, wie sie sich ihm näherten, erkannte Guederic ihre Absicht. Instinktiv ballte er die Fäuste, während die Kerle ihn langsam umringten.

»So sieht man sich wieder!«, rief der Legionär. »Du hast uns ganz schön warten lassen!«

Der Mann versuchte sich an einem spöttischen Grinsen, konnte aber kaum die Mundwinkel bewegen. Für einen Moment betrachtete Guederic den Schaden, den seine Fäuste angerichtet hatten, und der Anblick erfüllte ihn mit Genugtuung. Ein Auge des Legionärs schillerte blau, Wangen und Stirn waren von Blutergüssen übersät, und eine Lippe war aufgeplatzt und geschwollen. Der Mann sah aus, als hätte ihn eine Herde Rinder über den Haufen gerannt, was ihn jedoch nicht davon abhielt, erneut Streit zu suchen.

»Wer hat dir verraten, wo ich bin?«, knurrte Guederic. »Den Mistkerl knöpf ich mir vor, wenn ich mit dir fertig bin.«

Die Vorstellung schien den Legionär zu amüsieren.

»Ich bin sicher, dass ihn das freuen würde, aber leider wirst du dazu keine Gelegen…«

Er kam nicht dazu, den Satz zu beenden: Guederics Faust krachte ihm gegen den Kiefer, und der Legionär taumelte zurück. Seine Komplizen reagierten schneller als erwartet. Zwei Männer packten ihn an den Armen, während ein dritter ihm in den Magen boxte und dann einen Kinnhaken versetzte. Guederic wehrte sich mit aller Kraft, und es gelang ihm, sich loszureißen. Blitzschnell verteilte er Faustschläge. Im Notfall konnte er erstaunliche Kräfte mobilisieren. Nur wenige Dezillen, nachdem er das Waisenhaus verlassen hatte, erinnerte die Straße an einen Boxring: Zwei Angreifer bluteten aus der Nase, und einer hielt sich fluchend den Arm, während Guederics linkes Auge anzuschwellen begann.

Der Kampf gehorchte keinerlei Regeln: Guederic und seine Gegner umklammerten einander, schubsten sich zu

Boden und traten wahllos um sich. Nur weil der Legionär und seine Kumpane völlig unkoordiniert vorgingen, konnte Guederic ihre Attacken immer wieder abwehren. Als ihnen klarwurde, dass sie so nichts erreichten, zogen sich die vier Kerle zurück, um Atem zu schöpfen. Sie warfen Guederic hasserfüllte Blicke zu, und zum ersten Mal seit Beginn der Prügelei kamen Guederic leise Zweifel. Er hatte einige Male gegen drei Gegner gleichzeitig gekämpft und gewonnen, aber gegen vier kampferprobte Muskelprotze kam selbst er nicht an, vor allem nicht, wenn sie sich abstimmten. Und nichts anderes schienen sie jetzt vorzuhaben, denn sie wechselten vielsagende Blicke.

Guederic überlegte ernsthaft, die Flucht zu ergreifen. Sie standen immer noch direkt vor dem Waisenhaus: Er müsste nur durch das Tor schlüpfen und es von innen verriegeln. Jeder vernünftige Mensch hätte sich in dieser Lage für den Rückzug entschieden, nicht aber Guederic. Wenn er sich jetzt davonmachte, käme er sich feige vor, auch wenn der Kampf aussichtslos war. Er hätte das Gefühl, die Ehre seiner Familie und das Erbe seiner Ahnen zu beschmutzen. Also blieb er, wo er war, und spannte jeden Muskel an, während die Kerle ihn von neuem umringten.

Erst als die Männer Dolche zogen, erkannte er seinen Fehler.

»Ich bin unbewaffnet«, stieß er mit gepresster Stimme hervor.

»Pech für dich«, gab der Legionär höhnisch zurück.

»Habt ihr solche Angst vor mir? Fürchtet ihr, windelweich geprügelt zu werden, obwohl ihr vier gegen einen kämpft? Und das alles wegen einer lächerlichen Wirtshausschlägerei?«

»Hier geht es um etwas ganz anderes. Dass ich so auch gleich Rache für gestern Nacht nehmen kann, ist nur ein glücklicher Zufall.«

Sein Blick ließ keine Zweifel an seinen mörderischen Absichten. Guederic überlief es eiskalt, doch dann wallte Zorn in ihm auf. Auf keinen Fall würde er in dieser düsteren Gasse sterben, direkt vor den Toren jenes Hauses, in dem er so viele schöne Stunden mit seiner Mutter verbracht hatte. Er würde verhindern, dass sie ihn mit ihren Dolchen erwischten. Gerade als er sich auf seine Angreifer stürzen wollte, gewannen Vernunft und gesunder Menschenverstand die Oberhand: Er wäre tot, bevor er auch nur in die Nähe der Kerle gekommen wäre. In diesem Moment ertönte vom anderen Ende der Gasse ein Ruf: »Halt!«

Obwohl derjenige, der den Schrei ausgestoßen hatte, noch ein ganzes Stück entfernt war, erkannte Guederic die Stimme sofort. Seine Angreifer fuhren herum und starrten den beiden Gestalten entgegen, die auf sie zugerannt kamen. Guederic reagierte blitzschnell. Mit der Geschmeidigkeit eines Panthers stürzte er sich auf den erstbesten Mann und wich der Klinge, die dieser ihm entgegenstieß, um wenige Fingerbreit aus.

Im nächsten Moment wälzten sie sich am Boden und kämpften verbissen um die Waffe. Guederic konnte nur hoffen, dass ihm keiner der anderen einen Dolch in den Rücken stieß. Jetzt hing sein Leben davon ab, wie rasch Damián in den Kampf eingriff.

Damián rannte wie noch nie zuvor in seinem Leben. Käme er auch nur einen Herzschlag zu spät, würde er mit ansehen müssen, wie sein Bruder erstochen wurde. Konnte er es schaffen?

Diese Frage war in diesem Moment die allerwichtigste, auch wenn ihm, seit er Guederic und die vier Kerle in der dunklen Gasse entdeckt hatte, unzählige andere durch den Kopf schossen: Wer waren die Männer? Was hatte Guederic nun schon wieder angestellt? Warum war ein Grauer Legionär in die Schlägerei verwickelt und weshalb kam er dem Sohn seines Kommandanten nicht zu Hilfe? Auf all diese Fragen wollte er eine Antwort, aber erst einmal musste er seinen Bruder retten.

Mit einer gewissen Erleichterung stellte Damián fest, dass drei der Männer auf ihn zukamen. Zumindest hatte Guederic es jetzt nur noch mit einem Gegner zu tun. Doch als er sah, dass sie mit Dolchen bewaffnet waren und in einer geschlossenen Reihe auf ihn zuliefen, fuhr ihm der Schreck in die Glieder. Der Gedanke, jemand könnte *ihn* angreifen, einen lorelischen Edelmann und Ritter der Grauen Legion, war ihm völlig fremd. Er hatte geglaubt, es würde reichen, die Kerle ordentlich zusammenzustauchen, damit sie von Guederic abließen. Als nun drei bewaffnete Männer mit finsteren Mienen auf ihn zurannten, fühlte er sich hilflos wie nie zuvor.

Dabei war er alles andere als feige und konnte zudem auf Souannes Unterstützung zählen. Die Legionärin folgte wenige Schritte hinter ihm, und ihm war klar, dass sie nur deshalb nicht ganz so schnell war wie er, weil sie eine durchwachte Nacht hinter sich hatte. Damián blieb stehen und wartete, bis sie zu ihm aufgeschlossen hatten. Sie wechselten einen raschen Blick und zogen gleichzeitig in einer fließenden Bewegung ihre Schwerter.

Beim Anblick der vier Fuß langen Eisenklingen blieben die Männer wie angewurzelt stehen. Ihre Dolche waren nichts im Vergleich zur Dienstwaffe der Grauen Legion. Flüsternd wechselten sie ein paar Worte, bevor sich zwei von ihnen Schulter an Schulter auf Damián und Souanne zubewegten. Im nächsten Moment sprangen sie zur Seite.

Als der dritte Mann den Arm senkte und ihnen seinen Dolch entgegenschleuderte, begriff Damián, dass seine Komplizen ihn absichtlich verdeckt hatten. Er duckte sich blitzschnell und warf sich gleichzeitig gegen Souanne, die ins Taumeln geriet und zu Boden ging. Hinter ihnen war das Klirren von Metall auf Stein zu hören. Wutentbrannt rannte Damián los und wirbelte dabei sein Schwert durch die Luft. Seine Gegner wichen zurück, und einer der Männer machte auf dem Absatz kehrt und ergriff die Flucht. Ein zweiter stieß ein paarmal halbherzig mit dem Dolch nach ihm, aber Damián konnte ihn sich mühelos vom Leib halten. Aus dem Augenwinkel sah er, dass auch der Mann, der den Dolch geschleudert hatte, das Weite suchte. Als dem letzten Kerl klarwurde, dass er auf sich allein gestellt war, wich er mit nervösen Trippelschritten zurück und stürzte dann Hals über Kopf davon.

Endlich kam Damián dazu, einen Blick zu seinem Bruder hinüberzuwerfen. Guederic saß rittlings auf seinem Widersacher und war, soweit er das aus der Entfernung feststellen konnte, unverletzt. Erleichtert ging Damián zu Souanne, die dabei war, sich aufzurappeln.

»Es ist vorbei«, sagte er und streckte ihr eine Hand hin.

Die Legionärin warf ihm einen vernichtenden Blick zu und sprang mit einem Satz auf die Füße.

»Was ist bloß in Euch gefahren?«, rief sie wutschnaubend. »Seid Ihr nicht ganz richtig im Kopf?«

Vor Verblüffung kam es Damián nicht in den Sinn, sie zur Ordnung zu rufen und daran zu erinnern, dass sie ihm als Ranghöherem Respekt schuldete. Verdattert stand er da und verstand nicht, was sie ihm vorwarf.

»Er … Er hat einen Dolch nach uns geworfen«, stammelte er. »Ich wollte Euch beschützen …«

»Ich komme gut allein zurecht, vielen Dank!«, fuhr Souanne ihn an. »Glaubt ihr etwa, das sei mein erster Kampf? Schließlich verbringe *ich* meine Tage nicht am Schreibtisch! Kümmert Euch nächstes Mal um Euch selbst!«

Ihre Worte brachten Damián in Rage. Gerade wollte er zurückschimpfen, als er die Erschöpfung im Gesicht der Legionärin sah. Sie war seit über fünfzehn Dekanten auf den Beinen: Letzte Nacht hatte sie für Amanón vor dem Haus der von Kercyan Wache gehalten, und seit dem frühen Morgen lief sie mit ihm durch die Straßen Lorelias, um Guederic zu finden. Auch wenn sie das Gegenteil behauptete, hätte sie vermutlich nicht rasch genug reagieren und dem Messer ausweichen können. Damián brach kein Zacken aus der Krone, wenn er etwas Nachsicht walten ließ.

Für sie schien die Sache ohnehin geklärt. Sie hatte ihm den Rücken zugewandt und stapfte zu dem Mann hinüber, den sie den ganzen Tag lang vergeblich gesucht hatten. Damián folgte ihr.

Als er auf Guederic hinuntersah, bekam er einen Schreck. Guederic saß immer noch rittlings auf der Brust seines Widersachers, aber keiner von beiden rührte sich. Fassungslos starrte Guederic auf seine Hände. Er sah aus, als würde er gleich den Verstand verlieren. Da erkannte Damián, was passiert war: Unter dem Kopf des Legionärs breitete sich eine Blutlache aus. Guederic hatte ihn getötet. Er musste seinen Schädel auf die Pflastersteine geschlagen haben. Bisher waren Guederics Schlägereien immer glimpflich ausgegangen, ein blaues Auge hier, eine gebrochene Rippe da, aber früher oder später hatte so etwas ja passieren müssen …

»Komm, Guedy«, sagte Damián behutsam. »Gehen wir.«

Er legte seinem Bruder eine Hand auf die Schulter. Guederic hob den Kopf und sah ihn mit unergründlicher Miene an. Sein zugleich verzweifelter und ekstatischer Blick drang Damián bis ins Mark. Im nächsten Moment stand Guederic mit steifen Bewegungen auf, und Damián war einfach nur froh, dass er seiner Aufforderung folgte. Nun konnten sie endlich nach Benelia aufbrechen, wie ihr Vater es befohlen hatte. Damián legte seinem Bruder einen Arm um die Schultern und zog ihn mit sich. Erst nach zehn Schritten merkte er, dass Souanne nicht nachkam. Die Legionärin kniete neben dem Toten und durchsuchte seine Hosentaschen.

»Das bringt doch jetzt nichts mehr, er ist tot«, rief Damián ihr zu. »Wir haben keine Zeit zu verlieren!«

»Der Kommandant wird wissen wollen, wer der Mann war und warum er Guederic angegriffen hat«, widersprach sie. »Ich suche nach einer Antwort auf diese Fragen. Das ist mein Beruf. Jeder Legionär würde so vorgehen.«

Damián biss sich auf die Lippen, um nichts Scharfes zu erwidern. Natürlich hatte sie Recht. Wäre nicht sein

Bruder in die Sache verwickelt gewesen, hätte Damián genau wie sie gehandelt. Er hätte die Leiche zum Platz der Reiter bringen lassen, hätte Guederic eingehend verhört und alles daran gesetzt, die Kerle zu finden, die vom Tatort geflohen waren. Aber sein Vater hatte ihn schon vor über vier Dekanten aufgefordert, sich nach Benelia zu begeben. Dass sich Amanón gezwungen sah, seine Söhne in Sicherheit bringen zu lassen, brachte Damián gehörig aus dem Gleichgewicht, und der apathische Zustand seines Bruders machte die Sache nicht besser. Beschämt wartete er, bis Souanne die Leiche untersucht hatte, und warf dabei immer wieder nervöse Blicke nach rechts und links.

»Nichts Aufschlussreiches«, sagte Souanne nach einer Weile mit Bedauern.

Sie ärgerte sich wohl vor allem über die verpasste Chance, einem ranghöheren Legionär eins auszuwischen, aber Damián zeigte sich als guter Verlierer.

»Trotzdem war Eure Entscheidung richtig. Kommt jetzt, wir müssen uns beeilen.«

Sie nahmen Guederic, der mit leerem Blick vor sich hinstarrte, in die Mitte und bogen gleich darauf um die nächste Straßenecke. Obwohl Damián seinem Bruder mit großer Wahrscheinlichkeit das Leben gerettet hatte, hatte er nicht den Eindruck, einen Sieg davongetragen zu haben.

»Hier ist es«, sagte der Legionär.

Lorilis zuckte zusammen. Bis zu diesem Moment hatten die Männer, die sie eskortierten, eisern geschwiegen. Gut anderthalb Dezimen lang waren sie und die vier Fremden, die sie am Hafen in Empfang genommen hatten, durch die dunklen Straßen Benelias gelaufen. Nie zuvor in ihrem Leben hatte sie sich so einsam gefühlt. Alles machte ihr Angst: die Stadt, die schweigsamen Soldaten und ihre verzweifelte Lage. Während des Marschs durch die Straßen hatte ihr Misstrauen etwas nachgelassen, aber jetzt kehrte es mit voller Wucht zurück.

»Hier?«, wiederholte sie.

Das mochte zwar einfältig klingen, aber ihr fiel auf die Schnelle nichts Schlaueres ein. Sie musste unbedingt etwas Zeit schinden. Verstohlen musterte sie das Haus, vor dem sie standen.

Das schmale, zweistöckige Gebäude sah nicht anders aus als die anderen in der Straße. Die Fensterläden waren geschlossen, und nur im ersten Stock drang etwas Licht durch die Schlitze. Wer mochte sich dort oben befinden? Niss und Cael etwa? Kurz flackerte Hoffnung in ihr auf, aber dann erfasste sie wieder Mutlosigkeit. Wenn Lorilis' Eltern in der Stadt gewesen wären, hätten sie sie am Hafen abgeholt. Wer erwartete sie dann dort oben? Freund oder Feind?

Die Männer, die sie eskortiert hatten, schienen ihr jedenfalls nichts antun zu wollen. In den finsteren Gassen der Stadt hätten sie jede Gelegenheit dazu gehabt, und Lorilis war immer noch am Leben. Aber es konnte sich natürlich um eine Entführung handeln. Das unscheinbare Haus in einem heruntergekommenen Viertel war der perfekte Ort, um ein junges kaulanisches Mädchen verschwinden zu lassen.

Bevor Lorilis noch etwas sagen konnte, klopfte der Legionär dreimal an die Tür. Kurz darauf wurde innen ein schwerer Riegel zurückgeschoben, und die Tür öffnete sich einen Spalt. Der Soldat gab Lorilis einen Schubs, und sie stolperte ins Innere. Es war stockfinster.

»Schieb den Riegel wieder vor«, befahl der Soldat. »Und rühr dich nicht vom Fleck, bis du abgeholt wirst.«

»Wann wird das sein?«, fragte sie hastig.

»Keine Ahnung. Dafür bin ich nicht zuständig. Tu, was ich sage, und stell keine unnötigen Fragen.«

Ohne sich von ihr zu verabschieden, zog er die Tür zu und ließ Lorilis in der Finsternis zurück. Sie wagte kaum zu atmen oder sich zu rühren. Die Schritte der Soldaten entfernten sich. Lorilis stand mutterseelenallein in einem fremden Haus, zusammen mit einer Gestalt, deren Umrisse sie in der Dunkelheit kaum erkennen konnte und die noch kein einziges Wort gesagt hatte.

»Bist du die Tochter von Niss und Cael?«

Beim Klang der Männerstimme zuckte Lorilis zusammen, aber der Tonfall des Fremden war freundlich. Dass er ihre Eltern erwähnte, war Balsam für ihre Seele. Trotzdem zitterte ihre Stimme, als sie antwortete: »Ja. Kennt Ihr sie?«

»Nicht direkt, aber ich habe viel von ihnen gehört. Sie scheinen gute Menschen zu sein.«

Lorilis nickte heftig, bevor ihr einfiel, dass er sie in der Dunkelheit nicht sehen konnte.

»Gehen wir hoch«, sagte der Fremde. »Wenn du Hunger hast, gibt es etwas zu essen.«

Endlich entspannte sich Lorilis etwas. Offenbar hatte sie von dem Mann nichts zu befürchten. Sie ging die Treppenstufen hoch auf das Licht im ersten Stock zu. Als der Mann unten einen massiven Eisenriegel vorschob, verzog sie das Gesicht. Das Haus erinnerte sie unangenehm an ein Gefängnis, und die spärliche Einrichtung verstärkte diesen Eindruck noch: Der Raum im ersten Stock war nur mit einem abgenutzten Holztisch und sechs Stühlen mit löchrigen Sitzflächen aus Bast möbliert. Drei armselige Kerzen erhellten die Szene.

Von dem Hauptraum gingen mehrere Zimmer ab. In einem brannte eine Lampe, aber Lorilis hatte keine Zeit mehr, einen Blick hineinzuwerfen. Der Fremde kam die Treppe hoch, und sie wandte sich um, weil sie wissen wollte, wie er aussah.

Bei seinem Anblick flammte ihr Misstrauen erneut auf. Vor ihr stand ein junger Mann von vielleicht dreiundzwanzig oder vierundzwanzig Jahren mit kahlgeschorenem Schädel und bartlosem Gesicht. Sein Hemd und seine Hose aus hellem Stoff erinnerten an die Tracht der kaulanischen Bauern, und seine Füße steckten in Filzstiefeln. Schmuck trug er keinen, weder Halskette noch Ring noch Armreif. Seine eigenwillige Schönheit hätte gewiss einer ganzen Menge Mädchen ihres Alters den Atem geraubt, doch für ihren Geschmack war er zu makellos. Sein Gesicht wirkte maskenhaft, und obwohl er sie anlächelte, blieben seine Augen kalt. In der rechten Hand hielt er einen Dolch, und Lorilis wich ans andere Ende des Raums zurück.

Erst jetzt schien der Fremde zu bemerken, dass er ihr Angst machte. Er legte die Waffe auf den Tisch und lächelte entschuldigend. Lorilis fand sein Verhalten nicht besonders vertrauenseinflößend.

»Und, hast du Hunger?«, fragte er. »Nebenan gibt es eine Vorratskammer. Man hat uns mit genug Lebensmitteln für eine Dekade versorgt.«

Ohne eine Antwort abzuwarten, ging er ins Nebenzimmer und begann, in einem Schrank zu wühlen. Erst wagte Lorilis nicht, sich zu rühren, aber dann bewegte sie sich vorsichtig auf den Dolch zu, der immer noch auf dem Tisch lag. Nur für den Fall der Fälle … Sie kam jedoch nicht dazu, die Waffe an sich zu nehmen. Der Kahlgeschorene kehrte mit einem Fluffbrot, einem Schinken vom Rotschwein und mehreren Honigkuchen zurück. Er stellte die Lebensmittel auf den Tisch und nahm den Dolch, um ein paar Scheiben von Brot und Schinken abzuschneiden. Dann nahm er einen Krug, ging hinunter ins Erdgeschoss, wo er ihn mit Wasser aus einem Fass füllte, und brachte Lorilis Teller und Besteck. Schließlich holte er ein Buch aus dem Zimmer, in dem das Licht brannte, ließ sich auf einen Stuhl nieder und begann, im Schein der Kerzen zu lesen. Offenbar wollte er sie nicht beim Essen stören. In diesem Moment merkte sie, wie unhöflich sie sich verhielt.

»Danke«, stotterte sie. »Esst Ihr … Esst Ihr nichts?«

»Ich habe nur selten Hunger«, erklärte der Fremde. »Außerdem habe ich vorhin eine Kleinigkeit gegessen. Ich bin schon seit einer ganzen Weile hier.«

Dann vertiefte er sich wieder in sein Buch, und Lorilis traute sich nicht, weitere Fragen zu stellen. Verlegen starrte sie zu Boden. Schließlich siegte der Hunger über ihr Misstrauen, und sie setzte sich an den Tisch. Seit dem Morgen hatte sie nichts Richtiges mehr zu sich genommen. Der Kahlgeschorene ignorierte sie jetzt völlig. Lorilis befürchtete, ihn mit ihren Kaugeräuschen beim Lesen zu stören. Erst nach mehreren Dezillen nahm sie ihren ganzen Mut zusammen und stellte die Frage, die sie seit ihrer Ankunft nicht mehr losließ.

»Verzeiht, aber … Wer seid Ihr eigentlich? Und wer hat Euch von meinen Eltern erzählt?«

Der Fremde hob überrascht die Augenbrauen und schlug dann mit belustigter Miene das Buch zu. »Ich dachte, das wüsstest du … Haben die Legionäre dir nichts gesagt? Dieselben Männer haben mich heute Morgen hergebracht …«

Lorilis schüttelte den Kopf und wartete begierig auf seine Antwort.

»Ich bin Josion von Kercyan, Zejabels und Nolans Sohn. Du weißt, dass unsere Eltern Freunde sind, oder?«

Lorilis nickte. Die Namen Zejabel und Nolan hatte sie schon oft gehört.

»Dann wäre das ja geklärt«, sagte Josion abschließend.

Wieder senkte er den Blick auf sein Buch, als wäre damit alles gesagt. Dabei brannten Lorilis unzählige weiteren Fragen auf der Zunge. Vor allem eins interessierte sie: Warum hatte man sie mit diesem seltsamen Mann in einem leerstehenden Haus in Benelia eingesperrt?

Allmählich tauchte Guederic aus dem Nebel auf, der ihn seit einer ganzen Weile zu umgeben schien. Er fühlte sich wie nach einer durchzechten Nacht. Sein Verstand hatte Schwierigkeiten, zwischen der Wirklichkeit, den verstörenden Ereignissen der vergangenen Dekanten und den Trugbildern zu unterscheiden, die immer wieder vor seinem geistigen Auge aufflackerten. Bald sah er sich zusammengekrümmt am Boden eines Ruderboots liegen, in Begleitung seines Bruders und einer Legionärin, bald mit den Kindern aus dem Waisenhaus in einem wunderschönen Garten spielen, dann wieder schlug er den Kopf seines Widersachers auf die Pflastersteine, um ihn dazu zu zwingen, den Dolch loszulassen. Es war dieses letzte Bild, das unangenehmste von allen, das immer wiederkehrte. Alles andere, die Halluzinationen, Erinnerungslücken und Phasen der Bewusstlosigkeit, waren nichts als verzweifelte Versuche seines Verstands, der grausamen Wahrheit zu entkommen.

Doch allmählich wurde sein Kopf wieder klarer, und er war gezwungen, sich der Wirklichkeit zu stellen.

Zum ersten Mal hatte er einen anderen Menschen getötet. Natürlich hatte er nur sein Leben verteidigt, aber allmählich kamen ihm leise Zweifel … Hatte er sich nicht von seinen niedersten Instinkten leiten lassen? Hatte er nicht heftiger zugeschlagen als nötig? Hatte er nicht immer weitergemacht, als sein Gegner die Waffe schon längst fallen gelassen hatte, als seine Augen erloschen und die Glieder erschlafft waren? Guederic hatte erst aufgehört, als er den Schädelknochen brechen hörte, und in diesem Moment hatte ihn ein überwältigendes Triumphgefühl durchströmt. Im nächsten Moment hatten ihn Reue, Selbsthass und Verzweiflung erfasst, und ihm war mit Schrecken bewusst geworden, dass es nun kein Zurück mehr gab. Er würde für immer ein Mörder sein. Dieser entsetzliche Gedanke ließ ihn seither nicht mehr los.

Sicher war der Legionär ein Schläger und Feigling gewesen, und vermutlich hatte er anderen viel Leid zugefügt … Trotzdem wurde Guederic den Gedanken nicht los, dass er einst ein kleiner Junge gewesen war, der seine Eltern über alles liebte, der um Hilfe rief, wenn er nachts im Dunkeln aufwachte, und der bitterlich den Tod seines

Hundes beweinte. Das Kind, das mit großen, unschuldigen Augen in die Welt blickte, hatte sicherlich nicht damit gerechnet, eines Tages mit zertrümmertem Schädel in einer Gasse Lorelias zu enden.

Dieses Bild gab Guederic den Rest, und er begann haltlos zu weinen. Viel zu lange hatte er die Tränen zurückgehalten. Damián und Souanne, die jeweils an einem Ende des Boots saßen, ließen ihn eine Weile in Ruhe. Nach einigen Dezillen wischte er sich mit dem Ärmel die Tränen aus dem Gesicht und setzte sich neben seinen Bruder, der sich kräftig in die Riemen legte.

»Wohin fahren wir?«, fragte er mit gepresster Stimme.

»Nach Benelia. Wir sind gleich da.«

Guederic wandte sich um und starrte missmutig auf die beiden Leuchttürme am Hafeneingang der einstigen Hauptstadt. Er hatte Benelia nie besonders gemocht, und er hasste es, sich einem fremden Willen zu beugen, auch wenn es der seines Bruders war. Damián mochte ihm das Leben gerettet haben, aber das bedeutete noch lange nicht, dass er ihm Vorschriften machen konnte.

»Und was sollen wir dort? Sag nicht, wir …«

»Doch. Vater hat uns gebeten, uns für eine Weile in Sicherheit zu bringen.«

»Warum? Was ist passiert?«

»Ich weiß auch nicht viel mehr als du, Guedy.«

Damián erzählte seinem Bruder alles, was seit dem Morgen geschehen war: Er und Souanne hatten an allen Orten nach Guederic gesucht, an denen sich dieser für gewöhnlich aufhielt. Zuerst hatten sie bei Eryne und Amanón vorbeigeschaut, dann bei ihren Großeltern Reyan und Lana – vergeblich.

Den Dienern zufolgte hatten beide Ehepaare ihre Häuser früh am Morgen mit Reisebündeln und Waffen verlassen.

»Und unsere Eltern haben nicht gesagt, wann sie wiederkommen? Selbst Mutter nicht?«

Als sein Bruder den Kopf schüttelte, verfinsterte sich Guederics Gesicht noch etwas mehr. Diese Art von Heimlichtuerei passte zu Amanón, der seinen Söhnen meistens verschwieg, woran er gerade arbeitete, aber von Eryne kannte er so etwas eigentlich nicht. Guederic konnte nicht fassen, dass sie ihren Söhnen nicht einmal einen Brief hinterlassen hatte.

»Und du hast nicht die geringste Ahnung, wo sie hinwollten? Du hast mit Vater zusammengearbeitet, du musst doch etwas wissen!«

»Ich sehe ihn viel seltener als du. Außerdem ist Souanne seine persönliche Leibwächterin. Frag doch sie.«

Mit dem Kopf wies er auf die Legionärin, die am anderen Ende des Bootes saß. Guederic sah sie fragend an, aber sie verzog nur abfällig das Gesicht.

»Ich weiß auch nicht mehr. Man hat mir nur aufgetragen, Euren Bruder nach Benelia zu eskortieren und dort zu bleiben, bis ich weitere Befehle erhalte.«

»Und wo in Benelia? Steigen wir in einer Herberge ab, oder schlafen wir unter einer Brücke? Oder was?«

»Ich habe die Adresse von einem Haus«, erklärte Damián. »Dort bleiben wir eine Weile und warten ab. Das ist der erste Schritt.«

»Warten? Worauf? Und der erste Schritt wovon?«

»Es kann sein, dass noch andere zu uns stoßen.«

»Andere? Wer? Etwa weitere Graue Legionäre?«

Damián zuckte mit den Achseln. Er schien auf diese Fragen tatsächlich keine Antwort zu wissen.

Daraufhin wandte sich Guederic Souanne zu, aber sie beachtete ihn nicht. Guederic verstand nicht, warum sich die anderen mit ihrer Unwissenheit abfanden. Er hätte nicht einfach »Jawohl, Herr Kommandant« gesagt, wenn Amanón ihn nach Benelia geschickt hätte, sondern darauf bestanden, alle Einzelheiten zu erfahren – angefangen mit den Gründen für ihre Reise. Außerdem hätte er wissen wollen, wer die Leute waren, die möglicherweise zu ihnen stoßen würden. Anders als Damián hätte er es keine Dekade als Soldat der Grauen Legion ausgehalten. Es widerstrebte ihm einfach, blind Befehlen zu gehorchen.

»Ich habe keine große Lust, bei eurem Spiel mitzuspielen«, sagte er. »Vielleicht sollte ich mich in einem Wirtshaus einquartieren, sobald wir im Hafen angelegt haben.«

»Damit Ihr Euch wieder besaufen könnt und im Kerker landet?«, herrschte ihn Souanne an. »Reicht es Euch nicht, dass Ihr vorhin fast draufgegangen wärt?«

»Sie hat Recht, Guedy«, sagte Damián beschwichtigend. »Vater hat uns hergeschickt, weil er glaubt, wir seien in Gefahr. Und wo wir gerade von Gefahr sprechen ... Willst du uns nicht erzählen, was passiert ist? Kanntest du die Männer, die dich angegriffen haben?«

Guederics Meine verdüsterte sich wieder. »Nur den einen, den ich ... den ... der tot ist. Er war derjenige, mit dem ich mich auch schon gestern Nacht geprügelt habe. Ich hätte nicht gedacht, ihn so schnell wiederzusehen. Da hab ich mich wohl gründlich geirrt.«

Guederic verfiel in brütendes Schweigen, denn der Vorfall verstörte ihn immer noch zutiefst. Er fühlte sich nicht imstande, weiter darüber zu reden.

Auch wenn das bedeutete, dass er seinem Bruder etwas Wichtiges vorenthielt.

Josion blätterte in regelmäßigen Abständen die Seiten seines Buchs um, ohne ein Wort von dem aufzunehmen, was er las. Er hatte das philosophische Traktat schon mehrfach studiert, aber heute war er mit den Gedanken woanders, weit entfernt von dem leerstehenden Haus in Benelia, in das man ihn einquartiert hatte. Dennoch hatte es zwei Vorteile, so zu tun, als wäre er in die Lektüre vertieft: Seine Hände waren beschäftigt, und die kleine Kaulanerin ließ ihn in Ruhe.

Er hatte nichts gegen Lorilis persönlich. Sie schien ein nettes, wohlerzogenes Mädchen zu sein, aber ihm stand einfach nicht der Sinn danach, sich zu unterhalten. Bei ihrer Ankunft war Lorilis so eingeschüchtert gewesen, dass er ihr kurz etwas Aufmerksamkeit geschenkt hatte, damit sie sich entspannte. Anschließend hatte er sie sich selbst überlassen. Sie hatte eine Kleinigkeit gegessen, ihr Geschirr abgespült, sich im Haus umgesehen und ein Zimmer bezogen. Seitdem hatte sie ihn nicht ein einziges Mal angesprochen, obwohl sie darauf brennen musste, mehr zu erfahren. Er zweifelte keine Dezille, dass sie ihn mit Fragen löchern würde, sobald er sein Buch zuschlüge, in der Hoffnung, er könnte all ihre Sorgen aus der Welt schaffen.

Aber Josion konnte ihr nicht helfen. Das, was er wusste, durfte er nicht preisgeben. Nein, er musste weiter schweigen.

Eigentlich hatte sein Tag wie jeder andere begonnen. Josion war früh aufgestanden und beim Frühstück in der kleinen Dachkammer, die er seit seinem Umzug nach Lorelia bewohnte, noch einmal den Unterrichtsstoff vom Vortag durchgegangen. Obwohl er nun schon seit einigen Jahren an der renommierten königlichen Universität von Lorelia studierte, wusste er immer noch nicht, womit er einmal seinen Lebensunterhalt verdienen wollte. Er war ein guter Schüler und hatte in allen Fächern hervorragende Noten: Literatur, Geometrie, Naturkunde und Geschichte … Aber er empfand keine besondere Leidenschaft für eine dieser Disziplinen, was ihm zunehmend Kopfzerbrechen bereitete. Schon in einem Jahr würde er entscheiden müssen, welchen Beruf er ergreifen wollte.

Wie an sieben Tagen in jeder Dekade hatte er sich nach dem Frühstück auf den Weg zum Unterricht gemacht, aber er war nicht einmal bis zur nächsten Straßenecke gekommen: Vor der Tür fingen ihn zwei Graue Legionäre ab. Die Männer hatten den Auftrag, ihn nach Benelia zu eskortieren, und der Befehl stammte direkt von ihrem Kommandanten Amanón, der wiederum auf Anweisung von Josions Eltern handelte. Als Beweis dafür, dass er ihnen vertrauen konnte, zeigten die Legionäre ihm ein Gwelom, und Josion folgte ihnen ohne Widerspruch.

Schon lange hatte er gewusst, dass so etwas eines Tages passieren könnte. Zunächst hatte er sich keine großen Sorgen gemacht: Es konnte sich um falschen Alarm handeln oder um eine Übung, mit der Amanón überprüfen wollte, ob sein Notfallplan funktionierte. Aber natürlich war es auch möglich, dass er ernsthaft in Gefahr war. Es war vor allem diese Ungewissheit, die Josion verrückt machte. Er war hin- und hergerissen zwischen seiner Absicht, kühlen Kopf zu bewahren, und dem Impuls, aufzuspringen, aus dem Haus zu rennen und sich auf die Suche nach seinen Eltern zu machen.

Denn um Nolan und Zejabel hatte er am meisten Angst. Wo mochten sie in diesem Moment sein? Was taten sie? Vermutlich hielten sie sich nicht mehr in Lorelia auf, auch wenn sie offenbar die letzte Nacht dort verbracht und sich mit Amanón beraten hatten. Welches dramatische Ereignis hatte sie dazu gebracht, die Burg zu verlassen und in die Stadt zu reisen? Warum hatten sie ihren Sohn nicht selbst vor der drohenden Gefahr gewarnt?

Doch Josion machte sich nicht nur Sorgen, er empfand auch Bitterkeit. Er war das einzige Kind, das seinen Eltern vergönnt gewesen war, und an diesem außergewöhnlichen Tag wurde ihm bewusst, wie weit sie sich in den letzten Jahren voneinander entfernt hatten. Gewiss wäre es einfacher gewesen, wenn seine Eltern in Lorelia gelebt hätten, aber Zejabel und Nolan hatten schon vor langer Zeit beschlossen, der Hektik der Hauptstadt zu entfliehen und sich auf dem Landsitz der Herzoge von Kercyan niederzulassen: der Burg Clérimont, zwei Tagesritte von Lorelia entfernt.

Josion hatte seine Kindheit und einen Großteil seiner Jugend auf der Burg verbracht. Er hatte in den Gewächshäusern gespielt, in denen seine Mutter fremdartige Pflanzen züchtete, und in der Schreibstube, in der sein Vater Abschriften von alten Büchern anfertigte. Josion hatte viele schöne Erinnerungen an diese Zeit, aber tief in seinem Inneren gab es einen dumpfen Schmerz. Seit er die Königliche Universität besuchte, war er nicht mehr auf die Burg zurückgekehrt. Manchmal kam Nolan ihn in Lorelia besuchen. Dann trafen sich Vater und Sohn bei seinen Großeltern Rey und Lana, und alle versammelten sich zu einem gemeinsamen Mahl. Josion freute sich jedes Mal sehr, seinen Vater wiederzusehen, auch wenn ihn die Begegnungen zugleich traurig stimmten, denn seit fast vier Jahren hatte er seine Mutter nicht mehr gesehen.

»Äh … Verzeihung?«

Die Stimme ließ ihn zusammenfahren, er sprang auf. Wurde er angegriffen? Musste er sich verteidigen? Vor ihm stand eine völlig verängstigte Lorilis. Offenbar hatte er ihr einen entsetzlichen Schreck eingejagt. Josion zwang sich zur Ruhe. Er war völlig in seinen Erinnerungen versunken gewesen.

»Äh … Verzeihung«, wiederholte sie mit kaum hörbarer Stimme. »Es klopft an der Tür, und ich … ich habe Angst, allein hinunterzugehen und aufzumachen.«

Wie zur Bekräftigung ihrer Worte erklangen aus dem Erdgeschoss dumpfe Schläge. Josion hätte sich am liebsten geohrfeigt. Wie hatte er nur so pflichtvergessen sein können?

Fest entschlossen, seine Unachtsamkeit wiedergutzumachen, nahm er seinen Dolch und ging zur Treppe. Lautlos schlich er die Stufen hinunter.

Dabei vergaß er ganz, dass er beobachtet wurde. Lorilis sah ihm besorgt nach. Dieser Josion von Kercyan bewegte sich geschmeidig wie eine Raubkatze – oder ein kaltblütiger Mörder.

»Bist du sicher, dass es das richtige Haus ist?«

»Ja«, sagte Damián, um seinen Bruder zu beruhigen, obwohl er sich keineswegs sicher war.

In diesem Teil Benelias war er noch nie gewesen. Es war Jahre her, dass sein Vater ihm die Adresse genannt hatte, und seitdem konnte sich einiges verändert haben. Vielleicht lebte mittlerweile eine arglose Familie in dem Haus, und Souannes kräftige Schläge gegen die Tür versetzten die Bewohner in Angst und Schrecken.

Damián hatte nicht damit gerechnet, dass die Tür verriegelt sein würde, und auch die Anzeichen dafür, dass das Haus bewohnt war, verwirrten ihn: Im ersten Stock drang fahles Licht durch die Fensterläden. Der anderen wegen war er bemüht, Selbstsicherheit auszustrahlen, aber insgeheim hatte er panische Angst davor, vom Plan seines Vaters abweichen zu müssen.

»Es muss das falsche Haus sein. Oder die Bewohner sind taub«, brummte Guederic. »Suchen wir uns eine Herberge. Ich zahle auch für die Übernachtung.«

»Aber Vater hat uns diese Adresse …«

Damián kam nicht dazu, den Satz zu beenden. Innen schob jemand einen schweren Riegel zurück, und im nächsten Moment standen sie einem Mann gegenüber, den er in der Dunkelheit kaum erkennen konnte. Er kniff die Augen zusammen und fragte überrascht: »Josion? Bist du das?«

»Ja«, bestätigte dieser knapp. »Komm herein, Cousin. Und du auch, Guederic.«

Damián ließ sich nicht lange bitten. Endlich waren sie in Sicherheit. Doch sein Bruder und Souanne blieben vor der Tür stehen.

»Bist du das wirklich, Josion?«, fragte Guederic. »Ich hab dein Gesicht anders in Erinnerung.«

»Es ist dunkel, und bei unserer letzten Begegnung waren wir noch Kinder.«

»Aber lebst du nicht mittlerweile in Lorelia? Wie kommt es, dass man dich nie zu Gesicht bekommt, Cousin?«

Damián warf seinem Bruder einen verständnislosen Blick zu. Was sollte die Fragerei? Josion war ihr Cousin, der Sohn von Onkel Nolan, und jeder in der Familie von Kercyan wusste, dass er ein Einzelgänger war. Damián, Guederic und Josion gehörten zwar derselben Generation an und wohnten in derselben Stadt, aber sie pflegten keinen Umgang. Was spielte das jetzt für eine Rolle?

»Es hat sich bisher eben keine Gelegenheit ergeben«, antwortete Josion gelassen. »Ich erinnere mich jedenfalls noch gut an dich.«

Guederic zögerte noch einen Moment, bevor er durch die Tür trat. Souanne schickte sich an, ihm zu folgen, aber Josion versperrte ihr drohend den Weg. Erst jetzt bemerkte Damián den Dolch in der Hand seines Cousins, den dieser bisher verborgen hatte.

»Souanne gehört zu mir«, erklärte er möglichst ruhig. »Mein Vater hat ihr befohlen, uns nach Benelia zu begleiten.«

»Sie gehört nicht zur Familie«, sagte Josion.

Souanne war sichtlich bemüht, sich zusammenzureißen und den jungen Mann nicht anzuschreien. Besorgt, dass ihr das angesichts ihrer Erschöpfung nicht allzu lange gelingen würde, sagte Damián mit fester Stimme: »Das Haus gehört der Grauen Legion und nicht der Familie von

Kercyan. Souanne hat jedes Recht, hier Unterschlupf zu suchen.«

»Du verstehst nicht«, beharrte Josion. »Wir müssen unter uns bleiben.«

»Du hast Recht, das verstehe ich nicht. Wie auch immer, es handelt sich um einen Befehl meines Vaters. Da gibt es nichts weiter zu diskutieren.«

Josion musterte Souanne mit einem so seltsamen Gesichtsausdruck, dass Damián einen Schritt zurückwich.

»Amanón hat ausdrücklich befohlen, dass sie hier mit uns wartet? Willst du mir das sagen?«

»Ganz genau. Hör zu, Josion, Souanne ist nicht irgendeine Legionärin. Sie ist Amanóns Leibwächterin und eine seiner engsten Vertrauten.«

Damián entging nicht, dass Stolz in Souannes Augen aufblitzte. Er hatte es nicht darauf angelegt, ihr zu schmeicheln, war aber froh, wenn seine Worte dazu beitrugen, die Lage zu entspannen.

Und tatsächlich gab Josion nun den Weg frei und ließ sich sogar zu einer knappen Verbeugung herab. Souanne würdigte ihn keines Blickes, als sie über die Schwelle trat. Josion schloss die Tür hinter ihr und schob den schweren Eisenriegel vor.

»Gehen wir hoch«, sagte er. »Wir haben einander viel zu erzählen.«

Damián nickte, obwohl er nicht sicher war, was er von Josion halten sollte. Sein Cousin war noch merkwürdiger als sein Ruf in der Familie. Konnte er ihm wirklich vertrauen?

Souanne hatte Hunger, ihre Füße schmerzten und ihr Körper war schwer vor Müdigkeit, aber sie weigerte sich, vor den Männern auch nur die kleinste Schwäche zu zeigen, vor allem vor dem »Ritter«, mit dem sie seit dem frühen Morgen unterwegs war. Auf keinen Fall würde sie ihm einen Vorwand liefern, sich ihr überlegen zu fühlen. Dabei konnte sie sich kaum noch auf den Beinen halten und fast keinen klaren Gedanken mehr fassen.

Nachdem sie bis zum Morgen vor dem Haus derer von Kercyan Wache gestanden hatte und den ganzen Tag auf der Suche nach diesem Nichtsnutz Guederic durch Lorelia gelaufen war, schaffte sie die zehn Stufen in den ersten Stock nur mit Mühe und Not. Dem Mädchen, das oben auf sie wartete, schenkte sie ein flüchtiges Lächeln, und richtete ihre Aufmerksamkeit sofort auf die Stühle, die um einen Tisch herumstanden. So unauffällig wie möglich sank sie auf den erstbesten Stuhl und konnte sich gerade noch davon abhalten, vor Erleichterung aufzuseufzen.

Die anderen stellten sich reihum vor. Das Mädchen war eine entfernte Verwandte der Brüder von Kercyan, sie hatten dieselbe Urgroßmutter. Souanne war also tatsächlich die Einzige, die nicht zur Familie gehörte. Aber die Familiengeheimnisse scherten sie wenig, selbst wenn es sich um verborgene Schätze oder andere Reichtümer handeln sollte. Trotz ihrer Erschöpfung bemerkte sie jedoch bald, dass Lorilis völlig verloren wirkte und keine Ahnung zu haben schien, was sie in diesem Haus zu suchen hatte. Souanne hatte Mitleid mit dem Mädchen und winkte es zu sich. Dankbar nahm Lorilis neben ihr Platz, woraufhin sich auch die Brüder Kercyan und ihr Cousin an dem Tisch niederließen.

»Wie kommt es, dass ihr hier seid?«, eröffnete Damián das Gespräch. »Was habt ihr uns zu sagen?«

»Ich habe vor allem Hunger«, unterbrach ihn Guederic. »Es gibt hier nicht zufällig irgendwas zu beißen?«

»Doch! Ich kümmere mich darum!«, rief Lorilis.

Offensichtlich war sie froh, sich nützlich machen und ihre Hände beschäftigen zu können. Das Mädchen verschwand in einem anderen Zimmer und kehrte gleich darauf mit einer Handvoll Würste und einem Gemüsekuchen sowie Tellern, Bechern und Besteck zurück. Guederic nahm die Speisen freudig in Empfang und stand dann selbst auf, um sich den Inhalt des Vorratsschranks anzusehen. Als er darin einige Flaschen juneeischen Wein entdeckte, stieß er einen Jubelschrei aus. Souanne lehnte den Becher, den er ihr hinhielt, mit missbilligender Miene ab, und auch Josion verzichtete, aber Damián ließ sich von seinem Bruder einschenken.

»Im Schrank befinden sich Vorräte für mehrere Tage«, sagte Guederic. »Ich hoffe nicht, dass wir so lange hierbleiben müssen. Wann können wir zurück nach Lorelia?«

»Das wissen wir nicht«, erklärte Damián zum wiederholten Mal. »Wenn Vater es für richtig hält. Bis dahin müssen wir uns an seinen Plan halten und abwarten.«

»Was, wenn sich Vaters Reise in die Länge zieht und er mehrere Dekaden oder gar Monde fortbleibt?«

»Dazu wird es nicht kommen.«

Souanne kannte Damián zwar kaum, aber er klang alles andere als überzeugt von seinen eigenen Worten. Sie glaubte nicht, dass er tatsächlich eine Ahnung hatte, wie lange Amanón fortbleiben würde.

»Eine Reise?«, fragte Josion. »Wisst ihr, wohin?«

Damián schüttelte den Kopf und sah Souanne auffordernd an. Offenbar sollte sie ihren Bericht wiederholen. Mit kaum verhohlenem Überdruss erzählte sie abermals, was seit dem gestrigen Abend geschehen war. Alles hatte damit angefangen, dass Amanón sie kurz vor Sonnenuntergang in sein Amtszimmer im Hauptquartier der Grauen Legion gerufen hatte. Der Kommandant hatte keinen besonderen Auftrag für sie, bat Souanne aber, in seiner Nähe zu bleiben. Später war sie ihm zum Haus des Herzogs von Kercyan gefolgt. Amanón trug ihr auf, vor der Tür Wache zu halten. Im Laufe der Nacht waren sechs weitere Personen eingetroffen, mit ziemlicher Sicherheit Kaulaner. Bei Sonnenaufgang hatte Amanón ihr schließlich befohlen, Damián aufzusuchen und ihn nach Benelia zu eskortieren. Mehr hatte sie nicht zu berichten.

»Die Namen der Besucher aus dem Matriarchat habt Ihr nicht mitbekommen?«, fragte Lorilis aufgeregt.

»Nein, aber ich weiß noch recht genau, wie sie aussahen.«

Souanne rief sich die Einzelheiten ins Gedächtnis und beschrieb die nächtlichen Besucher, so gut sie konnte, woraufhin ein erleichtertes Lächeln auf dem Gesicht des Mädchens erschien.

»Das waren meine Eltern! Und Großmutter Léti und Yan. Und Corenn und Grigán. Dann sind sie also in Lorelia!«

»Nicht mehr«, sagte Damián. »Souanne und ich waren heute noch einmal im Haus meiner Eltern, weil wir hofften, Guederic dort zu finden. Die Diener berichteten, meine Eltern und ihre Gäste seien mit Waffen und Gepäck abgereist. Eine Nachricht haben sie nicht hinterlassen. Wir wissen nicht, wo sie sind.«

»Vielleicht sind sie längst wieder zurück«, warf Guederic ein. »Während wir hier herumsitzen und uns nutzlose Fragen stellen.«

»Wenn dem so ist, werden sie uns morgen eine Nachricht senden. Dann kannst du endlich wieder tun und lassen, was du willst«, sagte Damián schroff.

»Haben sie Pferde genommen?«, fragte Josion. »Oder eine Kutsche?«

»Nein. Sie sind zu Fuß losgegangen«, antwortete Damián.

»Aber die Kaulaner sind doch mit Pferden nach Lorelia gekommen, oder? Warum sollten sie die Tiere zurücklassen?«, fragte Josion an Souanne gewandt. Sein Blick war irgendwie verschlagen, fand sie.

»Vielleicht hatten sie es nicht weit«, mutmaßte Guederic. »Wie gesagt, sicher sitzen sie in diesem Moment vor einem prasselnden Kaminfeuer und lassen es sich gutgehen. Ich kann mir nicht vorstellen, dass Mutter einfach so für längere Zeit verreist, ohne jeden Grund.«

»Das ist es ja, sie hatten offenbar gute Gründe dafür, von heute auf morgen zu verschwinden«, meinte Josion. »Genau das macht mir Sorgen.«

»Warum?«, fragte Souanne gereizt. »Wisst Ihr mehr als wir? Ihr stellt Fragen über Fragen, sagt aber selbst nicht viel!«

Ihr Tonfall war schärfer als beabsichtigt, doch zu ihrer Erleichterung blieb Josion ruhig und schien nicht auf ein Wortgefecht aus zu sein. Ungeachtet ihrer harschen Worte hätte sie gar nicht die Kraft gehabt, sich mit ihm zu streiten.

»Ich habe mich nur gefragt, ob unsere Eltern nicht vielleicht vorhatten, ein Boot zu nehmen«, sagte Josion.

Auf die Idee war offenbar noch niemand gekommen. Für einen Moment herrschte Stille.

Damián fand als Erster die Sprache wieder: »Zumindest würde das erklären, warum sie zu Fuß unterwegs sind. Sie können zum Hafen gelaufen und dort an Bord eines Schiffs gegangen sein …«

»Unsinn«, fiel ihm Guederic ins Wort. »Wozu sollten sie ein Schiff nehmen?«

»Das können sie uns nur selbst erzählen, nach ihrer Rückkehr«, meinte Josion.

»Vielleicht sind sie den Fluss hoch nach Semilia oder Le Pont gefahren«, überlegte Souanne. »Oder sie sind ganz in der Nähe von Lorelia geblieben. Nichts beweist, dass sie weit aufs Meer hinauswollten.«

»Aber *wenn* sie aufs Meer hinausgefahren sind, sehen wir sie so schnell nicht wieder«, murmelte Lorilis.

»Wenn ihre Reise länger dauern würde als ein paar Tage, hätten sie uns Bescheid gesagt«, sagte Damián mit Nachdruck, als wollte er sich selbst von der Richtigkeit seiner Worte überzeugen.

»Vielleicht wussten sie selbst nicht, wie lang ihre Reise dauern würde«, entgegnete Josion.

»Auch dann hätten sie uns eine Nachricht hinterlassen«, beharrte Damián. »Ich bin sicher, dass uns keine böse Überraschung erwartet. Wir müssen einfach etwas Geduld haben.«

Niemand widersprach ihm, aber die zweifelnden Mienen der anderen sprachen Bände. Souanne fand Damiáns krampfhafte Zuversicht jedenfalls fehl am Platz.

»Als Ihr vor Erynes und Amanóns Haus Wache standet«, fragte Josion schließlich, »ist Euch da irgendetwas aufgefallen? Zum Beispiel jemand, der auf der Straße herumlungerte?«

»Wenn mir so etwas Wichtiges aufgefallen wäre, hätte ich längst davon erzählt und nicht auf Eure Frage gewartet!«

»Natürlich«, sagte Josion einlenkend, unbeeindruckt von ihrem gereizten Tonfall. »Hattet Ihr denn den Eindruck, dass sich Amanón und die anderen bedroht fühlten?«

»Die Kaulaner waren bewaffnet, aber das beweist gar nichts. Nur ein Dummkopf würde nachts ohne Waffen reisen.«

»Aber Amanón bat Euch, vor der Tür Wache zu halten«, warf Lorilis ein. »Also hatten sie Angst vor einem Angriff …«

»Nicht unbedingt. Der Kommandant postiert mich häufig vor der Tür, etwa, wenn er geheime Papiere durchgeht. Ich nehme an, Eure Eltern wollten ganz einfach etwas Wichtiges besprechen und nicht gestört werden. Es steht mir nicht zu, Entscheidungen des Kommandanten zu widersprechen oder nach seinen Gründen zu fragen.«

Wieder trat für eine Weile Schweigen ein. Souanne bemerkte Lorilis' traurigen Blick, und so fügte sie schließlich hinzu: »Vielleicht sollte ich keine Vermutungen äußern, aber ich glaube, ihre Reise hängt mit dem Verrat der ehemaligen Königin Agénor zusammen. Eure Eltern waren damals die Einzigen, die ihr finsteres Spiel durchschauten. Wenn sie sich überstürzt mitten in der Nacht versammeln, muss es etwas mit dieser alten Geschichte zu tun haben.«

»Aber wie kann das sein?«, fragte Guederic skeptisch. »Agénor und ihre Verbündeten sind seit über zwanzig Jahren tot, und ich kenne keinen einzigen Lorelier, der das bedauern würde.«

»Wir wissen fast nichts über die Vorfälle«, wandte sein Bruder ein. »Das alles geschah vor unserer Geburt, und unsere Eltern reden nicht gern über die Sache. Oder wisst ihr mehr als wir?«

Er warf Lorilis und Josion fragende Blicke zu, aber beide schüttelten die Köpfe. Souanne schaute unauffällig zu dem jungen Mann mit dem kahlrasierten Schädel hinüber. Vielleicht war sie ihm gegenüber voreingenommen, weil er sie bei der Begrüßung so abweisend behandelt hatte, oder die Müdigkeit trübte ihre Urteilkraft, aber sie konnte sich des Gedankens nicht erwehren, dass der Sohn von Zejabel und Nolan von Kercyan mehr wusste, als er zugab.

Das Bettzeug roch schimmelig, sogar durch das Taschentuch hindurch, das sich Lorilis vor Mund und Nase hielt. Erst hatte sie die muffige Wolldecke beiseite geschoben, doch bald schlotterte sie so sehr vor Kälte, dass sie sich wieder zudeckte. Wie sollte sie unter diesen Umständen nur einschlafen? Und es war nicht nur der Modergeruch, der sie wach hielt, sondern auch die unzähligen Fragen, die ihr im Kopf herumspukten.

Damián, Guederic und Souanne hatten ihr nicht die ersehnten Antworten geliefert. Zwar wusste sie mittlerweile, dass ihre Eltern und Großeltern nach Lorelia gereist waren und dort Eryne und Amanón getroffen hatten, aber sie hatte immer noch keine Ahnung, wo sie jetzt waren, was sie vorhatten und wie lang sie fortbleiben würden. Krampfhaft versuchte sie, sich nicht die schrecklichsten Dinge auszumalen. Und sie hatte eine blühende Fantasie …

Die Älteren schienen sich weniger Sorgen zu machen. Nach dem Essen hatte sich jeder ein Zimmer ausgesucht, und bald waren alle zu Bett gegangen. Während die anderen anscheinend friedlich schlummerten, wälzte sich Lorilis schlaflos im Bett herum. Wenn es so weiterging, würde sie bis zum Morgen kein Auge zutun.

Eine bisher unbekannte Angst hielt sie wach. Nur weil sie sich in einem leerstehenden Haus in Benelia verbarrikadiert hatten, fühlte sich Lorilis noch lange nicht in Sicherheit. Im Gegenteil – sie fürchtete sich zu Tode!

Wenn ihre Eltern es für nötig hielten, sie in einem fremden Land zu verstecken, musste es dafür einen handfesten Grund geben. Obwohl keiner der anderen bisher gewagt hatte, es offen auszusprechen, wurden sie von geheimnisvollen Mächten bedroht … Warum sonst hätten ihre Eltern sie und die anderen in dieses Versteck bringen sollen?

Lorilis konnte sich nur schwer vorstellen, dass jemand ihrer Mutter, ihrem Vater, ihrer Großmutter Léti, Yan, Corenn oder Grigán etwas antun wollte. Diese Menschen, die sie über alles auf der Welt liebte, waren warmherzig, freundlich und gut. Was musste das für ein Ungeheuer sein, das sie so sehr hasste?

Jetzt bedauerte Lorilis, dass sie nicht mehr über die Vergangenheit ihrer Eltern wusste. Zwar interessierte sie sich sehr für die Abenteuer ihrer Jugend, aber da Niss und Cael nur sehr ungern davon erzählten, hatte sie nicht gewagt, sie auszufragen. Nun zahlte sie den Preis dafür: Sie zerbrach sich den Kopf über Fragen, die sie allein unmöglich beantworten konnte.

Da ihr nichts Besseres einfiel, versuchte sie sich alles in Erinnerung zu rufen, was sie über die Abenteuer ihrer Eltern wusste. Alles hatte damit angefangen, dass Niss und Cael einem Prinzen und Krieger namens Ke'b'ree Lu Wallos begegnet waren. Ke'b'rees Mutter, die Wallattenkönigin, stand bei Damiáns und Guederics Großmutter Lana tief in der Schuld und wollte ihr deshalb ein Geheimnis enthüllen, um ihr das Leben zu retten. Zu diesem Zweck sollte Ke'b'ree Lana in die Hauptstadt des Königreichs Wallatt östlich des Rideau-Gebirges geleiten. Doch da Lorelien und das Große Kaiserreich Goran im Krieg lagen, war die Reise sehr gefährlich, und so wurde eine Eskorte zusammengestellt. Ke'b'ree und Lana ließen sich von einigen guten Freunden und deren Kindern begleiten. Das war vor gut zwanzig Jahren gewesen. Cael und Niss waren unter den damaligen Gefährten die Jüngsten und hatten sich auf dieser Reise kennengelernt.

In Wallos angekommen, hatte die Wallattenkönigin ihnen ihr Geheimnis enthüllt: Königin Agénor von Lorelia hatte ihren Bruder Bondrian ermorden lassen, um an seiner statt den Thron zu besteigen. Zur Verschleierung ihrer Schandtat hatte sie die Goroner beschuldigt, hinter dem Mord an dem lorelischen König zu stecken. Der blutige Krieg zwischen den beiden mächtigsten Ländern der Oberen Königreiche beruhte also auf einer arglistigen Lüge. Agénor musste um jeden Preis als Verräterin entlarvt werden! Doch sie hatte sich mit den Anführern der Grauen Legion verbündet, und damals waren die Legionäre eine Bande durchtriebener Schurken gewesen. Da die Gefährten niemandem vertrauen konnten, beschlossen sie, Agénor in ihrem eigenen Palast zu stellen. Dort kam es schließlich zu einem Kampf, bei dem Grigán, Amanón, Keb und die anderen die Herrscherin und ihre Verbündeten töteten. In den königlichen Archiven fanden sie zahlreiche Dokumente, die Agénors Verrat belegten. Als sie diese öffentlich machten, war es, als erwachten die Lorelier aus einem langen Schlaf: Sie wollten die Helden, die sie von Agénors Joch befreit hatten, hochleben lassen, aber die Abenteurer spielten ihre Beteiligung an den Ereignissen herunter. Sie kehrten in ihre Heimat zurück und nahmen ihr altes Leben wieder auf – bis zum heutigen Tag.

Aber diese alte Geschichte half ihr auch nicht weiter. Sooft Lorilis sie auch durchging, um vielleicht auf etwas Bedeutsames zu stoßen – alles Grübeln war vergeblich. Das alles war zu lange her, und sie wusste einfach zu wenig!

Irgendwann beschloss sie aufzustehen. Plötzlich ertrug sie die Stille, die Dunkelheit und die muffige Decke nicht länger. Sie schlüpfte aus dem Bett und tappte bibbernd zur Tür. Ihre Kleider hatte sie zwar anbehalten, doch das Haus hatte lange leergestanden, und Kälte kroch aus den Mauern.

Behutsam schob sie die Tür zum Vorraum auf. Die Scharniere quietschten leise, die Dielen knarrten. Lorilis hoffte inbrünstig, dass sie die anderen nicht weckte. Als sie im Halbdunkel eine Gestalt erblickte, stieß sie einen erstickten Schrei aus. Die Gestalt sah auf und winkte sie heran. Mit Erleichterung erkannte Lorilis Guederic.

»Bist du auch von Damiáns Schnarchen wach geworden?«, flüsterte er.

»Nein, ich habe nichts gehört …«

Im Gegenteil, sie fand es im Haus viel zu still. Aber Guederic hatte wohl nur einen Scherz gemacht. Oder wollte er sich dafür rechtfertigen, dass er nicht in seinem Bett lag?

»Warum zündet Ihr keine Kerze an?«, fragte sie.

»Mir gefällt es so. Man braucht nicht immer Licht. Die Finsternis gehört zum Leben dazu.«

Lorilis nickte höflich, auch wenn er ihr nichts vormachen konnte. Guederics Stimme hatte ihn verraten: Er weinte, und das schon seit einer ganzen Weile.

So unauffällig wie möglich wischte sich Guederic die Tränen vom Gesicht. Mittlerweile bereute er, nicht in dem Zimmer geblieben zu sein, das er mit seinem Bruder teilte. Doch irgendwann wäre Damián sicher von seinem Schluchzen aufgewacht und hätte ihn gefragt, was los sei. Und er wollte nicht reden. Vor allem nicht *darüber.*

Es war schlimm genug, dass er ständig daran denken musste. Er hatte geglaubt, alles vergessen zu können, indem er eine Flasche Wein leerte und den Kopf im Kissen vergrub, aber sobald er die Augen zumachte, kamen die Alpträume. Grauenhafte Alpträume. Bilder von finsteren, beklemmenden Gängen und unterirdischen Höhlen. Eine Welt, in der er verloren herumirrte, schutzlos wie ein Kind, verfolgt vom Geist des Grauen Legionärs, den er getötet hatte.

Als er schweißgebadet hochgeschreckt war, hatte es eine

gute Dezille gedauert, bis er wusste, wo er war. Der Tod des Mannes hatte ihm mehr zugesetzt, als er zugeben wollte. Guederic hatte einen anderen Menschen umgebracht. Er war ein Mörder.

Im Vergleich dazu kam ihm die überstürzte Abreise seiner Eltern ziemlich belanglos vor. Er war fest davon überzeugt, dass es sich bei der ganzen Sache um falschen Alarm handelte. Sicher würde sein Vater bald Entwarnung geben.

Vor allem *wollte* er daran glauben. Denn nicht nur sein Gewissen quälte ihn, sondern auch die Worte, die ihm sein Angreifer zugezischt hatte: »Hier geht es um etwas ganz anderes. Dass ich so auch gleich Rache für gestern Nacht nehmen kann, ist nur ein glücklicher Zufall.« Also hatte der Überfall vor dem Waisenhaus nichts mit der Wirtshausschlägerei zu tun ... Jemand hatte die Kerle auf ihn angesetzt. Aber wer? Warum? Und war nur er selbst in Gefahr?

Guederic hoffte von ganzem Herzen, dass seine Eltern in Sicherheit waren. Er war gern bereit, für seine Dummheiten geradezustehen und sich den Männern zu stellen, die auf Rache aus waren, aber er wollte auf keinen Fall, dass Eryne und Amanón in die Sache hineingezogen wurden.

Ihm war klar, dass er den anderen sagen musste, was der Mann ihm zugezischt hatte, zumindest Damián. Doch insgeheim hoffte Guederic immer noch, dass seine Eltern ihnen bei Sonnenaufgang eine Nachricht senden und sich all seine Sorgen in nichts auflösen würden. Noch nie war ihm eine Nacht so lang vorgekommen. Lorilis, die sich vor einer Weile zu ihm gesellt hatte, saß stumm neben ihm. Vermutlich war sie ebenso bekümmert wie er selbst, aber er hatte nicht die Kraft, sie zu trösten, so wie er es mit einem der Kinder aus dem Waisenhaus getan hätte. Irgendwann flüsterte sie ihm »Gute Nacht« zu und verschwand in ihrem Zimmer. Guederic saß wieder allein im Dunkeln.

Damián stand im Morgengrauen auf und rechnete fest damit, der Erste zu sein, doch zu seiner Überraschung war Josion bereits auf den Beinen. Sein Cousin stand neben einem Fenster und spähte durch zwei zerbrochene Latten in dem Fensterladen auf die Straße hinunter. Sie lächelten einander schwach zu.

»Irgendwas Besonderes?«, fragte Damián, nachdem er neben Josion getreten war. Er flüsterte, um die anderen nicht zu wecken.

»Nein. Die Straße ist wie ausgestorben. Die Benelier scheinen keine Frühaufsteher zu sein.«

Damián nickte und ging dann zum Tisch hinüber. Zwischen den Tellern und Schüsseln vom Vorabend lag Josions Dolch. Nach kurzem Zögern streckte er die Hand nach der Waffe aus, um sie sich genauer anzusehen, doch als er den kühlen Blick seines Cousins bemerkte, erstarrte er mitten in der Bewegung.

»Darf ich?«, fragte er.

Josion nickte mit sichtlichem Widerwillen. Da es Damián unangenehm gewesen wäre, jetzt noch einen Rückzieher zu machen, nahm er den zweischneidigen Dolch und wog ihn in der Hand. Er war perfekt ausbalanciert, und am unteren Ende des Griffs war ein Ring angebracht.

Solch eine Waffe hatte Damián noch nie gesehen, und er warf seinem Cousin einen fragenden Blick zu.

»Das ist ein Zarratt von der Insel Zuïa«, sagte Josion und fügte nach kurzem Zögern hinzu: »Ein Geschenk meiner Mutter.«

Dann wandte er sich wieder der Straße zu, und Damián legte den Dolch zurück auf den Tisch, auch wenn er gern mehr darüber erfahren hätte. Er beschloss, eine Kleinigkeit zu essen, eher aus Gewohnheit als aus Hunger. Nach einer knappen Dezime erschienen nach und nach die anderen drei derzeitigen Hausbewohner. Damián war froh über ihre Gesellschaft, denn das beharrliche Schweigen seines Cousins bereitete ihm Unbehagen.

Guederic tauchte als Letzter auf. Er sah schrecklich aus. Kein Wunder: Er war die halbe Nacht auf gewesen und erst am frühen Morgen in sein Bett zurückgekehrt. Sein zerknittertes, blutbeflecktes Hemd betonte seinen jämmerlichen Zustand noch.

»Gibt es etwas Neues?«, fragte er hoffnungsvoll.

»Bisher nicht. Aber es ist noch früh. Vielleicht trifft bis zum Mit-Tag ein Bote ein.«

»Warum nur bis zum Mit-Tag?«, fragte Lorilis. »Kommen Boten nur vor dem Mit-Tag?«

»Nein. Aber dann wechseln wir das Versteck. So sieht es der Plan vor.«

Die vier überraschten Gesichter, die sich ihm zuwandten, bestätigten seine Vermutung: Niemand außer ihm wusste Bescheid. Insgeheim war er stolz auf seine Sonderstellung, auch wenn das ein eitler Gedanke war.

»Was sagst du da?«, fragte Josion. »Davon war nie die Rede.«

»Vermutlich weiß nur ich davon. Amanón wollte wohl das Risiko verringern, dass sich jemand verplappert. Aber so ist es nun einmal. Ich folge nur den Anweisungen meines Vaters.«

»Aber etwas ist merkwürdig«, warf Souanne ein. »Warum gibt es hier so viele Vorräte, wenn wir gleich weiterziehen?«

»Vielleicht, um eine falsche Fährte zu legen«, meinte Damián nachdenklich. »So wenige Leute wie möglich wissen von diesem Versteck. Nur einigen ausgewählten Legionären hat Amanón überhaupt davon erzählt.«

»Vertraut er etwa seinen eigenen Männern nicht?«, fragte Lorilis.

»Man kann nicht vorsichtig genug sein. Zumal gestern Abend ein Grauer Legionär meinen Bruder angegriffen hat.«

Damián tat es leid, Guederic vor den anderen bloßzustellen, aber er hatte keine Wahl. Als Josion und Lorilis ihm fragende Blicke zuwarfen, verdüsterte sich das Gesicht seines Bruders.

»Ich will jetzt nicht darüber reden«, murmelte er. »Ich will nur so bald wie möglich zurück nach Hause.«

»Und wo befindet sich unser nächstes Versteck?«, fragte Josion. »Hier in Benelia oder anderswo?«

»Hier in Benelia«, erklärte Damián. »Wir ziehen in den Keller eines Lagerschuppens in der Nähe des Hafens.«

»Ein Keller?«, wiederholte Lorilis. »Ein dunkles, feuchtes Loch?«

»Ich weiß nicht, wie es dort unten aussieht. Ich kenne nur die Falltür, die dorthin führt. Vater hat sie mir vor zwei oder drei Jahren gezeigt.«

»Und wie lange sollen wir uns da unten verkriechen?«, fragte Guederic.

Damián zuckte mit den Achseln. »Bis die Gefahr vorbei ist und unsere Eltern uns abholen.«

Mit diesen Worten wandte er sich Josion zu. Sein Cousin hatte bisher geschwiegen, aber Damián hoffte inständig, er würde dem Plan zustimmen. Er hatte keine Lust, sich mit dem seltsamen jungen Mann zu streiten.

»Und wie versorgen wir uns in diesem Keller?«, fragte Josion.

»Wir finden dort Waffen und Kleider zum Wechseln. Außerdem ist der Raum so eingerichtet, dass wir eine Weile bleiben können. Wir sollten so viele Lebensmittel wie möglich von hier mitnehmen. Für alles andere ist gesorgt.«

»Das gefällt mir gar nicht«, murmelte Souanne. »Wenn der Kommandant solche Vorsichtsmaßnahmen für nötig hält, müssen wir in großer Gefahr schweben, und in so einem Fall hätte er mir etwas von diesem Plan erzählt. Da bin ich mir sicher.«

»Er ging ganz einfach davon aus, dass ich Euch einweihen würde«, entgegnete Damián. »Und das hat nichts mit Rangunterschieden zu tun, sondern nur mit familiären Banden. Ich hoffe, das versteht Ihr.«

»Natürlich«, antwortete Souanne steif. »Mein Auftrag lautet, Euch nach Benelia zu eskortieren und an Eurer Seite zu bleiben. Ganz gleich, ob hier oder in dem Keller.«

Ihren Worten zum Trotz machte sie ein mürrisches Gesicht. Als Amanóns persönliche Leibwächterin musste sie dessen Geheimniskrämerei kränken.

»Wenn ich die Sache richtig verstehe, kommt entweder bis zum Mit-Tag irgendjemand hier vorbei und überbringt uns eine frohe Botschaft, oder wir verkriechen uns auf unbestimmte Zeit in einem finsteren Loch«, fasste Guederic zusammen. »Gibt es keine andere Möglichkeit?«

Damián schüttelte bedauernd den Kopf. Er musste Guederic unbedingt bei Laune halten. Das Letzte, was er gebrauchen konnte, war ein Streit mit seinem Bruder, nur weil dieser wieder einmal beweisen wollte, dass er sich von niemandem etwas vorschreiben ließ – und schon gar nicht von ihm.

Damián schwieg eine Weile, um den anderen Zeit zu geben, sich mit der Neuigkeit anzufreunden. Aber Josion war offenbar noch nicht bereit, sich zu fügen.

»Warum müssen wir bis zum Mit-Tag warten? Warum brechen wir nicht jetzt gleich auf?«

»Weil das der Plan so vorsieht«, wiederholte Damián. »Wir sollen genau eine Nacht und einen halben Tag hierbleiben und das Haus dann verlassen.«

»Aber *warum?*«, beharrte Josion.

Damián zögerte. Seine Erklärung würde womöglich nur weitere Fragen nach sich ziehen, auf die er keine Antworten hatte.

»Es kann sein, dass noch andere zu uns stoßen. Bevor ihr fragt: Ich habe keine Ahnung, ob sie überhaupt kommen, wer diese Leute sind und was wir mit ihnen zu tun haben. Aber wir müssen auf jeden Fall bis zum Mit-Tag warten. Wenn wir früher aufbrechen, besteht die Gefahr, dass sie uns verpassen.«

In den Gesichtern der anderen las er Ratlosigkeit und Besorgnis, doch niemand stellte weitere Fragen.

Kurz darauf trat Josion wieder ans Fenster, um die Straße zu beobachten. Dieses Mal nahm er seinen Dolch mit.

»Beeil dich gefälligst! Hör auf, so herumzutrödeln!«

Najel hob den Blick und starrte den Rücken seiner Schwester an, die ein gutes Stück vor ihm ging. Dann beschleunigte er seine Schritte, um sie einzuholen. Schon den ganzen Tag versuchte er verzweifelt, nicht zurückzufallen, aber jedes Mal war sie ihm schon nach wenigen Dezillen wieder mehrere Schritte voraus. Dass er langsamer war, lag vor allem an ihrem Altersunterschied: Maara war eine kräftige junge Frau Anfang zwanzig, während er noch ein halbes Kind war, und zudem recht klein für sein Alter. Außerdem strotzte seine Schwester vor Energie, während er ein eher ruhiger Junge war. Abgesehen von ihrer Herkunft hatten sie wirklich nicht viel gemein, was Maara auch bei jeder Gelegenheit betonte.

»Die Sonne hat schon fast ihren Höchststand erreicht. Es ist bald Mit-Tag, und wir haben dieses verflixte Haus immer noch nicht gefunden.«

Das alles wusste Najel. Er wünschte, Maara hätte ihrem Ärger nicht mitten auf der Straße lauthals Luft gemacht. Die Benelier starrten sie ohnehin schon misstrauisch an. Zwar verstanden sie kein Wort von Maaras Geschimpfe, denn sie gebrauchte ihre Muttersprache, aber dadurch fielen die beiden nur noch mehr auf. Najel ahnte, was die Einwohner der Stadt dachten: »Barbaren!«

Natürlich waren die Geschwister im Königreich Lorelien Fremde, und auch der Rest der Oberen Königreiche war ihnen noch vor drei Dekaden unbekannt gewesen.

Trotzdem gefiel es Najel gar nicht, wie ein Vieh auf dem Markt taxiert zu werden, mit neugierigen, argwöhnischen oder sogar verächtlichen Blicken. Denn auch wenn ihm Maaras Verhalten peinlich war, für seine Herkunft schämte er sich nicht! Schließlich war er von königlichem Blut. Die Geschwister waren die Erben der B'ree-Dynastie, die seit ewigen Zeiten über das Königreich Wallatt herrschte.

Vermutlich regte sich seine Schwester deshalb so sehr auf. In Wallos wurde sie als Prinzessin verehrt und als Kriegerin gefürchtet, während man hier in Benelia mit dem Finger auf sie zeigte. Die Leute lachten über ihre Reisekluft aus Leder und Pelz, über den für benelische Verhältnisse primitiven Schmuck und über die Lowa und den Schild, die Maara trug – wenn auch nur aus der Ferne. Keiner wollte offenbar das Risiko eingehen, nähere Bekanntschaft mit der schweren Eisenwaffe zu machen, worüber Najel heilfroh war. Maara konnte recht aufbrausend sein, und wenn jemand es gewagt hätte, ihnen dummzukommen, hätte der Unglückliche sicher ein paar Zähne eingebüßt.

Doch nicht nur Najels Langsamkeit und die verächtlichen Blicke der Benelier ärgerten Maara. Der Hauptgrund für ihre Wut war die Tatsache, dass ihr Vater sie fortgeschickt hatte. Nachdem die Geschwister zusammen mit Ke'b'ree von Wallos bis nach Lorelia gereist waren – mit einem großen Umweg über Arkarien –, hatte er sie zu einem sicheren Versteck geschickt, wo sie auf ihn warten sollten. Natürlich hatte Maara lautstark protestiert, aber ihr Vater ließ sich nicht erweichen, und so mussten die Geschwister schließlich ihre Bündel schnüren. Obwohl das nun schon über einen Tag her war, hatte sich die Prinzessin noch nicht wieder beruhigt. Selbst der Auftrag, den ihr Vater ihnen mit auf den Weg gegeben hatte, hatte sie nicht gnädiger gestimmt. Maara hasste es ganz einfach, wenn Entscheidungen über ihren Kopf hinweg getroffen wurden.

Vermutlich wäre ihr Ärger irgendwann verflogen, wenn sie das Haus auf Anhieb gefunden hätten. Der Wegbeschreibung folgend, die ihr Vater ihnen gegeben hatte, waren sie zunächst von der Mündung der Gisle flussaufwärts marschiert und hatten dabei einen großen Bogen um sämtliche Siedlungen geschlagen. An einer schmalen Stelle waren sie durch den Fluss geschwommen, nur um am anderen Ufer wieder gen Süden zu laufen. Dieser Marsch hatten sie den ganzen letzten Tag gekostet. Übernachtet hatten sie unter dem sternenklaren Himmel, dicht aneinandergeschmiegt, um sich gegen die Kälte zu schützen. Im Morgengrauen hatten sie dann endlich Benelia erreicht. Nun konnten sie nicht mehr weit von ihrem Ziel entfernt sein, aber ein schier unüberwindliches Hindernis gab es noch: Weder seine Schwester noch er sprachen Lorelisch.

Außer auf Wallattisch konnten sie sich auch in verschiedenen anderen Sprachen des Ostens mehr oder minder gut verständigen, aber abgesehen davon waren sie nur mit dem Itharischen vertraut. Eigentlich wurde diese Sprache ausschließlich in den Oberen Königreichen gesprochen, aber ihr Vater hatte darauf bestanden, dass seine Kinder sie lernten. Leider war keiner der Passanten, die sie ansprachen, des Itharischen mächtig – oder es war unter ihrer Würde, Barbaren den Weg zu erklären.

Maara hatte die Demütigung nicht lange ertragen. Nach dem fünften abweisenden Kopfschütteln gab sie die Hoffnung auf, dass die Einheimischen ihnen helfen würden, und beschloss, die richtige Adresse auf eigene Faust zu finden. So liefen sie seit einem knappen Dekant durch die Straßen und Gassen Benelias und hielten Ausschau nach dem Haus, das ihr Vater ihnen beschrieben hatte. Najel taten längst die Füße weh, aber er hätte sich lieber die Zunge abgebissen, als etwas zu sagen. Seine Schwester hätte das ohnehin nur zum Anlass genommen, ihm klarzumachen, was für ein Schwächling er in ihren Augen war. Außerdem war es nicht seine Art, sich zu beschweren.

Er hatte sein Leben lang alles hingenommen, ohne zu jammern oder zu widersprechen. Najel war ein guter Sohn, folgsamer Bruder und mustergültiger Schüler. Außer auf dem Kampfplatz, wo er nicht ganz so talentiert war, wie man es von einem wallattischen Prinzen erwarten durfte, war er der ganze Stolz seiner Lehrer und Erzieher. Sein Verhalten war stets vorbildlich. Er war gehorsam, erledigte seine Aufgaben gewissenhaft und war immer bemüht, das Beste zu geben. Er blieb im Hintergrund und machte nicht viel Aufhebens um sich, so als wollte er seinem Vater und seinen Lehrern keinen Kummer bereiten und sie auf keinen Fall enttäuschen. Kurz, als wollte er vergessen machen, dass seine Mutter bei seiner Geburt gestorben war und dass sein Vater – der König der Wallatten – seit dem Tod seiner Frau ein gebrochener Mann war.

Der Morgen zog sich endlos hin, vor allem, weil Lorilis nichts hatte, womit sie ihre Hände oder Gedanken beschäftigen konnte. Nachdem die Gefährten die Lebensmittel aus dem Vorratsschrank auf ihre Säcke verteilt und diese ordentlich verschnürt hatten, blieb ihnen nichts, als den Mit-Tag abzuwarten. Souanne und Guederic nutzten die freie Zeit, um sich noch einmal eine Weile schlafen zu legen. Damián und Josion wiederum hielten abwechselnd am Fenster Wache und beobachteten stumm die Straße. In dem Raum herrschte Totenstille, und Lorilis wusste nicht, wohin mit sich. Sie wollte immer noch glauben, dass alles gut werden würde, dass ihre Eltern plötzlich auftauchen oder dass sie zumindest einen Boten schicken würden, auch wenn ihr klar war, dass ihre Hoffnungen vergebens waren. Schließlich holte sie ihr Schreibzeug hervor und begann, Niss und Cael einen Brief zu schreiben, in dem sie ihnen mitteilte, dass es ihr gutging. Sie hatte keine Ahnung, auf welchem Weg sie ihnen die Nachricht zukommen lassen sollte, aber auf diese Weise hatte sie wenigstens das Gefühl, ihnen nah zu sein.

Nach einer Weile spürte sie Damiáns Blick auf sich ruhen und legte rasch einen Arm über die Seite, damit er nicht las, was sie geschrieben hatte. Als ihr aufging, dass es nicht seine Absicht war, sie auszuspionieren, errötete sie.

»Ich … Ich werde den Brief nicht hier zurücklassen, falls Ihr das fürchtet. Mir ist klar, dass wir keine Spuren hinterlassen dürfen.«

»Darum mache ich mir keine Sorgen. Es ist nur … Mein Vater besitzt eine ähnliche Schreibschatulle, und auch er ist ständig damit beschäftig, etwas niederzuschreiben. Du hast mich ganz einfach an ihn erinnert.«

»Die Schatulle ist kaulanische Handarbeit«, erklärte Lorilis stolz und zeigte ihm das Holzkästchen. »Vermutlich hat Euer Vater seine von Großtante Corenn geschenkt bekommen.«

Damián lächelte ihr freundlich zu, schien aber mit den Gedanken schon wieder woanders zu sein. Lorilis war seltsam ergriffen. Der belanglose Wortwechsel hatte sie spüren lassen, dass Damián, Guederic und sie zur selben Familie gehörten. Zwar musste man drei Generationen zurückgehen, bis man eine gemeinsame Verwandte fand, aber das änderte nichts an der Tatsache selbst. Mit einem Mal war ihr etwas leichter ums Herz. Grigáns und Corenns Blut floss durch Damiáns und Guederics Adern. Solange sie bei ihnen blieb, konnte ihr nicht viel passieren.

»Es wird Zeit«, verkündete Josion plötzlich. »Wir sollten aufbrechen.«

Wie um seinen Worten Nachdruck zu verleihen, begannen die Glocken der Stadt einhellig zu läuten. Der dritte Dekant war zu Ende: Es war Mit-Tag. In diesem Moment kam Souanne in ihrer grauen Uniform aus ihrem Zimmer. Sie wirkte ausgeruht, und die Ringe unter ihren Augen waren verschwunden. Lorilis packte die Schreibschatulle ein und schnürte ihr Bündel neu, während Damián seinen Bruder holen ging. Guederic machte keine Anstalten, aus eigenem Antrieb aufzustehen. Vermutlich hatte er keine Lust, sein Bett zu verlassen, nur um sich in einem feuchten Keller zu verkriechen. Die beiden Brüder wechselten ein paar leise Worte, von denen Lorilis nur einen Satz verstand: »Frag dich doch mal, wie es Mutter gehen würde, wenn dir etwas zustieße.« Damiáns Mahnung schien zu wirken, denn Guederic bequemte sich tatsächlich aus seinem Zimmer, wenn auch mit sichtlichem Widerwillen. In gedrückter Stimmung suchten die Gefährten ihre Mäntel und Säcke zusammen und versammelten sich im Erdgeschoss.

»Was auch geschehen mag«, sagte Damián eindringlich, »wir müssen zusammenbleiben. Ich glaube nicht, dass wir einen Angriff fürchten müssen, aber wir sollten auf das Schlimmste vorbereitet sein. Sollte sich uns jemand in den Weg stellen, rennt bloß nicht in alle Richtungen davon.«

»Und wer würde so etwas tun?«, entrüstete sich Souanne.

»Und wieso gehst du davon aus, dass wir keinen Angriff fürchten müssen?«, fragte Josion.

Damián gab keine Antwort, aber Lorilis ertappte ihn dabei, wie er verstohlen mit dem Kinn auf sie wies.

»Ihr müsst mich nicht schonen!«, rief sie aufgebracht. »Ich bin schon vierzehn Jahre alt und kein Kind mehr. Sollte uns tatsächlich Gefahr drohen, muss ich es wissen, damit ich mich richtig verhalten kann.«

Die vier Erwachsenen starrten sie verblüfft an. Zum ersten Mal hatte sie die Stimme erhoben und eine eigene Meinung geäußert. Nach kurzem Schweigen lächelte Souanne ihr anerkennend zu, und die anderen taten es ihr nach.

»Einverstanden«, meinte Damián. »Du hast Recht. Ehrlich gesagt, kann ich nicht einschätzen, ob uns Gefahr droht. Aber da wir uns bisher an den Plan gehalten haben, gehe ich davon aus, dass wir uns keine Sorgen machen müssen.«

»Ein Plan schützt nicht vor Angriffen«, widersprach Josion. »Vor allem, da wir nicht einmal wissen, wer unsere Feinde sind.«

»Dann müssen wir eben besonders vorsichtig sein«, sagte Damián abschließend. »Lasst uns jetzt gehen. Die meisten Einheimischen dürften um diese Zeit zu Mit-Tag essen. Wenn wir Glück haben, können wir die Stadt mehr oder weniger unbemerkt durchqueren.«

Josion schob den schweren Riegel zurück, mit dem die Eingangstür gesichert war. Die fünf traten hinaus ins Tageslicht und blickten die Straße rauf und runter. Fast gleichzeitig entdeckten sie die Fremden, die schnurstracks auf sie zumarschiert kamen.

»Bleibt ruhig«, flüsterte Damián. »Die beiden sind unseretwegen hier.«

Josion legte die Hand an den Griff des Dolchs, der an seinem Gürtel hing. Gleich darauf bereute er die vorschnelle Geste. Er musste seine Reflexe besser beherrschen, um seine wahre Identität weiterhin vor den anderen zu verbergen. In seinem Alltag als Student an der Königlichen Universität gelang ihm das schließlich auch. Bald würde der Abstecher nach Benelia nur noch eine böse Erinnerung sein – zumindest hoffte er das. Es brachte nichts, den anderen die Wahrheit zu sagen, er würde es später nur bereuen. Wenn alles wieder ins Lot kam, mussten seine Cousins und die anderen nichts von seinem Geheimnis erfahren.

Und wenn nicht? Dann würde er seine Haltung überdenken müssen. Noch hatte er keine endgültige Entscheidung getroffen.

Voller Anspannung sahen die Gefährten den beiden Fremden entgegen. Vorweg lief mit raschen Schritten und finsterer Miene eine junge Frau, die Hand am Griff ihrer Lowa. Hinter ihr folgte etwas langsamer ein Junge mit einem Wanderstock. Beide hatten pechschwarzes Haar und markante Gesichtszüge. Sie trugen schlichte, aber maßgeschneiderte Reisekleider und hatten mehrere Bündel dabei. Josion dachte unwillkürlich, dass sie ihm und seinen Gefährten gar nicht so unähnlich waren.

Zu dieser frühen Tageszeit waren kaum Menschen auf der Straße, und so beobachteten nur ein paar Neugierige, wie die beiden Gruppen aufeinandertrafen. Vermutlich fragten sie sich, ob es zu einem Kampf kommen würde, so grimmig waren die Gesichter hier wie dort. Auch Josion zog diese Möglichkeit in Betracht. Er nahm zwar an, dass sie es mit der Tochter und dem Sohn von König Ke'b'ree zu tun hatten, aber woher sollte er wissen, ob sie ihnen freundlich gesinnt waren? Jeder Muskel seines Körpers war angespannt.

Damián stellte sich vor die anderen. Als Grigáns Enkel und Amanóns Sohn meinte er offenbar, er sei zum Anführer ihrer Schar berufen. Josion war das nur recht. Er hatte nicht vor, ihm diese Rolle streitig zu machen. Seine eigenen Sorgen reichten ihm vollauf.

Die Wallatten blieben vor Damián stehen. Die Frau warf einen raschen Blick auf die Hausnummer in dem steinernen Türsturz und musterte Josion und die anderen von oben bis unten. Der Junge verhielt sich wesentlich zurückhaltender. Dann wich die Feindseligkeit aus der Miene der jungen Frau, und sie schien sich etwas zu entspannen. Dennoch war ihr Tonfall ungehalten: »Spricht wenigstens von Euch einer Itharisch?«

Die Frage brachte Josion zum Grinsen. Seit gestern Abend hatten sie sich nur in dieser Sprache unterhalten, um Lorilis nicht auszuschließen.

»Ja«, antwortete Damián. »Was wollt Ihr?«

»Mein Vater schickt uns her«, antwortete sie hochmütig. »Er sagte, wir hätten bis zum Mit-Tag Zeit, dieses Haus zu finden. Aber Ihr scheint es ja sehr eilig zu haben. Sucht gleich beim ersten Glockenschlag das Weite …«

Souanne und Damián wechselten einen verblüfften Blick, während Guederic die Frau verächtlich musterte. Die beiden Jüngsten starrten verlegen zu Boden.

»Was redet Ihr da?«, fragte Damián verwirrt. »Wer seid Ihr überhaupt?«

Josion beschloss, Licht in die Sache zu bringen.

»Maara'b'ree aus Wallos, nehme ich an. Und ihr Bruder, Najel'b'ree.«

»*Prinzessin* Maara'b'ree«, verbesserte ihn die Barbarin.

Sie musterte Josion aufmerksam. Ihm war klar, dass alle auf eine Erklärung dafür warteten, wieso er die Namen der Neuankömmlinge kannte.

»Ihr Vater ist König Ke'b'ree. Er war am Sturz Königin Agénors beteiligt. Daher ist es auch nicht verwunderlich, dass seinen Erben dasselbe widerfährt wie uns.«

Seine Worte schienen weder Damián noch Maara zu befriedigen – im Gegenteil. Josion konnte sich nur zu gut vorstellen, was sich in ihren Köpfen abspielte. Damián war wahrscheinlich völlig durcheinander und wusste nicht, ob er den beiden Fremden vertrauen sollte oder nicht, und Maara fragte sich offenkundig, was zum Henker sie hier zu suchen hatte und warum sie nicht gleich wieder auf dem Absatz kehrtmachte. Die anderen schienen abzuwarten, dass einer der beiden etwas sagte.

»Lasst uns gehen«, drängte Josion. »Wir können im Laufen reden.«

Damián runzelte die Stirn, nickte aber schließlich

widerwillig. Er und seine Gefährten setzten sich in Bewegung und liefen die Straße hinunter. Nach kurzem Zögern folgten ihnen die beiden Wallatten. Das Gesicht der wallattischen Prinzessin war immer noch verschlossen, und sie ließ Guederic nicht aus den Augen. Dieser wiederum starrte gedankenverloren vor sich hin. Damián schien nicht mehr aus noch ein zu wissen, obschon er sich bemühte, es nicht zu zeigen, und Souanne war ihr Missmut deutlich anzusehen. Lorilis und Najel, die beiden Jüngsten, trotteten wortlos neben den anderen her und warfen einander verstohlene Blicke zu. Josion fragte sich, wohin das Schicksal ihn und die anderen wohl führen mochte.

Mit einem Mal kamen ihm seine Eltern und Großeltern in den Sinn. Auch sie waren mit einer Handvoll Gefährten durch die Oberen Königreiche gezogen. Im Vergleich zu ihnen wirkten seine Begleiter unerfahren, naiv und wehrlos.

Maara biss die Zähne zusammen und versuchte, ruhig zu bleiben, doch die anderen schienen es nicht einmal zu bemerken. Immer wieder warfen sie ihr heimliche Blicke zu, und jedes Mal, wenn Maara ihnen ins Gesicht sah, las sie darin eine Mischung aus Neugier und Misstrauen. In Wallos galt es als sehr unhöflich, jemanden verstohlen zu mustern. In ihrer Heimat war Offenheit die höchste Tugend: Man sprach freimütig aus, was man über jemandem dachte, und ging keinem Streit aus dem Weg. Man scheute sich auch nicht vor Handgreiflichkeiten – Maara war schon häufig mit den Fäusten auf jemanden losgegangen, weil er es gewagt hatte, ihr zu widersprechen. Genau wie ihr Vater wollte sie nicht wegen ihrer königlichen Abstammung, sondern für ihre Kraft und ihren Mut respektiert werden. Sie wollte ein Leben in Freiheit und ohne Fesseln führen. Niemals würde sie sich einem fremden Willen unterwerfen. Deshalb fiel es ihr auch so schwer, den Fremden widerspruchslos zu folgen, vor allem, da sich niemand dazu herabließ, ihr eine Erklärung zu liefern. Es ging ihr gegen den Strich, dass man sie sie einfach links liegen ließ.

Nach ein paar Dezillen platzte ihr endgültig der Kragen. »Sagt mir vielleicht mal irgendwer, was hier los ist? Wohin gehen wir?«, zischte sie wütend.

»Zu einem anderen Versteck«, antwortete Damián. »Euer Vater muss Euch davon erzählt haben, schließlich wusstet Ihr auch, dass wir bis zum Mit-Tag auf Euch warten würden.«

»Und wo befindet sich dieses andere Versteck?«, beharrte Maara. »Antwortet!«

»Es ist zu gefährlich, mitten auf der Straße darüber zu sprechen«, entgegnete Souanne. »Das müsste selbst Euch klar sein!«

Maara warf der Grauen Legionärin einen zornigen Blick zu. Überhaupt sah die Lorelierin in ihrer grauen Uniform wie ein Zinnsoldat aus! Vollkommen lächerlich! Leider war sie trotz ihrer grimmigen Miene eine schöne Frau, was Maara nur noch mehr in Rage brachte. Sie war es gewohnt, dass Männer um ihre Gunst buhlten, und es gefiel ihr ganz und gar nicht, plötzlich eine Konkurrentin zu haben.

»Und wer soll uns Eurer Meinung nach belauschen? Vielleicht der Alte dort drüben? Oder der Bengel mit dem Rattengesicht? Es ist kaum jemand auf der Straße. Außerdem versteht hier sowieso niemand Itharisch.«

»Wenn Ihr Euch da mal nicht irrt«, widersprach Josion. »Die Benelier lassen sich nicht gern in die Karten schauen. Sie sind ein Händler-Volk, und beim Feilschen ist es von Vorteil, Unwissenheit vorzutäuschen.«

»Außerdem könntet Ihr Schwierigkeiten bekommen, wenn Ihr lauthals über die Einheimischen herzieht. Ihr solltet besser Eure Stimme senken«, ergänzte Damián.

»Er hat Recht«, sagte Najel schüchtern.

Es war kaum mehr als ein Murmeln gewesen, aber seine Schwester boxte ihn aufgebracht gegen die Schulter. Auf wessen Seite stand er eigentlich? Wie konnte er es wagen, ihr vor den Fremden zu widersprechen?

Trotzdem verstummte sie, denn sie würde ihr Ziel – sich bei den anderen Respekt zu verschaffen – nicht erreichen, wenn sie weiterhin drauflospolterte. Damián schüttelte seufzend den Kopf, während sein Bruder und die Legionärin ihr missbilligende Blicke zuwarfen. Ihre Begegnung verlief bisher alles andere als glücklich. Maara hatte zwar nicht damit gerechnet, mit der ihr gebührenden Ehrerbietung behandelt zu werden, aber das Verhalten der Fremden übertraf ihre schlimmsten Befürchtungen. Sie versank in dumpfes Brüten.

»Wie kommt es, dass Ihr allein nach Benelia gekommen seid, ohne Eskorte? Weiß mein Vater davon?«, fragte Damián unvermittelt.

»Ach nein! Und ich dachte, wir sollen auf der Straße nicht reden!«, erwiderte sie sarkastisch.

»Ich habe nicht vor auszuplaudern, wo sich unser Versteck befindet. Über alles andere können wir offen reden.«

»Wie praktisch«, fauchte Maara. »Ich soll Euch wortlos

hinterherlaufen, während Ihr alle Fragen stellen dürft, die Euch in den Sinn kommen.«

Nachdem sie eine Weile bockig geschwiegen hatte, biss sie sich auf die Lippen und stieß widerwillig hervor: »Mein Vater wollte nicht, dass uns Fremde eskortieren, selbst Amanóns Leute nicht. Er vertraut niemandem, und ich halte es genauso!« Bei diesen Worten wandte sie sich zu Guederic um und funkelte ihn an.

»Wann seid Ihr denn in Lorelien angekommen?«, fragte Damián weiter.

Maara reckte das Kinn. Anscheinend war dieser Damián ganz versessen darauf, mehr über sie herauszufinden. Sie brauchte sich nur anzusehen, wie begierig er ihre Worte aufsog. Also hatte sie ihm etwas voraus.

»Wir sind seit zwei Tagen in Lorelien, aber Wallos haben wir schon vor einer ganzen Weile verlassen. Mein Vater wollte sich nicht einmal von seinen Kriegern begleiten lassen, er hat nur meinen Bruder und mich mitgenommen. Wir waren zu Pferd unterwegs und hielten uns von den Wegen fern, um so wenigen Menschen wie möglich zu begegnen. Trotzdem ritten wir, so schnell wir konnten.«

»Aber wieso habt Ihr Euch überhaupt aufgemacht?«, fragte Josion. »Hat Ke'b'ree Euch den Grund für die Reise verraten?«

Maara zögerte einen Moment. Auch wenn sie gern im Mittelpunkt stand, musste sie aufpassen, dass sie nicht zu viel preisgab. »Ich weiß nur, dass der Grund in seiner Vergangenheit liegt. Mehr wollte er nicht sagen. Aber da Lorelia unser Ziel war, nehme ich an, dass unsere Reise etwas mit Eurer einstigen Königin Agénor zu tun hat. Mein

Vater hat in Arkarien mit einem alten Mann über sie gesprochen.«

»Ihr wart im Weißen Land?«, fragte Damián verblüfft. »Etwa bei Bowbaq?«

Zufrieden mit der Wirkung ihrer Worte fuhr Maara fort: »Ja. Vater und er haben sich lange unterhalten, dann hat er sich uns angeschlossen und ist mit uns nach Lorelia geritten.«

»Bowbaq ist auch in der Stadt?«, murmelte Josion nachdenklich. »Wenn sogar er die Strapazen der Reise auf sich genommen hat …«

»Das ist ein anstrengendes Unterfangen für einen über Achtzigjährigen«, bemerkte Damián. Dann setzte er hinzu: »Ihr habt mehrere Tage in Ke'b'rees und Bowbaqs Gesellschaft verbracht und wisst trotzdem nicht, worum es geht?«

»So ist es«, antwortete Maara gereizt. »Ich mische mich nicht in die Angelegenheiten meines Vaters ein, es sei denn, er bittet mich darum! Vergesst nicht, dass er König von Wallatt ist.«

»Geht es Großvater Bowbaq denn gut?«, fragte Lorilis begierig. »War er nicht furchtbar müde?«

Mit verdrossener Miene wandte sich Maara zu dem Mädchen um, doch als sie Lorilis sorgenvollen Blick sah, wurden ihre Züge weicher. Also waren der alte Arkarier und das Mädchen aus Kaul miteinander verwandt …

»Es ging ihm prima«, antwortete sie. »Seine Ausdauer ist bewundernswert. Vermutlich wäre er bis zum Großen Kaiserreich Goran weitergeritten, ohne sich zu beschweren. Er ist stark wie ein Bär.«

Lorilis strahlte sie an, und Maara erwiderte ihr Lächeln.

Zum ersten Mal seit ihrem Zusammentreffen begegnete ihr einer der anderen mit Freundlichkeit. Dann fuhr sie fort: »Bei unserer Ankunft in Lorelia machten wir außerhalb der Tore halt. Mein Vater ritt allein in die Stadt, um Amanón zu treffen. Nach ungefähr einem Dekant kam er zurück, um Bowbaq zu holen. Ich wollte mich ihnen anschließen, aber Vater schickte uns stattdessen hierher. Wir sollen in Benelia auf ihn warten. Mehr weiß ich nicht.«

»Und das war vorgestern Abend, sagt Ihr?«, fragte Damián. »Dann hat also Ke'b'ree die ganze Aufregung ausgelöst. Vermutlich hat er unseren Eltern etwas Wichtiges mitgeteilt …«

»Als ich vor dem Haus des Kommandanten Wache stand, sah ich weder einen alten Arkarier noch einen Barbarenkönig«, wandte Souanne ein.

»Vielleicht waren sie schon im Haus«, meinte Josion. »Oder sie haben sich anderswo mit unseren Eltern getroffen. Das wäre nicht weiter verwunderlich, so vorsichtig, wie sie sind. Hm … Also haben sich alle, die vor zwanzig Jahren gegen Königin Agénor gekämpft haben, bei Nacht und Nebel versammelt. Unsere Eltern und Großeltern … Und keiner von uns weiß, was sie vorhaben oder wo sie jetzt sind.«

Auf seine Worte folgte beklommenes Schweigen. Der junge Mann mit dem kahlgeschorenen Schädel wirkte besonders mitgenommen. Er war leichenblass, und seine Augen glänzten fiebrig. Als er bemerkte, dass Maara ihn beobachtete, straffte er die Schultern und setzte ein gleichmütiges Gesicht auf. Sie fand sein Verhalten verdächtig und beschloss, ihn im Auge zu behalten.

Als Nächstes erzählte Damián, wie er und seine Gefährten sich in dem leerstehenden Haus in Benelia eingefunden hatten. Maara fand die Geschichte nicht besonders interessant, stellte aber mit Genugtuung fest, dass der Lorelier sie endlich als Ebenbürtige behandelte. Von jetzt an waren sie Gleiche unter Gleichen, und Maara konnte sich endlich etwas entspannen. Sie war sogar zu ein wenig belangloser Plauderei bereit, um den anderen ihren guten Willen zu zeigen.

In diesem Moment sagte Damián unvermittelt: »Das alles kann nur eins bedeuten: Es steht schlimmer um uns, als ich dachte.«

»Warum?«, fragte Souanne. »Wir sind nicht schlauer als zuvor.«

»Nein. Aber Ke'b'rees Reise nach Lorelia kann kein Freundschaftsbesuch gewesen sein. Mein Vater und er waren zwar einst gute Freunde, aber vor etwa fünfzehn Jahren zerstritten sie sich. Zwischen unseren Familien gab es seitdem keine Verbindung mehr.«

Maara versteifte sich erneut, weil sie damit rechnete, dass er ihren Vater beleidigen würde. Aber Damián schien nicht auf Streit aus zu sein. Im Gegenteil – ihm schien eher daran gelegen, Verbündete zu finden.

»Wer quer über den Kontinent reist, um einen früheren Freund zu besuchen, mit dem er seit Jahren entzweit ist, muss einen guten Grund dafür haben. Einen *sehr* guten Grund. Und genau das macht mir Sorgen.«

Unter anderen Umständen wäre Guederic sehr viel gesprächiger gewesen. Er hätte nicht mit seiner Meinung hinterm Berg gehalten, sondern zu allem, was die anderen sagten, seinen Senf dazugegeben. Auch hätte er nicht einfach hingenommen, dass die Barbarin ihm in regelmäßigen Abständen böse Blicke zuwarf. Obwohl sie eine Frau war und eine Prinzessin obendrein, hätte er sie aufgefordert, sofort damit aufzuhören oder ihm offen zu sagen, was sie gegen ihn hatte. Aber seit dem Morgen fühlte er sich noch schlechter als vorher, und das aus einem ganz bestimmten Grund: Kein Bote war gekommen, um ihnen zu sagen, dass sie nach Hause zurückkehren konnten. Guederic hatte den Eindruck, in der Falle zu sitzen, und das machte ihn krank. Er hasste es, sich hilflos zu fühlen.

Am liebsten hätte er auf der Stelle das Weite gesucht und wäre nach Lorelia zurückgekehrt, um sich eigenmächtig auf die Suche nach seinen Eltern zu machen. Trotzdem lief er weiter hinter seinem Bruder, seinem Cousin und den anderen vier her. Es war nicht schwierig, eine Erklärung für seine Teilnahmslosigkeit zu finden: Ihn plagten Schuldgefühle.

Guederic empfand tiefe Reue, weil er einen anderen Menschen getötet hatte, auch wenn dieser ihn in mörderischer Absicht angegriffen und er sich nur zur Wehr gesetzt hatte. Außerdem machte er sich Vorwürfe, weil er den anderen bisher nichts von den Worten erzählt hatte, die der Mann ihm zugezischt hatte. Aber er wollte nicht an schmerzhaften Erinnerungen rühren – dafür war es noch zu früh.

Nicht zuletzt schämte er sich für die Ekstase, die er empfunden hatte, als er seinem Widersacher das Leben genommen hatte.

Das Gefühl stieg wieder und wieder in ihm auf, in schier endlosen Wellen. Zum ersten Mal hatte es ihn mitten in der Nacht heimgesucht, als er endlich Schlaf gefunden hatte. Während sein Verstand ruhte, träumte er von der wilden Freude, die er empfunden hatte, als er den Kopf seines Gegners auf die Pflastersteine schlug. Wie schon bei vergangenen Schlägereien hatte ihn der Blutrausch gepackt, diesmal jedoch um ein Vielfaches stärker als sonst. Im Traum durchlebte er noch einmal den euphorischen Moment, als der Schädelknochen brach und das Blut seines Feindes auf die Pflastersteine lief und sich mit dem Dreck vermischte. Guederic war schweißgebadet hochgeschreckt und hatte das Gefühl gehabt, sich auf der Stelle übergeben zu müssen. Vom einen Moment auf den anderen war die Euphorie in Ekel umgeschlagen. Das Problem war nur, dass ihn dieses unglaubliche Glücksgefühl seither immer wieder übermannte. Der Gedanke ans Töten ließ ihn nicht mehr los. Guederic war hin- und hergerissen zwischen der Reue über den Mord und seinen niedersten Instinkten. Es überraschte ihn, solche Neigungen in sich zu entdecken, und so verbrachte er die meiste Zeit mit fruchtlosem Grübeln. Er war verwirrt, in sich gekehrt und wurde von Selbstzweifeln geplagt – zum ersten Mal in seinem Leben.

Zum Glück erwarteten Damián und die anderen nicht viel von ihm: Er musste nur hinter ihnen hertrotten, nicht allzu weit zurückbleiben und sich unauffällig verhalten. Das schaffte Guederic gerade noch. Mit gesenktem Blick setzte er einen Fuß vor den anderen und lauschte mit halbem Ohr den Gesprächen der anderen. Ke'b'ree war also nach Lorelia gekommen, um zusammen mit seinen Eltern irgendwohin aufzubrechen … *Und wenn schon,* dachte er. Irgendeinen Grund würde ihr Verschwinden schon haben. Wenn er ehrlich war, beschäftigten ihn seine Seelenqualen weit mehr.

Gedankenversunken wie er war, bekam er kaum etwas von seiner Umgebung mit. Die Benelier, denen sie auf ihrem Marsch durch die Stadt begegneten, wirkten auf ihn wie blasse Gespenster, die durch eintönige graue Straßen irrten. Sie durchquerten verschiedene Viertel und kamen an prunkvollen Palästen und heruntergekommenen Bruchbuden vorbei. Zweimal überquerten sie eine Brücke über einen Seitenarm der Gisle. Sie liefen immer weiter, aber Guederic hatte es auch nicht eilig, irgendwo anzukommen. Einen Fuß vor den anderen zu setzen, lenkte ihn wenigstens von seinen Selbstvorwürfen ab. Wenn er still dasaß oder im Bett lag wie an diesem Morgen, war alles noch viel schlimmer.

Zu seinem Leidwesen gelangten sie jedoch irgendwann an ihr Ziel, denn Benelia war nicht besonders groß. Mittlerweile befanden sie sich in einer öden Gegend in der Nähe des Hafens, abseits der Wohnviertel. Damián führte sie an ein paar Lagerschuppen vorbei.

»Wir sind gleich da«, sagte er.

Guederic erwachte kurz aus seinen düsteren Gedanken und musterte die umstehenden Gebäude. Früher hatten sie zu den königlichen Werften gehört, aber schon lange liefen hier keine Schiffe mehr vom Stapel. Wohin er auch sah, gab es nur vermodernde Schiffsgerippe und windschiefe Schuppen. Im Osten führte ein schmaler Kanal hinunter zum Fluss, im Westen standen ein paar Häuser mit dem Rücken zu dem Gelände, als wollten sie sich von den schäbigen Überresten der Vergangenheit abwenden. Weit und breit war kein Mensch zu sehen.

»Hier stinkt's«, murmelte Guederic.

»Das ist der Geruch des Meeres, der vom Fluss heraufweht«, meinte Damián.

»Wohl eher der nach toten Fischen, die zu lange in der Sonne gelegen haben«, schimpfte Maara. »Ihr wollt uns doch nicht etwa in einem dieser Schuppen unterbringen?«

»Es ist ein hervorragendes Versteck«, entgegnete Damián. »Niemand würde auf die Idee kommen, hier nach uns zu suchen.«

»Aber vielleicht sind wir nicht die Einzigen, die hier Unterschlupf suchen«, warf Josion ein. »In den Schuppen könnte allerlei zwielichtiges Gesindel hausen.«

»Hier ist niemand«, versicherte Damián. »Ich habe damals, als mein Vater mich herbrachte, dasselbe eingewandt. Er schickt regelmäßig Graue Legionäre her, die die Schuppen durchsuchen und alle Landstreicher vertreiben. Außerdem gehört das Gelände unserem Großvater Reyan.«

Guederic starrte seinen Bruder verblüfft an. Das hatte er nicht gewusst.

»Die ehemalige Werft gehört zu den Ländereien des Herzogtums«, fügte Damián achselzuckend hinzu. »Das kommt uns natürlich ziemlich gelegen.«

Mit diesen Worten ging er auf einen der Schuppen zu, schob die Tür auf und verschwand im Inneren. Die anderen wechselten rasche Blicke und folgten ihm. Seufzend stolperte Guederic hinterher.

Kaum eine Dezille später hallten Waffengeklirr und Schmerzensschreie von den Holzwänden wider, und Guederic wurde erneut vom Blutrausch gepackt.

Souanne betrat den Schuppen als Zweite, gleich hinter Damián. Obwohl sie es keineswegs eilig hatte, sich in diesem dunklen Loch zu verkriechen, wollte sie ihre Pflicht auf keinen Fall vernachlässigen. Ihr Befehl lautete nun einmal, Damián zu begleiten, so unerfreulich das auch sein mochte. Sie würde ihm auch in diesem windschiefen Schuppen nicht von der Seite weichen.

Doch sie hatte nicht damit gerechnet, ihn tatsächlich beschützen zu müssen. Warum auch – schließlich hatte der Kommandant selbst das Versteck ausgewählt … Sie mussten nur auf neue Anweisungen warten, sich ruhig verhalten und jedem Ärger aus dem Weg gehen. Deshalb stand Souanne wie vom Schlag getroffen da, als ihr klarwurde, dass sie in eine Falle geraten waren. Während sie sich fragte, wie das hatte passieren können, verlor sie kostbare Zeit. Fassungslos starrte sie auf die Szene, die sich vor ihren Augen abspielte. Es war wie in einem Alptraum.

Die Männer, die in dem Schuppen auf der Lauer lagen, hatten sie offenbar erwartet. Wahrscheinlich hatten sie das Gelände durch die Ritzen zwischen den Brettern überwacht und sie schon seit einiger Zeit beobachtet. Sie hatten sich hinter Fässern, Stützpfeilern und umgestürzten Kähnen verschanzt, die in einem Halbkreis angeordnet waren.

Nur wenige Herzschläge nachdem sie den Schuppen betreten hatten, fiel die Tür krachend hinter ihnen ins Schloss. Souanne und die anderen wirbelten fast gleichzeitig herum: Drei Männer mit Schwertern versperrten ihnen den Weg nach draußen. Im selben Moment waren zehn oder zwölf weitere Kerle aus ihren Verstecken gesprungen und hatten den Kreis um sie geschlossen. Sie saßen in der Falle. Wie hatten sie nur so unvorsichtig sein können?

Als Souanne das Zeichen sah, das die Männer auf der Stirn trugen, verfinsterte sich ihre Miene noch etwas mehr. Sie kannte das Symbol nicht, das ohne große Sorgfalt mit Tinte aufgetragen worden war, aber das machte die Sache nicht besser. Ganz sicher hatte es nichts Gutes zu bedeuten.

Aus dem Augenwinkel bemerkte sie, wie Damián sein Schwert zog. Die Bewegung riss sie endlich aus ihrer Erstarrung. Auch Souanne zog ihre Waffe und warf einen raschen Blick über die Schulter. Was sie sah, hob ihre Laune nicht gerade: Zwei ihrer Gefährten waren noch halbe Kinder, und während Najel immerhin seinen Wanderstock hatte, war Lorilis völlig unbewaffnet. Josion kam offenbar nicht auf die Idee, seinen Dolch zu ziehen, und auch Guederic trug keine Waffe. Seine Züge waren jedoch zu einer Grimasse verzerrt, die Souanne einen Schauer über den Rücken jagte. Nur Maara war neben die beiden Legionäre getreten und reckte ihren Feinden die Lowa entgegen. Zum ersten Mal seit ihrem Zusammentreffen war Souanne froh über ihre Anwesenheit. Trotzdem würde jeder von ihnen es mit mindestens drei Gegnern aufnehmen müssen.

»Werft Eure Waffen fort«, rief einer der Männer. »Ihr habt keine Chance.«

Damiáns Zögern war spürbar, und Souanne schämte sich für den Ritter. Dabei wusste sie, dass er eine unmögliche Entscheidung zu treffen hatte. Wenn sie kämpften, würden sie sterben, und wenn sie sich ergaben, würde sie früher oder später dasselbe Schicksal ereilen.

Der Mann, der das Wort an sie gerichtet hatte, trug als

Einziger keine Waffe. Vermutlich war er der Anführer. Er grinste siegessicher und freute sich offenkundig über seine leichte Beute. Darüber schien er jede Vorsicht zu vergessen, denn er näherte sich seinen Gefangenen, um den Triumph auszukosten. Das war ihre einzige Chance. Damián schien der gleiche Gedanke durch den Kopf zu schießen, denn Souanne spürte, wie er neben ihr die Muskeln anspannte. Sie verständigten sich mit einem raschen Blick … In diesem Moment legte Josion seinem Cousin eine Hand auf die Schulter und hielt ihn zurück. Souanne wandte sich zu ihm um und funkelte ihn böse an, aber er wies nur mit einem leichten Nicken in die Höhe. Fünf, sechs Schritte über ihnen hockte ein Mann auf einem Querbalken und zielte mit einer Armbrust auf sie. Obwohl Souanne es sich kaum eingestehen konnte, hatte Josion ihnen zumindest für den Moment das Leben gerettet – der Schütze hätte sie niedergestreckt, bevor sie auch nur einen Schritt getan hätten.

»Entscheidet Euch«, rief der Anführer höhnisch. »Mir ist das egal. Ich muss Euch nicht *alle* gefangen nehmen. Anders gesagt: Wer nicht sterben will, möge seine Waffe niederlegen und langsam zu mir kommen.«

Souanne bebte vor Zorn. Sie kostete den bitteren Geschmack der Niederlage, dabei hatte sie nicht einmal gekämpft! Außerdem war sie wütend auf sich selbst, weil sie den Kerl oben auf dem Balken nicht gesehen hatte. Der Gedanke daran, wie knapp sie dem Tod entronnen war, ließ sie abermals erstarren.

Die anderen standen ebenfalls da wie vom Donner gerührt. Wahrscheinlich fragten sich alle, was sie tun sollten. Hatten sie vielleicht doch eine Chance, den Sieg davonzutragen, wenn sie zusammenblieben und mit dem Mut der Verzweiflung kämpften? Oder sollten sie sich ergeben?

»Wer seid Ihr überhaupt?«, fragte Damián. »Und was wollt Ihr von uns?«

»Legt Eure Waffen nieder, dann bekommt Ihr eine Antwort«, erwiderte der Fremde. »Ach was, mir dauert das alles viel zu lang.«

Er machte den Männern, die hinter ihm standen, ein Zeichen, und diese näherten sich mit gezogenen Schwertern. Souanne biss die Zähne zusammen und machte sich darauf gefasst, um ihr Leben zu kämpfen.

Plötzlich rief Guederic von hinten: »Wartet!«

Er hob die Arme als Zeichen, dass er sich ergeben wollte. Fassungslos beobachtete Souanne, wie er vortrat und langsam auf ihre Feinde zuging. Sein Bruder streckte die Hand aus, um ihn aufzuhalten, aber Guederic schlug einen Haken, um ihm auszuweichen. Maara fluchte unterdrückt auf Wallattisch, bevor sie aussprach, was Souanne dachte: »Du elender Feigling! Mich wundert nicht, dass gerade du uns verrätst.«

Weitere Beschimpfungen konnte sie sich jedoch sparen. Als Guederic noch zwei Schritte von den Männern entfernt war, ließ er die Arme fallen und ging mit einem wütenden Schrei zum Angriff über.

Damián konnte es nicht fassen. Vor Verzweiflung war er wie gelähmt. Wie hatten sie nur so blind in die Falle tappen können? Wer waren diese Männer? Was wollten sie von ihnen? Wieso kannten sie das Versteck? Fragen über Fragen schossen ihm durch den Kopf und hinderten ihn am Nachdenken. Erst als Guederic mit hängenden Schultern an ihm vorbeitrottete und dann urplötzlich zum Angriff überging, erwachte er aus seiner Starre.

Der Gedanke, dass sein Bruder vor seinen Augen niedergestochen wurde, war Damián unerträglich. Doch dann geschah ein Wunder: Guederic duckte sich überraschend flink unter den Klingen seiner Gegner hinweg und packte einen der Angreifer am Arm. Er versuchte, ihm die Waffe zu entreißen, während er gleichzeitig eine seitliche Drehung machte, um den Hieben der anderen Männer auszuweichen. Voller Entsetzen fiel Damián der Armbrustschütze über ihnen ein, und er warf einen Blick nach oben: Warum schoss er nicht? Guederic wäre ein leichtes Ziel gewesen …

Der Schütze hockte immer noch auf dem Balken, jedoch in merkwürdig verkrampfter Haltung. Im nächsten Moment kippte er nach vorn, die Hände um ein Messer gekrampft, das ihm aus der Brust ragte. Josion war bei der Leiche, noch bevor sie auf den Boden aufschlug. Er zog seinen Dolch aus dem leblosen Körper, hob gleichzeitig die Armbrust auf und schoss dem nächststehenden Angreifer einen Bolzen ins Auge. Der Mann schrie auf und ging zu Boden. Dann eilte Josion Lorilis und Najel zu Hilfe, die von den drei Kerlen an der Tür bedrängt wurden.

Damián kam nicht dazu, die Szene weiter zu beobachten. Drei Männer umzingelten Guederic, dem es mittlerweile gelungen war, ein Schwert an sich zu bringen. Der Anführer der Bande hatte sich vorsichtshalber außer Reichweite begeben, und die sechs verbliebenen Männer stürmten auf Souanne, Maara und Damián zu.

Der Zusammenprall war heftig: Waffengeklirr und Schreie hallten durch den Raum. Glücklicherweise behinderten sich die Männer gegenseitig. Maara reagierte blitzschnell und schlug einem Mann die Lowa gegen die Schläfe. Damián verletzte einen anderen mit dem Schwert am Hals. Der Mann presste eine Hand auf den klaffenden Schnitt und taumelte zur Seite. Auch Souanne gelang es, einen Gegner auszuschalten, indem sie ihm den Arm durchstach.

Leider schreckte das die anderen drei nicht ab – es machte sie nur vorsichtiger. Die Männer gingen jetzt sehr viel strategischer vor, und die Zweikämpfe waren um einiges ausgeglichener. Und obwohl die Kerle mit dem rätselhaften Zeichen auf der Stirn zuvor verlangt hatten, dass sie sich ergaben, waren sie jetzt nur noch darauf aus, jeden von ihnen zu töten. Damián musste all seine Fechtkünste aufbieten, um die Angriffe seines Gegners zu parieren. Zwar war er ein hervorragender Kämpfer, aber seit einigen Monden verbrachte er viel Zeit am Schreibtisch und war etwas aus der Übung. Außerdem ging es zum ersten Mal tatsächlich um Leben und Tod.

Maara, die an seiner Seite kämpfte, war hingegen völlig in ihrem Element. Wie er aus den Augenwinkeln beobachtete, wehrte sie die meisten Attacken mit ihrem Schild ab. Gleichzeitig brachte sie ihren Gegner immer wieder mit mächtigen Lowahieben in Bedrängnis. Auch Souanne schlug sich tapfer, wovon die wüsten Flüche ihres Gegners zeugten. Und Guederic vollbrachte wahre Wunder. Einer seiner drei Gegner lag bereits mit blutverschmierten Kleidern am Boden, und den anderen beiden gelang es nicht, sich ihm zu nähern, weil Guederics Klinge blitzschnell vor- und zurückzuckte. Damián hatte nicht gewusst, dass sein Bruder ein so geschickter Kämpfer war.

Also war noch nicht alles verloren. Nachdem sie anfangs in der Unterzahl gewesen waren, hatten sie den Spieß jetzt umgedreht. Damián konnte zwar nicht sehen, wie Josion sich schlug, aber er hoffte ganz einfach, dass er seine Gegner ebenso geschickt zur Strecke brachte wie zuvor den Armbrustschützen. Er schöpfte neuen Mut: Vielleicht konnten sie ja doch den Sieg davontragen! Zumindest hatte bisher keiner von ihnen eine ernsthafte Verletzung davongetragen.

Gerade als ihm dieser Gedanke durch den Kopf ging, rammte ihm sein Gegner das Rapier in die Schulter.

Najel hatte die Angreifer als Erster entdeckt: Sie waren hinter ihm vorbeigehuscht, um die Tür zuzuschlagen.

Rasch lief er zu den anderen, damit sie nicht auseinandergerissen wurden, aber schon im nächsten Moment bereute er seinen Impuls. Es wäre schlauer gewesen, Alarm zu schlagen und sich auf die Männer zu stürzen, um sie zu überrumpeln. Wenn er sie auch nur für einen Moment abgelenkt hätte, hätten die anderen die Tür aufstoßen und fliehen können. Sein Vater hätte so reagiert, und Maara ebenfalls, wenn sie an seiner Stelle gewesen wären. Aber Najel besaß nicht ihren Kriegerinstinkt, der sie bei Gefahr blitzschnell die richtigen Entscheidungen treffen ließ. Er hatte instinktiv bei den Erwachsenen Schutz gesucht und war nicht selbst tätig geworden. Najel hatte sich genauso verhalten, wie alle ihn sahen: wie ein dreizehnjähriger Junge.

Doch er war auch ein wallattischer Prinz und hatte im Verlauf seines kurzen Lebens Unterricht in den verschiedensten Kampftechniken erhalten. Als Guederic auf ihre Gegner losging, hob Najel ohne nachzudenken seinen Stock und ging in Verteidigungshaltung. Trotzdem raste ihm das Herz in der Brust. Nie zuvor hatte er einen echten Kampf führen müssen, und drei mit Schwertern bewaffneten Erwachsenen würde er niemals widerstehen können. Es kam Selbstmord gleich, wenn er sich zur Wehr setzte. Zögernd wich er ein Stück zurück, um wieder bei den anderen Schutz zu suchen.

In diesem Moment verschanzte sich Lorilis hinter seinem Rücken, wohl in der Hoffnung, er würde sie vor den Männern beschützen. Dabei war Najel genauso verängstigt wie sie. Nun versperrte sie ihm den Weg zu den anderen, und die beiden Kinder standen schutzlos drei bewaffneten Männern gegenüber. In seiner Panik rief Najel: »Zurück, zurück!«, ohne zu merken, dass er seine Muttersprache gebrauchte. Trotzdem schien Lorilis zu begreifen, was er wollte, aber es war zu spät: Die Kerle stürzten sich auf sie.

Najel fühlte sich fiebrig und kraftlos, ausgerechnet in dem Moment, in dem er seine ganze Stärke brauchte. Was konnte er schon gegen drei wesentlich größere Männer ausrichten? Als der erste den Arm ausstreckte, um ihm seinen Stock zu entwinden, wich Najel noch mühelos aus und versetzte ihm einen raschen Schlag gegen den Ellbogen. Der Kerl zuckte zurück, als wäre er von einer Schlange gebissen worden, doch schon im nächsten Moment war er wieder kampfbereit, und jetzt hatte er sein Schwert gezogen.

Najel bekam einen solchen Schreck, dass er hilflos mit dem Stock in der Gegend herumfuchtelte, unter völliger Missachtung der Lektionen, die sein Vater und seine Waffenlehrer ihm erteilt hatten. Er wollte nur noch eins: sich die Angreifer so lange vom Leib halten, bis Maara ihn retten kam! Für wenige Augenblicke schien es sogar, als könnte ihm das gelingen. Doch als sich die Kerle von der Überraschung erholt hatten, bemerkten sie, wie ungeschickt Najel mit dem Stock umging: Wenn überhaupt, mussten sie wohl nur fürchten, dass der Junge einen von ihnen durch Zufall traf. Sie teilten sich auf und begannen ihn zu umkreisen wie Wölfe ein lahmes Reh.

Najel kam nicht einmal mehr auf die Idee, sich zu ergeben. Wenn er seine Lage mit etwas Abstand betrachtet hätte, hätte er sich wohl für diese Möglichkeit entschieden. *Warum Widerstand leisten, wenn eine Niederlage unvermeidlich war? Er wollte leben, und eine geringfügige Überlebenschance war immer noch besser als die Gewissheit zu sterben.* Aber jede Hoffnung in ihm erstarb, als er in die eiskalten Augen seines Gegners blickte. In ihnen las er sein Schicksal: einen qualvollen Tod und ewige Finsternis.

Hätte Lorilis nicht nach ihm gerufen, wäre er wohl von den Männern niedergemetzelt worden.

Plötzlich ging alles furchtbar schnell. Der Mann zu seiner Rechten hatte Lorilis am Handgelenk gepackt, ihr ein Messer an den Hals gehalten und versucht, sie mit sich fortzuziehen. Jeden Moment konnte er zustoßen. Das Mädchen wehrte sich verzweifelt, streckte die Hand nach Najel aus und flehte ihn an, ihr zu helfen. In diesem Moment erwachte etwas in dem Jungen, das er noch nie zuvor gespürt hatte: das Ehrgefühl seiner Ahnen, das ihm befahl, Schwächere um jeden Preis zu beschützen. Neue Kraft durchströmte ihn, und ihm war, als lenkte sein Vater seinen Arm. Najel wirbelte den Stock durch die Luft, traf einen der Männer am Kinn, einen zweiten am Kiefer und ließ die Waffe dann auf die Hand niedersausen, die Lorilis festhielt. Der Knochen brach mit einem lauten Knacken, und der Mann brüllte vor Schmerz auf. Lorilis flüchtete sich an Najels Seite. Sie klammerte sich an die Schulter ihres Retters, wie sie es bei einem Erwachsenen getan hätte, bei ihrer Mutter, ihrem Vater oder einem Freund …

Najel wurde von einem Hochgefühl durchströmt, das gleich darauf in Panik umschlug: Die Männer kamen langsam auf sie zu, um die Sache zu Ende zu bringen. Najel fühlte sich außerstande, noch einmal eine Heldentat zu vollbringen. Verzweifelt schaute er sich nach Maara um, aber sie kämpfte mit dem Rücken zu ihm und konnte sich nicht um ihn kümmern. *Dann hat es alles nichts gebracht,* dachte er. *Es ist vorbei.*

In diesem Moment tauchte wie aus dem Nichts Josion neben ihm auf.

Lorilis versuchte verzweifelt, sich zusammenzureißen. Sie wollte sich so verhalten, wie man es von einer zukünftigen Würdenträgerin des Matriarchats erwarten durfte, aber die Panik hatte sie fest im Griff. In einem fremden Land, weit entfernt von ihren Eltern und Freunden und umzingelt von Männern, die sie töten wollten, wurde sie wieder zu dem kleinen Mädchen, das nicht wusste, in wessen Arme es sich flüchten sollte. Im Gegensatz zu ihr brachte Najel den Mut auf, sich mit seinem Stock gegen die Angreifer zu wehren, und dadurch kam sie sich noch dümmer und nutzloser vor. Als einer der Kerle sie am Arm gepackt hatte, war ihr nichts Besseres eingefallen, als aufzukreischen und um Hilfe zu rufen. Dabei hätte sie um sich schlagen und treten sollen, um zumindest zu versuchen, sich aus eigener Kraft zu befreien.

Dass sie noch am Leben war, hatte sie nur Najel zu verdanken. Allerdings würde er den Männern nicht mehr lange standhalten können, denn mittlerweile sprühte blanker Hass aus ihren Augen. Als die drei Kerle erneut zum Angriff übergingen, war sie sicher, dass nun alles verloren war.

Doch dann geschah ein Wunder. Urplötzlich tauchte Josion neben ihr auf und ließ seinen zweischneidigen Dolch durch die Luft sausen. Einer der Angreifer stöhnte auf, öffnete den Mund wie zum Protest und spuckte Blut, während sich ein dunkler Fleck auf seiner Brust ausbreitete. Seine Beine knickten ein, und er ging zu Boden. Obwohl Lorilis beim Anblick der Leiche speiübel wurde, konnte sie den Blick nicht abwenden.

Josion bildete nun eine Art Schutzschild vor den beiden Kindern, die zurückwichen und ihn ungläubig anstarrten. Er bewegte sich so schnell und präzise, dass es aussah, als hätte er vier Arme und vier Waffen. In einer Hand hielt er seinen Dolch, in der anderen immer noch die Armbrust, die er mal als Keule gebrauchte und mal, um damit einen Schlag zu parieren. Josion nutzte jede Lücke in der Abwehr seiner Gegner, und wenn es ihm gelang, seinen Dolch einzusetzen, erging es den Angreifern schlecht: Die Klinge schnellte wie eine Schlange vor und zurück und hinterließ tiefe Schnitte.

Ein so harter Kampf konnte nicht lange andauern. Kurz darauf gelang es Josion, das Schwert eines der Männer in seine Armbrust zu verkeilen. Für einen kurzen Moment war der Angreifer bewegungsunfähig, und Josion schlitzte ihm blitzschnell die Kehle auf. Beim Anblick des aus der Wunde schießenden Bluts drehte sich Lorilis erneut der Magen um, während Josion seine Kraft und Schnelligkeit noch einmal zu verdoppeln schien. Natürlich kämpfte er jetzt auch nicht mehr gegen drei, sondern nur noch gegen einen Gegner. Der Mann parierte tapfer mehrere Attacken, aber Josion war ihm haushoch überlegen. Als dem Kerl dämmerte, dass er keine Chance hatte, stürzte er zur Tür, stieß sie auf und rannte davon. Josion holte aus, um ihm seinen Dolch hinterherzuschleudern, besann sich dann aber eines Besseren. Rasch sah er sich in dem Schuppen um.

»Damián«, rief er gepresst.

Lorilis und Najel wandten sich um. Damián lag reglos am Boden, während Maara und Souanne seinen leblosen Körper vor drei Angreifern beschützten, die in einer geschlossenen Linie vorrückten. Weiter hinten kämpfte Guederic gegen einen letzten verbliebenen Gegner. Lorilis fuhr der Schreck in die Glieder, und sie warf Josion einen flehenden Blick zu. Er biss die Zähne zusammen, packte seinen Dolch fester und marschierte auf die beiden Frauen zu, um ihnen zu helfen. In diesem Moment schlich sich der Anführer der Mörderbande von hinten an ihn heran. Entsetzt schrie Lorilis auf: »Vorsicht!«

Zum Glück hatte Josion gute Reflexe. Er wirbelte herum, bereit, die Klinge des Angreifers abzuwehren, doch der Mann war unbewaffnet. Überrascht hielt Josion in der Bewegung inne. Der Anführer nutzte sein Zögern und packte ihn am Handgelenk. Im nächsten Moment verzog Josion ohne sichtbaren Grund vor Schmerz das Gesicht und ging in die Knie.

Lorilis und Najel sahen sich ungläubig an. Irgendetwas Unerklärliches, Furchteinflößendes spielte sich vor ihren Augen ab. Der Kerl schien Josion völlig in seiner Gewalt zu haben. Der Lorelier stöhnte, als leide er unmenschliche Schmerzen. Offenbar hatte er nicht einmal mehr die Kraft, seinen Dolch zu halten, denn die Waffe fiel ihm aus der Hand und glitt zu Boden. Der Mund des Anführers verzog sich zu einem triumphierenden Grinsen. Er weidete sich an der Hilflosigkeit seines Gegners und seiner eigenen Macht. Und da war noch etwas in seinen Augen, etwas Abgründigeres: eine Art düsterer Schatten.

Was ging hier vor? Kannte der Angreifer den Verlauf der menschlichen Nervenbahnen so gut, dass er wusste, wo er zudrücken musste, um seinem Opfer unerträgliche Schmerzen zu bereiten? Oder hatte er ein seltenes Gift verwendet, das bei bloßer Berührung wirkte? Würde er Josion zu Tode foltern?

Was auch immer der Fremde ihm antat, Lorilis musste ihn stoppen. Najel schien den gleichen Gedanken zu haben. Als sich der Anführer bückte, um nach Josions Dolch zu greifen, der unter dessen Knie klemmte, stürzten sich die beiden Kinder auf ihn, ohne auch nur einen Gedanken an die Gefahr für ihr eigenes Leben zu verschwenden.

Najel erreichte den Mann als Erster. Er holte zum Schlag aus, aber der Mann wich ihm blitzschnell aus und packte den Stock. Der Junge versuchte mit aller Kraft, ihm die Waffe zu entwinden – vergeblich. Vor lauter Verzweiflung sah er keinen Ausweg, als den Stock loszulassen und den Kerl mit bloßen Händen anzugreifen. Doch auch damit hatte er keinen größeren Erfolg. Der Fremde streckte einfach die Hand aus und berührte leicht die Brust des Jungen. Najel wurde zwei Schritte rückwärts durch die Luft geschleudert, landete unsanft auf dem Rücken und blieb mit schmerzverzerrtem Gesicht liegen.

Angesichts der unheimlichen Kräfte des Mannes packte Lorilis das Grauen. Es war, als hätte sie eine Tür zu einer fremden, feindlichen Welt aufgestoßen, wo die tapfersten Krieger dem Willen der schlimmsten Schurken unterworfen waren. Eine Welt, in der die natürliche Ordnung außer Kraft gesetzt war und Chaos und Willkür herrschten.

Wieder bückte sich der Anführer, um den Dolch unter Josions Knie hervorzuziehen. Hatte sich Josion absichtlich auf die Waffe gekniet? War er zu so etwas überhaupt in der Lage? Wenn er noch einen klaren Gedanken fassen konnte, musste er ahnen, was sein Gegner vorhatte. Lorilis nahm all ihren Mut zusammen und stürzte sich auf den Fremden – er durfte auf keinen Fall den Dolch in die Finger bekommen.

Offenbar hatte er mit ihrem Angriff gerechnet. Lorilis konnte dem Arm, den er ihr entgegenstreckte, nicht mehr ausweichen, und prallte gegen die Handfläche. Kurz vor dem Zusammenstoß hatte sie den Eindruck, als würden die Adern der Hand aufleuchten.

Dann fuhr ein Blitz durch ihren Körper.

Der Schmerz war unerträglich. Noch bevor sie irgendwas tun konnte, lag Lorilis am Boden. Ihre Arme und Beine zuckten unkontrolliert, und jede Faser ihres Körpers tat weh. Sie musste es unbedingt schaffen, Atem zu holen, sonst würde ihr Herz zu schlagen aufhören. Lorilis wusste nicht, was schlimmer war, Panik oder Schmerz. Gegen beides kämpfte sie an, und plötzlich wusste sie, dass sie die feindliche Kraft aus ihrem Körper verbannen musste, so wie jemand, der zu ertrinken droht, weiß, dass er nach Luft schnappen muss. Sie presste die Hände auf den Boden und konzentrierte sich mit aller Kraft. Gleich darauf ließ der Schmerz etwas nach. Zunächst zog er sich aus ihrem Rumpf zurück und floss dann durch die Arme zu ihren Fingerspitzen und von dort hinaus aus ihrem Körper. Lorilis konzentrierte sich weiter darauf, den Schmerz zurückzudrängen, und wurde mehr und mehr von einem wohligen Gefühl erfüllt. Ihr Verstand war mit einem Mal hellwach und glasklar. Sie fühlte sich wie jemand, der aus einem langen Schlaf erwacht.

Schon war sie kräftig genug, sich auszurichten. Lorilis hatte jedes Zeitgefühl verloren, aber mit einem raschen Blick in die Runde vergewisserte sie sich, dass nur wenige Augenblicke vergangen waren. Najel wand sich immer noch am Boden, und der Mann mit den seltsamen Kräften foltere Josion weiterhin, um an den Dolch heranzukommen.

Ohne nachzudenken sprang Lorilis auf und schritt entschlossen auf den Fremden zu, der sie überrascht anstarrte. Er hatte wohl nicht damit gerechnet, dass sie so rasch wieder auf den Beinen sein würde. Als sie dann auch noch mit beiden Händen nach den Fingern griff, die er ihr erneut entgegenstreckte, riss er verblüfft die Augen auf.

Der Schlag traf sie mit voller Wucht. Wieder jagte der Schmerz mit einer solchen Heftigkeit durch ihren Körper, dass sie fast die Besinnung verloren hätte. Doch nachdem die erste Welle über sie hinweggerollt war, richtete sie ihren ganzen Willen darauf, den Strom umzukehren. Sie konnte der rätselhaften Zauberkraft widerstehen, das wusste sie nun. Schließlich hatte sie es schon einmal geschafft. Lorilis konnte die feindliche Kraft zurückdrängen, auch wenn sie keine Ahnung hatte, woher sie diese Gewissheit nahm. Sie musste es einfach *wollen* und sich auf den Arm und die Hand konzentrieren, von denen der Schmerz ausging. Das Ergebnis ließ nicht lange auf sich warten: Langsam, aber spürbar floss die bösartige Kraft, die ihr entgegenströmte, zurück zu ihrem Ausgangspunkt.

Als der Anführer spürte, wie stark der Widerstand seiner Gegnerin war, schlug seine Verblüffung erst in Wut, dann in Entsetzen um. Mit jedem Herzschlag fiel Lorilis der Kampf leichter, und bald hatte sie die rätselhafte Kraft, die in ihren Körper eingedrungen war, fast vollständig zurückgedrängt. Einer plötzlichen Eingebung folgend, versuchte sie, sie nicht nur aus ihrem Körper zu verbannen, sondern gegen den Mann zu richten. Sie konzentrierte sich noch etwas mehr und schleuderte ihm ihren geballten Willen entgegen. Die Wirkung war stärker als erhofft. Der Mann mit dem seltsamen Symbol auf der Stirn stieß einen gellenden Schrei aus und riss sich von ihr los, als hätte er sich die Finger verbrannt. Bevor er Josion freigab und im Laufschritt durch die offene Tür verschwand, warf er ihr einen fassungslosen Blick zu.

Als die beiden letzten Männer sahen, dass ihr Anführer die Flucht ergriff, nahmen sie ebenfalls die Beine in die Hand.

Mit einem Mal fühlte sich Lorilis furchtbar schwach. Um nicht die Besinnung zu verlieren und sich im Fallen womöglich noch den Kopf aufzuschlagen, legte sie sich flach auf den Boden und betrachtete ihre Handflächen. Ihre Haut war vollkommen unversehrt, nicht die kleinste Verbrennung oder Verletzung war zu sehen. Allerdings strahlten ihre Hände eine seltsame Wärme ab – eine übernatürliche Wärme.

Maara sah kurz nach ihrem Bruder, der sich immer noch auf dem Boden krümmte. Najel stöhnte und versuchte, sich auf den Rücken zu drehen. Nachdem sie sich vergewissert hatte, dass er nicht lebensgefährlich verletzt war, beschloss sie, sich Guederic vorzuknöpfen, dessen Verhalten sie zutiefst missbilligte. Auch wenn er mit seinem Angriff dafür gesorgt hatte, dass sie einer schier aussichtslosen Lage entronnen waren, war sein Verhalten leichtsinnig und unverantwortlich gewesen. Er hatte sie alle in Gefahr gebracht, und die wallattische Prinzessin würde ihm deswegen gehörig den Marsch blasen. Sie hatte nicht die Geduld, einen passenderen Moment abzuwarten. Hitzköpfig wie sie war, musste sie ihre Wut jetzt gleich loswerden.

Doch als sie neben ihn trat, verschlug es ihr die Sprache. Guederic kniete auf seinem letzten Gegner und hatte ihm die Hände um den Hals gelegt. Der Mann lebte noch. Er strampelte heftig, um Guederic daran zu hindern, ihn zu erwürgen, doch dieser ließ nicht locker, sondern drückte immer fester zu. Guederics Gesichtsausdruck war schwer zu deuten. Von Anfang an hatte Maara eine gewisse Abneigung gegen den jüngsten Sohn des Herzogs von Kercyan gehabt, aber jetzt fand sie ihn in seinen zerrissenen, blutbefleckten Kleidern einfach nur noch widerwärtig.

»Lasst ihn los«, sagte sie im Befehlston. »Wenn du ihn umbringst, finden wir vielleicht nie heraus, wer uns die Kerle auf den Hals gehetzt hat.«

Guederic schien sie nicht zu hören. Vielleicht hatte er aber auch einfach beschlossen, sie zu ignorieren, ein Gedanke, der ihr gar nicht gefiel.

»Ich sagte, lasst ihn los!«, rief sie aufgebracht. »Er kann sich doch nicht mehr wehren!«

Der Mann flehte Guederic mit Blicken an, auf sie zu hören. Fast hätte Maara so etwas wie Mitleid für ihn empfunden. In ihrer Heimat – deren Bewohner in den Oberen Königreichen als Barbaren galten – galt es als feige, im Kampf unterlegene Krieger zu töten. Stattdessen zerstörte man ihre Waffen, ließ sie schwören, nie wieder in den Krieg zu ziehen, und schickte sie zurück zu ihren Familien.

Manchmal kam es sogar vor, dass sich einstige Feinde später verbündeten und gemeinsam in den Kampf zogen. Nichts zeigte besser, wie sinnlos es war, einen Gefangenen hinzurichten.

»Nein! Er muss *sterben!*«, knurrte Guederic.

Mit einem Ruck brach er dem Mann das Genick und warf Maara einen herausfordernden Blick zu. Sie spürte ein Kribbeln in der Hand, die ihre Lowa hielt, und presste vor Wut die Zähne aufeinander. Nach kurzem Zögern wandte sie sich ab und sah zu den anderen hinüber. Noch war der richtige Moment nicht gekommen.

Hinter ihr begann Guederic plötzlich haltlos zu schluchzen. Das hatte ihr gerade noch gefehlt! Maara hatte die Nase gestrichen voll und marschierte mit langen Schritten zu Souanne herüber. Die Legionärin kniete neben Damián und presste fieberhaft eine Hand auf die Wunde an seiner Schulter.

»Was nun? Wie geht es jetzt weiter? Wir sind die Einzigen beiden, die unverletzt sind«, sagte Maara.

Souanne warf ihr einen verwirrten Blick zu und sah zu Guederic hinüber.

»Denn können wir vergessen«, erklärte Maara. »Er hat den Verstand verloren. Also, was jetzt?«

In diesem Moment erwachte Damián aus seiner Ohnmacht und stieß ein langgezogenes Stöhnen aus. Der Schmerz trieb ihm Tränen in die Augen, und die beiden Frauen ließen ihm etwas Zeit, wieder zu sich zu kommen. Währenddessen kamen Lorilis, Najel und Josion angetrottet. Der Lorelier war bleich wie ein Geist und zitterte am ganzen Körper, obwohl er unverletzt schien. Der Kampf und sein Ausgang gaben Maara wirklich eine Menge Rätsel auf.

»Vater … Vater wird uns Verstärkung schicken«, sagte Damián heiser. »Es ist nur eine Frage der Zeit.«

»Aber hier können wir nicht bleiben«, entgegnete Souanne. »Ein paar der Kerle sind geflohen. Sie könnten zuruckkommen.«

Mühsam richtete sich Damián auf und ließ den Blick durch den Raum schweifen. Mehrere Leichen lagen auf dem Boden. Er versuchte aufzustehen, und obwohl Souanne protestierte, gelang es ihm schließlich, sich mit ihrer Hilfe auf die Füße zu hieven.

»Wir müssen … Wir müssen die Graue Legion verständigen.«

»*Nein!*«

Josions Stimme klang verzerrt, als hätte er Schreckliches durchgemacht. Er zitterte immer noch am ganzen Leib.

»Wir dürfen niemandem vertrauen«, stieß er hervor. »Man hat uns hier aufgelauert. Irgendwer wusste, dass wir herkommen würden.«

Maara nickte heftig. Ihr Vater hatte sie ebenfalls eindringlich davor gewarnt, sich auf irgendjemanden außer sich selbst und ihren Bruder zu verlassen.

Damián machte ein paar schwankende Schritte und rieb sich die Stirn, während er mit der anderen Hand ein blutiges Tuch auf seine Schulterwunde presste. Er hatte viel Blut verloren. Maara hatte genug Erfahrung mit solchen Verletzungen, um zu wissen, dass er die Wunde rasch verbinden und sich ausruhen musste, sonst würde er erneut die Besinnung verlieren – und diesmal vielleicht nicht wieder aufwachen.

»Mein Vater muss erfahren, wo wir uns aufhalten«, beharrte Damián. »So war es vereinbart.«

»Und was willst du tun?«, schnauzte Maara. »Ihm vielleicht einen Brief hinterlassen? Sieh dich doch mal um! Jemand hat uns in diese Falle gelockt! Es wäre lebensmüde, eine Spur zu hinterlassen, damit die Männer uns verfolgen können! Lasst uns abhauen, solange Ihr Euch noch auf den Beinen halten könnt!«

Mit einem unterdrückten Stöhnen lehnte sich Damián an die Wand. Er nahm das Tuch von der Schulter und verzog beim Anblick der blutigen Fleischwunde das Gesicht. »Also gut. Aber wir müssen uns irgendwo verstecken, so weit wie möglich von diesem Schuppen entfernt. Souanne, im Notfall übernimmst du das Kommando.«

Die Legionärin nickte ernst. Maara fühlte sich zutiefst in

ihrer Ehre verletzt. Statt ihr, einer Prinzessin, die Befehlsgewalt zu übertragen, verließ sich Damián lieber auf eine einfache Soldatin!

»Dort drüben an der Wand gibt es eine Falltür«, fuhr Damián fort. »Sie führt zu einem Keller. Geht runter und bringt alles mit, was wir tragen können. Vor allem Waffen natürlich.«

Alle setzten sich in Bewegung, selbst Guederic, obwohl er immer noch völlig geistesabwesend wirkte. Maara ließ ihm den Vortritt und hielt ihren Bruder, der ihm folgen wollte, am Ärmel zurück.

»Der Plan der Lorelier ist gescheitert«, flüsterte sie dem Jungen ins Ohr. »Verstehst du, was das bedeutet?«

Najel stand einen Moment lang reglos da. Dann nickte er widerstrebend.

»Gut. Vergiss nicht, dass uns unser Vater, der König von Wallatt, diesen Auftrag gegeben hat. Wir dürfen ihn nicht enttäuschen.«

Najel nickte abermals, aber Maara sah es schon nicht mehr. Gebannt starrte sie auf Guederics Rücken.

ZWEITES BUCH

BURG CLÉRIMONT

Bei jedem Schritt schienen sich glühende Nadeln in Josions Körper zu bohren. Der Schmerz war unbeschreiblich. Aber womit hätte er das, was der Hexer ihm angetan hatte, auch vergleichen sollen? Mit den Schmerzen eines Mannes, der einen Sturz aus großer Höhe knapp überlebt hat? Mit den Qualen eines Verurteilten, der auf dem Scheiterhaufen verbrannt wird? Mit dem Leid eines Kranken auf dem Sterbebett? Josion hatte all dies zugleich empfunden, und das für eine kleine Ewigkeit. Er hatte nicht einmal das Glück gehabt, die Besinnung zu verlieren und nichts mehr von der Folter mitzubekommen.

Zwar waren die Schmerzen, die er jetzt noch empfand, nicht mehr ganz so heftig, doch allein die Erinnerung an die erlebten Torturen brachte Josion fast um den Verstand. Ihm blieb jedoch nichts anderes übrig, als die Zähne zusammenzubeißen und weiterzulaufen. Wenn sie sich zu viel Zeit ließen, liefen sie Gefahr, von ihren Feinden eingeholt zu werden. Bestimmt durchsuchten die Männer bereits das Hafengelände. Außerdem hatte es ihn selbst nicht am schlimmsten getroffen. Damián konnte sich kaum auf den Beinen halten. Wenn er sich nicht auf seinen Bruder gestützt hätte, der stumm und mit seltsam kaltem Gesichtsausdruck neben ihm ging, hätten ihm wohl die Knie versagt. Josion war nicht sicher, ob Guederic überhaupt begriff, was um ihn herum geschah – oder ob es ihn kümmerte.

Die Gefährten hatten seit dem Kampf kaum miteinander gesprochen. Auf Damiáns Anordnung hin waren sie in den Keller hinabgestiegen, in dem sie sich eigentlich hätten verstecken sollen. Ihre Feinde waren vor ihnen dagewesen: Die Schlafpritschen und der Tisch waren zu Kleinholz zerschlagen, und irgendwer hatte sämtliche Truhen geleert und auf den Decken und Kleidern herumgetrampelt. Ausrüstungsgegenstände wie Kerzen, Laternen, Seile, Rucksäcke, Messer, Ölflaschen und Schleifsteine übersäten den Boden. Vieles hatten die Kerle wohl auch mitgehen lassen. Sie fanden eine leere Schatulle, die Gold- und Silbermünzen enthalten haben musste. Als sie die Leichen durchsuchten, fanden sich ein paar Münzen in den Hosentaschen ihrer Angreifer wieder.

Nur eins hatten die Männer bei der Plünderung übersehen: Inmitten der anderen Gegenstände lag auch eine Handvoll Gwelome auf dem Boden herum. Josion sammelte die Steine ein und verstaute sie in seinem Bündel, ohne dass die anderen etwas davon mitbekamen. Er zog daraus folgenden Schluss: Entweder kannten die Männer die Bedeutung der Steine nicht, oder sie waren sich ihres Sieges so sicher gewesen, dass sie nicht glaubten, ihre Opfer würden sie je in die Finger bekommen. In beiden Fällen hatten sie einen Fehler gegangen. Nach dem erbitterten Kampf, den er und seine Gefährten nur knapp überlebt hatten, war dieser Fund ein erster Hoffnungsschimmer.

Ausgestattet mit Kleidern zum Wechseln und den nötigsten Ausrüstungsgegenständen hatten er und die anderen den Schuppen verlassen. Souanne, die ihre kleine Schar nun anführte, zögerte zunächst, welche Richtung sie einschlagen sollten, und beschloss dann, am Kanal entlang nach Norden zu gehen. Das war das Klügste, was sie tun konnten: Mit Damiáns Schulterwunde und ihren blutigen Kleidern wären sie in der Stadt sofort aufgefallen. Besser blieben sie in dem verlassenen Hafengebiet zwischen Lagerschuppen, stillgelegten Werften und Holzgestellen, auf denen Fischernetze trockneten. Aus der Ferne erblickten sie ein paar Landstreicher, die auf dem Gelände herumlungerten, sich aber nicht weiter um sie kümmerten. Nach einer knappen Dezime schlug Souanne vor, eine Pause einzulegen.

»Wir sind noch nicht weit genug gekommen«, protestierte Maara. »Die Kerle brauchen einfach nur den Kanal entlanglaufen, um uns zu finden.«

»Aber sie müssten auf dem Weg hierher jedes Gebäude durchsuchen«, entgegnete Souanne. »Das dauert eine Weile. Wir müssen uns dringend um Damiáns Wunde kümmern.«

Josion rechnete damit, dass Damián ihr widersprechen würde, aber dazu war er anscheinend nicht mehr in der Lage. Sein Cousin war totenbleich und konnte kaum noch stehen. Er schien alle Kraft dafür zu benötigen, nicht die Besinnung zu verlieren.

»Gehen wir da rein«, sagte die Legionärin. »Dort können wir uns für eine Weile verstecken.«

Sie zeigte auf das Wrack eines lorelischen Kriegsschiffs. Die Eskadrille lag offensichtlich schon seit Jahrzehnten an Land. Der verwitterte Rumpf wurde von Pfeilern gestützt, und der gesamte Aufbau war abtransportiert worden. Selbst der Sporn vorne am Bug fehlte.

»Ich gehe als Erster rein und sehe mich um«, verkündete Josion.

Souanne warf ihm einen langen Blick zu. Natürlich

hatte sie mitbekommen, wie schnell und geschickt er in dem Schuppen gekämpft hatte. Josion hätte dieses Geheimnis gern noch eine Weile bewahrt, denn nun würden die anderen unweigerlich anfangen, ihm Fragen stellen. Aber in Anbetracht ihrer Lage war das vielleicht auch besser so. Es war an der Zeit, die anderen einzuweihen. Die neue Generation Erben musste die Wahrheit erfahren, so unglaublich und grauenhaft sie auch war.

Aber warum musste ausgerechnet er ihnen die grauenvolle Nachricht überbringen?

Seit dem Kampf in dem Schuppen war Guederic speiübel. Zunächst schob er den Brechreiz auf den Geruch nach fauligem Wasser, der in der Luft hing, aber natürlich war das nicht der eigentliche Grund. Seine Übelkeit konnte zwei Ursachen haben: Entweder ihm war schlecht, weil sein Bruder lebensgefährlich verletzt war und er Angst um ihn hatte – was sehr ehrenwert gewesen wäre –, oder weil er abermals im Blutrausch einen Menschen getötet hatte.

Wie schon vor zwei Tagen hatte er in kürzester Zeit höchst unterschiedliche Gefühle durchlebt. Erst war Ärger in ihm aufgestiegen, weil irgendwelche Kerle seinen Bruder und seine Gefährten bedrohten. Auf keinen Fall würde er sich diesen Schurken ergeben! Dann hatte ihn unbändige Wut gepackt. Sie flüsterte ihm ein, dass diese Kerle vielleicht seinen Eltern oder Großeltern etwas angetan hatten. Er würde sich an ihnen rächen und durfte keinen von ihnen am Leben lassen! Angestachelt von seinem Zorn hatte er das Schwert, das er einem Gegner entrissen hatte, durch die Luft sausen lassen. Nie hätte er gedacht, dass er so gut kämpfen konnte. Mühelos nahm er es mit drei Männern auf, und der Kampf kam ihm nicht schwerer vor als die Prügeleien, die er sich in den letzten Jahren geliefert hatte.

Dann war sein erster Gegner tot zu Boden gesunken, und abermals hatte ein unglaubliches Hochgefühl Guederic erfasst. Er war berauscht, als hätte er einen großen Schluck aus einer Schnapsflasche genommen, verspürte jedoch keinerlei körperliche Schwäche wie nach dem Genuss von Alkohol. Im Gegenteil: Seine Sinne waren hellwach, und er fühlte sich so gut wie nie zuvor! Er spürte eine neue Kraft in seinem Inneren, eine körperliche und geistige Stärke. Es war dieselbe, die ihn in der Gasse in Lorelia durchströmt hatte, aber diesmal nahm er sie viel deutlicher wahr. Und als das Glücksgefühl abgeklungen war, hatte er nur noch einen Gedanken gehabt: Er wollte es wieder spüren.

Nach einem weiteren Gefecht hatte ein zweiter Mann den Tod gefunden, und Guederic hatte genau dasselbe empfunden, eine Art Ekstase, die dem Höhepunkt beim Liebesakt nahe kam. Allerdings fragte sich ein kleiner Teil seines Verstandes die ganze Zeit: Was passierte mit ihm? Woher kam dieses Gefühl? Spürten es alle Krieger, wenn sie einen Gegner töteten? Oder war er zu einer Bestie geworden, der Sorte Mensch, die Freude am Leid anderer hatte?

Irgendwann hatte der Rausch jedoch auch die besorgte Stimme in seinem Kopf zum Schweigen gebracht. Ab da wurde Guederic nur noch von seinen Trieben beherrscht, so verabscheuenswürdig diese auch sein mochten. Und so hatte er beschlossen, seinen letzten Gegner nicht mit dem Schwert zu töten, sondern mit bloßen Händen, weil er ahnte, dass die Euphorie dann noch stärker sein würde. Er setzte alles daran, den Plan in die Tat umzusetzen, auch wenn das seinen Sieg etwas hinauszögerte. Es gelang ihm ohne große Mühe, den Mann zu entwaffnen und zu Boden zu werfen.

Fast wäre Maara ihm dazwischengekommen. Doch er ließ sich nicht beirren, und wie erhofft hatte es ihn in unglaubliche Verzückung versetzt, seinen Gegner erst zu würgen und ihm dann das Genick zu brechen. Die Kraft, die seinen Körper durchfuhr, als der Mann sein Leben aushauchte, schien ihn auf eine höhere Daseinsstufe zu heben.

Allerdings war das Gefühl ebenso heftig wie von kurzer Dauer. Sobald der Kampf vorbei war, verschwanden Guederics Wut und seine Mordlust auf einen Schlag. Ihm blieb nur der bittersüße Nachgeschmack dieses schändlichen Drangs, und er wurde von Scham und Reue überwältigt. Plötzlich fühlte er sich völlig verloren, weil er nicht begriff, was mit ihm geschah. Nie hätte er gedacht, dass in ihm derart abscheuliche Neigungen schlummerten. Würde Damián ihren Eltern von seinen grausamen Taten erzählen? Bei dem Gedanken daran, was sie sagen würden, wenn sie erfuhren, dass ihr Sohn ein Mörder war, brach er schluchzend zusammen.

Bislang hatte ihn keiner seiner Gefährten auf den Mord angesprochen. Nach dem Kampf hatten alle Besseres zu tun, als sich damit zu beschäftigen, dass Guederic vorübergehend den Verstand verloren hatte. So war er einfach zu den anderen hinübergetrottet und hatte seither alles getan, was sie von ihm verlangten. Eigentlich entsprach das ganz und gar nicht seinem Charakter, aber er wollte Buße tun. Er hätte Damián sogar auf den Schultern bis nach Lorelia getragen. Seltsamerweise fühlte er sich dafür stark genug, während seine Gefährten völlig erschöpft wirkten.

Aber Guederic musste nicht beweisen, wie viel Kraft in ihm steckte. In diesem Moment kehrte Josion aus dem Schiffswrack zurück und berichtete, dass die Luft rein war. Kaum eine Dezille später gingen sie über den morschen Landungssteg an Deck.

Maara wollte den Steg einholen, da er die einzige Möglichkeit war, mühelos und schnell an Bord zu gelangen, und Guederic packte sogleich mit an. Doch anstatt ihm zu danken, warf die Wallattin ihm einen verächtlichen Blick zu. Ihr Gesichtsausdruck jagte ihm einen Schauer über den Rücken, obwohl er ihr die Feindseligkeit nicht verdenken konnte. Denn wenngleich er sich während des Kampfes nicht völlig unter Kontrolle gehabt hatte, konnte er sich an jede Einzelheit erinnern. Er hatte die Kriegerprinzessin missachtet, und sie hatte jeden Grund, ihn wie einen räudigen Hund zu behandeln.

Guederic hatte Damián nur für wenige Augenblicke allein gelassen, um den Steg einzuholen, aber plötzlich sank sein Bruder ohne Vorwarnung ohnmächtig zu Boden.

Guederic war als Erster an seiner Seite. Tränen schossen ihm in die Augen und verdrängten die Übelkeit. Wenn sein Bruder starb, würde er sich das niemals verzeihen – aber er würde Vergeltung üben und ihre Feinde so lange jagen, bis er den letzten von ihnen getötet hätte!

Beinahe wünschte er, den Tod seines Bruders rächen zu müssen, denn dann könnte er sich endlich ohne Gewissensbisse dem Blutrausch hingeben. Gleich darauf packte ihn abermals die Reue, und er begann haltlos zu schluchzen.

Souanne bemühte sich, Ruhe und Gelassenheit auszustrahlen, vor allem der beiden Kinder wegen, aber insgeheim war ihr hundeelend zumute. Sie hatte versagt. Der Kommandant hatte ihr einen einfachen Befehl erteilt: Sie sollte seinen Sohn begleiten, nicht von seiner Seite weichen und ihn bei Gefahr beschützen, und der Einzige, der bei dem Kampf schwer verletzt worden war, war Damián! Das Selbstvertrauen, das sie seit dem Eintritt in die Graue Legion gewonnen hatte, war wie weggeblasen. Sie wünschte, sie könnte Damiáns Leid auf sich nehmen und so für ihren Fehler büßen.

Seit er ihr das Kommando übertragen hatte, fand sie die Rolle der Anführerin jedenfalls sehr viel weniger begehrenswert als vorher. Das Leben von sechs Menschen lag in ihrer Hand, und sie trug die Verantwortung für ihr Wohlergehen. Auf zu viele Fragen wusste sie keine Antwort, jede Entscheidung konnte sich als falsch erweisen, und ihre mangelnde Erfahrung lastete schwer auf ihren Schultern. Josion wäre vermutlich ein besserer Anführer gewesen, ja selbst Maara, auch wenn Souanne die Wallattin nicht besonders gut leiden konnte. Mehrmals schon war sie kurz davor gewesen, sich geschlagen zu geben. Souanne fragte sich, warum sie den anderen immer noch etwas vormachte, wo sie sich doch nur danach sehnte, wieder den Anweisungen eines anderen zu folgen. Zu mehr als einer pflichtbewussten Soldatin war sie einfach nicht gemacht.

Seit ihrer Kindheit waren Loyalität und Gewissenhaftigkeit für sie die wichtigsten Tugenden. Ihretwegen war sie in der Grauen Legion so rasch aufgestiegen, und bis zum heutigen Tag war sie auf keine großen Hindernisse gestoßen. Aber reichten diese Tugenden, um eine Aufgabe zu erfüllen, die mit großen Gefahren verbunden war? Um im Notfall die Dinge in die Hand zu nehmen? *Es ist nicht an dir, das zu entscheiden. Es ist deine Pflicht.* Wieder und wieder sagte sie sich diese Sätze vor, während ihre Gefährten den bewusstlosen Damián unter Deck trugen.

Im Inneren des Schiffs hatte sich ein Haufen Sand angesammelt und es roch modrig, aber wenigstens war der Boden einigermaßen sauber. Lorilis breitete eine Decke aus, auf die sie den Verletzten betteten. Najel schlug ein paar Löcher in die morschen Planken des Schiffrumpfs, damit etwas Licht ins Innere fiel. Maara beugte sich über Damián und knöpfte ihm das Hemd auf, während Josion durch einen Spalt nach draußen spähte und Wache hielt. Souanne stieß einen erleichterten Seufzer aus. Wenigstens wussten sich die anderen zu helfen und warteten nicht darauf, dass sie ihnen Anweisungen gab. Die Last der Verantwortung kam ihr plötzlich etwas leichter vor.

Guederic war der Einzige, der die Nerven verloren hatte. Er klammerte sich an seinen Bruder, strich ihm immer wieder übers Gesicht und murmelte unverständliches Zeug, das wie eine Entschuldigung klang. Souanne konnte ihm seine Verzweiflung nicht verdenken. Seit dem Kampf sah sie Amanóns jüngsten Sohn in einem anderen Licht. Er hatte in dem Schuppen mindestens drei Gegner aus dem Weg geräumt und somit einiges zu ihrem Überleben beigetragen – auch wenn sie nicht gesehen hatte, wie er dieses Wunder vollbracht hatte, weil sie mit ihren eigenen Gegnern zu tun gehabt hatte. Bisher hatte sie ihn für einen Taugenichts und Schwächling gehalten, aber im Kampf hatte er Mut und Voraussicht bewiesen. Sie nahm sich vor, Guederic von nun an mit mehr Wohlwollen zu begegnen.

Mittlerweile war Maara fast damit fertig, Damiáns Wunde zu säubern.

»Weiß jemand, wie man eine Wunde näht?«, fragte Souanne in die Runde.

Die Erwachsenen wechselten betretene Blicke.

»Ich … Ich habe einmal dabei zugesehen«, murmelte Lorilis schüchtern. »Es gehört zu meinem Noviziat. Aber selbst genäht habe ich eine Wunde noch nicht.«

Souanne lächelte ihr aufmunternd zu.

»Dann wirst du es heute zum ersten Mal tun, und wir alle werden dir aufmerksam zusehen, um von dir zu lernen.«

»Aber … Ich …«

»Irgendjemand muss es tun. Es tut mir leid, dass es dich trifft, aber du bist nun mal diejenige, die am meisten darüber weiß.«

Das Mädchen suchte offenkundig nach einem Ausweg, schien dann aber einzusehen, dass die Legionärin Recht hatte. Souanne hatte keinen Augenblick an ihr gezweifelt. Bis auf Josion, der weiter Wache stand, scharten sich alle um Damián und Lorilis, während das Mädchen versuchte, ihre zitternden Hände ruhig zu halten.

Sie hatten Verbandszeug aus dem Keller mitgenommen, und die Ledertasche enthielt alles, was Lorilis für die kleine Operation brauchte. Es war sehr viel schneller vorbei, als Souanne gedacht hatte. Zum Glück blieb Damián die ganze Zeit über bewusstlos. Nachdem Lorilis anfangs ihren Abscheu hatte überwinden müssen, wurden ihre Bewegungen mit jedem Stich sicherer. Als sie fertig war, trug Souanne noch etwas Heilsalbe auf und legte Damián einen Verband an.

»Und was jetzt?«, fragte Maara.

»Jetzt warten wir ab«, antwortete Souanne. »Es wäre gefährlich, Damián in diesem Zustand zu tragen, noch dazu am helllichten Tag. Wir sollten uns alle ein wenig ausruhen.«

Die Wallattin hieb mit der Faust gegen einen Pfeiler, um ihrem Unmut Luft zu machen, gab aber zu Souannes Erleichterung keine Widerworte. Die Legionärin hatte nicht die Kraft, sich auch noch mit den Launen der Kriegerin herumzuschlagen.

Souanne hoffte nur, dass sie ihre Entscheidung nicht bereuen würde.

Seit dem Kampf hatte Najel es nicht mehr gewagt, Lorilis in die Augen zu sehen. Er wusste nicht, ob er Angst vor ihr hatte oder sie bewunderte. Wie hatte sie es nur geschafft, dieser seltsamen Magie zu widerstehen, gegen die sogar Josion machtlos gewesen war? Wie hatte sie den Stoß, der einem wie ein Blitz durch den Körper fuhr, zweimal überstehen können, wo doch ein einziger ausgereicht hatte, um ihn für mehrere Dezillen außer Gefecht zu setzen? Das alles war ihm unerklärlich. Bisher war er dem Aberglauben von Magiern und Hexern, der in Wallatt weit verbreitet war, immer mit leisem Spott begegnet, aber was er in dem Schuppen gesehen hatte, stellte all seine Überzeugungen auf den Kopf. Er hatte mit eigenen Augen gesehen, wie Lorilis dem Anführer erst widerstanden und ihn schließlich in die Flucht geschlagen hatte! Welches Geheimnis verbarg das Mädchen? Und was mochten die anderen verheimlichen?

Der Junge war umso verwirrter, als er Lorilis nett fand. Es hatte ihm gefallen, wie sie bei ihm Schutz gesucht hatte und wie sie gemeinsam Josion zu Hilfe geeilt waren. Doch jetzt wusste Najel nicht mehr, woran er bei ihr war. Und wenn er an die Aufgabe dachte, die Ke'b'ree ihm und seiner Schwester anvertraut hatte, drehte sich ihm der Magen um.

Seit sie Damiáns Wunde versorgt hatten, war ein halber Dekant vergangen, aber niemand wagte darüber zu sprechen, wie es weitergehen sollte. Auch über den überstandenen Kampf hatten sie bislang kein Wort verloren. Sie hatten einfach nur dagehockt und etwas gegessen, um ihre knurrenden Mägen zu besänftigen. Ein besonders üppiges Mahl war es nicht gewesen. Sie hatten einen Großteil der Vorräte, die sie aus dem Haus in Benelia mitgenommen hatten, in dem Keller zurücklassen müssen, um Platz für Decken und Reiseausrüstung zu schaffen. Ihm und seiner Schwester blieb noch ein Sack Hafer, aber sie konnten es nicht riskieren, ein Feuer anzuzünden, um Grütze zu kochen. So war ihr erstes gemeinsames Mahl ein eher trauriges Vergnügen. Angespannt starrten sie vor sich hin, niemand sagte ein Wort.

Dabei spukten ihnen allen dieselben Fragen im Kopf herum. Najel hatte den Eindruck, dass die anderen weniger aus Rücksicht auf Damián schwiegen als vielmehr aus Angst davor, unverblümt die Wahrheit zu sagen. Tatsächlich schien mehr als einer von ihnen ein Geheimnis mit sich herumzutragen.

Vermutlich hätten sie irgendwann von selbst die Sprache wiedergefunden, aber als Damián aus seiner Ohnmacht erwachte, konnten sie die drängenden Fragen nicht länger aufschieben. Als er leise zu stöhnen begann, setzten sich die Gefährten zu ihm auf die Decke. Vor allem Guederic machte keinen Hehl aus seiner Erleichterung. Immer wieder strich er seinem Bruder übers Haar, etwas ungelenk zwar, aber sehr zärtlich.

»Wo … sind wir …?«

Damián blinzelte und hob leicht den Kopf, um sich zu orientieren. Dann erinnerte er sich und ließ den Kopf wieder auf die Decke sinken, nur um sich gleich darauf wieder aufzurichten, zur nächstgelegenen Wand zu rutschen und sich mit dem Rücken dagegen zu lehnen. Er hatte sichtlich Schmerzen, jede Bewegung fiel ihm schwer, aber er wollte sich nicht helfen lassen.

»Es geht schon. In unserer Familie heilen Wunden schnell.«

Er betastete den Verband an seiner Schulter und machte ein zufriedenes Gesicht.

»Habe ich lange geschlafen?«

»Nur ein paar Dezimen«, wiegelte Souanne ab. »Wir scheinen hier sicher zu sein. Bisher hat sich niemand dem Wrack genähert.«

»Gut.«

Aber sein Blick war besorgt. Najel ahnte, was ihm durch den Kopf ging: Sie konnten nicht lange in dem Wrack bleiben und mussten endlich entscheiden, wohin sie sich als Nächstes wenden sollten.

»Kannte jemand von euch die Männer?«, fragte Damián. »Oder habt ihr das Zeichen auf ihrer Stirn schon mal irgendwo gesehen?«

Alle schüttelten stumm den Kopf.

»Ich frage mich, wer sie uns auf den Hals gehetzt hat«, sagte Maara. »Wie haben sie uns überhaupt gefunden? Ich dachte, das Versteck sei sicher.«

»Das war es auch«, beteuerte Damián. »Ich wusste als Einziger davon. Ich und … mein Vater.«

Alle schwiegen betreten. Seine Worte ließen nur einen Schluss zu.

»Dann steht es schlimmer, als wir dachten«, sagte Maara nachdenklich. »Welche Aussichten haben wir, wenn Amanón gefangen genommen wurde?«

»Unmöglich«, beschied Damián. »Anders als wir würde Vater niemals blindlings in eine Falle laufen. Außerdem ist er nicht allein, sondern wird von seinen Freunden begleitet.« Mit einem Seitenblick zu Maara fügte er hinzu: »Zu denen auch Ke'b'ree gehört.«

»Der Wallattenkönig lässt sich nicht gefangen nehmen. Eher rammt er sich die Lowa in den Leib, als Fesseln zu tragen!«

»Und der Kommandant der Grauen Legion würde seine Söhne niemals verraten, auch nicht unter Folter! Ihr müsst Euch einen anderen Sündenbock suchen!«

Najel kannte seine Schwester gut genug, um zu wissen, dass sie die Sache nicht auf sich beruhen lassen würde. Schon reckte sie stolz das Kinn, um etwas Heftiges zu entgegnen, als Josion einen leisen Pfiff ausstieß und sie damit zum Schweigen brachte. Er spähte immer noch durch einen Spalt in den Planken nach draußen. Alle erstarrten.

Für eine ganze Weile rührte sich niemand, während sie angespannte Blicke wechselten. Gleich darauf erklang der Hufschlag von drei oder vier Pferden. Das Geräusch kam immer näher, bevor es sich gen Norden entfernte. Josion gab per Handzeichen Entwarnung.

»Waren das unsere Angreifer?«, fragte Souanne.

»Ich glaube nicht«, antwortete Josion. »Vermutlich waren es nur einfache Reisende.«

»Und was jetzt?«, fragte Souanne. »Wir können uns nicht tagelang in diesem Wrack verstecken und uns vor jedem Fremden fürchten, der sich nähert. Wir brauchen Hilfe!«

»Aber wir dürfen niemandem vertrauen«, rief ihr Josion in Erinnerung. »Jedenfalls nicht, bevor wir nicht mehr herausgefunden haben.«

»Und wie willst du das anstellen?«, fragte Maara ungehalten. »Unsere Eltern haben Lorelia mit Gepäck und Waffen verlassen, und wir wissen nicht, wo sie hin sind. Die Graue Legion schafft es nicht, eure Verstecke geheim zu halten, und keiner von euch hat auch nur die geringste Ahnung, was hier eigentlich vor sich geht!«

Wieder trat Stille ein. Maaras harsche Worte schienen alle getroffen zu haben. Schließlich brach Guederic, der bisher nichts zu der Unterhaltung beigetragen hatten, das Schweigen.

»Ich wurde schon einmal angegriffen, und zwar vorgestern Abend. Es war kein wahlloser Überfall. Die Männer hatten es genau auf mich abgesehen.«

»Was soll das heißen?«, fragte Damián überrascht. »Ich dachte, das war eine Wirtshausschlägerei.«

»Nicht nur. Die Kerle waren nicht von selbst auf die Idee

gekommen, mich zu überfallen. Jemand hatte sie damit beauftragt, mir die Kehle durchzuschneiden. Das hat mir jedenfalls einer der Angreifer gesagt.«

Guederic fiel es sichtlich schwer, von dem Vorfall zu sprechen, denn der Schreck schien ihm noch immer tief in den Knochen zu sitzen. Mit Blicken bat er seinen Bruder um Verzeihung dafür, dass er ihm etwas derart Wichtiges verschwiegen hatte. Najel versetzen seine Worte in helle Aufregung: Für ihn und seine Schwester machte das alles nur noch komplizierter.

»Was weißt du noch?«, fuhr ihn Maara an. »Sprich!«

»Das ist alles«, beteuerte Guederic. »Aber es beweist, dass es unsere Feinde schon seit Tagen auf uns abgesehen haben. Das könnte wichtig sein.«

»Aber warum haben sie dann nur *dich* angegriffen?«, fragte Damián. »Alle anderen haben sie bis heute in Frieden gelassen.«

Sein Bruder zuckte mit den Achseln. »Vielleicht habt ihr ihnen keine Gelegenheit geboten. Oder ich war der Erste auf ihrer Liste. Möglicherweise hatte dieser miese Legionär es auch besonders eilig, sich für das blaue Auge zu rächen, das ich ihm verpasst hatte. Wie auch immer, nach dem Überfall auf mich müssen die Kerle beschlossen haben, uns in dem Schuppen aufzulauern.«

»Sie hätten uns sogar schon in dem Haus abpassen können, in das man uns zunächst gebracht hat!«, rief Lorilis verschreckt.

»Der Schuppen eignet sich viel besser für einen Hinterhalt«, sagte Josion nachdenklich. »Außerdem konnten sie so sicher sein, dass wir alle gleichzeitig ins Netz gehen.«

»Aber wir haben immer noch keine Ahnung, warum sie überhaupt von dem Versteck wussten«, beharrte Maara. »Wenn wir weitere böse Überraschungen vermeiden wollen, müssen wir unbedingt eine Antwort auf diese Frage finden.«

Damián nickte ernst.

»Ich frage mich außerdem, wie die Angreifer es geschafft haben, dich in Lorelia aufzuspüren, Guedy. Souanne und ich sind den ganzen Tag auf der Suche nach dir durch die Stadt gelaufen, während die Kerle dich einfach vor der Tür des Waisenhauses abgefangen haben. Wusste jemand, dass du dort sein würdest?«

Guederic verzog missmutig das Gesicht. Es war ihm sichtlich unangenehm, so ausführlich über die Sache zu sprechen.

»Vielleicht hatten sie einfach Glück …«

»Das gilt aber nicht für den Hinterhalt in dem Schuppen«, warf Maara ein.

Wieder trat Schweigen ein. Das Gespräch drehte sich im Kreis, und Najel befürchtete schon, sie würden dekantenlang weiterstreiten, ohne je zu einem Ergebnis zu kommen. Plötzlich holte Josion tief Luft, und alle wandten sich zu ihm um, denn sie waren es gewohnt, dass er sich im Hintergrund hielt. Jetzt verließ er seinen Wachposten, kramte in seinem Rucksack und zog eine kleine Schatulle hervor. Er kam zu den anderen herüber, öffnete die Schatulle und ließ sie hineinschauen. Najel erkannte die Steine auf Anhieb.

»Gwelome«, rief er erstaunt.

Maara warf ihm einen vernichtenden Blick zu, aber es war zu spät. Najel war so verblüfft, dass er nicht hatte an sich halten können. Sein Vater, seine Schwester und er selbst besaßen ebenfalls solche Steine, und der Wallattenkönig betrachtete sie als seinen kostbarsten Schatz. Ke'b'ree hatte seinen Kindern eingebläut, sie stets vor den Augen anderer zu verbergen. Und nun hielt ihm ein Lorelier plötzlich eine ganze Handvoll der seltenen Edelsteine unter die Nase …

»Ich habe sie im Keller des Lagerschuppen gefunden«, erklärte Josion. »Habt ihr solche Steine schon einmal gesehen?«

Nach kurzem Zögern schob Lorilis eine Hand in die Hosentasche und förderte ein weiteres Gwelom zutage. Entgeistert starrte Najel auf ihre Handfläche. *Sie auch? Wie konnte das sein? Was hatte das zu bedeuten?* Ohne groß nachzudenken, holte auch er seinen Stein hervor. Er trug ihn schon sein ganzes Leben lang am Körper. Najel wagte es nicht, Maara anzusehen. Seine Schwester musste vor Wut kochen. Damián, Guederic und Souanne sahen verblüfft von einem zum anderen.

»Wir alle müssen immer mindestens einen davon am Leib tragen«, erklärte Josion, während er die Steine verteilte.

»Was sind das für Steine?«, fragte Damián. »Eine Art Glücksbringer?«

»Gewissermaßen. Unsere Eltern hatten diese Steine bei sich, als sie Königin Agénor stürzten. Wie soll ich sagen … Sie schützen uns vor schwarzer Magie.«

Die anderen verzogen ungläubig die Gesichter. Najel hätte Josion gern geglaubt, aber sein Gwelom hatte ihn nicht davor bewahrt, von dem Anführer mit den rätselhaften Kräften zu Boden geschleudert zu werden.

»Natürlich, schwarze Magie«, befand Souanne belustigt. »Ihr meint, Rituale mit Fledermausblut und so?«

Josion stieß einen Seufzer aus. »Ihr müsst mir nicht glauben. Aber unsere Eltern haben diese Schatulle für uns in dem Keller hinterlassen. Tragt die Steine bei euch, und sei es nur, um eure Familien zu ehren.«

Da den drei Loreliern kein weiteres Gegenargument einfiel, nahm jeder von ihnen einen Stein an sich. Von Josion schien eine große Last abzufallen.

»Woher weißt du das alles?«, fragte Damián. »Ich habe noch nie etwas von diesen Steinen gehört.«

»Das wundert mich sehr. Meine Eltern haben mir ihre Gwelome gezeigt, als ich noch sehr klein war.«

»Die Legionäre, die mich im Hafen von Benelia empfangen haben, zeigten mir ebenfalls ein Gwelom«, warf Lorilis ein. »Sie sagten, Amanón habe es ihnen gegeben.«

Die Brüder von Kercyan wechselten einen verblüfften Blick.

»Ich wusste nicht einmal, dass Vater so etwas besitzt«, murmelte Damián.

»Das ist jetzt nicht weiter wichtig«, beschied Josion. »Wenn du laufen kannst, sollten wir von hier verschwinden.«

Kurz darauf verließen die Gefährten das Schiffswrack und marschierten in Ermangelung einer besseren Idee zurück nach Benelia. Sie trugen saubere Kleidung, und Damián verbarg seinen Verband unter seinem grauen Umhang. So konnten sie sich in die Stadt wagen, ohne aufzufallen.

Nur ein Versteck hatten sie immer noch nicht – und auch kein Ziel. Najel dachte an Wallatt, und für einen Moment übermannte ihn heftiges Heimweh.

Damiáns Schulter tat immer noch weh, aber mittlerweile war der Schmerz einigermaßen erträglich. In seiner Familie heilten Wunden tatsächlich schneller als gewöhnlich, das hatte er schon in seiner Kindheit festgestellt. Die schwersten Kinderkrankheiten waren nach zwei Tagen Bettruhe überstanden gewesen, und auch die Beulen und Kratzer, die er und Guederic sich beim Spielen oder Raufen mit den Jungen aus der Nachbarschaft zugezogen hatten, waren immer wieder rasch verschwunden. Amanón hatte damals stets gesagt, das läge an der geduldigen Pflege ihrer Mutter, und Damián hatte ihm die Geschichte lange abgenommen. Wenn Eryne ihre Söhne nur kurz in den Arm genommen hatte, hatten sie sich schon fast wieder gesund gefühlt. Es war eine rührende Geschichte – aber eben nur eine Geschichte, bei der es vor allem um Mutterliebe ging. An diesem unglücklichen Tag vermisste Damián seine Eltern plötzlich schmerzlich. Er wusste noch nicht einmal, wo sie gerade waren.

Während er durch die Straßen Benelias lief, sah er sich immer wieder nach seinen Gefährten um. In ihren Gesichtern konnte er lesen, wie verängstigt sie waren, und das Schlimmste war, dass er sich für sie verantwortlich fühlte. Es war seine Pflicht, einen Ausweg zu finden. Als Erstes brauchten sie einen Schlafplatz, einen Ort, an dem sie in Sicherheit waren und nicht jederzeit mit einem neuen Angriff rechnen mussten.

Sie brauchten etwas Zeit, um sich Gedanken über ihr weiteres Vorgehen zu machen. Und sie brauchten einen Plan.

Als sie eine Prozession zu Ehren von Aliandra der Sonnigen passierten, hatte Damián einen Geistesblitz.

»Ein Tempel«, raunte er den anderen zu. »Dort wären wir in Sicherheit.«

»Hältst du das wirklich für eine gute Idee?«, fragte Josion zweifelnd. »Ich mag diese Orte nicht. Außerdem sehen wir nicht gerade wie Gläubige aus. Wir werden auffallen wie bunte Margoline.«

»Ich kenne einen Tempel, in dem uns niemand anstarren wird«, versicherte Damián.

Die anderen waren auch nicht gerade begeistert von der Idee, aber Damián ließ ihnen keine Zeit zu protestieren. Er beschleunigte seine Schritte. Endlich hatte er ein Ziel.

Nach einer halben Dezime gelangten sie auf einen kleinen Platz, der von Häusern mit bunten Fassaden umgeben war. Wie Tempel sahen sie nicht aus. Grüppchen von Gläubigen in religiösen Gewändern betraten und verließen die Gebäude.

»Hier ist es«, erklärte Damián. »Glaube ich zumindest.«

»Du glaubst es?«, wiederholte Maara mit hochgezogenen Augenbrauen.

»Um ehrlich zu sein, war ich noch nie in dem Tempel. Ich komme nur selten nach Benella. Aber ich erkenne das Symbol wieder: Es ist das Zeichen von Lusend Rama, dem Gott der Reiter und Schutzpatron der Reisenden, fahrenden Leute und Boten. Er wird vor allem in den Unteren Königreichen verehrt, aber auch in Lorelien gibt es ein paar Tempel zu seinen Ehren. Seine Priester nehmen Pilger aus allen Ländern und Königreichen mit offenen Armen auf. Und da wir mit Rucksäcken und Bündeln unterwegs sind …«

»Ich hoffe, du weißt, was du tust«, murmelte Maara.

»Mir steht nicht der Sinn nach irgendwelchen religiösen Zeremonien, Gebeten oder ähnlichem Unsinn.«

»Keine Angst. Diese Priester pflegen vor allem die Gastfreundschaft. Viele Anhänger Lusend Ramas sind Auswanderer aus den Unteren Königreichen, die anderen Reisenden helfen wollen. Mein Großvater Grigán hält große Stücke auf sie.«

Er verschwieg, dass besagter Großvater ein Ramgrith aus den Unteren Königreichen war, was erklärte, warum er eine besondere Vorliebe für diesen Kult hegte, unabhängig davon, ob er selbst an Lusend Rama glaubte oder nicht.

Kaum eine Dezille später erklommen sie die Stufen, die zu einem der Häuser hochführten. Die Tür war unverschlossen. Um ein selbstsicheres Auftreten bemüht, schritt Damián den Flur entlang, der in den Innenhof führte. Ein Säulengang umgab einen Garten, wo sich mehrere Fremde jeden Alters und jeder Herkunft im Schatten ausruhten. Es war weit nach Mit-Tag, und einige Reisende gönnten sich ein Nickerchen auf einer der Steinbänke, ihr Bündel unter dem Kopf. Andere saßen in kleinen Gruppen beisammen oder schlenderten den Säulengang entlang. Priester waren auf den ersten Blick nirgendwo zu sehen, doch nach einer Weile kam ein Maz in einem dunklen Gewand auf Damián zu. Wie erwartet, war der Mann kein Lorelier. Dem Aussehen nach schien er ein Ramyth zu sein.

Seine Begrüßung war ebenso warmherzig wie kurz. Der Priester hieß sie willkommen, erklärte, dass sie die Gastfreundschaft des Tempels leider nicht länger als zwei Tage beanspruchen könnten, und zeigte ihnen die Gebetsräume, die den Anhängern Lusend Ramas vorbehalten waren. Der Innenhof und die karg eingerichteten Schlafsäle standen hingegen allen Reisenden zur Verfügung. Schließlich bot der Maz ihnen noch eine Kleinigkeit zu essen und zu trinken an, was sie höflich ablehnen. Daraufhin wandte er sich ab und verschwand in den Gebetsräumen.

»Wie großzügig«, bemerkte Maara. »Von welchem Geld füttern sie denn all die Vagabunden durch?«

»Es ist Brauch, ihnen zum Dank für ihre Gastfreundschaft ein paar Münzen dazulassen«, erklärte Damián.

»Verstehe!«, höhnte sie. »Da hätten wir ja gleich in einer Herberge übernachten können!«

»Wenn unsere Feinde uns aufspüren wollen, werden sie als Erstes alle Herbergen durchsuchen«, gab Damián zurück.

»Und anschließend werden sie hierherkommen.«

»Aber dann sind wir längst fort. Im Übrigen stehen wir unter dem Schutz der Maz. Die Priester Lusend Ramas verstehen es nicht nur zu beten, sondern sind auch geübt im Umgang mit dem Krummschwert. Sie dulden keinen Streit im Inneren des Tempels, und noch weniger lassen sie zu, dass jemand von außen ihre Gäste angreift. Außerdem schließen sie bei Einbruch der Dunkelheit die Tore. Wir haben bis zum Sonnenaufgang Zeit, uns einen Plan zurechtzulegen.«

Damián wollte sich vor allem selbst Mut machen. Nachdem er in den letzten Tagen viel zu oft nicht gewusst hatte, was er tun sollte, fasste er nun allmählich neue Zuversicht. Von einem Ritter der Grauen Legion durfte man Stärke und Entschlossenheit erwarten. Er würde seine Gefährten beschützen, bis ihre Eltern wieder auftauchten. Damián wünschte nur, er hätte eine Ahnung, wann das sein würde.

Trotz ihrer Angst und der vielen unbeantworteten Fragen spürte Lorilis eine seltsame innere Ruhe, seit sie den Tempel betreten hatte. Nach einer Weile begriff sie, woran das lag: Eines der Nebengebäude des Tempels diente als Pferdestall. Da Lusend Rama der Gott der Reiter war, betätigten sich seine Maz unter anderem als Pferdezüchter, und als Lorilis der vertraute Stallgeruch in die Nase stieg, musste sie an das Gestüt ihrer Großmutter Léti denken, auf dem sie etliche wunderschöne Tage verbracht hatte.

Aber diese angenehmen Erinnerungen konnten sie nicht lange von ihren düsteren Gedanken ablenken. Seit dem Kampf in dem Schuppen war Lorilis schwindelig, und sie zerbrach sich den Kopf, um das merkwürdige Gefühl zu verstehen oder wenigstens in den Griff zu bekommen. Zugleich waren ihre Sinne viel schärfer als zuvor, und sie schien ihre Umgebung wesentlich deutlicher wahrzunehmen. Es fiel ihr schwer, das Phänomen zu beschreiben: Jeder Gegenstand schien eine zusätzliche Dimension bekommen zu haben und nicht mehr nur durch seine jeweilige Form und Größe bestimmt zu sein. Bisweilen kam es ihr so vor, als wären ihre fünf Sinne verschmolzen und hätten einen neuartigen Sinn hervorgebracht.

Ihr war, als wandelte sie durch einen Traum, eine unwirkliche Welt, in der die Gesetze der Natur außer Kraft gesetzt waren. Oder war es ein Alptraum? Sobald sie eine zu schnelle Kopfbewegung machte, wurde der Schwindel stärker, und wenn sie sich nicht auf ihre Schritte konzentrierte, geriet sie ins Stolpern. Außerdem hatte sie zwischendurch immer wieder heftige Kopfschmerzen.

Nach einem guten Dekant ließ der rätselhafte Schwindel endlich etwas nach. Oder machte sie sich nur falsche

Hoffnungen? Hatte sie sich vielleicht an das Gefühl gewöhnt, so wie sich ein Verletzter an den Schmerz gewöhnt? Und was würde mit ihr geschehen, falls der Schwindel immer stärker wurde?

Lorilis traute sich nicht, mit ihren Gefährten über die Sache zu sprechen. Sie hatte Angst, die anderen könnten sie in der Obhut der Maz zurücklassen oder sie fremden Leuten anvertrauen, weil sie sich auf ihrer Flucht nicht mit einer kranken Vierzehnjährigen belasten wollten. Andererseits war sie der festen Überzeugung, dass sie den anderen mit ihrer veränderten Wahrnehmung von Nutzen sein konnte. Dank ihrer geschärften Sinne war es ihr erstaunlich leichtgefallen, Damiáns Wunde zu nähen. Lorilis hatte sich nur kurz konzentrieren müssen, um vor ihrem geistigen Auge zu sehen, an welcher Stelle sie die Nadel einstechen musste, damit die Naht gleichmäßig wurde, wie sie den Faden verknoten musste, damit er nicht riss, und wie sie dem Verletzten am wenigstens Schmerzen bereitete. Und es hatte funktioniert!

Es konnte sich also durchaus um eine hilfreiche Gabe handeln. Warum reichte dieser Gedanke nicht aus, um sie zu beruhigen? Vor allem quälte sie sich mit der Frage herum, was der Grund für dieses verwirrende Phänomen war. Woher kam der Schwindel? Wenn es darum ging, sich das Schlimmste auszumalen, hatte sie eine blühende Fantasie …

Bis zu diesem Tag hatte sie den Legenden von Hexern, Dämonen und Ungeheuern, die in einsamen Landstrichen ihr Unwesen trieben, keinerlei Glauben geschenkt. Ihre Ausbildung zur Ratsfrau stützte sich auf die Prinzipien der Vernunft. Alles, was nicht mit dem Verstand erklärbar war, konnte nur eine Lüge oder ein Irrtum sein. Doch in diesem Fall lagen die Dinge anders. Mehr und mehr war Lorilis davon überzeugt, gegen einen echten Magier gekämpft zu haben. Und er hatte etwas in ihr ausgelöst. Auf irgendeine Art hatte sie der Zusammenstoß mit ihm verändert – sie musste nur noch herausfinden, wie weit diese Veränderung ging.

In Gedanken versunken folgte sie den anderen über den Innenhof des Tempels. Sie kamen an mehreren Säulen mit Reliefs vorbei, und Lorilis erfasste mit einem Blick die exakten Maße der Verzierungen. Sie passierten einen Springbrunnen, und das Plätschern des Wassers hätte Lorilis beinahe in Trance versetzt, wenn sie nicht aufgepasst hätte. Die Gefährten stiegen eine Treppe hinab zu den Gemeinschaftsräumen und waren froh, eine leere Zelle zu finden. Ihnen stand nicht der Sinn danach, einen Raum mit Fremden zu teilen. Lorilis hatte allerdings schon vorher gewusst, dass sich niemand in der Zelle befand. War das Intuition? Oder gehörte auch diese Fähigkeit zu den Veränderungen, die sie durchmachte? Um Hellseherei handelte es sich jedenfalls nicht. Ein kurzer Blick auf die geschlossene Tür hatte Lorilis genügt, um festzustellen, dass sich dahinter nichts rührte. Kein Geruch stieg ihr in die Nase, kein Geräusch drang an ihr Ohr, und sie spürte keinerlei Luftbewegung auf der Haut. Das alles nahm sie jedoch nicht mit ihren gewöhnlichen Sinnen wahr, sondern mit diesem merkwürdigen neuen Sinn, der auch daran schuld war, dass ihr vor lauter Eindrücken, die auf sie einstürzten, ganz schwindelig wurde.

Manche hätte das vielleicht begeistert, aber Lorilis machte ihre neue Wahrnehmung Angst. Wohin würde diese Veränderung noch führen? Und welchen Preis würde sie dafür zahlen müssen?

Wenn Ke'b'ree ihnen nicht eine Aufgabe von größter Bedeutung übertragen hätte, wäre Maara längst mit Najel auf und davon. Alles, was die Lorelier anpackten, war zum Scheitern verurteilt. Sie besaßen keinen Tatendrang, und ihr einziges Ziel bestand offenbar darin, am Leben zu bleiben. So gewann man keine Schlacht und keinen Krieg. Allein wären sie und ihr Bruder mit Sicherheit besser zurechtgekommen, aber leider hatte sie keine Wahl. Der Befehl ihres Vaters zwang sie dazu, bei den Loreliern zu bleiben, und bisher hatte sich noch keine Gelegenheit geboten, zur Tat zu schreiten.

Allerdings hatte sie nicht vor, mit ihrer Meinung hinter dem Berg zu halten. Kaum hatten sich die anderen auf den einfachen Schlafpritschen niedergelassen, ergriff sie das Wort: »Wir müssen so schnell wie möglich aus dieser Stadt verschwinden«, verkündete sie. »Hier sind wir in einen Hinterhalt geraten. Solange wir in Benelia sind, droht uns Gefahr.«

»Du hast Recht«, pflichtete ihr Damián bei. »Wir werden gleich morgen früh aufbrechen, sobald der Tempel seine Türen öffnet. Aber wir müssen uns darüber verständigen, wohin. Wir können nicht noch einen Tag ziellos durch die Gegend irren.«

»Kehren wir nach Lorelia zurück«, schlug Maara vor. »Oder besser noch, suchen wir den Ort außerhalb der Stadtmauern auf, wo sich Vater von uns verabschiedet hat. Wir haben vereinbart, uns dort wiederzutreffen. Wenn er mit uns in Verbindung treten will, wird er sich dort einfinden.«

Damián sah verlegen zu Boden. Dann wechselte er einen Blick mit Josion, der ihm zu Hilfe kam: »Wenn unsere Feinde von dem Versteck im Keller wussten, könnten sie auch diesen Treffpunkt kennen. Wir dürfen auf keinen Fall einen der Orte aufsuchen, an denen wir in den letzten Tagen gewesen sind.«

»Aber einer von uns sollte nach Lorelia zurückkehren und nachsehen, ob unsere Eltern nicht längst wieder zu Hause sind«, warf Guederic ein. »Oder ihnen wenigstens eine Botschaft hinterlassen. Sie müssen erfahren, dass es uns gutgeht.«

»Und wer soll das übernehmen?«, fragte Maara spitz. »Du vielleicht?«

Sie traute Guederic nach wie vor nicht über den Weg. Wie sollte sie sich auch auf einen Mann verlassen, der vor ihren Augen einen wehrlosen Menschen getötet – und es sichtlich genossen hatte? Maara war bereit, es auf einen Streit ankommen zu lassen, aber Guederic nickte nur knapp und senkte den Kopf. Betretenes Schweigen trat ein, bevor Damián einen neuen Anlauf nahm.

»Wir dürfen uns nicht trennen. Das wäre viel zu gefährlich, vor allem für denjenigen, der allein loszieht. Wir wissen nicht, wie unsere Feinde uns gefunden haben. Wir wissen nicht, wie viele es sind, mit wem sie verbündet sind und was ihre Absicht ist. Wenn wir nicht aufpassen, erwischen und töten sie uns.«

»Wir könnten eine Brieftaube zu meinen Eltern nach Kaul schicken«, schlug Lorilis schüchtern vor. »Vielleicht gibt es in Benelia eine kaulanische Botschaft.«

Damián warf ihr einen freundlichen Blick zu, schüttelte aber den Kopf. »Auch das halte ich für keine gute Idee. Wenn Cael und Niss dich hierhergeschickt haben, dann glaubten sie offenbar, dass dir im Matriarchat Gefahr droht. Wir wissen nicht, wem eine solche Nachricht in die Hände fallen könnte. Eine ausländische Botschaft zu betreten, könnte ein folgenschwerer Fehler sein. Nicht ohne Grund hat mein Vater dich am Hafen von Benelia von Grauen Legionären abholen lassen und nicht von deinen Landsleuten.«

»Du willst dich doch nicht etwa mit der Grauen Legion in Verbindung setzen, oder?«, brauste Maara auf. »Das wäre noch viel dümmer. Wer konnte denn am ehesten von dem Versteck in dem Schuppen wissen? Wir müssen die Legionäre meiden wie die Pest.«

»Passt auf, was Ihr sagt!«, fauchte Souanne. »Verwechselt nicht Freund und Feind!«

»Das soll wohl ein Witz sein! Selbst euer Kommandant vertraut seinen eigenen Männern nicht! Sonst hätte er ja wohl nicht dieses ach so geheime Versteck in dem verlassenen Lagerschuppen eingerichtet.«

Souanne lief vor Wut rot an. Aber Maara war es gleich, ob sie die Legionärin in ihrer Ehre kränkte – hier ging es um Wichtigeres. Wenn sich niemand traute, unangenehme Wahrheiten auszusprechen, kamen sie nicht weiter.

»Uns bleibt nur eins: Wir müssen uns ein Versteck suchen, in dem wir bleiben können, bis die erste Gefahr vorbei ist. Nach ein paar Tagen können wir dann einen der Orte aufsuchen, an dem sich unsere Eltern vielleicht nach ihrer Reise einfinden. Dann sehen wir weiter«, fasste Maara zusammen.

»Und an welchen Ort denkt Ihr da?«, fragte Damián. »Doch wohl nicht an Wallos, oder?«

»Warum nicht? Zumindest hat Wallos den Vorteil, weit von Benelia entfernt zu sein. Und wenn mein Vater uns hier in Lorelien nicht findet, wird er dort auf mich und meinen Bruder warten. Außerdem stehen wir in Wallos unter dem Schutz der königlichen Leibgarde. Und wir würden in einem Palast residieren, statt wie Bettler in einem Tempel für Vagabunden zu hausen!«

»Mit Verlaub«, erwiderte Souanne, »Ke'b'ree hat offenbar nicht mehr Vertrauen zu seiner Leibgarde als mein Kommandant zu seinen Legionären. Schließlich seid Ihr ohne Eskorte aufgebrochen und habt niemandem gesagt, wohin Ihr reitet. Oder etwa nicht?«

Die Lorelierin gab sich nicht viel Mühe, ihr Grinsen zu verbergen. Maara hätte ihr am liebsten eine Ohrfeige verpasst. Allein Najels Gesichtsausdruck hielt sie davon ab. Außerdem hatte ihr Bruder zur Abwechslung einmal Recht. Wenn Maara alle gegen sich aufbrachte, kam sie nicht weiter – und ihrem Auftrag war es auch nicht dienlich.

»Bevor wir eine derart lange Reise antreten, sollten wir überlegen, ob es nicht einen einfacheren Weg gibt«, gab Damián zu bedenken.

»Außerdem können wir unmöglich mehrere Tage lang Däumchen drehen«, pflichtete ihm Guederic bei. »Vielleicht brauchen unsere Eltern und Großeltern Hilfe. Und zwar jetzt, genau in diesem Moment. Wir wissen nicht, was sie vorhatten, aber offensichtlich ist etwas schiefgegangen. Ich will mich nicht länger verstecken. Ich will nicht vor unseren Feinden davonlaufen.«

»Du willst also sterben?«, frage Maara knapp. »Und wie sieht dein Plan aus? Wir wissen ja nicht einmal, was überhaupt los ist …«

»Keine Ahnung. Aber ich werde demjenigen folgen, der einen entsprechenden Vorschlag hat.«

Auch wenn er aufrichtig wirkte, ließ sich Maara nicht täuschen. Offenkundig wollte er seine Fehler wiedergutmachen: Er hatte ihnen den Überfall in Lorelia verschwiegen, und in dem Schuppen hatte er den einzigen Mann getötet, der ihnen Auskunft hätte geben können. Wer wusste schon, was er noch auf dem Kerbholz hatte?

Die Gefährten schwiegen, und jeder hing seinen Gedanken nach. Maara begriff nicht, wie sie dekantenlang grübeln und reden konnten. Sie steckten in einer Sackgasse: Sie mussten dringend herausfinden, in was sie da hineingeraten waren und wer hinter ihnen her war, durften sich jedoch an keinem der Orte blicken lassen, an denen sie etwas erfahren könnten. Also gab es nur zwei Möglichkeiten: Entweder sie versteckten sich für eine Weile, oder sie verließen sich auf ihr Glück. Doch da Maara die Dinge gern unter Kontrolle hatte, kam der zweite Weg für sie nicht in Frage.

»Ich … ich habe eine Idee«, sagte Najel plötzlich leise.

Alle sahen den Jungen verblüfft an, vor allem Maara.

»Wir wissen nicht, was los ist, aber anscheinend hat es mit unseren Familien zu tun«, erklärte der Junge. »Und zwar mit mindestens zwei Generationen, wenn man unsere Generation nicht mitzählt. Also müssen unsere Feinde wissen, wer wir sind. Vielleicht überwachen sie sogar unsere Häuser. Deshalb haben uns unsere Eltern nach Benelia geschickt. Aber Souanne kennen unsere Feinde vielleicht nicht. Wir könnten einem *ihrer* Verwandten eine Nachricht zukommen lassen.«

»Aber damit würden wir Unbeteiligte in Gefahr bringen«, entgegnete Damián.

Trotz seiner Worte sah er hoffnungsvoll zu der Legionärin. Najels Vorschlag war raffiniert. Maara rechnete fest damit, dass Souanne darauf eingehen würde.

»Es tut mir leid«, murmelte Souanne, »aber ich habe keine Familie, schon seit Jahren nicht mehr.«

»Was?«, rief Maara ungläubig. »Es gibt niemanden, der für dich eine Botschaft überbringen könnte? Nicht mal ein entfernter Cousin oder ein Freund?«

»All meine Freunde sind Graue Legionäre.«

»Aber mein Bruder hat Recht!«, rief Maara. »Du bist die Einzige, die in Lorelia auf der Straße herumlaufen kann, ohne dich in Gefahr zu bringen!«

»Das … das habe ich nicht gemeint«, stammelte Najel.

»Bis mein Kommandant mir einen neuen Befehl erteilt, ist es meine Pflicht, für Damiáns Schutz zu sorgen«, wehrte Souanne ab. »Ich werde nicht allein nach Lorelia gehen.«

»Darum bittet dich auch niemand«, beteuerte Damián. »Auch für dich wäre es viel zu gefährlich. Unsere Feinde könnten wissen, dass du die Leibwächterin meines Vaters bist, oder einer der Männer aus dem Schuppen könnte dich wiedererkennen.«

»Außerdem hat Amanón dich sicher nicht ohne Grund mitgeschickt«, sagte Josion. »Also ist es entschieden: Wir bleiben zusammen.«

Maara funkelte Josion wütend an. Er hatte fast die ganze Zeit geschwiegen, und jetzt ergriff er nur das Wort, um ihr zu widersprechen.

»Wie kommst du denn darauf? *Amanón hat sie sicher nicht ohne Grund mitgeschickt,* so ein Unsinn. Sie hatte einfach nur Pech und war zur falschen Zeit am falschen Ort. Ich will endlich wissen, was du uns verheimlichst!«

»Nichts. Ich habe meine Worte ungeschickt gewählt. Lasst es mich so sagen: Gemeinsam sind wir stark, und Amanón scheint ebenfalls dieser Meinung gewesen zu sein. Deshalb hat er uns Souanne zur Seite gestellt.«

Maara musterte Josion noch eine ganze Weile, aber sein Gesicht blieb ausdruckslos. Nur ein leises Lächeln umspielte seine Lippen, das Maara paradoxerweise aufrichtig und falsch zugleich vorkam.

»Vielleicht sollte ich euch nun, da wir alle anderen Möglichkeiten durchgespielt haben, meinen Vorschlag unterbreiten.«

Die anderen warfen Josion fragende Blicke zu. Maara musterte ihn misstrauisch, aber seine ersten Worte nahmen ihr den Wind aus den Segeln.

»Ich glaube, Maara hat Recht. In unserer derzeitigen Lage können wir nichts unternehmen, ohne uns in Gefahr zu bringen. Am vernünftigsten wäre es wohl, für ein paar Tage unterzutauchen.«

»Ich werde meine Mutter nicht ihrem Schicksal überlassen!«, protestierte Guederic. »Wir müssen herausfinden, wo unsere Eltern sind, oder ihnen zumindest eine Nachricht zukommen lassen, damit sie sich keine Sorgen machen.«

»Mein Vorschlag schließt das alles nicht aus. Er ist ganz einfach: Wir gehen nach Clérimont.«

»Auf die Burg deiner Eltern?«, fragte Damián. »Wieso sollten wir dort sicherer sein als in Lorelia? Wenn es sich um eine groß angelegte Verschwörung handelt, überwachen unsere Feinde sicher auch die Burg.«

»Vielleicht, vielleicht aber auch nicht. Letztlich ist das egal. Unsere Feinde können die Burg nicht komplett umstellt haben, und wenn sie nur das Haupttor überwachen, schlüpfen wir ihnen durch die Finger. Es gibt nämlich einen geheimen Gang, der zur Burg führt.«

»Aber unsere Feinde könnten von dem Gang erfahren haben. Das Versteck in dem Lagerschuppen kannten sie schließlich auch. Auch wenn der Gedanke grauenhaft ist, aber unsere Eltern wurden möglicherweise gefoltert …«, wandte Damián ein.

»Selbst wenn das der Fall wäre – meine Eltern könnten nichts verraten. Sie wissen nichts von dem unterirdischen Gang, der unter den Festungsmauern hindurchführt. Ich bin der Einzige, der ihn kennt.«

Hoffnung leuchtete auf den Gesichtern der Gefährten auf. Maara war sofort bereit, Josion zu dieser Burg zu folgen, denn solange sie Benelia und Lorelia mieden, war ihr alles recht.

»Auch ich habe noch nie etwas von diesem Gang gehört«, befand Damián nachdenklich. »Andererseits kann ich mir nicht vorstellen, dass ein solches Geheimnis die Jahrhunderte überdauert hat und nie jemand den Gang entdeckt hat. Zumindest Großvater Reyan muss von ihm wissen!«

»Die Burg ist zwar schon seit ewigen Zeiten in Familienbesitz, aber sie stand über ein Jahrhundert leer. Erst als meine Eltern vor zwanzig Jahren dort eingezogen sind, kam wieder etwas Leben in die alten Mauern. Als Kind stieß ich rein zufällig auf den unterirdischen Gang.«

»Und du hast niemanden davon erzählt?«, fragte Guederic verwundert. »Nicht einmal deinen Eltern?«

Josion zuckte mit den Achseln. »Der Gang war mein Geheimversteck, mein eigenes Reich. Ich habe keine Geschwister, und außer mir lebten nur meine Eltern auf der Burg. Ich habe viel allein im Wald gespielt.«

Seine Geschichte klang glaubwürdig, und Maara meinte nun auch besser zu verstehen, warum Josion so verschlossen war. Er war es einfach nicht gewohnt, seine Geheimnisse mit anderen zu teilen.

»Ein weiterer Vorteil ist, dass wir unseren Eltern auf der Burg eine Nachricht hinterlassen können«, fügte Josion hinzu. »Selbst wenn wir nicht lange dort bleiben, können wir zumindest an einem sicheren Ort einen Brief deponieren. So verhindern wir, dass er unseren Feinden in die Hände fällt.«

Niemand sagte etwas, doch diesmal schien das Schweigen Zustimmung auszudrücken. Nur Damián konnte sich eine letzte Frage nicht verkneifen: »Warum hast du uns nicht eher von deinem Plan erzählt? Zum Beispiel, als wir das Schiffswrack verlassen haben? Wir könnten längst auf dem Weg zur Burg sein.«

»Du bist schwer verletzt«, rief ihm Josion in Erinnerung. »Ich weiß, du bist sehr tapfer, aber du brauchst dringend etwas Ruhe und Schlaf. Deshalb hatte ich es nicht eilig.«

»Ist das wirklich der einzige Grund?«, fragte Damián mit Nachdruck.

Josion lächelte traurig. »Wenn ich euch gleich nach der Episode mit den Gwelomen von dem Geheimgang erzählt hätte, wärt ihr mir mit noch viel größerem Misstrauen begegnet. Ihr hättet mir wahrscheinlich gar nicht erst zugehört. Das wollte ich nicht riskieren.«

Damit ließen sie die Sache auf sich beruhen. Ausgerechnet in diesem Moment kamen Maara doch noch Zweifel. Aber es war zu spät, um einen Rückzieher zu machen.

Obwohl sie es kaum erwarten konnten, endlich zur Burg der Familie Kercyan aufzubrechen, verging der Abend wie im Flug. Sie hatten alle Hände voll zu tun: Zunächst teilten sie die Habseligkeiten und Kleider aus dem Kellerversteck untereinander auf und verstauten sie in ihren Rucksäcken und Bündeln. Jeder bekam, was er brauchte oder tragen konnte.

Anschließend wandten sie sich den Waffen zu. Damián bestand darauf, dass jeder eine passende Waffe erhielt, damit er sich im Falle eines Angriffs verteidigen konnte. Er drückte Lorilis einen Dolch in die Hand und ignorierte ihren Protest, woraufhin das Mädchen die Waffe mit blassem Gesicht in ihr Bündel schob. Als Nächstes wollte er Najel mit einem Dolch versorgen, aber dieser versicherte ihm, dass ihm sein Stock völlig genügte. Josion konnte das bestätigen. Er erzählte, wie der Junge in dem Schuppen drei Angreifer in Bedrängnis gebracht hatte, als er Lorilis zu Hilfe gekommen war. Alle beglückwünschten Najel zu seinem Geschick, selbst Maara, obschon sie ihren kleinen Bruder ungläubig musterte. Najel starrte verlegen zu Boden.

Guederic begann leicht zu zittern, als sein Bruder auf ihn zutrat und ihm ein Rapier hinhielt. Er riss sich zusammen, grinste schief und schüttelte den Kopf.

»So etwas will ich nicht am Gürtel baumeln haben. Ich bin es nicht gewöhnt, eine Waffe zu tragen, und ich würde alle zehn Schritte darüberstolpern.«

»Unsinn«, sagte Damián. »Außerdem kannst du sie dir auf den Rücken schnallen.«

»Das ist doch wohl nicht dein Ernst«, wehrte Guederic ab und verdrehte die Augen. »Soll ich vielleicht auch noch eine Rüstung tragen?«

»Aber du brauchst eine Waffe«, beharrte Damián. »Dann nimmst du eben einen Dolch.«

»Ich sagte nein! Lass mich in Ruhe!«

Damián senkte den Arm und warf ihm einen zornigen Blick zu. Auch Guederic kochte vor Wut. Musste sein Bruder ihn vor versammelter Gesellschaft demütigen?

Die anderen hoben verwundert den Blick von ihren Bündeln. Guederic fühlte sich wie im Fieber. Er begann wieder zu zittern, und ihm brach der kalte Schweiß aus. Damián musterte seinen Bruder besorgt, dann legte er das Rapier auf eine Pritsche und nahm ihn bei den Schultern.

»Was ist los mit dir, Guedy?«, flüsterte er. »Wenn du Angst hast, kannst du es mir ruhig sagen. Du musst dich nicht schämen …«

Die Freundlichkeit und Naivität seines älteren Bruders entlockten Guederic ein nervöses Lachen. Nachdem sich die Brüder einen Moment lang verlegen angesehen hatten, fand er die Sprache wieder. »Darum geht es nicht. Ich bin einfach nicht mehr ich selbst. Verstehst du nicht? Ich habe vier Männer getötet!«

»Es war Notwehr«, meinte Damián. »Es ist nicht deine Schuld.«

»Doch! Es hätte anders ausgehen können.«

Guederic schluckte und sah seinem Bruder tief in die Augen.

»Das alles muss aufhören, und zwar so schnell wie möglich. Kannst du mir das versprechen, Damián? Kannst du uns bald wieder nach Hause bringen?«

Guederic wusste, dass er Unmögliches von seinem Bruder verlangte, aber er sehnte sich so sehr nach etwas Trost.

»Ich werde alles tun, was in meiner Macht steht«, antwortete Damián nach kurzem Zögern. »Aber du musst mir schwören, dass du dein Leben nicht leichtfertig aufs Spiel setzt. Wenn du unseren Eltern helfen und sie wiedersehen willst, brauchst du eine Waffe, Guedy. Und du musst bereit sein, jeden zu töten, der sich dir in den Weg stellt. Unsere Feinde werden keine Gnade walten lassen, wenn sie uns erwischen.«

Damián nahm das Rapier und legte es ihm behutsam in die Hand. Sofort erwachte in Guederic der Drang zu töten.

»Du hast keine Ahnung, worum du mich da bittest«, murmelte er.

»Doch, das habe ich«, antwortete Damián mit einem aufmunternden Lächeln. »Nachdem ich gesehen habe, wie geschickt du mit dem Schwert umgehst, möchte ich nicht auf dein Talent verzichten. Ich gestehe, dass mich deine Art zu kämpfen beeindruckt hat.«

Guederic nickte traurig. Dann hob er den Blick, weil er den Eindruck hatte, beobachtet zu werden. Josion sah ihn forschend an und kehrte ihm dann betont gleichmütig den Rücken. Das Gespräch war beendet, und alle wandten sich wieder den Reisevorbereitungen zu.

Als Nächstes verhandelten sie mit den Maz des Tempels. Weil sie nicht vorhatten, das halbe Königreich zu

Fuß zu durchqueren, brauchten sie Pferde, und da lag es nahe, sich an die Priester zu wenden. Eine Abordnung, bestehend aus Damián, Guederic und Maara, suchte ihre Gastgeber auf, während Josion und Souanne bei Lorilis und Najel blieben und das Gepäck bewachten. Zunächst sträubten sich die Priester, sämtliche Pferde ihres Stalls auf einen Schlag zu verkaufen. Fünf Tiere wollten sie ihnen gern überlassen, aber um sie dazu zu bringen, sieben herzugeben, brauchte es viel Beharrlichkeit und eine Menge Goldterzen aus der gemeinsamen Geldbörse. Schließlich gelang es Maara, hartnäckig wie sie war, die Priester zu überreden. Sie besiegelten den Kauf mit einem Handschlag, und die Maz erklärten sich bereit, die Pferde am nächsten Morgen bei Sonnenaufgang für sie zu satteln.

Beim Abendessen wurden die Gefährten nicht anders behandelt als die anderen Gäste des Hauses. Nachdem die Priester die Tore für die Nacht geschlossen hatten, servierten sie ihnen eine deftige Gemüsesuppe. Die Gefährten waren froh, ihre Zelle nicht mit Fremden teilen zu müssen. Alle Gäste, die nach Sonnenuntergang in ihrer Tür aufgetaucht waren, hatten gleich wieder kehrtgemacht, weil sie sich nicht einer so großen Gruppe anschließen wollten. Irgendwann machte Damián einfach die Tür zu, damit sie ihre Ruhe hatten.

Sie gingen früh schlafen, da sie einen anstrengenden Ritt vor sich hatten. Doch kaum eine Dezille später stand Guederic wieder auf. Als sein Bruder hochschreckte und ihn flüsternd fragte, was los sei, behauptete er, seine Blase leeren zu müssen.

Draußen in der kühlen, sternenklaren Nacht schlenderte er eine Weile durch den Säulengang und genoss die Stille des Tempels. Dann ließ er sich auf einer Bank nieder, um über die vergangenen Tage und ihre ungewisse Zukunft nachzudenken. Als er irgendwann hochsah, stand Josion vor ihm. Als sich sein Cousin neben ihn setzte, runzelte Guederic die Stirn. Warum hatte er ihn nicht kommen hören?

»Schickt dich mein Bruder?«, fragte er unwirsch. »Ich komme allein zurecht. Ich brauche keinen Aufpasser.«

»Das weiß ich«, antwortete Josion ruhig. »Mir war einfach ebenfalls danach, ein paar Schritte an der frischen Luft zu machen.«

Guederic versank in abweisendes Schweigen, doch nach mehreren Dezillen stellte er fest, dass Josion ihn tatsächlich in Frieden ließ. Nun bereute Guederic, ihn so abweisend behandelt zu haben, und er beschloss, sich versöhnlich zu zeigen, indem er ein Gespräch anfing.

»In dem Schuppen hast du gekämpft, als hättest du magische Kräfte. Und du hast den Armbrustschützen außer Gefecht gesetzt. Ich verdanke dir mein Leben, nicht?«

»Wer weiß. Aber du hast die Kerle überrumpelt. Ohne deine Finte wären wir verloren gewesen.«

»Trotzdem vielen Dank«, sagte Guederic leise.

Nach kurzem Zögern fügte er hinzu:

»Ich habe nicht viel von euch anderen mitbekommen. Damián sagt, du hättest vier Männer getötet. Stimmt das?«

Josion nickte schweigend. In der Dunkelheit konnte Guederic die Bewegung nur erahnen.

»Macht dir das nichts aus?«

»Es gefällt mir nicht, aber nicht ich habe den Kampf gesucht. Ein paar der Männer haben beschlossen zu flüchten, und sie leben noch. Die anderen haben einen anderen Weg gewählt. Es war ihre Entscheidung.«

Guederic nickte traurig und fragte: »Und wer hat dich kämpfen gelehrt? Großvater Reyan?«

»Nein, meine Mutter. Ich spreche nicht gern davon.«

Guederic biss sich auf die Lippen. Was war er nur für ein Idiot. Wer hätte Josion auch besser im Kampf unterweisen können als Zejabel, von deren dunkler Vergangenheit selbst die jüngsten Familienmitglieder wussten? Zejabel hatte einst im Dienste der Rachegöttin Zuïa gestanden und in ihrem Namen Morde begangen. Guederic wusste, dass Josion und seine Mutter zerstritten waren, wollte aber nicht ausgerechnet jetzt nach dem Grund dafür fragen.

»Und was ist mit dir?«, fragte Josion unvermittelt. »Wer hat dir Unterricht im Kämpfen erteilt? Grigán?«

»Hin und wieder«, stammelte Guederic. »Aber Damián war ein sehr viel eifrigerer Schüler als ich. Ich habe schon immer lieber meine Fäuste gebraucht. Es kommt mir natürlicher vor. Und gerechter. Verstehst du? Ich weißt nicht, was in dem Lagerschuppen in mich gefahren ist. Ich hatte einfach großes Glück.«

»In einem Zweikampf spielt Glück keine Rolle. Wenn eine Klinge knapp an deiner Schulter vorbeisaust, statt dir in den Arm zu fahren, dann nur, weil du ihr ausgewichen bist, wenn auch unwillkürlich. In solchen Momenten denkst du nicht mehr nach. Dein Körper reagiert wie von selbst – oder als würde er von etwas anderem gelenkt. Zum Beispiel von einer Stimme in deinem Kopf.«

Guederic nickte. Warum fixierte ihn Josion plötzlich so eindringlich?

»Hast du so etwas schon einmal erlebt? Eine Stimme in deinem Kopf, die dir Befehle erteilt?«

Das Gespräch nahm eine seltsame Wendung, und Guederic fühlte sich unwohl. Worauf wollte Josion hinaus? Was ahnte er?

»Nein, ich ... So etwas ist mir noch nie passiert. Manchmal verliere ich die Beherrschung und schlage zu fest zu, aber merkwürdige Stimmen höre ich nicht. Ich bin nicht wahnsinnig. Hörst du etwa Stimmen?«

Josion musterte ihn eine ganze Weile schweigend. Guederic hatte den Eindruck, einer Prüfung unterzogen zu werden. Dann sprach Josion weiter: »Nein, nie. Aber Lorilis' Vater hat so etwas erlebt, als er ... als unsere Eltern gegen Königin Agénor kämpften. Er spürte die Anwesenheit eines fremden Wesens in sich und entwickelte unter dessen Einfluss unglaubliche Kräfte. Immer, wenn er die Stimme in seinem Kopf hörte, kämpfte er wie ein Besessener. Zum Glück verstummte sie nach einer Weile.«

Wieder sah Josion Guederic aufmerksam an, als erwarte er etwas Bestimmtes von ihm. Guederic wusste nicht, was er sagen sollte. Die wilde Freude, die ihn durchströmte, wenn er seine Feinde tötete, war etwas ganz anderes, als eine Stimme im Kopf zu hören. Er selbst war das Problem, niemand sonst.

»Ich lege mich wieder schlafen«, murmelte er. »Wir haben morgen einen langen Weg vor uns.«

Sie wünschten einander höflich Gute Nacht. Nachdem Guederic für kurze Zeit fast so etwas wie Zuneigung für seinen Cousin empfunden hatte, fand er ihn jetzt wieder seltsam und verschlossen. Josion war eben ein Eigenbrötler und Geheimniskrämer. Kurz gesagt, kein besonders angenehmer Zeitgenosse.

Der Gedanke, dass sie ausgerechnet Josion blind vertrauen sollten, brachte Guederic die halbe Nacht um den Schlaf.

Souanne erwachte vor Sonnenaufgang und blieb nur aus Rücksicht auf ihre Zimmergenossen noch etwas liegen. Im Morgengrauen hielt sie es jedoch nicht mehr aus, stieg von ihrer Pritsche und schlich auf Zehenspitzen aus der Zelle.

Im Tempel war kein Geräusch zu hören, und auch die restliche Stadt schien noch zu schlafen. Eine frische Meeresbrise wehte über die Dächer hinweg, ein Vorbote der regnerischen Jahreszeit. Nur gelegentlich hallten Schritte durch die Straßen, vermutlich von Pilgern oder von Händlern, die ihre Waren auslieferten. Im Grunde unterschied sich die Stadt nicht allzu sehr von Lorelia. Doch schon bald würde Souanne in die Fremde aufbrechen, und bei diesem Gedanken zog sich ihr der Magen zusammen.

In Ermangelung einer besseren Idee schlug sie den Weg zu den Ställen ein. Sie gelangte zu einem kleinen Tor und betrat den Stall, obwohl Gästen der Zutritt eigentlich verboten war. Die beiden Priester, die dabei waren, die Pferde zu versorgen, sahen hoch und warfen ihr mürrische Blicke zu, bevor sie sie als einen der neuen Besitzer erkannten. Souanne grüßte freundlich, versuchte aber nicht, ein Gespräch anzufangen. Sie schlenderte die Gänge entlang, blieb vor der Box einer Stute stehen, nahm einen Striegel und begann damit, dem Tier das Fell zu bürsten.

Schon lange hatte sie sich nicht mehr so allein gefühlt.

Seit sie am Vorabend hatte zugeben müssen, keine Familie zu haben, plagte sie die Einsamkeit, denn das Gespräch hatte eine schmerzhafte Erinnerung geweckt: Ihre Mutter war gestorben, als Souanne gerade sechzehn gewesen war. Von heute auf morgen hatte sie niemanden mehr gehabt, zu dem sie aufblicken konnte. Sie hatte keine Hoffnung und kein Ziel mehr. Fast wäre sie an der Trauer zugrunde gegangen – es war die dunkelste Zeit ihres Lebens. Gewiss hätte alles ein schlimmes Ende genommen, wenn Kommandant Amanón ihr nicht angeboten hätte, in die Grauen Legion einzutreten.

Eines Morgens hatte er vor ihrer Tür gestanden und behauptet, von ihrer schwierigen Lage erfahren zu haben. Sie sei eine der besten Schülerinnen der königlichen Akademie der Wissenschaften, und die Legion brauche die besten Köpfe des Landes.

Souanne hatte nicht lange gezögert: Die Graue Legion bot ihr nicht nur Arbeit, sondern auch Schutz und ein Zuhause, denn sie hatte sich schnell eingelebt und nie darüber nachgedacht, die Legion zu verlassen. Nach und nach hatte sie herausgefunden, dass sie die Einzige war, die auf diese Weise rekrutiert worden war.

Bisher hatte sie diesem Umstand keine große Beachtung geschenkt. Sie hatte immer geglaubt, Amanón habe in einem Gespräch mit einem Legionär zufällig von ihr gehört und Mitleid mit ihr gehabt. Ohnehin hätte sie niemals gewagt, ihn nach seinen Beweggründen zu fragen. Er hatte so viel für sie getan, dass es ihr undankbar vorgekommen wäre, ihn mit Fragen zu behelligen. Doch seit sie Damián nach Benelia begleitet hatte, machte sie sich so ihre Gedanken. Immer wieder wurde sie daran erinnert, dass sie als Einzige keiner der Familien angehörte, die Königin Agénors Verrat aufgedeckt hatten. Warum hatte Amanón sie dann nach Benelia geschickt? Die anderen wussten sich selbst zu verteidigen und brauchten ihren Schutz nicht, wie sich in dem Schuppen herausgestellt hatte.

In einem verborgenen Winkel ihres Verstandes kam sie auf die verrücktesten Antworten. Vielleicht hatte Amanón auch sie außer Gefahr bringen wollen. Vielleicht stand sie ihm näher, als er zugeben wollte. Souanne ging nicht so weit, ihn für seinen Vater zu halten, auch wenn ihre Mutter ihr nie gesagt hatte, wer ihr Erzeuger war. Aber sie verbrachte genug Zeit mit dem Kommandanten der Grauen Legion, um zu wissen, dass er seine Frau über alles liebte und sie niemals betrügen würde. Der Gedanke, auf ganz besondere Weise mit ihm verbunden zu sein, war jedoch verlockend. Amanón konnte ein alter Freund ihres Vaters sein, was auch erklären würde, warum er sie damals unter seine Fittiche genommen hatte. Diese Idee war ihr früher schon gekommen, und heute erschien sie ihr plausibler denn je.

Souanne schüttelte den Kopf, um die rührseligen Gedanken zu verscheuchen. Die Wahrheit war sicher viel einfacher: Sie begleitete Damián und Guederic, weil Amanón seinen Söhnen durch sie eine Nachricht hatte zukommen lassen. Sie war seine persönliche Leibwächterin, eine Legionärin ohne Familie und Freunde, die man mit einem Fingerschnipsen auf unbestimmte Zeit fortschicken konnte. Souanne war und blieb eine Außenseiterin. Sie gehörte nicht zu den Nachkommen der Helden, die Königin Agénor gestürzt hatten. Sie war allein.

Als Damián den Stall betrat, wischte sie hastig eine Träne weg, die ihr über die Wange zu rollen drohte. Sie begrüßte ihn mit einem schwachen Lächeln, das er geistesabwesend erwiderte. Seine Unachtsamkeit kränkte Souanne nicht: Er hatte Wichtigeres im Kopf, als sich Gedanken um ihre Gemütsverfassung zu machen.

»Die Maz haben das Frühstück ausgeteilt. Wir haben deine Portion aufgehoben«, sagte er.

Souanne nickte und legte den Striegel beiseite, um in die Zelle zurückzukehren. Sie hatte zwar keinen großen Hunger, aber es war keine gute Idee, mit leerem Magen loszureiten.

»Du solltest dich auch umziehen«, fügte Damián hinzu. »In deiner Uniform erkennt dich jeder sofort als Legionärin. Außerhalb der Städte bekommen die Leute uns nicht allzu oft zu Gesicht. Du würdest zu sehr auffallen.«

Abermals nickte sie, den Blick auf den Boden geheftet. Nichts ließ man ihr, nicht einmal das Einzige, worauf sie im Leben stolz war.

Sie verließen Lusend Ramas Tempel im Morgengrauen, nachdem sie den Priestern als Dank für ihre Gastfreundschaft ein paar Münzen überreicht hatten. Angeführt von Damián und Josion ritten die sieben Gefährten im Schritt durch die Straßen von Benelia. Wie Najel mit einer gewissen Genugtuung feststellte, sahen die wenigen Leute, die zu dieser frühen Stunde schon auf den Beinen waren, voller Ehrfurcht zu ihnen hoch: Am Tag zuvor, als er und seine Schwester zu Fuß durch die Straßen gelaufen waren, waren ihnen nichts als misstrauische Blicke gefolgt, aber heute traten die Einheimischen beiseite, um sie vorbeizulassen.

Mit ihren Waffen und Reisebündeln mussten sie wie echte Abenteurer aussehen. Zu diesem Eindruck trug sicher auch bei, dass sie sicher im Sattel saßen, da sie alle früh reiten gelernt hatten: Damián, Guederic, Maara und Najel von ihren Vätern, und Souanne während ihrer Ausbildung zur Grauen Legionärin. Josion hatte sich das Reiten in den Wäldern rings um die Burg seiner Eltern selbst beigebracht, und Lorilis war von ihrer Großmutter Léti, einer wahren Pferdenärrin, im Umgang mit den Tieren unterwiesen worden. Sie saß von allen am besten im Sattel. Irgendwie wusste Najel immer noch nicht so recht, ob das Mädchen ihn beeindruckte oder einschüchterte.

Zwei Dezimen später ritten sie durch das Nordtor der Stadt. Auch hinter der Stadtmauer säumten Häuser und Ställe die Straße, und erst nach einer ganzen Weile erreichten sie das offene Land. Hier lebten die Lorelier von Ackerbau und Viehzucht, und als Najel den Blick über die Felder und Weiden schweifen ließ, verspürte er abermals Heimweh. Obwohl die Gegend um Wallos sehr viel waldiger und hügeliger war, erinnerte ihn die Landschaft an seine Heimat. Unwillkürlich wandte er den Blick gen Osten, und vor seinem geistigen Auge sah er die Bergkette des Rideau, die in Hunderten Meilen Entfernung von Benelia in den Himmel ragte. Jenseits des Gebirges erstreckten sich die endlosen Weiten des Ostens. Najel seufzte leise und musterte seine Gefährten, Lorilis blickte mit wehmütiger Miene in die andere Richtung.

»Deine Heimat?«, fragte er leise.

Das Mädchen zuckte zusammen und sah ihn überrascht

an. Nach einem raschen Blick zu den anderen flüsterte sie: »Ich kann an nichts anderes denken. Wir sind ganz in der Nähe der Grenze … Ständig frage ich mich, ob meine Eltern nicht längst nach Kaul zurückgekehrt sind. Am liebsten würde ich hinreiten und nachsehen.«

»Du kannst bestimmt bald nach Hause«, versicherte Najel. »Aber deine Eltern würden wollen, dass du vorsichtig bist.«

Das Mädchen schien über seine Worte nachzudenken und dankte ihm dann mit einem Lächeln. In diesem Moment gab es für Najel keinen Zweifel mehr: Lorilis war bezaubernd. Eigentlich gefiel ihm alles an ihr, und es ärgerte ihn, dass er ihr zwischendurch misstraut hatte. Um sich ein für alle Mal Klarheit zu verschaffen, zügelte er sein Pferd und ließ sich etwas zurückfallen. Lorilis tat es ihm gleich, und so ritten die beiden in einiger Entfernung hinter den anderen her.

»Ich muss dich etwas fragen«, begann Najel. »Bei dem Kampf in dem Schuppen, da war doch dieser Mann, der Josion in seine Gewalt gebracht hat. Auch mich hat er mit einer bloßen Berührung außer Gefecht gesetzt. Dich aber nicht. Wie konntest du ihm widerstehen?«

Lorilis' Gesicht verschloss sich. Najel fürchtete, ihre aufkeimende Freundschaft zunichtegemacht zu haben, aber schließlich antwortete Lorilis leise: »Ich weiß es nicht. Ich habe mir ganz einfach vorgestellt, ich würde ihn zurückstoßen, so wie ich es auch mit den Händen tun würde. Und es hat funktioniert – frag mich nicht, warum. So etwas habe ich noch nie erlebt.«

Najel nickte erleichtert. Zwar wusste er immer noch nicht, was in dem Schuppen vorgefallen war, aber wenigstens hatte Lorilis ihm nicht irgendeine rätselhafte Fähigkeit verheimlicht. Es sei denn, sie log, um sich zu schützen, was er verstehen würde. Schließlich musste auch er Schweigen über die Aufgabe bewahren, die sein Vater ihm und seiner Schwester übertragen hatte.

»Warum erzählst du den anderen nichts davon? Vielleicht ist es wichtig.«

»Ich habe Angst«, gestand Lorilis. »Nach dem Kampf war mir ziemlich schwindelig, aber heute geht es mir schon viel besser. Am liebsten würde ich das alles vergessen. Und Josion hat auch kein Wort darüber verloren.«

Najel reckte den Hals, um einen Blick auf den Lorelier zu werfen, der vorweg ritt. In der Tat hatte er den anderen nicht erzählt, dass der Hexer ihn gefoltert hatte. Aus falschem Stolz? Aus Nachlässigkeit? Oder hatte er etwas zu verbergen?

Najel, Lorilis und Josion hatten einander das Leben gerettet, und doch hatten sie seither nicht über den Vorfall gesprochen. Trug Josion ein Geheimnis mit sich herum, oder versuchte er ganz einfach, eine schmerzhafte Erinnerung aus seinem Gedächtnis zu verbannen – so wie Lorilis?

»Ich muss Maara davon erzählen«, sagte Najel vorsichtig. »Meine Schwester hasst es, wenn man ihr etwas verheimlicht.«

»Tu das nicht«, bat Lorilis. »Ich will nicht, dass die anderen mich für seltsam halten. Es ist vorbei und gehört der Vergangenheit an!«

»Eigentlich hätte ich ihr schon gestern davon erzählen müssen«, murmelte Najel mit einem entschuldigenden Blick.

Er wollte Lorilis keinen Kummer bereiten, aber er hatte keine Wahl. Nur aus einem einzigen Grund hatte er bisher geschwiegen: Maara hatte ihn nicht gefragt, wie es ihm während des Kampfes ergangen war. Die Gleichgültigkeit seiner großen Schwester kränkte ihn, aber wenn er weiterhin den Mund hielt, kam das einem Verrat gleich.

»Sie wird es sicher nicht herumerzählen«, fügte er hinzu, ohne so recht daran zu glauben. »Ich muss ihr sagen, was geschehen ist.«

»Warte noch ein bisschen. Bis wir auf der Burg sind, ja? Dann bleibt mir etwas Zeit, über alles nachzudenken. Es ist so verwirrend.«

Najel lächelte ihr aufmunternd zu. Ihm war klar, dass sie nur Zeit schinden wollte, aber ihr verängstigter Gesichtsausdruck berührte ihn tief. Außerdem war er sicher, dass er ihre Freundschaft für immer verlieren würde, wenn er ihre Bitte ablehnte.

»Einverstanden«, sagte er nach kurzem Überlegen. »Soll te mir meine Schwester Fragen stelle, behaupte ich einfach, mich an nichts zu erinnern. Aber lange kann ich diese Lüge nicht aufrechterhalten. Irgendwann müssen wir den anderen von dem Hexer erzählen.«

Lorilis nickte und warf ihm einen erleichterten, wenn auch unendlich traurigen Blick zu. Najel fühlte sich elend und schämte sich in Grund und Boden. Lorilis' Nöte erinnerten ihn nur zu gut an seine eigenen. Immer, wenn er an seine Mutter dachte, wurde ihm schwer ums Herz. Er hatte sie nicht gekannt, aber Maara und Ke'b'ree vermissten sie schmerzlich.

Es war nicht seine Absicht gewesen, Lorilis Kummer zu bereiten. Im Gegenteil, er hatte gehofft, ihr durch das Gespräch näherzukommen. Najel seufzte und wünschte, er hätte Lorilis unter anderen Umständen kennengelernt.

Einen halben Dekant, nachdem sie Benelia verlassen hatten, erreichten sie die Gisle an einer Stelle, wo ein Fährkahn Reisende ans andere Ufer brachte. Zwischen Benelia, der einstigen Hauptstadt des Königreichs, und dem Fürstentum Semilia im Norden gab es überall entlang des Flusses solche Anlegestellen. Damián und seine Gefährten hatten die Fähren in der Nähe der Stadt gemieden, weil sie nicht erkannt werden wollten, und waren ein ganzes Stück flussaufwärts geritten. Vielleicht war diese Vorsichtsmaßnahme übertrieben, aber Damián nahm gern in Kauf, dass sie ein paar Dezimen länger unterwegs waren, wenn sie so eine böse Überraschung vermieden. Der Kampf in dem Lagerschuppen beherrschte seine Gedanken, und er hatte nicht vor, sich abermals von ihren Feinden überrumpeln zu lassen.

Sie mussten nicht lange warten: Kaum hatten sie abgesessen, näherte sich die Fähre, und wenige Dezillen später konnten sie an Bord gehen. Verglichen mit den riesigen Schiffen, die den Fluss im Süden überquerten, war der Kahn klein, doch er bot genügend Platz für sieben Menschen und Pferde. Die drei Fährmänner kassierten den Preis für die Überfahrt und warteten noch eine Dezime auf mögliche weitere Passagiere. Dann gaben sie das Signal zum Aufbruch und schoben den Kahn mit langen Staken zur Flussmitte.

Sie nutzten die Überfahrt, um sich die Beine zu vertreten oder sich an die Reling zu lehnen und die Landschaft zu betrachten. Die Gisle war der erste von zwei Flüssen, die sie überqueren mussten. Der andere, die Velanese, war wesentlich breiter und befahrener.

Sodann würde sich die kleine Schar nach Nordosten wenden. Josion zufolge brauchten sie etwas länger als einen Tag bis zur Burg der Familie Kercyan, weshalb sie zum Übernachten haltmachen mussten. Dieser Gedanke bereitete Damián Bauchschmerzen. Er hasste es, ständig in Unsicherheit zu leben und immer neue Entscheidungen treffen zu müssen. Seine Arbeit in der Grauen Legion hatte ihn nicht darauf vorbereitet, eine zusammengewürfelte Schar Menschen auf der Flucht vor einem unbekannten Feind quer durchs Land zu führen.

Während er über die verschiedenen Möglichkeiten nachdachte, trat sein Bruder neben ihn. Guederics Miene war düster, und er sah Damián nicht in die Augen. Damián empfand Mitleid mit seinem Bruder, stellte jedoch mit Erleichterung fest, dass Guederic wie versprochen das Rapier am Gürtel trug.

Eine ganze Weile standen die beiden ungleichen Brüder stumm an der Reling. Irgendwann brach Guederic das Schweigen: »Bist du schon mal auf dieser Burg gewesen? Ich kann mich nicht daran erinnern, sie je gesehen zu haben.«

»Einmal, glaube ich, aber da waren wir noch sehr klein. Ich erinnere mich nur vage. Wenn du mehr über die Burg wissen willst, frag doch Josion.«

»Josion, ach ja …«

Guederics mangelnde Begeisterung war nicht zu überhören. Damián konnte es ihm nicht verdenken: Auch er vertraute Josion nicht rückhaltlos. In ihrer Lage schien es die beste Lösung zu sein, sich auf der Burg zu verstecken, aber er hätte gern etwas mehr Gewissheit darüber gehabt, was sie dort erwartete.

»Josion war selbst seit vier Jahren nicht mehr dort«, murmelte Damián. »Ich hoffe nur, dass es diesen Geheimgang noch immer gibt und er nicht eingestürzt ist.«

»Nehmen wir einmal an, der Gang ist passierbar. Wie lange sollen wir uns auf der Burg versteckt halten? Zwei, drei Tage? Länger? Wann können wir nach Lorelia zurück?«

»Ich weiß es nicht. Das hängt auch davon ab, was wir dort vorfinden. Vielleicht haben uns Zejabel und Nolan einen Brief hinterlassen. Vielleicht sind sie sogar zu Hause. Auf jeden Fall müssen wir auf der Burg bleiben, bis unsere Feinde nicht mehr nach uns suchen. Wir können nicht einfach nach Lorelia zurück, dann würden wir ihnen geradewegs in die Falle gehen.«

»Wir wissen nicht, ob sie uns immer noch auflauern«, widersprach Guederic. »Außerdem brauchen Mutter und Vater unsere Hilfe.«

»Ich weiß, auch ich kann an nichts anderes denken. Vielleicht sind wir ihre letzte Rettung. Aber gerade deshalb dürfen wir es nicht vermasseln.«

Guederic schnaubte und spuckte in den Fluss. Damián nahm seine Unmutsäußerung nicht persönlich, denn er kannte seinen Bruder gut genug, um zu wissen, was in ihm vorging: Guederic hasste es, nicht tun und lassen zu können, was er wollte. Die Aussicht, weit entfernt von allem, was sein Leben ausmachte, tatenlos herumzusitzen, musste ihn wahnsinnig machen. Damián beschloss, das Thema zu wechseln.

»Ich hatte mir immer vorgenommen, mal einen Ausflug zur Burg zu machen. Als Erwachsener hat man einen ganz anderen Blick darauf. Aber ich hätte nie gedacht, dass es unter solchen Umständen geschehen würde.«

Guederic zuckte mürrisch mit den Achseln, doch dann wurden seine Gesichtzüge weicher. »Zumindest hast du so Gelegenheit, sie dir in Ruhe anzusehen«, sagte er. »Schließlich wirst du sie eines Tages erben.«

Damián nickte. In der Familie wurde aus Rücksicht auf seinen Großvater Reyan, der sich trotz seines hohen Alters bester Gesundheit erfreute, nie über das Erbe gesprochen. Alle Ländereien des Herzogtums und der Adelstitel gehörten Reyan von Kercyan, doch da dieser das Stadtleben liebte, hatte er sich immer geweigert, auf die Burg zu ziehen. Mit dem Segen des Familienoberhaupts hatten sich daher Nolan und dessen Familie auf Clérimont niedergelassen, aber sie besaßen keinerlei Erbansprüche.

Bei Reyans Tod würde die Burg an Eryne fallen, und später dann an Damián. So war es Gesetz in Lorelien: Der älteste Sohn oder die älteste Tochter erbten den Adelstitel und allen Besitz, der dazugehörte. Die anderen Geschwister gingen dennoch nicht leer aus: Alle Ländereien, Gebäude und Reichtümer, die nicht direkt zum Herzogtum gehörten, wurden gerecht unter ihnen aufgeteilt. So waren sowohl Nolans als auch Erynes Familie gut versorgt.

»Vielleicht gehört dir die Burg ja sogar schon …«, sagte Guederic leise.

Er sprach nicht weiter, aber Damián überlief es eiskalt. Er wusste sofort, was sein Bruder meinte: Vielleicht waren ihre Großeltern und Eltern längst tot.

So lange Zeit am Stück hatte Lorilis noch nie im Sattel gesessen, dabei war sie, seit sie bei den Ratsfrauen in die Lehre ging, viel gereist. Im Matriarchat war sie immer nur von einem Dorf zum nächsten geritten, und die längste Strecke, die sie je zurückgelegt hatte, war der Weg von der Hauptstadt Kaul zum Heimatdorf ihres Vaters. Heute jedoch hatte sie das Königreich Lorelien fast zur Hälfte durchquert, und morgen lag noch einmal eine ähnliche Strecke vor ihnen.

Immerhin stimmte, was sie zu Najel gesagt hatte: Der Schwindel, den sie in den Dekanten nach dem Kampf verspürt hatte, war verschwunden. Irgendetwas war immer noch seltsam an ihrer Wahrnehmung, aber mittlerweile fiel ihr das nicht mehr sonderlich auf. Sie wurde nur daran erinnert, wenn sie Dinge bemerkte, die ihr früher entgangen wären, zum Beispiel, wenn ihr ein fremder Duft in die Nase stieg oder sie ein ungewöhnliches Geräusch hörte. Im Laufe dieses ermüdenden Tages erregten unzählige Kleinigkeiten ihre Aufmerksamkeit: ein Baum mit einem eigentümlichen Wuchs, ein Vogel, der über ihren Kopf hinwegflatterte, ein Fuchs, der sie aus der Ferne beobachtete, ein Kreis aus Pilzen, ein rauschender Bach. All diese Phänomene der belebten und unbelebten Natur waren von einer Aura umgeben, die niemand außer ihr wahrnehmen konnte. Hinter all dem verbarg sich eine sonderbare Kraft, und um nichts in der Welt hätte sie mehr darüber herausfinden wollen, denn Lorilis hatte Angst vor dieser Kraft.

Doch nach mehreren Dekanten auf dem Rücken ihres Pferdes hatte sich Lorilis beruhigt. Ihre neue Wahrnehmung störte sie immer weniger, und sie konnte inzwischen wieder laufen, reiten oder nach Dingen greifen, ohne sich auf jede Bewegung konzentrieren zu müssen. Aber sollte sie sich ihren Gefährten anvertrauen? Früher oder später würde Najel darauf bestehen. Lorilis beschloss, die Geschichte mit dem Hexer herunterzuspielen. Auf der Burg würden sie gewiss andere Dinge zu tun haben, als über den Vorfall zu sprechen, und so würde ihre Offenbarung schnell wieder in Vergessenheit geraten – vor allem, wenn sich Josion weiterhin ausschwieg.

Soeben überquerten sie zum zweiten Mal an diesem Tag einen Fluss, diesmal die Velanese. Es war dunkel geworden, und die Laternen der Fähre spiegelten sich im Wasser. Unter anderen Umständen hätte Lorilis die Abendstimmung wunderschön gefunden, aber wegen ihrer geschärften Sinne blendete sie das Glitzern auf dem Wasser so sehr, dass sie den Blick abwandte und auf das gegenüberliegende Ufer starrte. Nach einer Weile machte der Kahn am Anlegesteg fest. Es war die letzte Überfahrt des Tages, und die Fährmänner führten Reisende und Pferde von Bord und löschten die Laternen. Die Gefährten scharten sich um Damián, der sich unschlüssig umsah.

»Lasst uns weiterreiten«, schlug Maara vor. »Es regnet nicht. Wir können uns irgendwo unter einem Baum schlafen legen.«

»Aber die Sonne ist längst untergegangen«, entgegnete Souanne. »In einer Dezime werden wir kaum noch etwas sehen. Es wäre viel zu gefährlich, im Dunkeln weiterzureiten.«

»Ich habe das schon hundertmal gemacht«, versetzte Maara. »Man muss einfach lostraben und das Pferd seinen eigenen Weg finden lassen. Dabei kann nichts passieren.«

»Die Pferde brauchen eine Pause«, konterte die Legionärin. »Außerdem könnten wir vom Weg abkommen.«

»Na und? Wenn wir ein gutes Wegstück zurücklegen, schadet ein kleiner Umweg nicht. In jedem Fall ist es besser, als diesen Halsabschneidern Geld in den Rachen zu werfen.«

Lorilis betrachtete die Häuser, auf die Maara gedeutet hatte. Rings um den Fähranleger war ein richtiges kleines Dorf mit Holzhütten, Läden und Schänken entstanden.

»Im Wald zu übernachten, ist zu gefährlich«, mischte sich Josion ein. »In der Nähe des Flusses treiben Räuberbanden ihr Unwesen. Sie haben es auf Händler abgesehen, die ihre Waren über den Fluss bringen.«

»Sollen sie nur versuchen, uns zu überfallen«, rief Maara angriffslustig.

»Wir dürfen kein Risiko eingehen«, machte Damián dem Streit ein Ende. »Nur weil wir einen Kampf gewonnen haben, sind wir noch lange nicht unverwundbar. Lasst uns hier übernachten. Wir sind weit genug von den großen Städten entfernt.«

Maara trat gegen einen Maulwurfshügel, um ihrem Unmut Luft zu machen, widersprach aber nicht. Lorilis war fasziniert von der Kriegerprinzessin, auch wenn sie ihr zugleich Angst einjagte. Obwohl sie den gleichen Vater hatten, waren Najel und Maara so verschieden wie Tag und Nacht. Najel war viel umgänglicher, und Lorilis wagte sich kaum vorzustellen, wie es war, wenn Maara ernsthaft wütend wurde.

Einige Dezillen später betraten die Gefährten die *Herberge zur Fähre*. Josion begleitete die beiden Stallburschen, die die Pferde in Empfang nahmen, während die anderen die Schänke betraten und sich an einen grob gezimmerten Tisch setzten. Lorilis ließ den Blick durch den riesigen Saal mit der niedrigen Decke schweifen, in dem gut dreißig Gäste aßen, tranken und sich unterhielten. Eine ganze Wand verschwand hinter einem Stapel Holzscheite, und in dem offenen Kamin tanzten vier Fuß hohe Flammen. Verschiedene Gänge und Treppen führten zur Küche, zum Keller, zu den Zimmern im ersten Stock und zu den Nebengebäuden. Es war schwierig zu sagen, wie alt das Wirtshaus war, aber einige Jahrzehnte hatte es sicher auf dem Buckel. Wie viele Reisende mochten hier im Laufe der Jahre haltgemacht haben? Wie viele Geständnisse waren an diesem Tisch abgelegt worden, wie viele Geheimnisse enthüllt?

Lorilis träumte vor sich hin, als plötzlich eine Ahnung in ihr aufstieg. Sie legte die Hand auf das verwitterte Holz der Tischplatte, und die Ahnung wurde zur Gewissheit: Vor knapp einem halben Jahrhundert hatten ihre Großeltern Yan und Léti an genau diesem Tisch gesessen. Völlig verstört hörte sie kaum, wie Damián und Maara für alle Essen bestellten. Wie konnte sie von etwas wissen, das so lange her war und von dem ihr niemand erzählt hatte? Verlor sie allmählich den Verstand?

Die Erleichterung, die sich im Laufe des Tages eingestellt hatte, war nur noch eine ferne Erinnerung. So schwer es ihr auch fiel, Lorilis musste sich der Wahrheit stellen: Die Entwicklung, die sie durchmachte, war noch nicht zu Ende, und sie reichte sehr viel weiter, als sie gedacht hatte.

Nach den Erlebnissen der vergangenen Tage war offenbar niemand am Tisch zum Scherzen aufgelegt, schon gar nicht Guederic, der sonst immer den Spaßvogel spielte. Er hoffte, bald wieder sorglos in den Tag hineinleben zu können, aber so recht glaubte er nicht daran. Etwas in ihm war endgültig zerbrochen. Er kaute auf seinem Essen herum, ohne viel zu schmecken, und warf seinen Schicksalsgefährten düstere Blicke zu.

Einige der anderen bemühten sich, ein Gespräch in Gang zu bringen, aber wie sollte man sich für eine Plauderei über lokale Spezialitäten begeistern, wenn man nicht wusste, was der nächste Tag bereithielt? Wie über das Wetter sprechen, wenn sich alle Sorgen um ihre Eltern machten? Jeder Versuch, eine Unterhaltung zu beginnen, war von vornherein zum Scheitern verurteilt, und bald verstummte einer nach dem anderen. Die Gefährten waren einfach zu bekümmert, um Belanglosigkeiten auszutauschen. Um sie aus ihrer Starre zu wecken, brauchte es ein ernsthafteres Thema, eines, das sie ohnehin alle beschäftigte.

»Keiner der Gäste scheint von Unruhen im Land zu sprechen«, brach Souanne schließlich das Schweigen. »Ich hätte gedacht, dass vielleicht Gerüchte von einem Staatsstreich oder einem Aufstand die Runde machen.«

Obwohl sie absichtlich einen abseits stehenden Tisch gewählt hatten und Souanne die Stimme gesenkt hatte, bedeutete Damián den anderen, möglichst leise zu sprechen und auch sonst kein Aufsehen zu erregen.

»Der Gedanke ist mir auch schon gekommen«, murmelte Damián. »Wenn unsere Vermutungen stimmen, stehen die Männer, die sich gegen unsere Familien verschworen haben, in irgendeiner Verbindung zu Königin Agénor. Es könnte ihr Ziel sein, den König zu stürzen und die Macht in Agénors Namen an sich zu reißen. Aber da sie offenbar im Verborgenen wirken, ist zu befürchten, dass die Lorelier erst davon erfahren, wenn es zu spät ist.«

»Aber was nützt es ihnen, unsere Väter zu töten, wenn sie den lorelischen Thron besteigen wollen?«, widersprach Maara. »Ich gehe eher von einem Rachefeldzug aus.«

»Fast fünfundzwanzig Jahre nach dem Sturz von Königin Agénor?«, fragte Guederic skeptisch. »Das halte ich für unwahrscheinlich.«

»Warum nicht?«, meinte Damián. »Wir wissen, dass Agénor mit mehreren Sekten im Bund stand, deren Anhänger Dämonen anbeteten. Vielleicht versuchen unsere Feinde, eine dieser Sekten wiederzubeleben. Denkt nur an die seltsamen Symbole, die unsere Angreifer auf der Stirn hatten.«

»Es muss nicht zwangsläufig ein religiöses Symbol gewesen sein«, entgegnete Guederic. »In Lorelia schließen sich viele Jugendliche zu Banden zusammen und malen sich Erkennungszeichen ins Gesicht.«

»Aber wir können solche Gossenjungen doch nicht mit den skrupellosen Mördern vergleichen, die uns aufgelauert haben«, rief Maara.

»Das habe ich auch nicht gesagt. Aber wir wissen auch nicht mit Sicherheit, dass es sich um ein religiöses Symbol handelt. Manche Leute wollen einfach ihre Zugehörigkeit zu einer bestimmten Gruppe zum Ausdruck bringen. Wir tragen schließlich auch diese albernen Steine mit uns herum.«

Er biss sich auf die Lippen, aber es war zu spät. Nun

wusste jeder, dass er für den Aberglauben seines Cousins nur Verachtung übrig hatte. Dieser saß mit versteinertem Gesicht da.

Nachdem die Gefährten eine Weile angespannt geschwiegen hatten, verkündete Josion mit großem Ernst in der Stimme: »Unsere Eltern und Großeltern trugen ebenfalls Gwelome, und zwar alle, ohne Ausnahme, auch deine Mutter und dein Vater, Guederic. In den letzten Jahren mögen sie zwar darauf verzichtet haben, aber ich bin sicher, dass sie die Steine diesmal mitgenommen haben, als sie aufbrachen.«

Guederic hätte vieles antworten können: Josion hatte keinerlei Beweis für seine Behauptung, und Amanón war nun wirklich niemand, der sich von Aberglauben beeindrucken ließ.

Trotzdem blieb er stumm. Er hatte bereits genug Sorgen und wollte sich nicht auch noch streiten.

Dann nahm Damián den Faden wieder auf: »Ob das Symbol nun eine religiöse Bedeutung hat oder nicht – zumindest beweist es, dass unsere Feinde zu einer Gruppe gehören. Die Männer in dem Schuppen waren nicht einfach angeheuert, um uns zu ermorden. Solche Kerle hätten sich kaum die Mühe gemacht, sich ein Zeichen auf die Stirn zu malen. Also haben wir es mit einer organisierten Bande zu tun.«

»Vielleicht haben wir die Bande ja zerschlagen«, meinte Maara.

»Das bezweifle ich. Der Anführer hat durchblicken lassen, dass er selbst nur Befehlsempfänger ist. Er hatte den Auftrag, uns entweder gefangen zu nehmen oder keinen von uns am Leben zu lassen. Daraus können wir folgern, dass wir für die Pläne der Bande keine besonders wichtige Rolle spielen.«

»Vielleicht lassen sie uns dann jetzt in Frieden«, murmelte Guederic. »Das sage ich doch die ganze Zeit: Wir sollten in die Stadt zurückkehren und nach unseren Eltern suchen!«

»So einfach ist das nicht«, antwortete Damián. »Unsere Feinde wissen, dass wir auf der Flucht sind und wir ihre Gesichter kennen. Sie werden alles daransetzen, uns wiederzufinden.«

»Aber du hast doch gerade gesagt, dass wir nicht wichtig für sie sind!«

»Sie sehen uns nicht als unmittelbare Bedrohung. Wenn das der Fall wäre, hätten sie uns in dem Moment, als wir den Schuppen betraten, mit Pfeilen durchbohrt. Sie wollten uns lebend, vermutlich, um unsere Eltern unter Druck zu setzen. Aber jetzt müssen sie befürchten, dass wir ihre Pläne durchkreuzen.«

Die anderen lächelten zaghaft. Damiáns Worte verbreiteten die Hoffnung, nach der sich alle sehnten.

Nur an Guederic prallte die Zuversicht seines Bruders ab: »Wir haben keine Ahnung, welche Entscheidung die richtige ist. Sich auf einen Kampf mit einem unbekannten Feind einzulassen, wäre lebensmüde.«

»*Jede Schlacht entscheidet sich in den Köpfen der Krieger*«, zitierte Josion das Sprichwort. »Wer überzeugt ist, seinen Gegner besiegen zu können, gewinnt den aussichtslosesten Kampf. Das haben unsere Eltern bewiesen, als sie Königin Agénor stürzten. Vertrau mir, Guederic. Morgen wirst du verstehen, was ich meine.«

»Wie kommst du darauf? Glaubst du etwa, wenn wir

uns wie Ratten in deiner Burg verkriechen, ist das ein Triumph? Gerade in diesem Moment fleht meine Mutter vielleicht ihre Folterknechte an, ihr Leiden zu beenden und sie zu töten! Ich ...«

Plötzlich fiel ihm auf, dass ihn seine Gefährten entgeistert anstarrten. Er hatte sich halb von der Bank erhoben und den Griff seines Rapiers gepackt. Nie würde er die Waffe gegen seinen Cousin erheben, aber für die anderen musste es so aussehen, als wollte er jeden Moment zuschlagen.

»Verzeiht«, stammelte er. »Ich glaube, ich brauche etwas frische Luft.«

Ohne ein weiteres Wort stürzte er aus dem Gasthaus. Die anderen verstanden einfach nicht, was sich in ihm abspielte, dachte er verzweifelt. Doch auch Guederic erkannte sich selbst kaum wieder. Der Drang zu töten fraß ihn von innen auf wie eine bösartige Krankheit, pulsierte durch seine Adern wie ein starkes Rauschmittel. Bald würde er ihn ganz beherrschen. Er hatte nur noch eins im Sinn: abermals einen anderen Menschen zu töten, um erneut die Ekstase zu spüren, die ihn in höheren Sphären schweben ließ. Deshalb brauchte er Feinde. Deshalb musste er sich in Gefahr begeben. Die Rettung seiner Mutter war nur ein Vorwand, um noch einmal diese unbeschreibliche Euphorie zu spüren.

Ziellos lief er durch die Dunkelheit, bis ihn seine Schritte zum Flussufer führten. Er dachte daran, sich in die Fluten zu stürzen, um sich endgültig von seinen niederen Trieben reinzuwaschen. Einer plötzlichen Eingebung folgend, zog er sein Rapier und holte aus, um es in den Fluss zu schleudern. Doch er konnte sich nicht dazu durchringen. Nach einer Weile stieß er einen markerschütternden Schrei aus und schob die Waffe wieder in die Scheide, nicht, weil er seinem Bruder versprochen hatte, das Rapier zu tragen, sondern weil er nicht mehr darauf verzichten konnte. Sein Drang zu töten hatte längst die Oberhand gewonnen.

Vor Verzweiflung und Scham vergrub er das Gesicht in den Handflächen und ließ seine Hände dann an den Armen hinabgleiten, als wollte er sich selbst Trost spenden. Seine Finger stießen gegen eine Ausbuchtung in der Hosentasche: der Stein, den Josion ihm gegeben hatte. Von dem Moment an, als sein Cousin ihm das Gwelom überreicht hatte, hatte Guederic den Stein gehasst. Er fand die Art, wie er seine Farbe veränderte, abstoßend, und sein Dunkelbraun erinnerte ihn an Exkremente. Und obwohl er ihm derart zuwider war, sollte er ihn wegen eines lächerlichen Aberglaubens Tag und Nacht am Körper tragen? Wut stieg in ihm auf, er holte weit aus und warf das Gwelom mit aller Kraft in die Fluten.

Guederic hörten keinen Aufprall, dabei konnte er den Stein unmöglich bis zum anderen Ufer geschleudert haben. Vielleicht war das Gwelom auf einem Haufen Algen gelandet, der auf dem Wasser schwamm. Er würde es wohl nie herausfinden.

Doch das war auch nicht weiter wichtig. Es war, als wäre eine schwere Last von ihm abgefallen. Plötzlich empfand er eine große innere Ruhe. Er beschloss, zur Herberge zurückzukehren und sich von nun an in Gegenwart der anderen nichts mehr anmerken zu lassen.

Auch sein Drang zu töten beschäftigte ihn nicht mehr. Seine Gewissensqualen waren zusammen mit dem rätselhaften Stein in den Fluten versunken.

Am nächsten Morgen stellte Maara mürrisch fest, dass sie nach zwei Tagen in Gesellschaft der anderen begonnen hatte, auf Itharisch zu *denken*. Auch beugte sie sich immer häufiger den Entscheidungen der Lorelier und übernahm sogar ihre Bräuche. Keine Thronfolgerin der bekannten Welt hätte so etwas lange mitgemacht, und ganz gewiss nicht die wallattische Kriegerprinzessin, die für ihren Stolz berüchtigt war. Wie so häufig in den letzten Tagen fragte sich Maara, warum sie die Fremden nicht einfach ihrem Schicksal überließ, nach Wallos zurückkehrte und dort auf ihren Vater wartete. Doch auch diesmal war es ihre Aufgabe, die sie zurückhielt. Sie musste tun, was Ke'b'ree von ihr verlangt hatte. Vorher konnte sie nicht gehen.

Am liebsten hätte Maara die Sache so schnell wie möglich hinter sich gebracht, aber sie musste auf den richtigen Moment warten. Das erwies sich als viel schwieriger, als sie gedacht hatte. Die Gruppe blieb fast immer zusammen, und selbst wenn sie sich einmal trennten, konnte Maara nichts unternehmen, weil die anderen dann sofort gewusst hätten, wer der Schuldige war. Zur Untätigkeit verdammt, war sie ständig gereizt und stand zugleich unter großer Anspannung: Wenn sich ihr eine Gelegenheit bot, durfte sie sie auf keinen Fall verpassen. Ihre Geduld und Wachsamkeit wurden auf eine harte Probe gestellt.

Beim Frühstück gab sie sich keine große Mühe, ihre schlechte Laune zu verbergen. Die Gefährten hatten sich erneut ein Zimmer geteilt, und Souanne meinte, dass sie froh sein könnten, eine so ruhige Nacht verbracht zu haben. Maara warf ihr einen herausfordernden Blick zu und war sofort bereit, das Wortgefecht vom Vorabend fortzuführen. Doch Souanne ignorierte ihr Starren. Das Gespräch nahm eine andere Wendung, und Maara sah ein, dass die Sache keinen Streit wert war. Sie sollte sich ihre Kraft für Wichtigeres aufsparen.

Eine Dezime später stiegen sie wieder in den Sattel und brachen zur letzten Etappe ihrer Reise durch Lorelien auf. Der Himmel war wolkenverhangen, es sah nach Regen aus und war viel kälter geworden. Missmutig starrten alle vor sich hin, während sie hinter Josion herritten. Keiner der anderen kannte sich in dieser Gegend aus, und so waren sie ganz auf seine Führung angewiesen.

Nach einer Weile stießen sie auf eine gepflasterte Straße, die von der Hauptstadt des Königreichs zum Herzogtum der Familie von Kercyan führte. Die Straße war schmal und in schlechtem Zustand: Es war offensichtlich, dass sie nur selten benutzt wurde. Erneut kamen Maara Zweifel an der Aufrichtigkeit des jungen Mannes. Führte er sie wirklich zur Burg seiner Familie oder vielleicht doch geradewegs in einen Hinterhalt?

Dieser Gedanke setzte sich in Maaras Kopf fest wie Unkraut in einer Mauerspalte. Schließlich war immer noch unklar, warum ihre Feinde von dem Versteck in dem Schuppen gewusst hatten. Mit einem Mal kam Maara ein schlimmer Verdacht, und sie fragte sich, warum sie nicht schon früher daran gedacht hatte: Vielleicht befand sich ein Verräter unter ihnen. Dass alle gegen die Angreifer gekämpft hatten, bewies gar nichts. Es konnte sich um ein Täuschungsmanöver handeln. Josion gab jedenfalls nicht viel von sich preis, und Maara hatte das unbestimmte Gefühl, dass er mehr als ein Geheimnis mit sich herumtrug. Wie sonst waren seine Verschlossenheit und seine wortkarge Art zu erklären? Er fürchtete wohl, sich zu verraten, wenn er zu viel redete.

Während der nächsten beiden Dezimen hielt Maara den Blick beständig auf Josions Rücken gerichtet, bereit, ihre Waffe zu ziehen und ihm nachzugaloppieren, sollte er sich plötzlich davonmachen oder sich sonst irgendwie merkwürdig verhalten. Nach einer Weile hielt sie es jedoch nicht mehr aus: Bevor sie nicht wusste, woran sie war, würde sie keine Ruhe finden. Rasch gab sie ihrem Pferd die Schenkel und trabte nach vorn zu Josion.

»Wir sind schon seit einer ganzen Weile niemandem mehr begegnet«, sagte sie. »Bist du sicher, dass das der richtige Weg ist?«

Josion warf ihr einen unergründlichen Blick zu.

»Ja. Als ich noch auf der Burg lebte, bin ich diese Straße unzählige Mal entlanggeritten. Sie hat sich seitdem nicht großartig verändert. Vielleicht fehlen ein paar mehr Steine im Pflaster.«

»Darüber habe ich mich auch schon gewundert. Warum wird die Straße nicht besser in Stand gehalten? Ich dachte, das Herzogtum von Kercyan sei eines der bedeutendsten des Königreichs. Warum sieht man keine Händler?«

»Das Herzogtum von Kercyan ist wirtschaftlich unabhängig«, erklärte Josion. »Es gibt hier keine größeren Städte und nur wenige Dörfer. Der Reichtum unserer Familie beruht auf Landwirtschaft und Viehzucht, und die Bevölkerung versorgt sich selbst. Es gibt keine nennenswerten Handelsbeziehungen zu den großen Küstenstädten.«

Maara nickte. Josions Antwort klang einleuchtend, aber sie hatte auch nicht erwartet, dass er sich so schnell verriet. Nur wenige Dezillen später gelangten sie zu einer Kreuzung, an der ein verwitterter, moosbewachsener Grenzstein stand. Der in den Stein gemeißelte Name des Herzogtums war gerade noch zu entziffern. Bis jetzt hatte Josion sie also nicht in die Irre geführt. Dennoch war Maara weiterhin davon überzeugt, dass Josion ihnen etwas Wichtiges verheimlichte. Er verhielt sich ganz einfach viel zu verdächtig, um ein reines Gewissen zu haben. Sie würde ihm schon noch auf die Schliche kommen.

Gegen Mit-Tag machten sie an einem großen Felsen Rast, der schlank und steil in den Himmel ragte. Im Norden Loreliens gab es mehrere solcher Kultsteine. Sie waren Überreste einer vergangenen Zeit, in der arkische Stämme gen Süden gezogen waren und in dieser Gegend gesiedelt hatten. Die Gefährten untersuchten den Stein, doch er wies keine Inschrift oder irgendwelche sonstigen Besonderheiten auf. Also setzten sie sich ins Gras, um etwas Brot und Käse zu essen, und ließen den Blick über die Hügel der Umgebung schweifen. Der Himmel verfinsterte sich von Dezille zu Dezille mehr, und die Wolken sanken immer tiefer. In der Ferne stiegen dünne Rauchsäulen auf, dort musste sich ein Dorf oder ein Bauernhof befinden.

»Erhebt ihr Steuern?«, fragte Maara. »Habt ihr eine Leibgarde?«

Die drei Cousins von Kercyan brachen in schallendes Gelächter aus. Maara, die sich fragte, was an ihrer Frage so amüsant war, funkelte sie wütend an.

»Früher unterhielt der Herzog von Kercyan eine kleine Armee«, erklärte Damián. »Zu Zeiten der Zwei Reiche hielten das fast alle Lehnsherren so. Aber nach der Vereinigung zu einem gemeinsamen Königreich wurde das überflüssig, und heute gibt es in Lorelien nur noch Soldaten des Königs.«

»Der Herzogtitel hat nur noch historische Bedeutung«, ergänzte Josion. »Der König stützt seine Macht heute nicht mehr auf Edelleute, Feldherren und Soldaten, sondern auf Bankiers, Kaufleute und Großbauern. Deshalb ist diese Gegend auch so wohlhabend. Jeder vierte Hof mit den dazugehörigen Feldern und Weiden gehört unserem Großvater Reyan.«

»Die Lehnsleute bewirtschaften die Höfe und fahren die Ernte ein«, fuhr Damián fort. »Einen Teil des Ertrags übergeben sie dem Kämmerer des Herzogtums, der wiederum in Zeiten der Not oder in schlechten Erntejahren Lebensmittel an die Armen verteilt. Dieses Prinzip funktioniert seit Jahrzehnten sehr gut, und mittlerweile haben es viele andere Lehnsherren übernommen.«

»Das bezweifle ich nicht«, sagte Maara unwirsch. »Aber ihr müsst auch nicht ständig eure Grenzen verteidigen. In Wallatt wäre das nicht so einfach!«

Die Lorelier lächelten verständnisvoll. Sofort bereute Maara ihre heftigen Worte. Auch wenn Wallatt nicht das friedlichste Königreich der bekannten Welt war, liebte sie ihre Heimat, aber die drei jungen Männer konnten schließlich nichts dafür, dass Thalitten und Solener immer wieder die wallattischen Dörfer in Grenznähe überfielen. Damián hatte die Geschichte sicher nicht erzählt, um sie zu beleidigen.

Im nächsten Moment rief sie sich zur Ordnung: Sie musste sich auf ihre Wut konzentrieren. Die Gesellschaft der Lorelier hatte eine seltsame Wirkung auf sie. Sie musste aufpassen, dass sie sich nicht von ihren Gefühlen einlullen ließ – sonst würde sie noch anfangen, die anderen zu mögen. Und das würde ihr bei der Erfüllung ihrer Aufgabe nur im Weg sein.

Mit jedem Schritt, den die Pferde machten, tauchte Josion tiefer in die Vergangenheit ein. Er hätte nicht gedacht, dass ihm dieser Landstrich, den er seit vier Jahren nicht besucht hatte, noch so vertraut sein würde. Je näher sie der Burg kamen, desto schlimmer wurde es. An jeder Wegkreuzung stiegen Bilder aus seiner Kindheit und Jugend in ihm auf. In dieser Eiche am Wegesrand hatte er einst ein Baumhaus gebaut, auf jener Lichtung hatte er häufig mit seinen Eltern gepicknickt, und in dem Gebüsch dort drüben hatte er sich eines Nachts vor seiner Mutter versteckt, als sie ihn wieder einmal im Kampf mit dem Dolch unterwiesen hatte.

Diese Erinnerung machte alle Nostalgie zunichte. Gewiss hatte er als Junge vieles erlebt, worum ihn andere beneideten. Seine Eltern hatten ihn geliebt, und es hatte ihm an nichts gefehlt. Doch eins hatten sie ihm genommen, etwas sehr Wichtiges: eine unbekümmerte Kindheit. Obwohl er mittlerweile erwachsen war, würde er ihnen das nie verzeihen.

Diese Gedanken machten ihn traurig, aber er versuchte, die Bitterkeit zu verdrängen und sich auf das zu konzentrieren, was vor ihm lag. So vieles hing von ihm und seiner Überzeugungskraft ab. Würden die anderen ihm glauben? Würden sie ihm vertrauen? Wenn er bedachte, mit wie viel Argwohn sie ihm seit ihrer ersten Begegnung begegnet waren, standen seine Aussichten schlecht. Er grübelte darüber nach, welche Worte er wählen, welche Argumente er vorbringen sollte. Wie konnte er ihnen überhaupt von der ganzen Sache erzählen, ohne dass sie ihn für wahnsinnig hielten?

Warum musste alles nur so kompliziert sein? Josion wusste nicht einmal, mit welchem Teil der Geschichte er anfangen sollte. Er selbst hatte jahrelang Zeit gehabt, sich an das Unvorstellbare zu gewöhnen, hatte gelernt, das Unglaubliche als wahr zu erkennen. Wie würden die anderen reagieren? Mittlerweile kannte er sie gut genug, um zu wissen, dass sie vollkommen ahnungslos waren. Also würde er der Bote sein, der Überbringer der grauenvollen Nachricht.

Unwillkürlich zügelte er sein Pferd und ließ es langsamer laufen. Die Burg der von Kercyan war nicht mehr weit entfernt, und mit einem Mal fühlte er sich seiner Aufgabe nicht gewachsen. Bei der Vorstellung, den Ort zu betreten, an dem er als Kind gelacht und geweint hatte, war ihm alles andere als wohl. Auch hatte er Angst, dort eine schreckliche Entdeckung zu machen. Er glaubte zwar nicht, dass Nolan und Zejabel bereits von ihrer Reise zurückgekehrt waren, aber er wurde den Gedanken nicht los, dass er auf der Burg ihre Leichen vorfinden würde.

Den anderen fiel auf, dass Josion immer langsamer ritt.

»Befürchtest du einen Hinterhalt?«, fragte Damián. »Wir kommen kaum noch voran.«

»So ist es«, antwortete Josion, froh, dass sie den wahren Grund nicht erahnten. »Wir sind gleich da. Für den Fall, dass das Haupttor überwacht wird, sollten wir die Straße verlassen und quer durch den Wald reiten.«

Ohne auf die Zustimmung der anderen zu warten,

lenkte er sein Pferd in das Gestrüpp, das am Wegesrand wuchs. Im Schutz der Bäume ging es ihm gleich etwas besser, und er drang immer tiefer in den Wald vor. Abermals stiegen Erinnerungen in ihm auf. Der Geruch nach Rinde und feuchter Erde, die schattige Kühle, die Rufe der Bussarde und Eichelhäher waren dieselben wie vor zehn oder fünfzehn Jahren. Hier hatte er als Kind gespielt, endlose Streifzüge unternommen und sich zahllose Abenteuer ausgedacht. Damals hatte er sich für etwas Besonderes gehalten. Diese Zeit kam ihm furchtbar weit weg vor, dabei waren seither nur wenige Jahre vergangen.

»Weißt du, in welche Richtung wir reiten müssen?«, fragte Damián. »Bei bedecktem Himmel fällt die Orientierung schwer.«

»Mach dir keine Sorgen. Ich bin tage- und nächtelang durch diese Wälder gestreift. Notfalls könnte ich mit geschlossenen Augen zur Burg finden.«

Tatsächlich erinnerte er sich an Übungen, bei denen Zejabel ihm die Augen verbunden hatte. Damals hatte er diese Aufgaben voller Stolz gemeistert, aber jetzt empfand er bei der Erinnerung nur noch Groll.

»Eine Burg kann ich jedenfalls nirgends entdecken«, sagte Maara mürrisch. »Ich hoffe, du erlaubst dir kein Spiel mit uns.«

Josion lächelte, eine Reaktion, mit der die Kriegerprinzessin nicht gerechnet hatte. Statt einer Antwort trabte er noch ein Stück weiter und zügelte sein Pferd kurz vor dem Waldrand. Im Schutz der Bäume machte er halt und genoss für einen Moment den Anblick, der sich ihm bot. Auch seine Gefährten, die ihre Pferde neben ihm zum Stehen brachten, schwiegen ehrfürchtig.

Vor ihnen lag Burg Clérimont, einst Stammsitz der Herzöge von Kercyan. Die wuchtige Festung war immer noch genauso imposant wie in seiner Erinnerung. In den vier Jahren, die Josion fort gewesen war, schien sich das alte Gemäuer nicht verändert zu haben. Wie seit Jahrhunderten stand die Burg unerschütterlich da. Sie waren noch ein ganzes Stück entfernt, und so konnten sie die hohen Mauern und majestätischen Zinnen umso besser bewundern.

Der Wehrturm ragte in den wolkenverhangenen, tiefschwarzen Himmel, als wollte er der Ewigkeit trotzen. *Oder den Göttern,* dachte Josion.

»Beeindruckend«, murmelte Souanne.

»Großartig«, pflichtete ihr Lorilis bei. »So ganz allein und mitten im Wald erinnert die Burg an einen schlafenden Riesen.«

»Wie viele Diener habt ihr?«, fragte Maara interessiert.

»Keinen einzigen.« Angesichts ihrer fassungslosen Miene fügte er hinzu: »Aber meine Eltern bewohnen auch nur einen kleinen Teil der Burg. Sie genießen die Abgeschiedenheit und Ruhe. Einmal im Jahr laden sie Bauern aus der Umgebung auf die Burg ein, um die nötigsten Reparaturen durchzuführen. Für die Einheimischen ist das eine willkommene Gelegenheit, sich ein paar Goldmünzen hinzuzuverdienen und nach getaner Arbeit ein rauschendes Fest zu feiern.«

Plötzlich merkte Josion, wie sehr er diese ausgelassenen Feiern vermisste. Sein Vater hatte erzählt, dass sich in den letzten Jahren nicht viel verändert hatte, mit einer Ausnahme natürlich: Josion nahm nicht mehr teil. Offenbar bedauerten viele Bauern seine Abwesenheit, ganz besonders eine junge Frau mit blondem Haar, die ihn selbst nach vier Jahren nicht vergessen konnte …

Auch Josion litt unter der Trennung, aber er hatte keine Wahl. Auf keinen Fall wollte er jemand anderem die Last aufbürden, die er zu tragen hatte, aber er konnte sich auch nicht vorstellen, ein solches Geheimnis vor jemandem zu verbergen, mit dem er zusammenlebte. Wenn er jemanden liebte, wollte er sich diesem Menschen rückhaltlos anvertrauen. Deshalb war ihm nichts übriggeblieben, als fortzugehen – und hätte das Schicksal es nicht anders gewollt, wäre er niemals zurückgekehrt.

»Aus den Kaminen steigt kein Rauch auf«, bemerkte Guederic. »Es scheint niemand da zu sein.«

»Aber die Zugbrücke ist hochgezogen«, widersprach Najel. »Also muss jemand in der Burg sein. Oder benutzen deine Eltern einen anderen Zugang?«

»Es gibt tatsächlich einen verborgenen Zugang«, erklärte Josion. »Und damit meine ich nicht den Geheimgang«, setzte er rasch hinzu. »Ich und meine Eltern waren nur zu dritt, und da wäre es viel zu umständlich gewesen, jedes Mal die Zugbrücke hochzuziehen. Unten lassen konnten wir sie aber auch nicht, weil es hier in den Wäldern zahlreiche Räuberbanden gibt. Also ließ mein Vater ein verborgenes Tor bauen, das in einen trockengelegten Teil des Burggrabens führt. Es ist groß genug für einen Reiter.«

»Natürlich könnten wir dieses Tor benutzen, um in die Burg zu gelangen«, sagte Damián nachdenklich. »Wenn wir nur sicher sein könnten, dass …«

Er warf Josion einen raschen Blick zu und verstummte. Die Gefahr war einfach zu groß. Zejabel und Nolan konnten unter Folter preisgegeben haben, dass es dieses geheime Tor gab.

»Reiten wir weiter«, sagte Damián unvermittelt. »Der Himmel verdüstert sich immer mehr. Wir sollten den unterirdischen Gang durchquert haben, bevor das Gewitter losbricht.«

Josion hob den Blick zum Himmel. Tatsächlich ballten sich immer dunklere Wolken über ihnen zusammen, als würden sich nun auch noch die Kräfte des Universums gegen sie verschwören.

Nach einem kurzen Ritt durch den Wald machten sie abermals halt. Souanne schaute sich erwartungsvoll nach dem unterirdischen Gang um. In einiger Entfernung erhob sich ein Erdhügel von ungefähr drei Schritten Höhe. Dort hatten ein paar Bäume ihre Wurzeln in die Erde geschlagen und reckten sich dem Licht entgegen. Vielleicht hatte man beim Graben des Gangs die überschüssige Erde einfach in der Nähe aufgeschüttet. Souanne rechnete damit, dass Josion sie zum Fuß des Hügels führen würde, aber zu ihrer Verblüffung saß er ab und drang in das dichte Gebüsch dahinter ein.

»Kommt!«, sagte er nur.

Da er offenbar nicht vorhatte, ihnen eine Erklärung zu liefern, stiegen die Gefährten ab, packten ihre Pferde am Zügel und folgten Josion. Nach etwas dreißig Schritten versammelten sie sich bei einer Gruppe hundertjähriger Eichen.

»Hier ist es«, sagte Josion.

Souanne suchte den Boden ab, konnte jedoch nichts

Auffälliges entdecken. Auch die anderen wechselten fragende Blicke.

»Ich sehe nichts!«, rief Maara ungeduldig. »Soll das ein Witz sein?«

Souanne wäre nicht auf die Idee gekommen, Josion zu unterstellen, dass er sich einen Spaß erlaubte. Sein ernstes Gesicht sprach Bände: Ihm war nicht zum Lachen zumute. Er räumte einen toten Ast beiseite und bog das Dorngestrüpp auseinander, das rings um den Stamm eines der Bäume wuchs. Zwischen den Wurzeln kam ein Loch von der Größe eines Fuchsbaus zum Vorschein.

»Das soll dein unterirdischer Gang sein?«, fauchte Maara. »Ein Kaninchenloch? Da passt ja nicht mal mein Fuß rein!«

»Der Eingang ist völlig zugewuchert. Nach all den Jahren wundert mich das nicht …«

Mit einer Handbewegung forderte er Najel auf, ihm seinen Stock zu geben, und der Junge tat wie geheißen. Josion schlug mehrmals auf den Boden rings um das Loch, bis die Erde Risse bekam und in großen Brocken in die Dunkelheit fiel. Nach kurzer Zeit hatte er das Loch um das Doppelte vergrößert und gab Najel seine Waffe zurück. Nun zweifelte niemand mehr an seinen Worten. Bei dem Gedanken, dass sie den Mut aufbringen musste, in den Gang hinabzuklettern, brach Souanne der kalte Schweiß aus. Das finstere Loch schien sie regelrecht verschlingen zu wollen.

»Vielleicht ist der Gang längst eingestürzt«, meinte Damián.

»Es gibt nur einen Weg, das herauszufinden«, antwortete Josion.

Ohne zu zögern setzte er sich in das Gestrüpp und ließ die Beine in das Loch baumeln. Bei dem Anblick wurde Souanne noch mulmiger zumute. Josion drehte sich auf den Bauch und ließ sich in die Dunkelheit hinab. Im nächsten Moment war er verschwunden. Fast wäre Souanne in Panik ausgebrochen, doch dann drang Josions Stimme zu ihnen hoch.

»Gebt mir eine Lampe.«

Sie hörte Josions Keuchen, als er sich hochhievte, um einen Arm durch das Loch zu stecken. Guederic reichte ihm eine Laterne, die er zuvor entzündet hatte. Wieder verschwand Josion in der Finsternis, doch diesmal war der Anblick für Souanne sehr viel weniger beängstigend. Der flackernde Lichtschein beruhigte sie ungemein.

Die Gefährten verharrten eine knappe Dezille neben dem Loch, während Josion unter ihren Füßen hin und her lief und sich vergewisserte, dass der Tunnel begehbar war. Dann steckte er den Kopf durch die Öffnung.

»Es müsste gehen«, sagte er. »Ihr könnt runterkommen.«

»Was ist mit den Pferden?«, fragte Lorilis. »Wir können sie doch nicht einfach zurücklassen!«

»Wir holen sie später, wenn wir wissen, dass wir auf der Burg in Sicherheit sind«, antwortete Damián. »Wir haben keine Wahl. Jetzt können wir nur unser Gepäck mitnehmen.«

»Ich könnte hier bei den Pferden warten«, schlug Souanne hastig vor. »Nur, bis ihr auf der Burg nach dem Rechten gesehen habt.«

Schamesröte stieg ihr ins Gesicht, und es gelang ihr nicht, ihre Angst zu unterdrücken.

Damián warf ihr einen verständnisvollen Blick zu. Sie

hatte den Eindruck, er könnte ihre Gedanken lesen, was alles nur noch schlimmer machte.

»Mein Vater wollte, dass wir zusammenbleiben«, sagte er sanft. »Es spielt jetzt keine Rolle mehr, welchen Rang wir bei der Grauen Legion bekleiden. Ich habe dir keine Befehle zu erteilen, aber mir wäre es lieber, wenn du mitkommen würdest. Wir müssen zusammenhalten und uns gegenseitig beistehen.«

Souanne nickte gerührt, denn seine Worte waren Balsam für ihre Seele. Eine solche Feinfühligkeit hätte sie nicht von ihm erwartet. Damiáns Liebenswürdigkeit hatte die Einsamkeit verscheucht, die sie in den letzten Tagen geplagt hatte. Zwar machte ihr der Gedanke, in die Finsternis hinabzusteigen, immer noch Angst, aber nach Damiáns Worten fühlte sie sich stark genug, diese Aufgabe zu meistern.

Guederic ließ sich als Erster in das Loch zwischen den Wurzeln hinab. Die Aussicht auf einen Abstecher unter die Erde schien ihm Spaß zu machen, denn zum ersten Mal, seit sie Lorelia verlassen hatten, grinste er glücklich. Nach ihm gingen Maara und Najel hinunter. Souanne hörte, wie sie auf dem Boden landeten. Der Aufprall hallte dumpf von den Wänden des Gangs wider.

Währenddessen betrachteten die Pferde, denen sie Sattel und Zaumzeug abgenommen hatten, die Szene gleichmütig. Zwei trotteten bereits davon, um an Gräsern und jungen Trieben zu knabbern. Souanne bezweifelte, dass es ihnen gelingen würde, später alle Tiere wieder einzufangen, doch das war in diesem Moment ihre geringste Sorge. Nachdem auch Lorilis in den Gang hinuntergeklettert war, bedeutete ihr Damián, dem Mädchen zu folgen.

»Ich gehe als Letzter«, sagte er. »Dann kann ich den Eingang unter Gestrüpp verbergen.«

Da ihr nicht einfiel, wie sie noch etwas Zeit hätte schinden können, beugte sich Souanne über das Loch im Boden. Vier Schritte weiter unten streckte Josion ihr die Hände entgegen. Sie nahm ihr Bündel und ließ es so weit wie möglich zu ihm hinab. Die eisige Luft, die ihr ins Gesicht wehte, ließ sie frösteln. Dann setzte sie sich auf den Rand, drehte sich um und ließ sich vorsichtig hinab. Sie klammerte sich an den Rand wie eine Schiffbrüchige an ein Stück Treibholz.

Der Temperaturunterschied war ein Schock. Beißender Modergeruch schlug ihr entgegen, eine Mischung aus fauligem Wasser, Schimmel und Salpeter, und sie versuchte krampfhaft, nicht durch die Nase zu atmen. Als ihre Hände zu schmerzen begannen, ließ sie sich fallen, um nicht erneut in Panik zu geraten. Souanne landete auf einem Haufen aus Erde und Steinen, der sich unter dem Loch angesammelt hatte. Erst jetzt wagte sie, sich umzusehen.

Der Gang war viel breiter, als sie gedacht hatte: Drei Menschen konnten bequem nebeneinander hergehen. Zu ihrer Verwunderung bestanden die Wände aus Mauerwerk, und die Decke war in regelmäßigen Abständen mit massiven Rundhölzern abgestützt. Souanne hatte damit gerechnet, dass die Wände aus Lehm und Erde sein würden, aber in diesem Fall hätte der Tunnel wohl nicht Jahrzehnte überdauert. Überhaupt war er in einem erstaunlich guten Zustand – zumindest der Teil, auf den das Licht ihrer Laterne fiel.

Nun ließ sich Damián durch das Loch herab. Als sie den Blick hob, begriff sie, warum der Tunneleingang so unscheinbar war: Er war eigentlich gar keiner. Vor langer Zeit musste an dieser Stelle die Decke eingestürzt sein, und Josion hatte die Öffnung wohl rein zufällig entdeckt. Souanne schauderte bei dem Gedanken, in welche Gefahr sich der Junge bei der Erkundung des Gangs begeben hatte.

»Wohin führt der Gang in die andere Richtung?«, fragte Damián.

»Keine Ahnung«, antwortete Josion. »In vierzig Schritten ist die Decke eingestürzt, da ist kein Durchkommen. Ich vermute, dass der Gang irgendwann an die Oberfläche führt. Jahrelang habe ich nach dem ursprünglichen Eingang gesucht, ihn aber nie gefunden.«

»Bestimmt handelte es sich um einen Gang zur Verteidigung der Burg«, warf Maara ein. »Vermutlich wurde er früher dazu benutzt, Belagerern in den Rücken zu fallen.«

»Das glaube ich auch. Aber Clérimont wurde niemals ernsthaft angegriffen, was auch erklärt, warum der Gang in Vergessenheit geraten ist«, sagte Josion.

Es dauerte ein paar Dezillen, bis alle ihre Laternen entzündet und sich wärmere Kleider angezogen hatten. Souanne konnte nichts dagegen tun, dass ihr immer unbehaglicher zumute wurde. Sie hatte Angst, die Decke könnte einstürzen und sie lebendig begraben, aber noch viel mehr fürchtete sie sich vor den Kreaturen, die möglicherweise in der Finsternis lauerten. Ungeheuer, die sich von ihrer Angst und ihren Gedanken nährten, grässliche Wesen, die ihr alle Menschlichkeit aussaugen würden, um zuletzt ihren leblosen Körper zu verschlingen. Mit einem Wort: Dämonen.

Plötzlich brach oben das Gewitter los, das sich den ganzen Tag über zusammengebraut hatte, und der Donner hallte von den Wänden wider. Im nächsten Moment stürzte Regenwasser durch das Loch zu ihnen hinab. Wie gelähmt beobachtete Souanne, wie ein wahrer Sturzbach über den Rand lief und sich wie eine Schlange durch den Staub auf sie zubewegte. Als Damián ihr eine Hand auf den Arm legte, zuckte sie heftig zusammen.

»Die anderen sind schon losgegangen. Wir dürfen nicht zurückbleiben.«

Das musste er ihr nicht zweimal sagen. Souanne setzte sich in Bewegung und beeilte sich, zu den anderen aufzuschließen, froh um das schwache Licht ihrer Laternen, das die Dunkelheit erträglicher machte.

Vorweg liefen Josion und Guederic, der lachte und scherzte, als wäre er auf dem Weg zu einem fröhlichen Fest. Er schien sich in dem finsteren Gang so wohlzufühlen wie ein Fisch im Wasser.

Najel schätzte, dass sie bis zur Burg etwa eine halbe Dezime brauchen würden. Als nach einer guten Dezime immer noch kein Ende des Gangs in Sicht war, kroch ihm die Angst in die Glieder. Konnte er sich so sehr verschätzt haben? Führte ihn die düstere Atmosphäre des Tunnels in die Irre? Oder brachte sie Josion doch nicht zur Burg?

Dabei konnte er sich eigentlich nicht täuschen: Der Gang führte mit sanftem Gefälle stur geradeaus. Die Männer, die den Tunnel gegraben hatten, hatten wahrscheinlich zahlreiche Hindernisse wie Felsbrocken aus dem Weg räumen müssen. Anfangs lief ein Rinnsaal aus Regenwasser neben ihnen her, aber irgendwann versickerte es im Boden, und ab da war der Gang trocken.

Je weiter sie in die Dunkelheit vordrangen, desto mehr beunruhigten Najel die Erdmassen über seinem Kopf. Dabei waren sie es, die den Tunnel vor den Unbilden des Wetters und den Wurzeln der Bäume schützten. Was aber, wenn der Ausgang des Tunnels verschüttet war?

Nach einer weiteren Dezille mahnte Josion seine Gefährten zur Wachsamkeit, damit sie auf dem unebenen Boden nicht ins Stolpern gerieten. Najel achtete darauf, wohin er die Füße setzte, und entdeckte vor ihnen die obersten Stufen einer Treppe. Die grob gehauenen und vor Feuchtigkeit glänzenden Stufen führten weiter in die Tiefe.

Gleich darauf riet Josion ihnen erneut, achtzugeben. Offenbar waren sie fast am Ziel, denn die Luft veränderte sich spürbar. Es war noch genauso kalt, roch aber weniger modrig. Neben dem Widerhall ihrer Schritte war nun ein leises Plätschern zu hören. Ganz in der Nähe musste sich ein unterirdischer Bach befinden. Gleich darauf mündete der Gang in ein feuchtes Gewölbe. Der einzige weitere Ausgang, ein schmaler Steinbogen, führte zu einem kreisrunden Raum dahinter. Wasser stand bis einen Fuß unterhalb des Durchgangs: Sie befanden sich am unteren Ende eines Brunnens.

Josion steckte den Kopf durch die Öffnung.

»Alles in Ordnung. Der Schacht ist frei.«

»Dein Glück!«, versetzte Maara.

Sie vergewisserte sich, dass kein Gitter den Brunnen versperrte, und auch die anderen warfen neugierige Blicke nach oben. Najel fand den Anblick enttäuschend. Es war nichts zu sehen als ein dunkler Schacht, in den weit oben etwas Licht einfiel.

»Wie kommen wir da hoch?«, fragte Souanne.

Sie schien es kaum erwarten zu können, den Tunnel zu verlassen.

»Auf einer Seite sind Eisenkrampen in die Steine geschlagen, sie bilden eine Art Leiter. Damián, meinst du, das geht mit deiner Schulter?«

Damián nickte mit Nachdruck.

»Ich gehe als Erster. Wenn ich oben bin, lasse ich ein Seil herab, und ihr könnt eure Bündel daran befestigen.«

»Lass Najel das übernehmen«, sagte Maara. »Die Eisenkrampen sind ziemlich verrostet, und er wiegt weniger als du.«

Josion nickte knapp, aber Najel hatte den Eindruck, dass er sie durchschaute. Maara schien zu befürchten, dass Josion sie ohne Waffen auf dem Grund des Brunnenschachts zurücklassen könnte. Najel fand ihr Misstrauen übertrieben, aber er war es nicht gewohnt, die Befehle seiner Schwester zu hinterfragen. Er legte sich ein zusammengerolltes Seil um die Schulter und trat mit einem flauen Gefühl im Magen durch den Steinbogen.

Seine Hand ertastete die unterste Krampe. Nachdem er sich vergewissert hatte, dass sie hielt, hängte er sich daran und suchte mit dem Fuß nach Halt. Der Aufstieg war sehr viel einfacher als gedacht. Schon nach kurzer Zeit befand sich Najel fünf Schritte über der Tunnelmündung und gleich darauf auf halber Höhe des Schachts. In diesem Moment kam ihm ein beunruhigender Gedanke. Was, wenn oben jemand auf ihn wartete? Jemand, der mit dem Schwert auf ihn losgehen würde, sobald er über den Brunnenrand kletterte?

Die letzten Eisenkrampen erklomm er so geräuschlos wie möglich. Langsam schob er den Kopf über den Rand, bereit, sich zurückzuwerfen, sollte ihn jemand angreifen. Doch weit und breit war niemand in Sicht. Der Ausgang des Brunnens befand sich in der Mitte eines leeren Raums mit Steinboden. Durch zwei Schießscharten in den rohen Wänden fiel spärliches Licht herein. Draußen regnete es immer noch in Strömen.

Najel kletterte hastig aus dem Brunnen und ließ das Seil in den Schacht hinab. Von hier oben konnte er weder den Eingang zu dem unterirdischen Gang sehen noch die Eisenkrampen an der Brunnenwand. Kein Wunder, dass der Tunnel so lange unentdeckt geblieben war.

Während er die Säcke und Taschen hochzog, fragte sich Najel, welche Geheimnisse die Burg wohl noch barg.

Damiáns Anspannung wollte einfach nicht nachlassen, obwohl er und seine Gefährten endlich an einem sicheren Ort angekommen waren. Mit Waffen und Gepäck standen sie um den Brunnen herum, und keiner von ihnen hatte auch nur den kleinsten Kratzer abbekommen. Josion hatte Wort gehalten und sie wohlbehalten zur Burg geführt. Seinem Cousin war es zu verdanken, dass sie nun einen Unterschlupf gefunden hatten, wo sie in Ruhe auf die Rückkehr ihrer Eltern warten konnten. Ihre Feinde würden nicht ewig nach ihnen suchen, und wenn sie nach einer Weile immer noch kein Lebenszeichen von ihren Eltern hatten, würden sie sich auf die Suche nach ihnen machen. Kurz, ihre Lage war besser, als Damián zu hoffen gewagt hatte.

Dennoch lastete nach wie vor eine schwere Bürde auf seinen Schultern. Zum Teil lag das an der Niedergeschlagenheit seiner Gefährten. Während der gesamten Durchquerung des Tunnels war Souanne leichenblass gewesen, und auch jetzt stand ihr noch die Angst ins Gesicht geschrieben. Sie hatte schon lange nicht mehr gelächelt. Maaras Miene wiederum war abweisend, wenn nicht gar feindselig. Die Kriegerin wäre offensichtlich viel lieber an einem anderen Ort gewesen – und in anderer Gesellschaft. Guederics Gesichtsausdruck hingegen war unergründlich. Seit dem Beginn ihrer Reise beobachtete Damián bei seinem Bruder heftige Stimmungsschwankungen: Mal war er am Boden zerstört, mal schäumte er über vor Freude, doch einen Grund dafür konnte Damián nicht erkennen.

Lorilis und Najel waren die Einzigen, um deren Gemütsverfassung er sich keine Sorgen zu machen brauchte. Die beiden Kinder setzten alles daran, den Älteren zu helfen. Trotzdem waren sie die schwächsten Mitglieder ihrer kleinen Schar und brauchten ganz besonderen Schutz. Damián machte sich Vorwürfe, dass er sich nicht besser um sie kümmerte. Zu gern hätte er das geändert, aber er wusste nicht, wie.

Und dann war da noch Josion …

Damián verstand einfach nicht, warum sein Cousin so ernst dreinblickte. Er hätte erwartet, dass sich Josion freuen würde, die Burg zu besuchen, oder zumindest erleichtert sein würde, heil angekommen zu sein. Stattdessen zog er ein Gesicht, als hätte er eine Gruft betreten. Er schien sogar zu zögern, den Raum mit dem Brunnen zu verlassen, während seine Gefährten ungeduldig darauf warteten, dass er sie herumführte.

»Zeigst du uns den Wehrgang?«, fragte Damián. »Wir

sollten uns vergewissern, dass unsere Feinde nicht vor dem Tor lagern.«

Josion gab sich einen Ruck und nickte. Die anderen folgten ihm durch eine leere Küche und einen Raum, der einst wohl als Schlafsaal für Soldaten gedient hatte. Durch eine Tür gelangten sie ins Freie und fanden sich in einem der Innenhöfe der Burg wieder. Sie rannten durch den Regen zu einem gegenüberliegenden Gebäude. Damián fiel auf, dass keine der Türen abgeschlossen war. Vermutlich lag das daran, dass dieser Teil der Burg unbewohnt war. Während sie einen Gang entlangliefen, warfen sie flüchtige Blicke in die Zimmer rechts und links. Keines war möbliert. Sie erklommen mehrere Treppen, und nach einem schier endlosen Aufstieg standen sie oben auf der Festungsmauer.

Der Wehrgang war überdacht, und so konnten Damián und die anderen die Umgebung absuchen, ohne nass zu werden, obwohl sie wegen des heftigen Regens nicht besonders weit sehen konnten. Außerdem versperrte der Wehrturm ihnen teilweise die Sicht. Sie verteilten sich über den gesamten Wehrgang, schlenderten mal hierhin, mal dorthin und ließen den Blick über den Wald und die Straße, die zur Burg führte, schweifen. Irgendwann hatten alle die Burg einmal umrundet und versammelten sich wieder am Ausgangspunkt.

»Ich konnte niemanden entdecken«, sagte Maara. »Aber das muss nicht viel heißen. Bei diesem Dreckswetter würde ich auch im Wald Schutz suchen, statt auf offener Straße herumzulungern.«

»Unsere Pferde habe ich auch nicht gesehen«, ergänzte Lorilis.

»Wir kommen später noch mal wieder«, schlug Damián vor. »Wohin jetzt, Josion?«

Als er Angst im Blick seines Cousins aufflackern sah, fiel es ihm wie Schuppen von den Augen. Deshalb also wirkte Josion seit ihrer Ankunft so gequält: Er hatte ihnen ein Geheimnis zu offenbaren.

»Du willst uns etwas zeigen, nicht wahr?«, riet Damián. »Etwas Wichtiges.«

Josion zögerte einen Moment und nickte dann ernst.

»Gleich werdet ihr alles verstehen«, verkündete er. »Die ganze Geschichte, von Anfang an.«

Josions Worte machten alle neugierig. Lorilis war vor allem bang zumute, denn es war Josion anzusehen, dass ihm das Geheimnis schwer auf der Seele lastete. Trotzdem brannte sie vor Neugier. Was er ihnen zu enthüllen hatte, hing sicher unmittelbar mit ihrer Lage zusammen.

»Worum geht es?«, fragte Maara argwöhnisch. »Was willst du uns zeigen?«

»Um ehrlich zu sein, mehrere Dinge. Ich weiß gar nicht, womit ich anfangen soll. Vielleicht …« Plötzlich setzte er eine entschlossene Miene auf und bedeutete den anderen, ihm zur Treppe zu folgen. Sie hasteten hinter ihm her die Stufen hinab. Unten im Hof hielten sie sich zum Schutz vor dem Regen ihre Rucksäcke über den Kopf und rannten auf einen Turm zu. Sie versammelten sich vor der Tür, und Josion zog einen Schlüssel aus der Tasche, mit dem er die Tür aufschloss. Rasch flüchteten sie ins Trockene.

»Diesen Turm und den daran anschließenden Seitenflügel bewohnen meine Eltern«, erklärte Josion.

Der Unterschied zu den Zimmern und Sälen, die sie bisher gesehen hatten, stach ins Auge. Der Turm wirkte geradezu heimelig. Der Raum, in dem sich die Gefährten befanden, war mit edlen Holzmöbeln eingerichtet, an den Steinmauern hingen kostbare Wandteppiche, und hier und dort standen Kübel mit blühenden Pflanzen. Nur von den Bewohnern fehlte jede Spur, und im Kamin brannte kein Feuer. Der Regen, der gegen die Fenster trommelte, und das fahle Licht sorgten zudem für eine düstere Atmosphäre.

»Gehen wir hoch«, sagte Josion. »Das, was ich euch zeigen will, befindet sich oben.«

Die anderen folgten ihm wortlos, und Lorilis wunderte sich über Josions Gleichmut. Die Rückkehr an den Ort seiner Kindheit musste in ihm eine Flut von Gefühlen auslösen, aber er sah sich nicht einmal in Ruhe um. Er schien es wirklich eilig zu haben, ihnen sein Geheimnis zu offenbaren.

Sie stiegen eine Treppe hoch, passierten einen Flur, von dem mehrere Zimmer abgingen, und erklommen die Stufen, die in den zweiten Stock führten. Josion wartete, bis sich alle versammelt hatten, bevor er die Tür zu einem Saal öffnete und sie eintreten ließ.

Lorilis machte ein paar zaghafte Schritte und blieb dann ehrfürchtig stehen. Der Saal war weitläufig wie ein Tempel oder eine Bibliothek. An einer Wand standen in regelmäßigen Abständen Regale mit Büchern, zwischen denen große Gemälde hingen. Insgesamt waren es gut dreißig Bilder, die augenscheinlich zu einer Serie gehörten.

Lorilis hatte den Eindruck, dass man sie in einer ganz bestimmten Reihenfolge betrachten sollte. Sie folgte ihren

Gefährten zu dem ersten Gemälde. Plötzlich blieb sie wie angewurzelt stehen. War das möglich? Das Bild stammte von ihrer Mutter!

Niss' Stil war unnachahmlich, und die winzige Unterschrift in der unteren Ecke räumte jeden Zweifel aus. Natürlich konnte es sein, dass ihre Mutter Nolan und Zejabel das Gemälde geschenkt hatte, schließlich waren sie befreundet, aber Lorilis wunderte sich, dass sie das Bild noch nie gesehen oder auch nur davon gehört hatte. Außerdem war das Motiv ein ganz anderes als auf Niss' sonstigen Bildern. Schon jetzt ahnte Lorilis, dass auch die anderen Werke in dem Saal von ihrer Mutter stammten. Sie stand da wie vom Donner gerührt.

Ihre Gefährten waren nicht überrascht, sondern eher neugierig. Josion trat neben sie und verlor sich in der Betrachtung des Gemäldes. Es zeigte eine Gruppe von zehn Erwachsenen auf einem Felsenstrand. Die meisten trugen die prachtvollen Kleider von Edelleuten.

»Der Mann dort drüben sieht aus wie mein Urgroßvater, Reyan der Alte«, bemerkte Damián. »Im Haus meiner Eltern hängt ein Porträt von ihm. Ist er das?«

»Ja. Er ist einer unserer berühmtesten Vorfahren und starb vor über einem Jahrhundert«, bestätigte Josion. »Der damalige König entzog ihm all seine Ländereien und den Herzogstitel.«

»Der Bärtige erinnert mich an Bowbaq, den Arkarier, der uns nach Lorelia begleitet hat«, murmelte Najel. »Der Mann auf dem Bild ist allerdings ein Stück kleiner …«

»Das ist Moboq«, erläuterte Josion. »Er ist Bowbaqs Ururgroßvater und folglich einer von Lorilis' Vorfahren.«

Das Mädchen drehte sich zu Josion um und starrte ihn

verblüfft an. Warum hatten ihre Eltern ihr nie von Moboq erzählt?

»Dann sind unsere Familien schon so lange befreundet?«, fragte Damián erstaunt. »Oder handelt es sich um einen merkwürdigen Zufall? Was für ein Ereignis stellt das Bild dar?«

Josion holte tief Luft und betrachtete das Gemälde nachdenklich. »Eine Zusammenkunft«, sagte er schließlich. »Sie fand vor hundertsechzig Jahren auf einer kleinen Insel namens Ji statt.« Mit einem flüchtigen Lächeln fügte er hinzu: »Mir fällt gerade auf, dass fünf der Menschen auf dem Gemälde Vorfahren von Damián und Guederic sind, drei von Lorilis und nur zwei von mir. Es sollte nicht meine Aufgabe sein, euch ihre Geschichte zu erzählen.«

»Dann spar dir die Mühe«, sagte Maara lapidar. »Ich wüsste nicht, wie uns das weiterhelfen soll. Außerdem haben mein Bruder und ich nichts mit euren Familiengeschichten zu schaffen.«

»Da irrst du dich. Auch deine Vorfahren kommen in der Geschichte vor.«

»Dann sprich. Deshalb hast du uns doch hergebracht, oder?«, forderte ihn Damián auf.

Josion lächelte wieder, aber diesmal voller Traurigkeit. Dann begann er zu erzählen.

Anfangs fand Maara die Geschichte nicht besonders aufregend. Es ging um einen gewissen Nol, der vor ewiger Zeit eine Handvoll Gesandter aus allen Ländern und Königreichen der bekannten Welt mit auf eine Reise genommen hatte. Diese Gesandten waren auf dem ersten Gemälde dargestellt. Da Maara darauf keinen ihrer eigenen Vorfahren entdecken konnte, schlenderte sie zum nächsten Bild, ohne auf die anderen zu warten.

Die dargestellten Personen waren dieselben, aber es gab zwei auffällige Unterschiede: Drei der Gesandten sowie Nol fehlten, und die sieben anderen waren in einem jämmerlichen Zustand. Gerade, als sich Maara zu fragen begann, was es damit auf sich hatte, trat Josion neben sie und erklärte: »Die Gesandten blieben über sechs Dekaden verschollen. Nach der Rückkehr in ihre jeweilige Heimat weigerten sie sich zu erzählen, was ihnen widerfahren war. Nur ihren Nachkommen vertrauten sie sich eines Tages an, und so wurde ihr Geheimnis von Generation zu Generation weitergegeben, zumindest ein Teil davon. Bis zu uns.«

»Ich höre diese Geschichte zum ersten Mal«, sagte Guederic. »Was hatten die Gesandten denn Geheimnisvolles zu verbergen? Einen Schatz? Ein Verbrechen?«

Josion räusperte sich. Offenbar kam ihm die Antwort nicht leicht über die Lippen. »Nein, etwas viel Bedeutenderes. Die Gesandten hatten eine andere, eine fremde Welt besucht … Die Welt der Götter und Dämonen. Und ihr Besuch hatte schlimme Folgen: Ein Dämon gelangte zu den Menschen. In unsere Welt.«

Fassungsloses Schweigen trat ein. Maara hatte zwar mit einer sensationellen Enthüllung gerechnet, aber nicht mit so etwas.

»Lass die Scherze!«, herrschte sie ihn an. »Götter? Dämonen? Und was noch? Neunarmige Riesen?«

»Ich weiß, es klingt verrückt, und doch ist es die Wahrheit. Ihr müsst mir glauben.«

»Die Geschichte ist wirklich verrückt«, murmelte Damián. »Und du hast sie von Zejabel? Ich meine, sie war es, die dir …«

»Ich weiß, was du denkst. Meine Mutter gehörte auf ihrer Heimatinsel einem rätselhaften Kult an. Es könnte also sein, dass sie sich die Geschichte ausgedacht hat, aus welchen Gründen auch immer. Aber denkt an die Gemälde. Sie stammen nicht von Zejabel. Und seht euch das letzte Bild an: Auf ihm sind eure Eltern abgebildet.«

Das musste er Maara nicht zweimal sagen. Zusammen mit ihrem Bruder und den anderen marschierte sie quer durch den Saal, um sich die letzten Gemälde anzusehen. Tatsächlich, auf mehreren war ihr Vater dargestellt. Er sah ungefähr zwanzig Jahre jünger aus als heute. Plötzlich setzte das Herz der Barbarenprinzessin für einen Schlag aus. Eines der Bilder zeigte nicht nur Ke'b'ree, sondern auch Lyn'a'min und Che'b'ree. Der Anblick der beiden Frauen wühlte die Kriegerin zutiefst auf. Niemals hätte sie erwartet, in einer Burg in Lorelien, weit entfernt von ihrer Heimat, ihre Mutter und Großmutter auf einem Gemälde zu sehen. Sie wollte Najel rufen, stellte dann aber fest, dass er bereits neben ihr stand. Mit aufgerissenen Augen starrte er auf das Bild. Obwohl er seine Großmutter nie kennengelernt hatte und seine Mutter bei seiner Geburt gestorben war, hatte er offenbar gleich begriffen, wer die beiden Frauen auf dem Gemälde waren.

»Die Bilder sind wunderschön«, sagte Damián. »Aber auf keinem ist der Besuch bei den Göttern dargestellt, von dem du gesprochen hast. Unsere Eltern, Großeltern und deren Vorfahren sind einfach nur vor verschiedenen Landschaften porträtiert.«

»Niss hat sich bewusst dagegen entschieden, das Geheimnis selbst abzubilden«, erklärte Josion. »Sie wollte nur zeigen, welch tiefe Freundschaft die Erben der weisen Gesandten verbindet. Meine Eltern boten ihr an, dieses Vermächtnis hier in Clérimont aufzubewahren.«

»Also hast du keinen Beweis für deine wirren Behauptungen«, bemerkte Guederic. »Wer sagt denn, dass unsere Vorfahren auf dieser Insel nicht einfach angeln waren?«

Gespannt wartete Maara auf Josions Antwort. Auch sie fand, dass die Gemälde seine haarsträubende Geschichte in keiner Weise bekräftigten.

»Ich muss euch noch etwas zeigen«, sagte Josion. »Und wenn ihr einen Beweis wollt, seht euch die Gwelome an, die ihr bei euch tragt. Unsere Eltern haben diese Steine von einem Ort mitgebracht, der das Jal heißt. Es ist der Ort, an dem die Götter und Dämonen heranwachsen.«

Guederic blickte immer noch skeptisch drein. Maara hingegen war zutiefst erschüttert. Was Josion über die Herkunft der Gwelome sagte, klang überzeugend, auch wenn sie sich nach wie vor weigerte, die ganze Geschichte zu glauben. Deshalb also unterschieden sich die Gwelome von allen anderen Steinen auf der bekannten Welt – und deshalb waren sie für Ke'b'ree so kostbar.

»Das Jal?«, fragte Lorilis. »Und wo befindet sich dieser Ort?«

»Irgendwo im Rideau-Gebirge, wo genau, weiß niemand. Es herrschen dort andere Regeln, andere Naturgesetze als in unserer Welt. Man kann das Jal nur durch eine magische Pforte betreten. Unsere Vorfahren, unsere Großeltern und Eltern haben eine solche Pforte durchschritten. Sie steht auf der Insel Ji.«

»Glaubst du, unsere Eltern könnten ins Jal zurückgekehrt sein?«, fragte Damián.

»Eigentlich ist das unmöglich. Das Jal existiert seit über zwanzig Jahren nicht mehr. Es löste sich zusammen mit den Göttern und Dämonen auf, die bis dahin in der Welt der Menschen gelebt hatten. Und unsere Familien sind für sein Verschwinden verantwortlich.«

Maara starrte ihn ungläubig an. Auch die anderen warfen Josion zweifelnde Blicke zu. Ihn schien das nicht zu kümmern. Offenbar hatte er nicht damit gerechnet, dass sie ihm auf Anhieb glauben würden.

»Ihr denkt, ich spinne. Aber lasst mich die ganze Geschichte erzählen, bevor ihr euch ein Urteil bildet. Ich habe erst einen Teil des Geheimnisses enthüllt.«

»Einverstanden«, sagte Damián. »Hinterher können wir immer noch entscheiden, ob wir dir glauben oder nicht. Ich zweifle nicht an deiner Aufrichtigkeit«, fügte er eilig hinzu, »aber schließlich hast du die Vorfälle, von denen du berichtest, nicht mit eigenen Augen gesehen. Auch du könntest einer Lüge aufgesessen sein.«

Josion verzog amüsiert das Gesicht. Im ersten Moment dachte Maara, er hätte sie tatsächlich zum Narren gehalten. Doch seine Belustigung rührte von etwas anderem her.

»Und wenn ich dir sage, dass ich das meiste, was ich euch erzählt habe, von Amanón weiß? Ich nehme an, an deinem Vater wirst du nicht zweifeln ...«

»Wie praktisch«, sagte Guederic sarkastisch. »Amanón ist nicht hier, um deine Worte zu bestätigen. Und uns hat er nie ein Sterbenswörtchen von all dem gesagt. Warum sollte er sich ausgerechnet dir anvertraut haben?«

»Ich habe nicht behauptet, dass er sich mir anvertraut

hat. Aber er hat seine Erinnerungen meinen Eltern zur Aufbewahrung gegeben.«

Ohne eine weitere Erklärung trat Josion zu einem schweren Holztisch und forderte sie mit einer Kopfbewegung auf, ihm zu helfen. Maara, Damián und Souanne packten mit an, und zu viert trugen sie den wuchtigen Tisch in die Mitte des Saals. Dann schleppte Josion einen Sessel herbei, und Maara und Damián hoben ihn auf seine Aufforderung hin auf den Tisch. Behände kletterte er vom Tisch auf den Sessel, streckte einen Arm nach dem Balken aus, der längs durch den Raum verlief, und tastete dessen Unterseite ab. Er fand rasch, was er suchte: eine im Holz verborgene Klappe. Der Balken war innen hohl!

Josion öffnete die Klappe, schob die Hand in das Versteck und zog eine Metallschatulle hervor. Nachdem er vom Tisch heruntergesprungen war, öffnete er den Deckel der Schatulle. Maara war etwas enttäuscht, als sie sah, was sich darin verbarg: drei gebundene Bücher, jedes bestehend aus mehreren Schreibheften. Mit fast religiöser Ehrfurcht legte Josion sie auf den Tisch.

»Diese Bände enthalten die ganze Geschichte«, sagte er leise. »Es handelt sich um das Tagebuch Maz Achems, eines der weisen Gesandten, die Nol auf die Insel Ji führte; um das Tagebuch der Hochverehrten Ratsfrau Corenn, das von ihrer ersten Reise ins Jal berichtet; und um Amanóns Aufzeichnungen, in denen er den Sieg über Agénor schildert – und über Sombre, den Dämon, der unsere Familien auslöschen wollte.«

Die Bücher wanderten von Hand zu Hand. Mit tonloser Stimme bestätigte Damián, dass eins davon in der Handschrift seines Vaters verfasst war. Als Maara darin herumblätterte, fiel ihr auf, dass der Name Ke'b'ree an mehreren Stellen vorkam. Auch die anderen sahen sich die Tagebücher in Ruhe an. Nur das von Maz Achem war nicht besondern aufschlussreich, da es zu großen Teilen unlesbar oder in verschlüsselter Schrift geschrieben war.

»Es würde Dekanten dauern, das alles zu lesen«, meinte Lorilis.

»Keine Angst, das müsst ihr nicht«, versicherte Josion. »Zumindest nicht jetzt.«

Mit Damiáns Hilfe holte er den Sessel vom Tisch und ließ sich darin nieder. Dann begann er den anderen die Geschichte ihrer Ahnen zu erzählen.

Es sollte eine lange Nacht werden. Draußen ließ der Regen nach, und die Sonne ging unter. Die Gefährten entzündeten Kerzen und machten Feuer im Kamin. Sie konnten etwas Licht und Wärme gut gebrauchen, denn nach und nach kroch ihnen Kälte in die Glieder und Herzen.

Und gerade Maara bekam Dinge zu hören, die ihr alles andere als gefielen, denn Josion erzählte auch von Saat, einem grausamen Hexer – ihrem Großvater.

Bei jedem Wort von Josion versteinerte Guederic ein wenig mehr. Dabei berichtete sein Cousin in nüchternem Tonfall, ohne Ausschmückungen und Übertreibungen. Trotzdem übte seine Erzählung einen starken Sog auf Guederic aus. Manche Szenen stiegen vor seinem geistigen Auge auf, als wäre er Zeuge der Ereignisse gewesen, und bisweilen hatte er den Eindruck, die Geschehnisse selbst zu durchleben. Es war, als hätte er die Geschichte schon immer gekannt, als holte Josion lediglich verschüttete Erinnerungen an die Oberfläche.

Guederic zweifelte keine Dezille an der Wahrheit seiner Worte, doch sie stürzten ihn in Abgründe, die nichts mit dem zu tun hatten, was er in den letzten Tagen durchgemacht hatte. Er machte sich schreckliche Sorgen um seine Eltern. Nie hätte er geglaubt, dass die Feinde, gegen die sie sich zur Wehr gesetzt hatten, so mächtig waren. Und gegen wen kämpften er und seine Gefährten jetzt? Gegen den Geist eines besiegten Gegners? Gegen ein neues Ungeheuer? Oder etwas noch Schlimmeres?

Mittlerweile bereute Guederic bitter, sein Gwelom in einem Wutanfall in den Fluss geschleudert zu haben. Josion hatte erwähnt, dass die Steine vor Dämonen schützten – und dieses Schutzes hatte sich Guederic beraubt. Doch nicht nur sich selbst, sondern auch seine Gefährten brachte er durch seine Dummheit in Gefahr. Zwar hatten die Dämonen des Karu schon vor über zwei Jahrzehnten zu existieren aufgehört, in jener schicksalsträchtigen Nacht, in der sich sämtliche Götter und Dämonen mitsamt der niederen Kreaturen, die ihnen dienten, aufgelöst hatten – doch jetzt wurden die Erben von Ji abermals von finsteren Mächten bedroht. Sobald Guederic all dies klargeworden war, hatte er sich unbemerkt ein Gwelom aus Josions Gepäck genommen und es in seiner Tasche verschwinden lassen. Er hoffte nur, dass seine unüberlegte Tat keine schlimmen Folgen haben würde. Den Mut, seinen Fehler zu beichten, brachte er nicht auf.

Außerdem versetzte ihn Caels Geschichte in Angst und Schrecken. Lorilis' Vater war schon als Säugling von einem

Dämon besessen gewesen, und die Qualen, die er durchlitten hatte, erinnerten Guederic an seine eigenen. Deshalb hatte Josion ihn also gefragt, ob er manchmal eine fremde Stimme im Kopf hörte. Aber Guederic hatte nicht gelogen: Das, was er erlebte, war etwas ganz anderes. Er wurde nicht von einem fremden Willen beherrscht. Das Böse war in ihm selbst. Zu seiner großen Erleichterung hatte sein Drang zu töten im letzten Dekant stark nachgelassen. Die Geschichte ihrer Vorfahren hatte ihn zur Besinnung kommen lassen. Trotzdem fühlte sich Guederic innerlich völlig zerrissen.

Nachdem Josion von den Tagen nach Sombres und Agénors Tod berichtet hatte, endete seine Erzählung. Ihre Eltern hatten alles daran gesetzt, der Welt zu verheimlichen, dass sie nicht nur Königin Agénors Verrat aufgedeckt, sondern auch einen Dämon besiegt und das Jal zum Verschwinden gebracht hatten. Ihr Plan war aufgegangen, und so blieb den Menschen verborgen, dass ihre Götter nicht mehr existierten. Die Sterblichen versammelten sich weiterhin in Tempeln, ohne zu ahnen, dass ihre Gebete ungehört verhallten und ein neues Zeitalter begonnen hatte.

Als Josion verstummte, schwiegen die anderen eine ganze Weile. Es gab so vieles zu sagen, so vieles zu bedenken. Ihre Vorfahren hatten versucht, die Welt vor der Finsternis zu bewahren.

»Woher weißt du das alles?«, fragte Damián schließlich. »Du bist der Einzige unserer Generation, der in das Geheimnis eingeweiht ist. Das macht mich stutzig. Bist du vielleicht auch im Jal gezeugt worden? Wie meine Mutter? Trägst du etwas Göttliches in dir?«

Aus dem Mund seines Bruders hörten sich die Worte seltsam an – allerdings auch nicht seltsamer als aus dem Mund von irgendjemandem sonst. Guederic würde sich wohl an so etwas gewöhnen müssen. Die Geschehnisse der letzten Tage waren erst der Anfang, und sie alle waren völlig ahnungslos in die Geschichte hineingeraten.

Jetzt mussten sie über unzählige neue Fragen nachdenken: über den Kampf zwischen Sombre und dem Erzfeind, über die Auflösung des Jal und über das Zeitalter von Ys, dessen Beginn auf sich warten ließ. Hatten ihre Eltern tatsächlich alle Geheimnisse der Götter und Dämonen aufgedeckt? Was hatte der Angriff in dem Schuppen mit all dem zu tun? Und was würde noch auf ihn und die anderen zukommen?

»Glaubt bloß nicht, ich wäre irgendwie bevorzugt«, antwortete Josion auf Damiáns Frage. »Ganz im Gegenteil. Meine Eltern hielten es für das Beste, mir alles über die Vergangenheit zu erzählen, doch als Kind litt ich darunter, ein solch großes Geheimnis mit mir herumzutragen. Deshalb bereuten sie ihre Entscheidung irgendwann. Niemand außer ihnen hat je mit mir über das Jal gesprochen. Amanón, Cael und die anderen wissen vermutlich nicht, dass ich eingeweiht war.«

»Aber trägst du jetzt etwas Göttliches in dir oder nicht?«, hakte Damián nach.

»Nicht mehr und nicht weniger als Eryne seit jenem Tag vor zwanzig Jahren. Nicht mehr und nicht weniger als jeder andere Sterbliche. Götter gehören der Vergangenheit an. Wenn ich mich schneide, blute ich. Wenn mir jemand ein Schwert ins Herz stößt, sterbe ich.«

»Aber ich habe gesehen, wie du kämpfst. Du bist unglaublich schnell …«

Josion verzog das Gesicht. »Das ist nur eine Frage der Übung. Meine ganze Kindheit hindurch habe ich kaum etwas anderes getan. Hier draußen gab es keine Spielkameraden, und meine Mutter bestand darauf, dass ich lernte, mich zu verteidigen. Sie fürchtete, das Schicksal würde uns eines Tages einholen. Ich bin mit der Furcht vor der Rückkehr des Dämons aufgewachsen und mit der Gewissheit, dass ich eines Tages gegen ihn würde kämpfen müssen.« Er schluckte und fügte hinzu: »Vermutlich ist das der Preis dafür, dass ich nun der Bote für unsere Generation sein kann. Offenbar waren die Befürchtungen meiner Eltern nicht unbegründet …«

»Sie müssen etwas gewusst haben«, überlegte Maara. »Hätten sie nicht mit einer bestimmten Gefahr gerechnet, hätten sie sich nicht solche Mühe gemacht, dich im Kampf auszubilden.«

»Wenn dem so ist, haben sie nie ein Wort darüber verloren. Ich weiß nur, dass Amanón immer noch an der Übersetzung der ethekischen Manuskripte arbeitet. Vielleicht hat er in den Schriften etwas entdeckt.«

»Aber Ke'b're war derjenige, der den Stein ins Rollen gebracht hat«, erinnerte Guederic sie. »Er hat unsere Eltern vor vier Tagen in Lorelia aufgesucht.«

Alle sahen zu den Wallatten, doch die Geschwister schüttelten den Kopf.

»Ich habe keine Ahnung, warum mein Vater diese Reise unternommen hat«, beteuerte Maara.

Die Kriegerin wirkte aufrichtig. Trotzdem fielen Guederic die verächtlichen Blicke, die sie ihm immer wieder zuwarf, zunehmend auf die Nerven. Er konnte die Barbarenprinzessin nicht besonders gut leiden und fand es nur schwer vorstellbar, dass ihre Väter einst befreundet gewesen waren, vor allem, nachdem sie beide um Erynes Gunst gebuhlt hatten. In späteren Jahren hatten sich Ke'b'ree und Amanón dann zerstritten und einander die Freundschaft aufgekündigt. Guederic wusste zwar nicht, warum, aber Gründe dafür gab es vermutlich genug.

»Nehmen wir einmal an, unsere Eltern wollten nicht, dass wir von dem Geheimnis erfahren«, überlegte Damián. »Sie schickten uns nach Benelia, um uns in Sicherheit zu bringen. Aber warum nahmen sie dich nicht mit auf ihre Reise, Josion?«

»Über diese Frage habe ich auch schon nachgedacht. Mir fallen mehrere mögliche Antworten ein: Vielleicht mussten sie überstürzt aufbrechen und konnten mich nicht mehr benachrichtigen. Vielleicht wollten sie aber auch, dass ich euch begleite, für den Fall, dass etwas Unvorhergesehenes geschieht. Oder sie fürchteten, es wäre zu gefährlich für mich. Schließlich betrifft die Geschichte unsere Generation nicht persönlich. Der Erzfeind hat Sombre besiegt. Wir gehörten nicht zu den vierzehn Erben, die die Existenz des Jal verleugnet und so die Götter zum Verschwinden gebracht haben.«

»Kurzum, wir sind zu nichts nütze«, sagte Maara lapidar. »Trotzdem hat uns irgendwer in einen Hinterhalt gelockt.«

»Aber vermutlich nur, um Druck auf unsere Eltern auszuüben«, sagte Damián. »Oder damit wir nicht auf den Gedanken kommen, Rache zu üben für das, was sie ihnen angetan haben.«

»Und wie sollten wir das tun?«, brauste Maara auf. »Wir

wissen nicht mal, wer unsere Feinde sind und was sie vorhaben!«

»Dann müssen wir genau das eben herausfinden«, antwortete Damián ruhig. »Zumindest, falls unsere Eltern nicht bald heimkehren, um es uns zu erklären.«

Schweigen legte sich über den Saal. Niemand widersprach Damián, alle schienen zu demselben Schluss gekommen zu sein.

»Und was ist mit Souanne?«, fragte Maara schließlich. »Ihre Vorfahren waren nicht im Jal!«

»Ich bin nicht freiwillig hier«, versetzte die Legionärin. »Trotzdem setze ich mein Leben aufs Spiel, nicht anders als du.«

»Es ist nicht Amanóns Art, irgendwas dem Zufall zu überlassen«, sagte Josion beschwichtigend. »Er hat sich gewiss etwas dabei gedacht, auch dich nach Benelia zu schicken.«

Die beiden Frauen funkelten sich wütend an. Plötzlich fand Guederic Souanne ungemein sympathisch.

»Da ist noch etwas …«, murmelte Lorilis.

Alle sahen die Kaulanerin an, die schon seit einiger Zeit nichts mehr gesagt hatte.

»Einer der Männer in dem Schuppen in Benelia … Einer der Männer, die uns angegriffen haben … war ein Hexer. Er hatte übersinnliche Kräfte. Ich habe es am eigenen Leib gespürt. Hast du nicht gesagt, die Magie sei aus der Welt verschwunden, als die Götter aufhörten zu existieren?«

»So ist es«, bestätigte Josion. »Corenn und Yan verloren all ihre magischen Fähigkeiten.«

Lorilis nickte mit bleichem Gesicht. Guederic hatte eine ungefähre Ahnung, was in ihr vorging: Zwar hatten alle Gefährten in den letzten Dezimen Unglaubliches über ihre Eltern erfahren, aber Lorilis musste besonders viele Neuigkeiten verkraften: Ihr Großvater und die Tante ihrer Großmutter hatten die rätselhafte Kunst der Manipulation von Gegenständen durch den magischen Willen beherrscht, und ihr eigener Vater war über zehn Jahre lang vom Geist eines Dämons besessen gewesen. Lorilis hatte ein schweres Erbe zu tragen, und das schien ihr erst allmählich bewusst zu werden. In diesem Moment ergriff Josion abermals das Wort:

»Ich wollte nicht auf den Vorfall zu sprechen kommen, bevor ich euch nicht in das Geheimnis unserer Familien eingeweiht hatte. Lorilis sagt die Wahrheit. Dieser Hexer hat auch mich angegriffen. Ich konnte es zuerst kaum glauben, aber offenbar ist das Undenkbare geschehen: Einigen Menschen ist es gelungen, abermals die Kräfte des Universums zu manipulieren.«

»Was soll das heißen?«, fragte Maara.

»Das heißt, dass wir mit dem Schlimmsten rechnen müssen«, sagte Damián leise. »Wenn unsere Feinde die Magie wieder zum Leben erweckt haben, sind sie zu allem Möglichen fähig …«

»Spielst du damit auf eine Rückkehr der Dämonen an? Glaubst du, uns steht der Angriff eines neuen Sombre bevor?«

Als Antwort erhielt Maara nur Schweigen. Niemand wagte auch nur zu nicken, als könne diese kleine Geste die Worte der Wallattin wahr werden lassen.

Guederic konnte nur eins denken: Es war schon zu spät.

Josion hatte eine staubtrockene Kehle, er fühlte sich völlig ausgelaugt und kraftlos. Er hatte gehofft, nach der Erzählung würde eine schwere Bürde von ihm abfallen, und so war es auch. Doch damit war noch keine Prüfung bestanden, keine Aufgabe erfüllt, kein Mensch gerettet. Die wirkliche Gefahr lag nicht hinter, sondern vor ihnen. Für einen Moment wünschte er, er könnte einschlafen und nie wieder aufwachen.

Josion riss sich zusammen. Es gab Wichtigeres zu tun, als Trübsinn zu blasen. Die anderen wollten jetzt alles ganz genau wissen. Sie stellten Fragen über Fragen und drängten ihn, Einzelheiten zu Ereignissen zu erzählen, die mit ihren Eltern zusammenhingen. Meistens konnte Josion die Fragen aus dem Gedächtnis beantworten, und nur manchmal nahm er eines der Tagebücher zur Hand, um seiner Erinnerung auf die Sprünge zu helfen, obwohl er sie schon unzählige Male gelesen hatte. Geduldig beschwor er die Bilder der Vergangenheit herauf. Irgendwann waren die Gefährten so aufgekratzt von den Geschichten über Dämonen und Prophezeiungen, dass sie beschlossen, eine Pause zu machen.

Der achte Dekant neigte sich seinem Ende zu, es ging auf Mit-Nacht zu. Seit ihrer Ankunft auf der Burg hatten sie nichts gegessen, und jetzt holten sie kurzerhand ihre Vorräte aus den Bündeln und improvisierten ein spätes Mahl. Niemand schlug vor, den Saal zu verlassen und es sich anderswo gemütlich zu machen, was Josion nur zu gut verstand. Der Saal der Erinnerung war jener Teil der Burg, wo sich die Gefährten ihren Eltern am nächsten fühlten. Außerdem waren sie viel zu müde, um in den Küchentrakt hinunterzugehen, wo sie erst Feuer machen und Lampen hätten entzünden müssen. Überdies waren die dunklen Gänge und Treppen der Burg den anderen sicher unheimlich, wo sie doch gerade erst vom Jal'karu, Sombres Mausoleum und dem Tunnel unter dem Rideau erfahren hatten.

Als sie ihre knurrenden Mägen besänftigt hatten, wandten sie sich abermals Niss' Gemälden zu. Sie studierten die Bilder mit neuer Aufmerksamkeit, weil sie die dargestellten Szenen jetzt in einen größeren Zusammenhang einordnen konnten. Die Art, in der Lorilis' Mutter die verschiedenen Generationen von Erben porträtiert hatte, ließ niemanden kalt. Auf den ersten Gemälden waren die weisen Gesandten zu sehen, mit denen alles begonnen hatte. Als Nächstes kamen die Gefährten, die Corenn und Grigán um sich versammelt hatten und denen es gelungen war, Saat zu töten. Auf den letzten Bildern waren ihre Kinder dargestellt, die die Götter vernichtet und das Jal zum Verschwinden gebracht hatten. Josion wurde schwer ums Herz, als er daran dachte, welche Heldentaten ihre Vorfahren vollbracht hatten. Die jüngste Generation von Erben, zu der auch er gehörte, hatte in dem Kampf, der schon seit hundertsechzig Jahren tobte, keine Rolle zu spielen. Ihre einzige Aufgabe war es, ihren Eltern und Großeltern nicht in die Quere zu kommen und sich nicht von ihren Feinden erwischen zu lassen.

Nach den Gemälden sahen sie sich die Erinnerungsstücke an, die ihre Eltern von ihrem Abenteuer mitgebracht hatten. Die ethekischen Manuskripte aus Zuïas Palast machten den größten Teil dieser Sammlung aus. Die Rachegöttin Zuïa war eine der Verbündeten des Dämons Sombre gewesen, und die Erben hatten die Bücher damals aus ihrer Bibliothek gestohlen. Seitdem hatte Amanón überall auf der bekannten Welt nach weiteren ethekischen Manuskripten oder Gegenständen mit ethekischen Schriftzeichen gesucht und seine Fundstücke auf die Burg gebracht. Aus den Schriften des ältesten Volkes der bekannten Welt hatten die Erben vor über zwanzig Jahren erfahren, wie das Jal entstanden war. Nun blätterten ihre Kinder ehrfürchtig in den Manuskripten. Josion musste nicht lange auf die Bemerkung warten, mit der er fest gerechnet hatte.

»Die Symbole ähneln denen, die unsere Angreifer auf der Stirn trugen«, rief Najel.

»Das ist der endgültige Beweis«, stellte Damián fest. »Die Vorfälle der letzten Tage haben mit der Vergangenheit zu tun.«

»Kannst du die Manuskripte lesen?«, fragte Guederic Josion.

»Nein, dazu ist allein Amanón in der Lage. Und selbst ihm ist es nicht gelungen, alle Stellen zu übersetzen. Soweit ich weiß, arbeitet er immer noch an der Übertragung einiger Schriften. Hier bewahrt er nur die Bücher auf, die ihm nicht mehr weiterhelfen.«

»Schade«, sagte Damián. »Wenn wir wüssten, was das Symbol auf der Stirn unserer Feinde bedeutet, wären wir schon ein Stück weiter.«

»Dazu müssten wir uns erst einmal daran erinnern, wie es aussieht«, warf Maara ein. »Es war ein ziemlich kompliziertes Zeichen.«

»Ich glaube, ich könnte es aufzeichnen«, sagte Lorilis schüchtern.

Unter den aufmunternden Blicken der anderen ging sie

zu ihrem Bündel und holte ihr Schreibheft hervor. Dann setzte sie sich an einen Tisch, schloss die Augen und konzentrierte sich. Immer noch mit geschlossenen Lidern begann sie, die ersten Schwünge zu malen. Die anderen scharten sich um sie und sahen ihr gespannt zu. Als die Zeichnung fertig war und Lorilis die Augen öffnete, um ihr Werk zu betrachten, rief Damián begeistert: »Das ist es! Ganz genau! Wie hast du das gemacht?«

»Ich ... ich weiß auch nicht. Ich nehme an ... Das Symbol ist mir einfach in Erinnerung geblieben.«

Die anderen nickten beeindruckt. Nur Josion dachte daran, wie sich Lorilis gegen den Hexer zur Wehr gesetzt und ihm das Leben gerettet hatte. In dem Mädchen steckte mehr, als sie ahnten ...

»Vielleicht finden wir das Schriftzeichen ja in einem der Bücher wieder«, meinte Souanne. »Und wenn wir Glück haben, hat Amanón sich dazu Notizen gemacht.«

»Nachschauen kostet nichts«, stimmte Damián zu.

Die Gefährten begannen, die ethekischen Bücher systematisch durchzusehen, in der Hoffnung, irgendwann zufällig auf das Symbol zu stoßen. Jeder nahm sich ein Regalbrett vor, aber nach einer guten Dezime begann ihre Hoffnung zu schwinden. Die Bücher enthielten Zehntausende von fremdartigen Schriftzeichen, aber das musste nicht heißen, dass auch das gesuchte Symbol dabei war. Auch fanden sie in keinem der Bücher handschriftliche Notizen von Amanón. Die Chance, das Symbol ihrer Feinde auf diese Weise zu entschlüsseln, war verschwindend gering.

»Wir müssten uns Zugang zum Arbeitszimmer meines Vaters im Hauptquartier der Grauen Legion verschaffen«, sagte Damián nachdenklich. »Dort verbringt er einen Großteil seiner Zeit. Vielleicht hat er eine Liste mit ethekischen Wörtern angelegt.«

»Tolle Idee«, höhnte Maara. »Lasst uns schnell nach Lorelia reiten. Geradewegs in die Höhle des Löwen!«

»Das meinte ich nicht«, wehrte Damián ab. »Natürlich wäre das viel zu gefährlich. Zumindest in den nächsten Tagen …«

»Aber wenn unsere Eltern nicht bald ein Lebenszeichen geben, müssen wir irgendwas unternehmen«, rief Guederic ungehalten.

Josion holte tief Luft. Es war an der Zeit, den anderen sein letztes Geheimnis zu offenbaren. »Vielleicht sollten wir zur Insel Ji reisen …«

Die anderen starrten ihn entgeistert an.

»Zur Insel Ji?«, rief Maara aufgebracht. »Was sollen wir denn da?«

»Dort gibt es doch nichts mehr, was von Bedeutung sein könnte, oder? Das Jal existiert nicht mehr, und die Pforte ist für immer verschlossen«, meldete auch Damián seinen Zweifel an.

»Auf Ji befindet sich Sombres Grab«, verkündete Josion mit ernster Stimme.

Wenn er gesagt hätte, der Dämon stehe draußen auf dem Burghof, hätten die Erben wohl nicht entsetzter reagiert.

»Sein Grab?«, rief Guederic. »Aber …«

»Als er starb, blieb sein Körper in dieser Welt, anders als bei Eurydis oder Zuïa«, erklärte Josion. »Jeder Gott oder Dämon besaß ganz bestimmte Eigenheiten, und die Auslöschung des Jal hatte nicht für alle dieselben Folgen. Unsere Eltern wussten nicht, woran es lag, aber Sombre ist sicher nicht der einzige Gott oder Dämon, der eine Leiche hinterlassen hat.«

»Aber warum ausgerechnet die Insel Ji?«, wollte Guederic wissen. »Wie kommt es, dass Sombre dort begraben ist?«

»Unsere Eltern brachten seine Leiche auf die Insel. Sie glaubten, das wäre der letzte Wille des Dämons gewesen.«

Dazu fiel niemandem mehr etwas ein. Josions Gefährten versuchten, sich die merkwürdige Zeremonie vorzustellen, die sich vor zwanzig Jahren auf der Insel abgespielt hatte. Ihre Eltern und Großeltern hatten sich am Grab ihres schlimmsten Feindes versammelt. Warum? Wollten sie Sombre das letzte Geleit geben? Wollten sie einem Kind des Jal, das auch nur Opfer seines eigenen Schicksals gewesen war, die letzte Ehre erweisen? Oder wollten sie sich ganz einfach vergewissern, dass der Dämon tot war? Vermutlich von allem etwas …

»Und was willst du auf der Insel?«, fragte Guederic schließlich. »Sombres Grab öffnen? Nachsehen, ob die Leiche noch da ist?«

Josion zögerte etwas zu lang.

»So weit will ich nicht gehen. Aber vielleicht finden wir dort einen Hinweis, der uns zu unseren Feinden führt. Wenn sie tatsächlich in Sombres Nachfolge stehen, werden sie früher oder später ebenfalls dort auftauchen.«

»Dann besteht also die Gefahr, dass wir auf der Insel erneut mit ihnen zusammenstoßen«, sagte Damián.

»Ja. Aber die Wahrscheinlichkeit, die Spur unserer Eltern wiederzufinden, ist am größten, wenn wir uns nach

Ji begeben. Irgendwann werden wir es leid sein, hier auf sie zu warten.«

Nachdenkliches Schweigen trat ein. Wider Erwarten hatte Josion die richtigen Worte gefunden, um seine Gefährten zu überzeugen. Gerade wollten die anderen ihm zustimmen, als lautes Wiehern an ihre Ohren drang.

»Sicher eins unserer Pferde«, bemerkte Souanne. »Wir sollten die Tiere in die Burg holen.«

Mit gerunzelter Stirn durchquerte Josion den Raum und öffnete ein kleines Fenster, das auf den Hof ging. Draußen war es stockfinster, nur der Mond warf fahles Licht auf die regennassen Mauern. Abermals wieherte jenseits der Festungsmauer ein Pferd.

»Ich gehe mal draußen nachsehen«, sagte Josion.

Gerade wollte er das Fenster wieder schließen, als eine Bewegung auf dem Wehrgang seine Aufmerksamkeit erregte. Als er in der Dunkelheit eine Silhouette erblickte, gefror ihm das Blut in den Adern. Erst eine, dann noch eine zweite.

»Sie sind hier!« Er wirbelte zu den anderen herum. »Sie sind in der Burg!«

Vor lauter Müdigkeit dachte Souanne für einen Augenblick, Josion spreche von den Pferden. Doch als sie seinen panischen Gesichtsausdruck sah, erkannte sie ihren Fehler. Sie sprang auf, lief zum Fenster und spähte nach draußen. Erst konnte sie nichts erkennen, aber als sie mehrere Männer über den Wehrgang huschen sah, spannte sie jeden Muskel ihres Körpers an.

»Es sind mindestens fünf«, rief sie über die Schulter.

Souanne duckte sich weg, weil sie am hellen Fenster ein leichtes Ziel abgab. Die anderen waren mit entsetzten Gesichtern aufgesprungen. Maara hatte sich bereits ihre Lowa und den Schild geschnappt, Guederics Gesicht war zu einer Maske erstarrt, und Damián sah sich hektisch um, als wäre einer der Kerle bereits in den Saal eingedrungen. Najel und Lorilis standen Seite an Seite, als suchten sie beieinander Schutz, und Josion lief bereits mit großen Schritten zur Tür, seinen Dolch in der Hand. Im Vorbeigehen griff er nach einer Laterne. Die anderen wechselten rasche Blicke und folgten ihm.

Souannes Herz klopfte zum Zerspringen. Die Männer, die sie auf dem Wehrgang gesehen hatte, waren in geduckter Haltung von Zinne zu Zinne gehuscht. Aber nun wussten sie vermutlich, dass sie entdeckt worden waren, und scherten sich nicht mehr um große Geheimhaltung. Sie würden sich versammeln und konnten jeden Moment zum Angriff übergehen!

Josions Geschichten gingen ihr nicht aus dem Kopf. Während des Kampfes in dem Schuppen hatte sie um ihr Leben gefürchtet, aber das war nichts im Vergleich zu dem Grauen, das sie jetzt packte. *Vielleicht waren die Eindringlinge nicht einmal sterblich,* schoss es ihr durch den Kopf. Wer wusste schon, ob die Dämonen tatsächlich aus der Welt verschwunden waren? Schließlich war in den letzten Tagen eine Menge seltsamer Dinge geschehen … Was, wenn sie gegen einen Lemur aus dem Karu kämpfen musste? Gegen ein solches Ungeheuer würde sie kaum eine Chance haben. Und sollte sich unter den Angreifern ein noch mächtigerer Dämon befinden, waren sie verloren.

Josion hastete immer weiter durch Gemächer, Säle und Gänge. Ihre Laternen erhellten für kurze Zeit einen Raum oder einen Treppenabsatz, bevor dieser erneut in Dunkelheit versank. Souanne sah immer wieder über die Schulter, weil sie fürchtete, aus einer finsteren Ecke könnte plötzlich ein Angreifer hervorspringen. Sie ärgerte sich, dass sie keine Zeit gehabt hatte, die Burg zu erkunden, um sich selbständig zurechtzufinden.

Nachdem sie einen weiteren Gang entlanggeeilt waren, riss Josion eine Tür auf, trat hindurch und stellte seine Laterne auf einer Holzbank ab. Souanne war sofort klar, warum er sie in diesen Saal geführt hatte. An den Wänden hingen alle möglichen Waffen, und an einer Seite des Raums standen mehrere Zielscheiben und menschengroße Stoffpuppen. Sie befanden sich in einem Waffensaal. Vermutlich handelte es sich um jenen Raum, in dem Josion in seiner Kindheit Kampfunterricht erhalten hatte. So fand er auch gleich, wonach er suchte: einen schweren Hammer, an dessen Stiel eine lange Kette angebracht war. Josion befestigte seinen Dolch am anderen Ende der Kette.

»Wartet hier auf mich«, befahl er. »Und verriegelt die Türen.«

»Wo willst du hin?«, rief Damián. »Wir müssen zusammenbleiben!«

»Ihr würdet mich nur aufhalten.«

Mit diesen Worten verschwand er im Gang, ohne seine Laterne mitzunehmen. Die Gefährten wechselten bestürzte Blicke. Souanne spähte durch die offene Tür, aber Josion war bereits nicht mehr zu sehen. Sie hatte nicht einmal gehört, wie sich seine Schritte entfernten.

»Was jetzt?«, fragte Maara. »Folgen wir ihm?«

»Wir sollten tun, was er gesagt hat«, meinte Damián.

Souanne nickte. Sie hatten keine Wahl. Die Burg war ihnen fremd, und wenn sie aufs Geratewohl einen Gang entlangliefen, würden sie sich nur verirren. Alsdann bereiteten sie sich auf die Verteidigung des Saals vor. Damián und Guederic verbarrikadierten die Tür mit einem schweren Bock, der als Schwert- und Messerhalter diente, während Maara drei Armbruste von der Wand nahm und Bolzen in die Sehnen spannte. Lorilis und Najel postierten sich an den beiden Fenstern des Saals und versuchten, ihre Feinde in der mondhellen Nacht zu entdecken. Souanne wiederum lief zur zweiten Tür am anderen Ende des Saals, um zu schauen, ob sie sich verriegeln ließ.

Sie drückte die Klinke und öffnete die Tür einen Spalt. Dahinter war es dunkel. Dann lehnte sie sich mit der Schulter gegen die schwere Holztür, um sie wieder zu schließen, und sah sich nach einem Möbelstück um, mit dem sie sie verbarrikadieren konnte. In diesem Moment schwang die Tür auf, und Souanne wurde zurückgeschleudert.

Auf dem Boden liegend beobachtete Souanne voller Entsetzen, wie zwei Kerle im Türrahmen erschienen. Weitere Männer drängten von hinten nach. Sie hatte gerade noch Zeit, das Symbol auf der Stirn der Männer zu bemerken, bevor eine Klinge auf sie zuschoss.

Ein einziger Gedanke beherrschte Josion: In dieser Nacht würde sich sein Schicksal erfüllen. Noch vor einer Dezime hatte er geglaubt, seine Pflicht getan zu haben, indem er seinen Gefährten das Geheimnis ihrer Familien offenbarte, aber nun musste er sich der zweiten Aufgabe stellen, auf die man ihn vorbereitet hatte. Ihm oblag es, das Vermächtnis ihrer Eltern zu schützen.

Nie hätte er gedacht, dass dieser Kampf, auf den er so lange gewartet hatte, ausgerechnet hier auf der Burg stattfinden würde.

Natürlich war das ein Vorteil – zumindest versuchte er sich das einzureden. Allerdings durfte er seine Kräfte nicht überschätzen, nur weil er meinte, die Burg in- und auswendig zu kennen. Schließlich war er seit vier Jahren nicht hier gewesen, und seitdem konnte sich einiges verändert haben. Eine zugemauerte Tür oder ein Gitter an der falschen Stelle, und er wäre zum Umkehren gezwungen.

Dass die Männer in die Burg eingedrungen waren, machte Josion mehr zu schaffen, als er gedacht hätte. Er schämte sich dafür, so etwas zugelassen zu haben, und machte sich bittere Vorwürfe, weil er die Gefahr nicht vorhergesehen hatte. Er hätte häufiger einen Kontrollgang unternehmen müssen, hätte die Leitern zurückstoßen müssen, die ihre Feinde an die Außenmauern gelehnt hatten, hätte die Seile durchtrennen müssen, mit deren Hilfe sie den Wehrgang erklommen hatten. In Abwesenheit seiner Eltern war er für den Schutz der Burg zuständig, die Großvater Reyan seiner Familie anvertraut hatte. Josion ertrug den Gedanken nicht, dass ihre Feinde sich Zutritt zur Burg verschafft hatten, ganz gleich, ob es Menschen oder Dämonen waren. Er musste sie vertreiben.

Eine halbe Dezime, nachdem er die anderen im Waffensaal zurückgelassen hatte, erreichte er sein Ziel. Er stieg aus einem Fenster und schob sich auf dem handbreiten

Sims an der Außenmauer entlang. Von dort sprang er auf das Dach eines kleinen Eckturms und kletterte acht Schritte in die Tiefe. Die regennassen Steine und die Dunkelheit machten es ihm nicht gerade einfacher. Endlich stand er auf dem breiten Steinbogen, der sich über einen Durchgang spannte. Rasch legte er sich bäuchlings hin, um nicht gesehen zu werden. Diese Stelle des Burghofs musste jeder passieren, der zu dem von seinen Eltern bewohnten Trakt wollte.

Leider hatte ihn der Weg hierher viel Zeit gekostet – vielleicht war es schon zu spät. Eine Vorhut der Angreifer konnte längst im Turm sein. *Es sei denn, sie wollen um jeden Preis zusammenbleiben. Es sei denn, sie warten mit dem Angriff bis Sonnenaufgang. Es sei denn, sie …*

Es gab zu viele Wenn und Aber, und Josion schob die düsteren Gedanken beiseite. Er musste so viele Feinde wie möglich aus dem Weg räumen. Wenn es ihm nicht gelang, die Männer an dieser Stelle abzufangen, würde er es eben anderswo versuchen.

Aber sein Instinkt hatte ihn nicht getäuscht. Er lag erst seit wenigen Augenblicken auf der Lauer, als er ganz in der Nähe gedämpfte Schritte hörte. Josion spannte jeden Muskel an und ließ die Eisenkette lautlos bis zum unteren Rand des Steinbogens hinabgleiten. Zwei dunkle Schatten huschten unter Josion vorbei, ohne ihn zu bemerken. Er erkannte die Männer nicht wieder: Es war dunkel, und er sah sie außerdem nur von oben. Doch die langen Schwerter, die sie in der Hand hielten, waren der Beweis, dass sie nichts Gutes im Schilde führten.

Als sich ein dritter Mann anschickte, unter dem Steinbogen hindurchzuhuschen, ließ Josion die Kette blitzschnell hinab, schlang sie dem Eindringling um den Hals und zog ruckartig daran. Der Mann stöhnte auf, und sein Genick brach mit einem leisen Knacken. Er war sofort tot, doch seine baumelnden Beine schreckten seine Komplizen auf. Die beiden Männer blieben stehen und wandten sich um. Josion ließ sein Opfer fallen, holte die Kette ein und sprang auf die Füße. Er stand gut vier Schritte über den Fremden, damit befanden sie sich in Reichweite seines Dolchs. Mit einer abrupten Bewegung schleuderte er die Waffe in die Dunkelheit.

Die Kette vibrierte in Josions Hand, und einer der Männer stieß einen gellenden Schrei aus: Er hatte getroffen. Hastig sprang er der Waffe hinterher, landete federnd auf dem Boden und zog den Dolch aus der Leiche des Mannes, bevor dieser zu Boden sackte. Der letzte Eindringling wartete nicht, bis sich Josion ihm zuwandte. Er wirbelte sein Schwert durch die Luft und stürzte sich auf ihn. Die Angst schien seine Kraft zu verdoppeln.

Josion wich ein paar Schritte zurück, um der blanken Klinge zu entgehen. Nach der ersten Attacke beschloss er, nicht auf die zweite zu warten. Im richtigen Moment schlang er die Kette um das Schwert seines Angreifers und zog sie ruckartig zurück.

Nun stand der Mann ohne Waffe da. Verdattert starrte er auf Josion, der gleichsam vom Himmel gefallen war. Dann drehte sich der Mann um und rannte davon, aber Josion hatte genug Zeit gehabt, das Symbol auf seiner Stirn zu erkennen. Diesmal würde er den Feind nicht so einfach davonkommen lassen. Blitzschnell wechselte er den Hammer in seine Wurfhand und schleuderte ihn dem Flüchtenden hinterher. Der massive Eisenklotz traf den Kerl im Nacken. Er lief noch zwei Schritte weiter und brach dann zusammen.

Neben dem zu Boden Gestürzten tauchte plötzlich eine weitere Gestalt auf.

Josion zuckte heftig zusammen. Er hatte den Mann nicht kommen gehört. War er von Anfang an da gewesen? Warum hatte er dann nicht eingegriffen?

Der Mann machte einen Schritt auf Josion zu, bückte sich und hob den Hammer vom Boden auf. Josion beobachtete ihn abwartend. Er beherrschte mindestens vier verschiedene Arten, sich seine Waffe wiederzuholen. Am einfachsten wäre es, wenn er ruckartig an der Kette zog ...

Plötzlich erstrahlten die Augen des Fremden in einem übernatürlichen Licht, und Josion erkannte seinen Fehler.

Dieses Aufleuchten der Augen hatte er schon einmal gesehen. Mit einem Mal wusste Josion, was als Nächstes geschehen würde. Er wollte den Dolch fallen lassen, damit ihn die Kette nicht mit dem Hexer verband, aber es war zu spät. Ein Energiestoß schoss von den Händen des Mannes über die Kette bis zu Josion, fuhr ihm wie ein Blitz in den Körper und schleuderte ihn zurück. Ihm wurde schwarz vor Augen.

Als er wieder zur Besinnung kam, lag er auf dem Boden. Vor seinem geistigen Auge sah er immer noch den bläulichen Blitz, der die Kette entlang auf ihn zuraste. Der Hexer ließ ihm keine Zeit, sich von dem Stoß zu erholen: Er beugte sich über ihn und legte ihm die flache Hand auf die Brust. Der Schmerz, der Josion durchzuckte, war schlimmer als das, was er in Benelia erlebt hatte – schlimmer als alles, was er je zuvor empfunden hatte.

Diesmal hatte Josion nicht das Glück, die Besinnung zu verlieren. Bei vollem Bewusstsein spürte er, wie der Hexer seinen Körper folterte, fand jedoch nicht die Kraft, sich ihm zu widersetzen. Er war ein Spielzeug in den Händen des Mannes mit dem rätselhaften Symbol auf der Stirn, ein wertloses Spielzeug, das jeden Moment zerbrechen würde.

Er dachte daran zurück, was ihm am Abend durch den Kopf gegangen war. Letztlich hatte er doch recht behalten: Die größte Gefahr hatte vor ihm gelegen, und sie war ihm zum Verhängnis geworden. Ihm blieb nur der Tod.

Als die Tür aufsprang, setzte Damiáns Herz einen Schlag aus. Ihre Feinde strömten herein, ohne dass jemand sie aufhielt, während seine Gefährten verteilt im Saal herumstanden und nicht auf den Angriff vorbereitet waren. Josion war fort und konnte ihnen nicht helfen, und einer der Männer richtete sein Schwert auf Souanne.

Damián wollte ihr zu Hilfe eilen, aber Guederic und er selbst befanden sich am anderen Ende des Saals. Souanne würde vor seinen Augen durchbohrt werden, ohne auch nur die Chance zu haben, sich zu verteidigen!

Vor Entsetzen bekam er nicht mit, wie Maara zur Tat schritt. Als der Eindringling, der sich anschickte, Souanne zu töten, mitten in der Bewegung erstarrte, begriff Damián zuerst nicht, was mit ihm los war. Dann breitete sich ein dunkler Fleck auf der Brust des Mannes aus. Der Bolzen einer Armbrust steckte ihm mitten im Herzen. Voller Dankbarkeit sah er sich zu der Kriegerprinzessin um, die seinen Blick jedoch nicht bemerkte. Schon hatte sie die zweite Waffe gepackt, in die sie zuvor einen Pfeil eingespannt hatte.

Souanne nutzte den Aufschub, den Maara ihr gewährt hatte, rollte zur Seite, sprang auf die Füße und zog das Schwert, um damit den Rückzug von Najel und Lorilis zu decken. Die beiden Kinder stolperten zurück und gingen hinter den vier Erwachsenen in Deckung, die nun aus dem Stehgreif eine Verteidigungslinie bildeten. Maara traf einen zweiten Mann mit dem Armbrustbolzen im Auge und verschaffte ihnen so noch einen kurzen Moment. Schon verteilten sich ihre Feinde wie ein Rudel Wölfe im Saal.

Damián brach der Schweiß aus. Die Angreifer waren in der Überzahl. Sie trugen lange Mäntel und waren mit Krumm- und Langschwertern bewaffnet. Diesmal fragten sie gar nicht erst, ob sich die Erben ergeben wollten. Sie belauerten ihre Opfer noch einen Augenblick, dann brach der Kampf los.

Drei Angreifer stürzten sich auf Damián. Kurz war er froh, dass sie ihn ins Visier genommen hatten und nicht seinen Bruder, Souanne oder Lorilis, also keinen der Menschen, für deren Leben er verantwortlich war. Doch schon nach wenigen Schlägen schoss ihm durch den Kopf, dass es keinen Unterschied machte, mit wem sie begannen – ihre Feinde würden nicht von ihnen ablassen, bis sie alle tot waren.

Allerdings waren die Männer keine überragenden Kämpfer – sonst wäre es ihm schlecht ergangen. Ihre Attacken stellten keine ernsthafte Gefahr dar: Die Männer zielten auf seine Arme und Beine oder versuchten, ihm das Schwert aus der Hand zu schlagen. Nach einer Weile dämmerte Damián, dass sie ihn tatsächlich nur entwaffnen wollten. Anders als er zunächst vermutet hatte, waren die Männer geschickte Schwertkämpfer. Offenbar wollten sie ihn nicht töten, aber sie setzten alles daran, ihn außer Gefecht zu setzen.

Ihre vermeintlich unbeholfenen Attacken abzuwehren, war jedoch auf Dauer eine ebenso große Herausforderung wie ein klassischer Zweikampf. Damián war vollauf damit beschäftigt, den Schlägen seiner Gegner auszuweichen oder sie zu parieren, und kam nicht dazu, selbst zum Angriff überzugehen. Wenn er nicht bald etwas unternahm, würde er den Kampf verlieren. Aber was sollte er tun? Er hatte nicht die Zeit, über einen möglichen Ausweg nachzudenken. Ständig musste er zurückweichen, zur Seite springen oder sich wegducken. Auf keinen Fall durfte er den drei Angreifern den Rücken zuwenden, ebenso wenig durfte er sich in die Enge treiben lassen. Er tänzelte vor und zurück, vollzog Ausweichmanöver um Ausweichmanöver und hatte den Saal bald zweimal in seiner gesamten Länge durchquert. Er war so in Bedrängnis, dass er nicht einmal dazu kam, sich nach seinen Gefährten umzusehen. Keuchen und Schwerterklirren hallten durch den Saal, Schatten huschten über die Wände. Der Kampf konnte nur auf eine Art enden: mit einer vernichtenden Niederlage. Damián hatte jede Hoffnung verloren.

Im nächsten Moment kam es wie befürchtet: Als Damián einen Schlag von rechts abwehrte, konnte er einer Attacke von links nicht mehr ausweichen. Der Angreifer benutzte nicht einmal sein Krummschwert. Er senkte ganz einfach den Kopf und rammte Damián mit voller Wucht in den Magen. Damián verschlug es den Atem, er wurde rückwärts gegen die Wand geschleudert. Über ihm lösten sich mehrere Waffen von den Haken und fielen klirrend zu Boden. Bevor sich Damián wieder aufrappeln konnte, packten ihn zwei der Männer brutal an den Armen und rissen ihn auf die Füße. Mit aller Kraft versuchte er sich loszureißen und umklammerte krampfhaft sein Schwert – vergeblich. Schnell hatten ihn die Männer entwaffnet. Er war ihnen schutzlos ausgeliefert.

Verzweifelt hob er den Blick und sah dem dritten Mann in die Augen. Der Kerl mit dem seltsamen Symbol auf der Stirn starrte mit einem bösen Funkeln in den Augen zurück, setzte Damián die Spitze seines Krummschwerts auf die Brust und setzte zum tödlichen Stoß an.

»Nicht, du Idiot!«, brüllte der Mann, der Damiáns rechten Arm umklammert hielt.

Damián hatte keine Ahnung, warum sie sein Leben verschonten, aber dem Tod so knapp entronnen zu sein, erfüllte ihn mit neuem Mut. Der Mann zu seiner Rechten hob eine Hand, um das Krummschwert seines Komplizen fortzustoßen, und umklammerte deshalb seinen Arm nicht mehr ganz so fest. Damián riss sich los und donnerte dem Kerl die Faust ins Gesicht.

Er ließ sich zu Boden fallen und zog den zweiten Mann mit sich, der immer noch seinen linken Arm umklammert hielt. Ineinander verkeilt wälzten sie sich über den Boden. Damián versuchte verzweifelt, sich zu befreien, während sein Gegner ihn auf keinen Fall loslassen wollte. Nach einer Seitwärtsrolle erstarrte der Fremde plötzlich, und das Leben wich aus seinen Augen. Damián sprang auf die Füße, während der Körper seines Feindes zur Seite kippte: Der Mann war über eine exotische Waffe gerollt, deren hochragende Stacheln sich ihm in den Rücken gebohrt hatten. Damián schoss durch den Kopf, dass ihn selbst dieses Schicksal hätte treffen können, aber er hatte keine Zeit, sich über sein Glück zu freuen: Schon stürzten sich zwei weitere Männer auf ihn.

Er kam gerade noch dazu, sich das Krummschwert seines Gegners zu schnappen, bevor er abermals um sein Leben kämpfen musste.

Als der Kampf losbrach, hatte sich Lorilis im hintersten Winkel des Saals hinter einer Stoffpuppe versteckt. Was sollte sie auch sonst tun? Sie konnte nicht mit Waffen umgehen und hatte keinerlei Kampferfahrung. Der Dolch, den ihr Damián in Lusend Ramas Tempel gegeben hatte, war in ihren Händen so nutzlos wie ein morscher Zweig. Aus Angst, einer ihrer Feinde könnte sie bemerken, wagte sie nicht einmal, die Waffe zu ziehen. Sie gab ein viel zu leichtes Opfer ab.

Dabei war sie alles andere als feige. Lorilis hätte alles dafür gegeben, ihren Gefährten helfen zu können. Sogar Najel kämpfte an der Seite seiner Schwester, dabei war er jünger als sie. Allerdings wusste er seinen Stock geschickt einzusetzen, während sie sicher schon beim ersten Schlagabtausch getötet werden würde.

Der Ausgang des Kampfes war mehr als ungewiss. Maara hatte zwei Kerle mit der Armbrust niedergestreckt und zusammen mit ihrem Bruder zwei weitere Männer kampfunfähig gemacht. Auch Damián hatte sich nach einem erbitterten Gerangel am Boden eines Gegners entledigt. Aber

Lorilis' fünf Gefährten standen immer noch sieben Feinde gegenüber, und die verbliebenen Männer waren sicher die zähesten. Souanne und Guederic war es bisher nicht gelungen, den drei Schwertkämpfern beizukommen, die ihnen zu Leibe rückten. Die beiden wurden immer weiter zurückgedrängt. Lorilis konnte doch nicht einfach mit ansehen, wie ihre Freunde niedergemetzelt wurden, ohne etwas zu unternehmen!

Sie versuchte, Mut aus der Erinnerung an ihre Eltern zu schöpfen. Niss und Cael waren Helden, die unglaubliche Abenteuer bestanden hatten. Beide hatten Göttern, Dämonen und Ungeheuern die Stirn geboten, um einen blutigen Krieg zu beenden und die bekannte Welt zu retten, und ihre Tochter hatte nicht einmal den Schneid, ihren Gefährten in einem Kampf gegen gewöhnliche Sterbliche beizustehen? Was war sie nur für ein Feigling!

Plötzlich stieg das Bild ihrer Großmutter vor ihrem geistigen Auge auf. Als sie das Jal entdeckt und den Hexer Saat besiegt hatte, war Léti kaum älter gewesen als Lorilis jetzt. *Sie* hätte sich bestimmt nicht in einer dunklen Ecke versteckt, um dem Kampf zu entgehen. Im Gegenteil, sie wäre vorangestürmt und hätte die Männer bereuen lassen, je einen Fuß in die Burg gesetzt zu haben.

Dieser Gedanke verlieh Lorilis die Kraft, sich aufzurichten. Es mochte reichen, wenn sie den anderen nur ein bisschen Luft verschaffte. Sie würden sicher jeden noch so kleinen Vorteil zu nutzen wissen. Jetzt brauchte sie nur noch eine Idee, und zwar schnell! Was konnte sie tun? Wie konnte sie in den Kampf eingreifen, ohne dass es einem Selbstmord gleichkäme?

Da hatte sie einen Geistesblitz. Souanne und Guederic

hatten im Zuge zahlreicher Ausweichmanöver mit ihren drei Angreifern den Platz getauscht, und die Männer wandten Lorilis jetzt den Rücken zu. Eine solche Gelegenheit würde sich so schnell nicht wieder bieten!

Abermals überfiel Lorilis lähmende Angst. Sie wagte nicht, sich von der Wand zu lösen. Was, wenn einer der Angreifer sie dabei ertappte, wie sie durch den Saal schlich? Was, wenn er sie mit seinem Schwert verletzte? Wie würde es sich anfühlen, wenn ihr die Klinge ins Fleisch schnitt? Oder würde er sie gleich töten?

Plötzlich schrie Guederic auf: Er war am Oberschenkel getroffen worden. Aus einem tiefen Schnitt spritzte Blut und färbte seine Hose rot. Tränen liefen ihm übers Gesicht, aber er kämpfte tapfer weiter.

Lorilis gab sich einen Ruck. Sie durfte nicht länger zögern. Fieberhaft rannte sie hinüber zu der Wand, an der die Waffen hingen, und packte einen Holzschild, der ihr bis zum Kinn reichte. Sie warf ihren Dolch fort und griff stattdessen nach einem Knüppel mit Eisenstacheln, der ihr zwar schwer in der Hand lag, sich aber einfacher handhaben ließ. Derart bewaffnet schlich sie auf Souannes und Guederics Gegner zu.

Lorilis wagte kaum zu atmen, während sie über den Rand ihres Schilds spähte. Ihre Gegner sprangen ständig vor und zurück, schwangen ihre Schwerter oder wirbelten zur Seite, um Souannes und Guederics Hieben auszuweichen. Bald war Lorilis nah genug. Jetzt gab es kein Zurück mehr. Mit dem Mut der Verzweiflung legte sie die letzten Schritte zurück und ließ ihren Knüppel auf den Schädel eines der Männer niedersausen.

Sie schlug mit aller Kraft zu, aber der Mann ging nicht

zu Boden. Lorilis erstarrte vor Schreck, als er sich zu ihr umwandte. Aus seinen Augen blitzten Hass und ungebrochener Kampfgeist.

Als der Mann mit dem Schwert nach ihr stieß, duckte sich Lorilis blitzschnell hinter den Schild. Der Schlag der Klinge gegen das Holz brachte sie fast zu Fall, und sie kauerte sich noch etwas mehr zusammen. Plötzlich kam ihr der Schild gar nicht mehr so massiv vor. Ein zweiter und dritter Hieb erschütterten das Holz, und das Beben übertrug sich auf ihren Körper. *So also würde sie enden! Niedergemetzelt von einem Söldner, ohne auch nur den Grund dafür zu kennen!* Ihre Verzweiflung drängte alles andere in den Hintergrund. Es war so ungerecht! Sie hatte den Tod nicht verdient! Was half es den Anhängern einer obskuren Sekte, wenn sie starb? Noch vor einem Dekant hatte sie nichts von dem Geheimnis des Jal gewusst. Falls es darum überhaupt ging …

Lorilis umklammerte ihren Schild und gab jede Hoffnung auf, lebend aus dem Saal herauszukommen. Dabei bräuchte es gar nicht viel … Einer der anderen könnte sie retten … Ihr Gegner könnte Erbarmen haben …

Aber da konnte sie gleich auf ein Wunder hoffen: Der Mann schlug immer heftiger zu und schien sich in eine regelrechte Raserei hineinzusteigern. Obwohl er ihr längst den Rest hätte geben können, drosch er immer weiter auf den Holzschild ein und weidete sich an ihrer Furcht.

Nun empfand Lorilis nicht mehr nur Angst, sondern mindestens ebenso viel Hass. Sie wünschte, der Mann würde vor Anstrengung einen Herzanfall bekommen und tot umfallen. Ohne zu zögern holte sie abermals mit dem Knüppel zum Gegenschlag aus. Auch er sollte wissen, was Schmerz ist, wenigstens einmal! Er sollte von ihr nicht das Bild eines verschreckten Kindes zurückbehalten, das er wie einen Käfer zerquetscht hatte. Doch der Mann hatte keinerlei Mühe, Lorilis' ungeschicktem Schlag auszuweichen. Ihre Gegenwehr schien ihn sogar zu amüsieren, denn er verlangsamte seine eigenen Schläge, um sie noch mehr zu demütigen. Lorilis schossen Tränen in die Augen. Sie dachte an Niss, Cael und ihre Großeltern, die sie mit viel Liebe großgezogen hatten. Und für diesen Kerl war sie schon so gut wie tot! Für ihn war sie nur ein Spielzeug, das er zerbrechen konnte, wann immer er wollte.

Dieser Gedanke setzte ihr noch mehr zu als die Schwertschläge. Lorilis versuchte abermals, den Mann mit ihrem Knüppel zu treffen. Sie wollte ihm wehtun, ihn für seine Grausamkeit bestrafen, ihn so schwer verletzen, dass er sich sein Leben lang nicht davon erholen würde. Dieser Wunsch wurde immer stärker und mit ihm die Enttäuschung, dass er unerfüllt bleiben würde. Der Mann wich ihrem Knüppel weiterhin ohne große Mühe aus. Lorilis wurde immer wütender.

Irgendwann erreichten ihr Hass und ihre Verzweiflung einen Höhepunkt. Erneut spürte sie, wie ihre Sinne schärfer wurden und sich ihre Umgebung zu verändern schien. Plötzlich nahm sie alle Ströme, Kräfte und Elemente wahr, aus denen die Welt bestand. Instinktiv nahm sie die Energie, die die Gegenstände in ihrer Nähe abgaben, in sich auf, obwohl sie keine Ahnung hatte, wie das überhaupt möglich war. Dann schleuderte sie diese geballte Energie ihrem Widersacher entgegen.

Ein greller Blitz erhellte den Saal. Kurz war Lorilis komplett in blaues Licht getaucht. Im nächsten Moment war es vorbei. Alle Kämpfer im Raum hatten innegehalten und starrten sie an.

Lorilis zitterte am ganzen Leib. Sie fühlte sich leer und verlorener denn je.

Ihr Gegner stand da und rührte sich nicht. Dann knickten seine Knie ein, und er sank schlaff wie ein Lumpenbündel zu Boden – als wäre er vom Blitz getroffen worden.

Guederic spürte die Wunde an seinem Oberschenkel kaum, denn der körperliche Schmerz war nichts im Vergleich zu den seelischen Qualen, die er ausstand. Lange würde er den Wunsch, der ihn erneut zu überwältigen drohte, nicht mehr unterdrücken können – den Wunsch zu töten.

Sein Körper lechzte danach, abermals dieses berauschende Gefühl zu spüren, und Guederic kämpfte mit schier unmenschlicher Kraft dagegen an. Die Vorstellung, noch einmal einen anderen Menschen zu töten, auch wenn es sich um einen Feind handelte, war einfach zu grauenhaft. Seit er wusste, dass Cael als Junge von einem Dämon besessen gewesen war, ließ ihn der Gedanke nicht mehr los, dass es sein Untergang wäre, wenn er sich seinen niedersten Instinkten hingab. Zwar erlebte er nicht das Gleiche wie Cael, aber er hatte entsetzliche Angst, dass auch er irgendwann einen Freund oder Verwandten angreifen könnte, so wie Cael unter dem Einfluss des Dämons versucht hatte, Léti zu erwürgen.

So ehrenhaft der Versuch auch war, seinem Drang zu widerstehen, geriet er dadurch immer mehr ins Hintertreffen. Weil Guederic seine Gegner auf keinen Fall tödlich verletzen wollte, beschränkte er sich darauf, ihre Schläge zu parieren. Den Kampf gewinnen konnte er so nicht. Zudem fehlte ihm die außergewöhnliche Kraft, die ihm sein Blutrausch verlieh. Ohne sie war er bestenfalls ein mittelmäßiger Schwertkämpfer. Wäre Souanne nicht gewesen, hätte er längst schlimmere Verletzungen davongetragen als die an seinem Oberschenkel.

Doch auch Souanne konnte kein Wunder vollbringen. Ihre drei Gegner waren geschickte Kämpfer, und weil Guederic keine Anstalten machte, die Männer anzugreifen, konnte auch die Legionärin nichts anderes tun, als Schlag um Schlag zu parieren.

Seit er am Bein verwundet worden war, liefen Guederic Tränen über das Gesicht, und er war von seinem inneren Kampf mittlerweile völlig erschöpft. Verzweiflung wallte in ihm auf. Wenn er nicht bald etwas unternahm, würden sein Bruder, sein Cousin und die anderen den Tod finden. Wenn er sich jedoch seinem abscheulichen Trieb hingab, war er selbst verloren. Außerdem war völlig unklar, ob es ihm gelingen würde, seine Raserei nur gegen seine Feinde zu richten. Vielleicht würde er seinen Gefährten im Blutrausch mehr schaden als nützen.

So behielt die Vernunft vorerst die Oberhand. Lange würde er jedoch nicht mehr widerstehen können. Es wäre so einfach, seinem Gegner das Krummschwert ins Herz zu rammen, anstatt sich immer nur zu verteidigen. Ihn zu töten und ihm all seine Lebenskraft zu rauben, um selbst stärker zu werden und sich an dem Gefühl der Macht zu berauschen … Nein! Er wollte kein Ungeheuer werden, wollte seiner Mutter keine Schande bereiten, seinen Vater nicht enttäuschen. Amanón hatte sein Leben lang das Böse bekämpft, das nun seinen Sohn in Versuchung führte. Guederic durfte nicht nachgeben. Andererseits … Er und seine Gefährten befanden sich in einer aussichtslosen Lage, umzingelt von Feinden, die kein Erbarmen kannten. Er musste handeln, ganz gleich, welchen Preis er dafür zahlen musste! Sonst waren sie alle verloren!

Gerade als Guederic alle Hoffnung aufgeben wollte, passierte am anderen Ende des Saals etwas, das seinen Gegner für einen Moment ablenkte. Neben Lorilis, die irgendwie in den Kampf hineingeraten war, blitzte plötzlich ein bläuliches Licht auf, und einer der Eindringlinge sank tot zu Boden. Guederic nutzte die Chance: Er ließ das Krummschwert fallen und stürzte sich auf seinen Gegner. Mit links packte er die Hand, mit der dieser ihm das Schwert in den Leib stoßen wollte. Gleichzeitig rammte er dem Mann mit aller Kraft die rechte Faust in den Magen.

Der Schlag nahm seinem Gegner den Atem, er klappte vornüber und seine Arme baumelten schlaff herab. Guederic entriss ihm das Schwert und schleuderte es weit von sich. Am liebsten hätte er den Mann zu Boden geworfen und seinen Kopf so lange gegen die Steinplatten geschlagen, bis er seinen letzten Atemzug tat. Nur mit gewaltiger Willensanstrengung gelang es ihm, von dem Mann abzulassen, der sich mittlerweile auf dem Boden zusammenkrümmte.

Aber jetzt hatte er Blut geleckt. Wenn es ihm nicht schnell gelang, seine Aufmerksamkeit auf etwas anderes zu richten, würde er dem Drang nachgeben, sein Opfer zu töten. Fiebrig sah er sich nach seinen Gefährten um. Lorilis kauerte auf dem Boden. Sie wirkte unverletzt, aber völlig benommen. Damián war dabei, seinen letzten Gegner in die Enge zu treiben, während Maara und Najel gemeinsam auf einen weiteren Kerl einhieben. Nur Souannes Gegner schien noch eine echte Bedrohung darzustellen, und er befand sich ganz in seiner Nähe. Guederic rannte los und sprang ihn von hinten an.

Der Mann wehrte sich heftig und versuchte, ihn abzuschütteln, während er zugleich mit dem Schwert nach ihm stieß. Aber Guederic hatte ihn fest im Griff. *Es wäre so einfach, so berauschend …*

Guederic kämpfte erneut an zwei Fronten: Einerseits versuchte er, seinen Gegner außer Gefecht zu setzen, andererseits musste er mit aller Kraft dem Drang widerstehen, ihm mit einem Ruck das Genick zu brechen.

Mit großer Selbstbeherrschung gelang es ihm, seinen Gegner und sich selbst zugleich zu besiegen. Eingezwängt in Guederics Klammergriff gab der Mann schließlich auf und rührte sich nicht mehr. Zwei Schritte vor ihm stützte sich Souanne keuchend auf den Knien ab und sah erstaunt, aber dankbar zu ihm herüber. Sie war schweißgebadet und völlig außer Atem.

Als Guederics voriger Gegner, der sich auf dem Boden zusammengekrümmt hatte, plötzlich aufsprang und sich auf sie stürzte, hätte sie fast nicht mehr schnell genug reagieren können.

Sie riss das Schwert hoch, und in seiner Hast spießte sich der Angreifer auf ihrer Waffe auf. Souanne, die dem Sterbenden direkt ins Gesicht sah, riss die Augen auf, und was sich dann auf ihrem Gesicht abzeichnete, ließ Guederic erschaudern. In Souannes Augen loderte eine Flamme. Er wurde leichenblass.

»Du … Du hast einen Menschen getötet«, sagte Guederic tonlos. »Und du hast es gespürt, habe ich Recht? Du hast dieses … dieses … *Gefühl* gespürt!«

Die Legionärin sah ihn an, schien ihn aber nicht wahrzunehmen. Langsam stand sie auf und kam auf ihn zu. Als Guederic begriff, was sie vorhatte, war es schon zu spät: Sie holte aus und rammte dem Mann, den er immer noch umklammert hielt, ihr Schwert mitten ins Herz. Guederic war nicht überrascht. Vielmehr war er wütend, enttäuscht – und neidisch. Er missgönnte Souanne die Ekstase, die bei dem Stoß auf ihrem Gesicht aufgeblitzt war. Er selbst hatte diesen Rausch spüren wollen! Wutschnaubend ließ Guederic den Toten zu Boden gleiten und ballte die Fäuste.

Er merkte, wie er seinem Drang zu töten nachzugeben drohte, und klammerte sich verzweifelt an den letzten klaren Gedanken, den er noch fassen konnte. Um ihn herum lagen zehn Leichen am Boden. Wollte er tatsächlich ein weiteres Leben auslöschen? *Nein!*, schrie es in ihm.

Er wandte sich ab und rannte aus dem Saal. Was mit den anderen geschah, war ihm gleich. Er wollte nur weg. Wenn er nur einen Moment länger bliebe, würde etwas Schreckliches geschehen.

Najel war voller Bewunderung für die kriegerischen Fähigkeiten seiner Schwester. Sie tötete ihre Gegner gnadenlos, während er sich darauf beschränkte, ihr den Rücken freizuhalten. Mit ihrer Lowa hatte sie bereits drei Männer niedergestreckt, und ihren letzten Gegner, der sich als sehr viel zäher als die anderen erwies, ereilte bald dasselbe Schicksal. In diesem Moment stürzte Guederic Hals über Kopf aus dem Saal.

Maara warf ihm einen Blick zu, bei dem es Najel eiskalt den Rücken hinunterlief. Sagen musste sie nichts. Als sie Guederic hinterherrannte, folgte er ihr sofort, obwohl er lieber zehn weiteren bewaffneten Eindringlingen die Stirn geboten hätte.

Bevor Najel den Saal verließ, griff er sich eine der Lampen, die sie auf dem Boden abgestellt hatten. Bei dieser Gelegenheit vergewisserte er sich auch, dass Lorilis unverletzt und Damián außer Gefahr war. Gerade trat Souanne neben den Lorelier, um ihm im Kampf gegen den letzten Gegner beizustehen. Gleich darauf hasteten die Wallatten allein durch einen düsteren Gang. In der Ferne erklang der Widerhall von Guederics Schritten.

»Was, wenn uns irgendwo weitere Männer auflauern?«, stieß Najel hervor. »Sollten wir nicht besser bei den anderen bleiben und uns später um die Sache kümmern?«

»Wir haben schon viel zu lange gewartet«, gab Maara zurück. »Wir müssen es endlich hinter uns bringen. Und zwar heute Nacht.«

Ihr Ton duldete keinen Widerspruch. Von dem Kampf war Maaras Haar schweißnass, ihre Züge waren grimmig. Wie alle Gefährten hatte sie einige Schläge einstecken müssen, und ihre Kleider waren an zahlreichen Stellen zerrissen. Mit dem Blut auf dem Schild und der Klinge ihrer Lowa sah sie aus wie eine furchterregende Kriegerin, wie jemand, den man lieber nicht gegen sich aufbrachte.

»Er hat einen zu großen Vorsprung«, fauchte Maara. »Er wird uns noch abhängen!«

An einer Abzweigung blieben die Geschwister stehen und lauschten. Noch konnten sie sich am entfernten Geräusch von Guederics Schritten orientieren. Auch an der nächsten Kreuzung hörten sie den Widerhall, aber kurz darauf vernahmen sie nur noch tiefe Stille.

»Er hat nicht mal eine Lampe«, schimpfte Maara. »Wie kann er so schnell rennen, wo es doch stockdunkel ist? Warum hat er sich nicht längst den Hals gebrochen?«

»Vielleicht hat er vor irgendetwas Angst«, murmelte Najel.

Der drohende Blick, den sie ihm zuwarf, brachte ihn zum Schweigen. Seine Schwester wollte offenbar nicht über den Gemütszustand des Mannes nachdenken, den sie verfolgten. In Anbetracht ihres Vorhabens war das wohl auch besser so.

»Da!«, rief sie triumphierend.

Sie zeigte auf einen dunklen, feuchten Fleck. Ein Blutstropfen. Najel schnürte es die Kehle zusammen. Das Ganze erinnerte ihn an eine erbarmungslose Jagd. Es war, als hetzten sie ein verwundetes Tier. Bei dem Gedanken wurde ihm schlecht, aber er wagte nicht, etwas zu sagen, um seine Schwester nicht noch wütender zu machen. Maara freute sich sichtlich über den Beweis, dass Guederic hier vorbeigekommen war. Ohne zu zögern nahm sie die Verfolgung wieder auf. Im Laufen hielt sie den Blick auf den Steinboden gesenkt und folgte der Blutspur. Die Geschwister durchquerten mehrere Säle, liefen einen weiteren Gang entlang und gelangten schließlich in ein leeres Zimmer.

Najel spürte Guederics Gegenwart, noch bevor das Licht seiner Laterne auf den jungen Mann fiel. Mit umschlungenen Knien kauerte er an der Wand und bot einen jämmerlichen Anblick. Guederic blinzelte, hob den Blick und sah Maara in die Augen.

Was Guederic darin las, ließ ihn aufspringen.

Maara ging sofort zum Angriff über. Sie wollte die Sache so schnell wie möglich hinter sich bringen. In der Eile unterschätzte sie ihren Gegner jedoch, und Guederic gelang es, sie am Arm zu packen. Er entriss Maara die Lowa und stieß sie zurück.

Najel hatte noch nicht entschieden, ob er in den Kampf eingreifen sollte oder nicht, da stürzte sich seine Schwester schon wieder auf den Lorelier. Beide gingen zu Boden, rollten über die Steinplatten und rangen um die Lowa. Mal schien Maara die Oberhand zu haben, dann wieder konnte sich Guederic ihrem Griff entwinden und sie zu Boden drücken. Schließlich gelang es Maara, sich auf Guederic zu setzen, seinen Brustkorb mit den Schenkeln zu umklammern und seine Oberarme zu packen. Guederic wehrte sich noch einen Moment, aber dann erschlafften seine Glieder, und er leistete keinen Widerstand mehr. Er hatte aufgegeben.

»Macht schon!«, rief er schluchzend. »Bringt es hinter euch!«

»Na los, Najel!«, befahl Maara.

Mit flauem Magen stellte der Junge die Lampe ab, legte seinen Wanderstock beiseite und hob die Lowa auf, die ihm vor die Füße geschlittert war. Langsam ging er auf Guederic zu. Aus unerfindlichen Gründen schien sich der Lorelier mit seinem Schicksal abgefunden zu haben. Er wollte sterben. Das genügte, um Najel, der ohnehin schon von Zweifeln geplagt wurde, von seinem Vorhaben abzubringen.

»Ich kann nicht«, sagte er leise.

»Tu es!«, fuhr ihn Maara an.

Er wagte nicht, seine Schwester anzusehen. War sie sich ihrer Sache wirklich sicher? Ein kaltblütiger Mord gehörte nicht zu den Gewohnheiten der Wallatten und schon gar nicht zu denen der B'ree. Wie konnten sie einen Mann umbringen, der sich ihr ergeben hatte?

»Ich kann nicht«, wiederholte Najel.

Er öffnete die Hand und ließ die Waffe fallen. Maara sprang auf die Füße und packte ihre Lowa, die klirrend auf den Boden aufgeschlagen war. Sie wirbelte zu Guederic herum, zum Kampf bereit. Er aber rührte sich nicht. Er lag einfach da und wartete, dass sie ihm den Gnadenstoß versetzte.

Voller Entsetzen beobachtete Najel die Szene. Seine Schwester hob die Waffe. Dann ließ sie den Arm wieder sinken, biss die Zähne zusammen und holte abermals aus. Doch wieder konnte sie sich nicht dazu durchringen, Guederic den Schädel zu spalten. Es wäre leichter gewesen, wenn er Widerstand geleistet hätte und wenn sie nicht schon zweimal Seite an Seite gegen ihre Feinde gekämpft hätten. Maara sank auf die Knie, brach in Tränen aus und packte Guederic an den Schultern.

»Was hast du meinem Vater angetan?«, fragte sie schluchzend. »Was hast du meinem Vater angetan, dass er uns befiehlt, dich zu töten?«

Guederic blickte sie mit tränenüberströmten Wangen an.

»Ich weiß es nicht«, antwortete er kopfschüttelnd. »Ich weiß es nicht …«

Najel kniete sich neben die beiden und legte ihnen jeweils einen Arm um die Schultern. In diesem Augenblick gaben sie einander ein stummes Versprechen: Sie würden herausfinden, welches Geheimnis ihre Eltern noch vor ihnen verbargen. Gemeinsam.

Josion hatte keine Ahnung, wie lange er schon in der Gewalt des Hexers war, ob eine Dezille oder einen ganzen Tag. Und das hatte einen einfachen Grund: Seine Welt bestand nur noch aus Schmerz.

Josion hatte nicht nur jedes Zeitgefühl verloren, der Schmerz ließ auch Trugbilder vor seinen Augen aufsteigen, die seine geheimsten Sehnsüchte spiegelten. Seine gequälten Sinne gaukelten ihm vor, hinter seinem Peiniger wäre plötzlich eine vertraute Gestalt aufgetaucht, hätte den Hexer mit der Lanze Zaya'nat durchbohrt, und der Mann wäre tot zu Boden gesunken. Der Schmerz schien aus seinem Körper herauszuströmen, aber auch das war natürlich nur eine Illusion. Was sonst?

Gleich darauf kam es ihm vor, als liefe er über den Burghof, dabei konnte er sich doch gar nicht auf den Füßen halten. Und er wurde von jemandem gestützt, von jemandem, dessen Geruch einzigartig war. Seit vier Jahren hatte er diesen Geruch nicht mehr eingeatmet.

»Mutter?«, stammelte er.

Zejabel – oder vielmehr ihr Trugbild – gab keine Antwort. Sie strich ihrem Sohn nur kurz über das Gesicht und führte ihn weiter auf den Wehrturm zu. Josion wurde von einem heftigen Schwindel erfasst. Plötzlich war er nicht mehr sicher, es tatsächlich mit einer Halluzination zu tun zu haben, und dieser Gedanke brachte die Welt um ihn herum ins Wanken.

»Mutter?«, wiederholte er. »Ist Vater auch hier? Und die anderen?«

Wieder erhielt er keine Antwort. Er hörte nur, wie Zejabel anfing zu weinen.

AHNENTAFEL

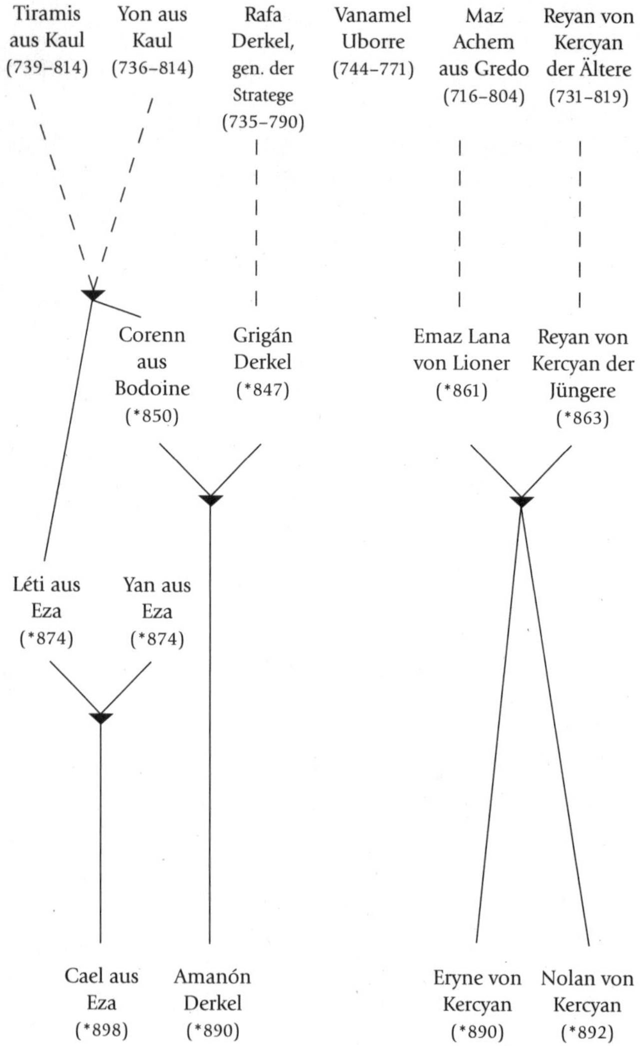
Tiramis aus Kaul (739–814)
Yon aus Kaul (736–814)
Rafa Derkel, gen. der Stratege (735–790)
Vanamel Uborre (744–771)
Maz Achem aus Gredo (716–804)
Reyan von Kercyan der Ältere (731–819)
Corenn aus Bodoine (*850)
Grigán Derkel (*847)
Emaz Lana von Lioner (*861)
Reyan von Kercyan der Jüngere (*863)
Léti aus Eza (*874)
Yan aus Eza (*874)
Cael aus Eza (*898)
Amanón Derkel (*890)
Eryne von Kercyan (*890)
Nolan von Kercyan (*892)

DIE WEISEN VON JI UND IHRE ERBEN

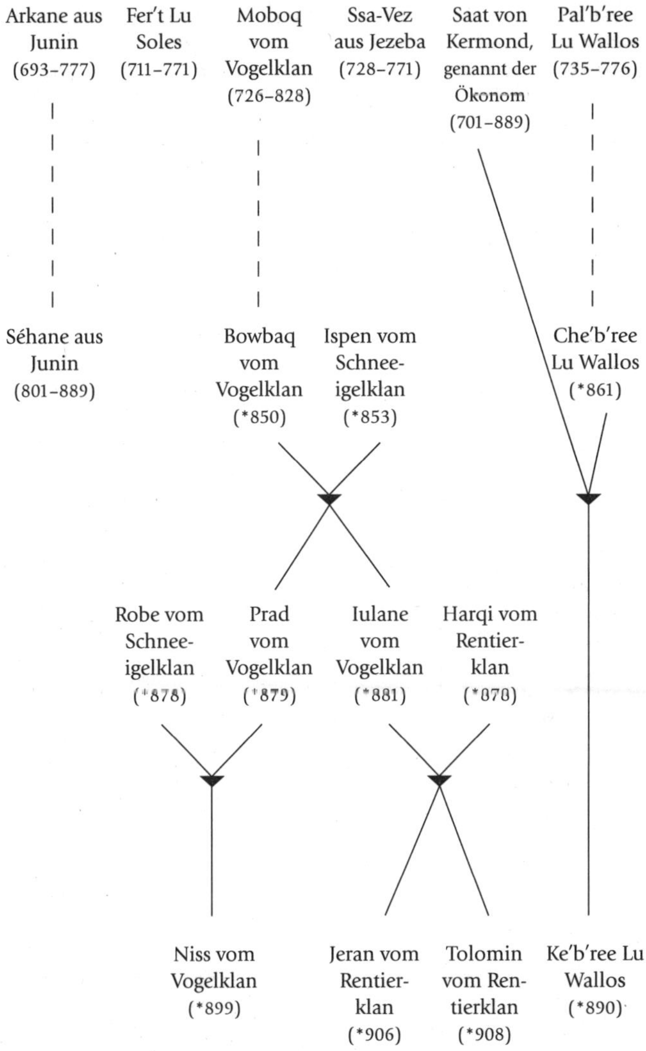

KLEINES LEXIKON DER BEKANNTEN WELT

ALIOSS

Der Anführer. Alioss ist der Gott der Familienväter, Klanchefs und Königsgeschlechter Gritehs. Nur Männer der oberen Stände dürfen ihm dienen: Krieger, Priester, Edelmänner und Handwerker. Frauen, Bettlern und Verbrechern ist es verboten, auch nur den Namen des Allmächtigen auszusprechen.

Die Göttin Aliara erfüllt eine ähnliche Rolle für die weiblichen Einwohner Gritehs, auch wenn sie kein so hohes Ansehen genießt. In den Unteren Königreichen muss der König jedem Tempelbau seinen Segen erteilen, und kein König würde je erlauben, dass sich Frauen in einem Tempel versammeln.

ALT

Der Alt ist der größte Fluss der bekannten Welt. Er entspringt in den höchsten Bergen des Rideau, fließt durch Itharien und Romin und mündet schließlich in den Spiegelozean.

Einer goronischen Legende zufolge werden die Toten eines Tages in riesigen Geisterschiffen den Fluss heruntergefahren kommen, um sich für alles Leid zu rächen, das ihnen zu Lebzeiten angetan wurde. Hin und wieder behauptet jemand, die Vorhut dieser Armee der Finsternis gesehen zu haben. Aus diesem Grund lassen manche Häfen nach Einbruch der Dunkelheit kein Schiff mehr einlaufen.

ALTES LAND
Anderer Name des Königreichs Romin.

ALUÉN
Auch wenn sein Geburts- und Todesjahr nicht überliefert sind, geht man davon aus, dass Aluén gegen Ende des achten Äons kurz nach dem Untergang des Itharischen Reichs in Partacle herrschte.
Während sich die Itharier der Religion zuwandten, nachdem Eurydis ihnen zum zweiten Mal erschienen war, lieferten sich die befreiten Völker blutige Bürgerkriege um die Reichtümer, die die einstigen Eroberer zurückgelassen hatten. Es heißt, dass Aluén einen Schatz anhäufte, der sogar den des Kaisers von Goran übertraf.
Dieser Schatz ist jedoch spurlos verschwunden. Einer Legende zufolge soll ein Teil des Schatzes im Grab seines Besitzers versteckt sein, allerdings weiß heute niemand mehr, wo sich dieses Grab befindet. Sieben Grabstätten wurden bereits erfolglos durchsucht, aber die Schatzjäger geben die Hoffnung nicht auf.

AMARIZIER
Amarizische Priester führen ein gottesfürchtiges und frommes Leben. Die meisten bleiben bis zu ihrem Tod innerhalb der Mauern eines Gemeinschaftstempels und vollziehen die religiösen Riten. Für manche Amarizier ist es jedoch der höchste Beweis ihrer Liebe zu Gott, Ungläubige zu bekehren, und so ziehen sie durch die Lande, um »verlorene Seelen« zu retten.
Amarizier lehnen Theoretiker ab, da sie es für anmaßend halten, den göttlichen Willen auszulegen.

Es gibt viele Ausprägungen des amarizischen Glaubens – vermutlich vielleicht ebenso viele wie Dörfer der bekannten Welt. In den Oberen Königreichen wird Odrel am häufigsten verehrt.

AÒN
Fluss in den Unteren Königreichen, der in den Jezebahöhen entspringt und bei Mythr ins Feuermeer mündet. Viele große Städte der Unteren Königreiche liegen am Ufer des Aòn: La Hacque natürlich, aber auch Quesraba, Tarul und Irzas.
Es hält sich hartnäckig das Gerücht, der Unrat der Menschen ziehe in der heißen Jahreszeit Raubfische aus dem Meer an. Sie schwämmen den Fluss bis La Hacque hoch und schreckten auch nicht davor zurück, Menschen anzugreifen und zu zerfleischen. Obwohl es in der Vergangenheit tatsächlich einige Attacken von Ipovanten gab und einmal sogar den Angriff eines Dornhais, sind solche Vorfälle äußerst selten.

ARGOS
Die Argosfelsen befinden sich in den Unteren Königreichen, ganz im Osten der Jezebahöhen. Berühmt sind sie vor allem für ihr Echo, das eindrucksvollste der bekannten Welt. Zahlreiche Legenden ranken sich um diese Felsen.
Es heißt, das Echo von Argos habe ein Gedächtnis, und wer nur stumm dastehe und geduldig abwarte, dem gäben die Felsen irgendwann die Geheimnisse preis, die ihnen im Laufe der Jahrhunderte anvertraut wurden.

ARKISCH
Wichtigste Sprache Arkariens.

AVATAR
Inkarnation oder Verkörperung einer Gottheit in einer anderen Gestalt als seiner eigentlichen.

BELLICA
Die Bellica ist eine Spinne, die im Norden der Fürstentümer heimisch ist. Ihr Biss ist für den Menschen nicht tödlich, und sie greift nur bei zwei Gelegenheiten an: wenn ihr Nest bedroht ist oder wenn sie einer Artgenossin begegnet. Aufgrund dieser Eigenschaft eignet sich diese Spinnenart gut für Schaukämpfe. Bellica-Kämpfe sind in den Unteren Königreichen ein beliebter Zeitvertreib. Es werden regelrechte Turniere veranstaltet, und die Wetteinsätze erreichen schwindelerregende Höhen. Der Todeskampf zweier Bellica-Spinnen ist ein beeindruckendes Schauspiel. Wenn die beiden handtellergroßen Tiere aufeinander losgelassen werden, stellen sie sich zunächst auf ihre vier Hinterbeine und versuchen, die Gegnerin mit Drohgebärden einzuschüchtern: Sie bewegen ihre Kieferklauen, vollführen nervöse kleine Sprünge und klappern mit den Beißwerkzeugen.
Es ist jedoch äußerst ungewöhnlich, dass eine der Gegnerinnen zu diesem Zeitpunkt aufgibt. Als Nächstes folgt ein Kampf auf Leben und Tod, in dem sich die Spinnen ineinander verbeißen. Sie versuchen, ihre Widersacherin mit ihrem Gift zu lähmen oder sie in ein Netz einzuspinnen. Oft gewinnt die scheinbare Verliererin im letzten Moment die Oberhand. Manche Spinnen stellen sich tot, um ihre

Gegnerin zu täuschen. Andere gewinnen den Kampf, obwohl sie mehrere Beine verloren haben.
Die Siegerin frisst immer den Kopf der Verliererin, und zwar nur den Kopf. Eine Spinne, die man daran hindert, verliert ihre Angriffslust und stirbt.

BROSDA
Ein Gott, der vor allem im Matriarchat von Kaul verehrt wird. Er ist der Sohn des Xéfalis und dem Spiegelbild Echoras.
Brosda ist der Gott der Fischer. Sein Reich ist weder das Wasser noch das Land, sondern die Grenze zwischen beiden. Er ist ein neutraler Gott und wird je nach Ort und Epoche verehrt oder gefürchtet. In den Geschichten über Brosda kommen auch Seeungeheuer vor, was vor allem den Kindern gefällt.

BRUDER
Die Mitglieder der Großen Gilde bezeichnen sich gegenseitig als Brüder. Andere Verbrechergilden haben die Bezeichnung übernommen.
Manche geben ihren Mitgliedern bei Eintritt sogar einen neuen Namen und bilden regelrechte »Familien«.

CREVASSE
Hauptstadt Arkariens, die zum Klan des Falkens gehört. Eigentlich haben nur Bewohner des Weißen Landes Zutritt zur Stadt, Fremde sind nur in Ausnahmen erlaubt. Diejenigen, die das Glück hatten, Crevasse besuchen zu dürfen, vergleichen sie wegen ihrer Größe mit Lorelia und wegen der Schönheit ihrer Bauwerke mit Romin.

Der Legende zufolge wurde die Stadt an einem Ort errichtet, an dem sich drei Minen befinden: eine Eisen-, eine Kupfer- und eine Goldmine. Dies sei auch der Grund für den unermesslichen Reichtum des Falkenklans, aus dem zwei Drittel der arkischen Könige stammen und der somit die Geschicke des größten Lands der bekannten Welt lenkt.

DAÏ

Die Daï ist eine kleine Schlange, die in den Unteren Königreichen vor allem in den Ausläufern der Gebirge heimisch ist. Das ausgewachsene Tier ist zwei Fuß lang und wird bis zu drei Jahre alt. Seine Hautfarbe wechselt je nach Jahreszeit von Dunkel- zu Hellgelb.
Das Gift der Daï ist nicht tödlich – jedenfalls nicht in der üblichen Dosis –, erzeugt aber eine euphorische Trance mit Halluzinationen. Die Daï beißt ihre Beute in regelmäßigen Abständen, versetzt sie so in einen Tiefschlaf und hält sie über mehrere Dekaden am Leben, ähnlich wie Spinnen.
Das Gift ist eine beliebte Droge. Die Zucht von Daï-Schlangen hat in den Unteren Königreichen eine lange Tradition. Bei einigen Stämmen gilt es als Mutprobe, sich von einer Daï beißen zu lassen, da ihr Gift nicht wieder aus dem Körper gesaugt werden kann. Aber wie alle Drogen wird sie vielen zum Verhängnis: Man hört immer wieder von Menschen, die sich freiwillig in eine Schlangengrube stürzen und dort den Tod finden.

DARN-TAN

Darn-Tan war Graf von Uliterra, einer ehemaligen lorelischen Provinz zwischen dem Herzogtum Cyr-la-Haute und dem Herzogtum Kercyan. Einst führte Uliterra aus Gründen, die in Vergessenheit geraten sind, Krieg gegen das benachbarte Fürstentum Elisere und dessen Herrscher Iryc von Verona.

Der Brauch wollte, dass der Sieger den unterlegenen Herrscher, seine Familie und sein Domizil verschonte. Doch Darn-Tan war bekannt dafür, diese Sitte zu missachten. Einige Jahre zuvor hatte er das Schloss von Orgerai angezündet und den Fürsten und dessen zwei Töchter an einen Balken knüpfen lassen. Darn-Tan hatte auch diesmal nicht die Absicht, seinen Feind mit dem Leben davonkommen zu lassen, und so ersann er eine komplizierte List. Er rechnete damit, dass Iryc von Verona ihm misstrauen und einen Hinterhalt wittern würde, und genau dann würde seine Falle zuschnappen.

Iryc von Verona, der keine Heimtücke kannte, entging dem Hinterhalt, indem er sich verhielt, wie Darn-Tan es nie erwartet hätte: arglos.

DEKADE

Zehn Tage. Zeiteinheit des eurydischen Kalenders.

Die Tage einer Dekade tragen Ordnungszahlen. Der erste Tag ist der Prim, der letzte der Zim. Die anderen Tage vom zweiten bis zum neunten heißen: Des, Terz, Quart, Quint, Sixt, Septim, Okt und Non.

Die Dekade der Erde und die des Feuers haben nur neun Tage. Der Okt wird übersprungen, auf den Septim folgt sogleich der Non. Die Maz haben hierfür eine religiöse

Erklärung: Der Wegfall des Okten versinnbildlicht Eurydis' Sieg über die acht Drachen von Xétame.

DEKANT
Zeiteinheit goronischen Ursprungs. Ein Dekant entspricht dem Zehntel eines Tages, also ungefähr zwei Stunden und fünfundzwanzig Minuten unserer Zeit. Der erste Dekant beginnt mit Sonnenaufgang, wenn der zehnte Dekant des Vortages endet. Das Ende des dritten Dekants wird als Mit-Tag bezeichnet.
Das gemeine Volk gebraucht diese Zeiteinheit im Alltag eher grob, während die Gelehrten sehr viel präziser sind. Sie richten sich nicht nur nach der Sonnenuhr, sondern berechnen mit komplizierten Formeln den genauen Zeitpunkt des Sonnenaufgangs über der Stadt Goran. Diese Methode ist auch die einzige, die es ermöglicht, in der Nacht – also vom siebten bis zum zehnten Dekant – den Wechsel der Dekanten exakt zu bestimmen.

DEZILLE
Zeiteinheit goronischen Ursprungs. Eine Dezille entspricht dem Zehntel einer Dezime, also ungefähr einer Minute und sechsundzwanzig Sekunden unserer Zeit. Gemeinhin wird es nicht für nötig gehalten, die Zeit in noch kleinere Einheiten zu unterteilen. Offiziell existieren allerdings noch Divisionen und Schläge. Eine Division misst ungefähr acht Sekunden, ein Schlag weniger als eine Sekunde.

DEZIME

Zeiteinheit goronischen Ursprungs. Eine Dezime entspricht dem Zehntel eines Dekants, also ungefähr vierzehn Minuten unserer Zeit.

DONA

Die Göttin der Händler. Sie ist die Tochter Wugs und Ivies. Der Legende nach erschuf sie das Gold, um damit ihren Körper zu bedecken und so die Schönheit ihrer Cousine Isée zu übertreffen. Anschließend schenkte sie ihre Schöpfung den Menschen, damit diejenigen, die wie sie vom Schicksal benachteiligt wurden, mit ihrer Klugheit auftrumpfen können, die durch den Besitz des Edelmetalls versinnbildlicht wird.
Zu Donas Unglück entschied der junge Gott Hamsa, den sie zum Schiedsrichter erkoren hatte, sich jedoch abermals für Isée. Daraufhin beschloss Dona, nie mehr auf das Urteil eines Einzigen zu vertrauen. Sie nahm sich zahlreiche Liebhaber und gilt seither auch als Göttin der Sinnesfreuden.
In Lorelien gibt ein Händler, der ein gutes Geschäft abgeschlossen hat, üblicherweise einem fremden Mädchen, das in Armut lebt, ein Almosen. Dieses Geld wird »Donas Anteil« genannt. Leider gerät der Brauch immer mehr in Vergessenheit, da die meisten Anhänger Donas finden, die Opfergabe, die sie an den Tempel entrichten, sei ein ausreichender Beweis ihrer Hingabe.
Kein geschäftstüchtiger Händler würde je vergessen, Dona ein Opfer zu bringen, und sei es nur, um sich die Gunst derjenigen »Priesterinnen« zu sichern, die der Göttin der Sinnesfreuden besonders ergeben sind.

DORNHAI

Der Dornhai oder auch Kletterhai ist ein Raubfisch im Feuermeer, der häufig mit der Panzermuräne verwechselt wird. Die durchschnittliche Größe eines ausgewachsenen Dornhais liegt bei fünf bis sieben Schritten, aber wenn man alten ramythischen Seemännern glaubt, existieren auch Exemplare mit einer Länge von zehn Schritten oder mehr.

In den Meeren tummeln sich jedoch weit imposantere Lebewesen, und der Dornhai wird nicht wegen seiner Größe gefürchtet. Er ist berüchtigt für seinen Blutdurst und vor allem für die zahlreichen ausfahrbaren Haken, die sich zwischen seinen Schuppen am Bauch befinden. Die Haken tragen ein Gift in sich, mit dem der Dornhai seine Beute lähmt.

Außerdem benutzt der Dornhai diese Haken, um wie eine Raupe lautlos an der Außenwand von Schiffen hochzuklettern. Aus diesem Grund gilt er als der gefährlichste Raubfisch, und die Hochseefischer haben sich zahlreiche Schutzmaßnamen ausgedacht. Zum Beispiel weisen viele Schiffe einen »Glockenkranz« auf, ein schlauchförmiges, mit Alteisen gefülltes Netz, das rings um den Rumpf gehängt wird. Aus Aberglauben scheuen sich Seeleute, den Namen eines Mannes auszusprechen, der einem Dornhai zum Opfer gefallen ist, bevor sie das Festland erreicht haben.

EIHER

Arkisch. Fabeltier des Weißen Landes. Der Eiher wird entweder als riesiger Reiher mit Hörnern entlang der Wirbelsäule beschrieben oder als Schildkröte, deren Speichel in der Luft zu einem Pfeil gefriert, wenn sie ihr Opfer anspuckt. Obwohl diese beiden Beschreibungen unvereinbar sind, behauptet so mancher alteingesessene Arkarier, den Eiher in einer mondlosen Nacht bei der Jagd beobachtet zu haben. Aus Höflichkeit glauben die Arkarier beide Versionen.

EMAZ

Hohepriester des Großen Tempels der Eurydis und geistliche Oberhäupter aller Gläubigen. Es gibt vierunddreißig Emaz. Der Titel wird jeweils von einem Emaz auf einen Maz übertragen.

ERJAK

Arkisch. Jemand, der die Fähigkeit besitzt, die Gedanken der Tiere zu lesen und ihnen seine eigenen zu übermitteln.

EURYDIS

Hauptgöttin der Oberen Königreiche. Itharische Moralpriester brachten die Eurydisverehrung an die entlegensten Orte der bekannten Welt.

Die Geschichte der Göttin ist seit jeher mit der Heiligen Stadt verbunden. Im sechsten Äon waren die Itharier – die damals noch nicht so hießen – nichts als ein loser Zusammenschluss ehemaliger Nomadenstämme. Sie lebten am Fuß des Blumenbergs, einem der ältesten Berge des Rideau. Dieser Bund soll das Werk eines einzigen Mannes gewesen sein. Es heißt, König Li'ut von Ith wollte ein neues, mächtiges Königreich gründen und scharte alle unabhängigen Klans westlich des Alt um sich.

Er widmete sein ganzes Leben der Erfüllung dieses Traums, doch der Bau der Stadt Ith – der Heiligen Stadt, wie sie heute genannt wird – nahm mehr Zeit in Anspruch, als ihm zur Verfügung stand. Nach seinem Tod brachen die alten Rivalitäten zwischen den Klans erneut aus. Ohne Li'uts diplomatisches Geschick war der schöne Traum zum Scheitern verurteilt.

Daraufhin soll die Göttin Eurydis dem jüngsten Sohn Li'uts erschienen sein und ihm befohlen haben, das Werk seines Vaters fortzuführen. Comelk – so war sein Name – dankte der Göttin für ihr Vertrauen, äußerte jedoch die Befürchtung, nichts gegen die Zwietracht der Stämme ausrichten zu können. Eurydis bat ihn daraufhin, alle Klanführer zusammenzurufen, und Comelk kam ihrem Wunsch nach.

Eurydis sprach zu jedem von ihnen und befahl ihnen, dem Pfad der Weisheit zu folgen. Die Klanführer lauschten ihren Worten andächtig, denn so barbarisch und großmäulig sie auch waren, ließen Aberglaube und Tradition sie die Macht der Göttin fürchten.

Als sich Eurydis zurückgezogen hatte, beratschlagten die Anführer lange und befragten die Stammesältesten und Seher. Schließlich wurden alle Streitpunkte beigelegt. Die Klanführer schworen einander ewigen Frieden und schlossen den Itharischen Bund.

Die Jahre vergingen, und Ith entwickelte sich von einer ansehnlichen zu einer wahrhaft eindrucksvollen Stadt. Zu jener Zeit konnte nur noch Romin mit der Hauptstadt des jungen Königreichs wetteifern. Die Stämme vermischten sich, und der alte Zwist geriet mehr und mehr in Vergessenheit. Itharien war auf dem besten Weg, ein Leuchtfeu-

er der bekannten Welt zu werden. Und so kam es auch, allerdings nicht im guten Sinne.
Trunken von der neuen Macht, die ihnen mehr oder weniger in den Schoß gefallen war, begannen die Nachfahren der alten Stämme von ihrer Überlegenheit über den Rest der bekannten Welt zu sprechen, bis es einigen in den Sinn kam, dies auch beweisen zu wollen. Zunächst beschränkten sich die Itharier auf kleinere Überfälle, doch schon bald folgten Scharmützel an den Grenzen und schließlich regelrechte Eroberungsfeldzüge, die immer blutiger wurden.
Gegen Ende des achten Äons herrschte Itharien über das gesamte Gebiet zwischen dem Rideau im Osten, der Velanese im Westen, dem Mittenmeer im Süden und der Stadt Crek im Norden. Die Itharier waren grausame Eroberer: Sie plünderten, brandschatzten, verwüsteten ganze Landstriche und metzelten Tausende dahin.
Eines Tages, als die Heerführer wieder einmal zusammenkamen, um eine Invasion Thalitts zu planen, erschien Eurydis zum zweiten Mal.
Es heißt, sie habe die Gestalt eines zwölfjährigen Mädchens angenommen, und so wird sie auch heute meist dargestellt. Dennoch glaubten einige der gestandenen Feldherren vor Angst zu sterben, so groß war der Zorn der Göttin.
Sie sprach kein Wort, sondern begnügte sich damit, jedem Heerführer des itharischen Reichs – denn so nannte man es inzwischen – in die Augen zu sehen.
Der Blick war ihnen Warnung genug. Sie gaben alle Angriffspläne auf und befahlen ihren Kriegern, die Waffen niederzulegen und sich aus den eroberten Gebieten

zurückzuziehen. Die Heerführer nahmen es auf sich, das itharische Denken und Handeln tiefgreifend zu verändern.
Eine Generation später hatte sich das gesamte itharische Volk der Religion zugewandt. In der nächsten Zeit erfuhren sie großes Unglück, da sich die von ihnen unterjochten Völker – wie das junge goronische Volk – nun ihrerseits als Henker aufführten. Das itharische Reich musste immer mehr Gebiete abtreten, bis es nur noch sein ursprüngliches Territorium umfasste: die Umgebung der Stadt Ith und den Hafen von Maz Nen.
Im Laufe der Jahre begannen die Itharier mit einer anderen Art der Eroberung, die eher dem Willen der Göttin entsprach: Die Maz zogen durch die bekannte Welt und bis an die entlegensten Orte, um Eurydis' Moral zu verkünden. Dies nützte auch den weniger entwickelten Völkern, denn die Itharer brachten ihnen nicht nur die Religion, sondern auch Errungenschaften wie Kalender, Schrift, Kunst und Technik, die sie sich bei ihren Eroberungszügen angeeignet hatten.
Manche Theoretiker prophezeien, dass die Göttin bald ein drittes Mal erscheinen wird. Natürlich wird sie das irgendwann tun, da sie ja bereits zweimal erschienen ist. Die wichtigste Frage, die die Itharier sich stellen, lautet: Welchen Weg werden wir als Nächstes einschlagen?

EZOMINE

Ezomine sind Steine, die Licht ausstrahlen. Sie sehen aus wie gemeine Quarze, und ihre Kraft wird erst im Dunkeln sichtbar.
Die Stärke des Lichts ist unterschiedlich. Manche behaup-

ten, Steine gesehen zu haben, deren Licht fünfzig Schritte weit reiche. Doch die meisten Ezomine leuchten nicht einmal so hell wie eine gewöhnliche Kerze.

Wenn der Stein auseinanderbricht, verliert er seine Kraft. Seit Äonen studieren die Gelehrten das Geheimnis der Ezomine, aber keine der Theorien, die sie über den Ursprung der rätselhaften Kraft entwickelt haben, konnte bislang bewiesen werden.

Unter Sammlern, Abenteurern und Schatzjägern sind die Steine sehr begehrt.

FRUGIS

Das Frugis ist ein Seil mit drei Enden, dessen Name auf den legendären König und Magier zurückgeht, der drei Äonen, bevor das Friedensabkommen der Fürstentümer geschlossen wurde, in Lineh herrschte. Das Seil ist auf verschiedene Arten beschrieben worden. Die gängigste lautet wie folgt: Man habe drei Seile genommen, jedes von ihnen zu einem V gelegt und die Spitzen aneinandergelegt. Dann habe man die Hälften zusammengeflochten und so ein kräftiges Tau mit drei gleich langen Enden erhalten. Die Angaben zur Länge der Enden schwanken zwischen sechs und neunundneunzig Schritten. Das Frugis-Seil soll die geheimnisvolle Macht besitzen, denjenigen, der eines seiner Enden hochklettert, an jeden Ort zu bringen, an dem eins der anderen Enden hängt. Sollte es dieses Seil jedoch tatsächlich geben, wüsste heute niemand mehr, wie man es gebraucht.

GESCHWÄTZIGE MUSCHEL

Zu Zeiten der Zwei Reiche verbreiteten romische Seeleute die Geschichte dieses kuriosen Gegenstands. Heutzutage hört man eher Spaßvögel von ihr sprechen als echte Schatzjäger. Angeblich handelt es sich um eine Gironenmuschel, in die einst ein Dämon die Stimme einer Frau einsperrte, die allzu schwatzhaft war. Doch selbst dieser Fluch brachte die Arme nicht zum Verstummen, und man sagt, dass jeder, der die Muschel in die Hände bekommt, sie so schnell wie möglich wieder loswerden will, da das unaufhörliche Geschwätz unerträglich ist.

GISLE

Grenzfluss zwischen dem Matriarchat von Kaul und dem Königreich Lorelien.

GILDE DER DREI SCHRITTE

Zusammenschluss der Prostituierten Lorelias.
Früher durften die Freudenmädchen ihrem ›Geschäft‹ nur in der sogenannten Unterstadt nachgehen. Allerdings gab es so viele von ihnen, dass es häufig zu Streit und sogar Handgreiflichkeiten kam. Deshalb gingen die Zuhälter irgendwann dazu über, jeder Frau ein Stück Straße zuzuweisen, das genau drei Schritte maß.
Manche Zuhälter haben diesen Brauch beibehalten, obwohl die meisten Prostituierten heutzutage im Hafenviertel zu finden sind, das sehr viel größer ist.

GROSSE GILDE

Zusammenschluss der meisten Verbrecherbanden der Oberen Königreiche. Die Große Gilde hat keine feste Ord-

nung oder Hierarchie, sondern ist im Grunde eine Übereinkunft der Banden, einander keine Gebiete und Betätigungsfelder streitig zu machen, derart, wie sie auch die Gilden eines Königreichs oder einer Stadt schließen.
Trotz häufiger Streitigkeiten gelingt es den Banden manchmal, gemeinsame Operationen durchzuführen, vor allem beim grenzüberschreitenden Schmuggel.
Offiziell lässt die Gilde die Finger von Meuchelmorden. Ihre Spezialität sind Erpressung, Entführung, Betrug, Schmuggel und natürlich sämtliche Formen von Raub und Diebstahl. Trotzdem fällt auf, dass den Mitgliedern neuer Banden, die sich nicht an die Übereinkunft halten, ein recht kurzes Leben beschieden ist …

GROSSES HAUS

Sitz der Regierung des Matriarchats von Kaul. Hier halten die Mütter ihre Ratsversammlungen ab, und hier haben sie ihre privaten Gemächer und Studierzimmer. Alle Einwohner Kauls können in das Große Haus kommen und ihre Beschwerden vortragen. Fünfzehn Personen halten sich von morgens bis abends bereit, um sie zu empfangen. Mehrmals im Jahr stehen die Arbeits- und Versammlungssäle des Großen Hauses allen Neugierigen offen.

GROSSTERRA

Hauptstadt und größte Insel des Schönen Landes, einer Inselgruppe im romischen Meer.

HATI

Heiliger Dolch der Züu. Der vollständige Name, wie man ihn in alten Schriften findet, lautet ›Zuïaorn'hati‹, wörtlich übersetzt ›eine Wimper Zuïas‹.
Den Hati bekommt ein Novize von einem Judikator überreicht, nachdem er seine erste Mission erfüllt hat, üblicherweise mit bloßen Händen. Dadurch wird er in den Kreis der Boten Zuïas aufgenommen und erhält das Recht, über Leben und Tod seiner weniger glücklichen Landsleute zu richten.

HELANIEN

Eine der fünf Provinzen des Königreichs Romin. Ihre Hauptstadt ist Manive, ihr Wappenbild die Rose von Manive.

HEILIGE STADT

Anderer Name Iths, der Hauptstadt des Königreichs Itharien. Häufig bezeichnet der Name auch nur das religiöse Viertel, eine Enklave mit einer eigenen Festungsmauer, eigenen Gesetzen und eigenen Bürgern – eine Stadt in der Stadt.

ITHARISCHE WÜRFELSPIELE

Diese Spiele sind in der gesamten bekannten Welt verbreitet. Ihr Ursprung ist ungewiss. Sicher ist allerdings, dass sie sich im siebten und achten Äon mit den Eroberungsfeldzügen der itharischen Armee ausbreiteten und rasch von allen besiegten Völkern übernommen wurden. Der itharische Würfel hat sechs Seiten. Auf vieren ist je ein Element abgebildet: Wasser, Feuer, Erde und Wind. Jeweils eins dieser Elemente erscheint auch auf der fünften und sechsten

Seite. Folglich gibt es vier Sorten von Würfeln: einen weißen für den Wind, einen roten für das Feuer, einen grünen für die Erde und einen blauen für das Wasser.
Wie viele Würfel für ein Spiel benutzt werden, hängt von den Regeln ab und wird zwischen den Spielern ausgehandelt. Im Normalfall reichen vier Würfel aus – ein Soldat –, doch es gibt auch Spiele, die mit zwanzig oder mehr Würfeln gespielt werden.
Stern, Prophet, Kaiser, Zwei Brüder und Gejac sind die bekanntesten, wenn auch längst nicht alle itharischen Würfelspiele.

JAHRMARKT (LORELISCHER)

Der Jahrmarkt ist eine der ältesten lorelischen Traditionen. Vom Tag des Händlers bis zum Tag des Kupferstechers in der zehnten Dekade entfallen jegliche Steuern auf die Ein- und Ausfuhr von Waren – solange ihr Handel nicht gegen die Gesetze des Königreichs verstößt. Die meisten Gelegenheitsverkäufer, Handwerker, Fremden und Kuriositätenhändler bieten ihre Waren zu dieser Zeit feil.
Der Jahrmarkt zieht eine Menge Menschen an, von denen ein Drittel gar nichts kaufen will, sondern nur der zahlreichen Attraktionen wegen kommt: Straßentheater, Spiele, Bankette und vieles andere. Manche dieser Vergnügungen werden vom König spendiert, der damit sein Ansehen verbessern will.
Für die königliche Schatzkammer ist der Jahrmarkt dennoch einträglich, da jeder, der einen Stand eröffnen will, einen Obolus entrichten muss. Die Kontrollen sind streng, und Verstöße werden mit der sofortigen Beschlagnahmung sämtlicher Waren geahndet.

Der Jahrmarkt findet auch in anderen großen Städten Loreliens statt: Benelia, Lermian und Le Pont. Er hat dort eine gewisse lokale Bedeutung, ist aber nicht mit dem der Hauptstadt vergleichbar.

JAHRZEHNT
Zehn Jahre.

JELENIS
Lorelisch. Die Jelenis sind Soldaten der ältesten Leibwache Loreliens. Sie sind vor allem berühmt dafür, König Kurdalene im sechsten Äon beschützt zu haben.
Die Jelenis sind auch die königlichen Hundeführer. Ihnen gehören über sechzig weiße Doggen, obwohl diese Rasse wegen ihrer Aggressivität nahezu ausgerottet ist. Jedes Tier ist mehr als vierhundert Terzen wert und der Stolz des jeweiligen Königs.
Es heißt, es brauche mindestens fünf erfahrene Krieger, um einen Jelenis und seinen Hund zu besiegen.

JERUSNIEN
Eine der fünf Provinzen des Königreichs Romin. Ihre Hauptstadt ist Jerus, ihr Wappenbild das Kreuz von Jerus.

JEZ
Einwohner des Sultanats von Jezeba.

JEZAC
Wichtigste Sprache des Sultanats von Jezeba.

JUDIKATOR

Religiöser Führer der Boten von Zuïa.

JUNEISCH

In Junin und den meisten anderen Fürstentümern gesprochene Sprache. Das Hochjuneische wird nur noch in offiziellen Schriften, im Handel und in der Literatur verwendet, während sich die Sprache der einfachen Leute, die einst eine Mundart war, im Laufe der Zeit von ihrem Ursprung entfernt hat und heute eine eigene Sprache darstellt.

KALENDER

In den Oberen Königreichen gilt der itharische Kalender. Er ist in 338 Tage, 34 Dekaden und 4 Jahreszeiten unterteilt. Das Jahr beginnt am Tag des Wassers, dem Frühlingsanfang. Zwei Dekaden bestehen nur aus neun statt aus zehn Tagen: Die Dekade vor dem Tag der Erde und die vor dem Tag des Feuers. Der Tag beginnt mit Sonnenaufgang. Jeder Tag und jede Dekade trägt einen bestimmten Namen, der ursprünglich religiöser Herkunft war und mit der Verehrung der Göttin Eurydis zusammenhing, deren Botschaft von Moralpriestern bis in die entlegensten Winkel der bekannten Welt getragen wurde. Mit der Zeit bildeten sich an verschiedenen Orten regionale Besonderheiten heraus. So heißt der Tag des Hundes, der im Großen Kaiserreich Goran keine besondere Bedeutung hat, in der Umgebung von Tolensk Tag des Wolfes und ist einer der höchsten Feiertage. Die Dekade des Jahrmarkts, die mit dem Tag des Händlers beginnt, ist in Lorelien von größter Wichtigkeit, in Memissien aber belanglos.

Kaum jemand kennt sämtliche Tage des Kalenders auswendig oder weiß um ihre Bedeutung für die Eurydisverehrung – abgesehen von den Priestern natürlich. Für die Einwohner der Oberen Königreiche ist der Kalender so selbstverständlich wie Sonnenauf- und -untergang. Die meisten wissen nicht einmal, dass er religiösen Ursprungs ist. Es gibt noch andere Kalender in der bekannten Welt, die auf königlichen Erlässen, nicht-eurydischen Religionen oder ganz einfach Stammestraditionen beruhen. Viele orientieren sich an den Mondphasen, wie zum Beispiel der alte romische Kalender, der aus 13 Zyklen zu je 26 Tagen besteht.

KAULANER
Bewohner des Matriarchats von Kaul.

KAULI
Wichtigste Sprache des Matriarchats von Kaul.

KLEINE KÖNIGREICHE
Anderer Name der Fürstentümer.

KONZIL
Versammlung der arkischen Klanchefs.

KURDALENE
Kurdalene war ein lorelischer König, der in die Geschichte einging, weil er gegen die Züu kämpfte. Damals übten die Anhänger der Rachegöttin mit Drohungen, Erpressungen und Morden einen solchen Einfluss auf die Edelleute und Bürger Loreliens aus, dass der König keine Entscheidung

treffen konnte, ohne sie vorher von den Mördern im roten Gewand absegnen zu lassen.

Irgendwann riss Kurdalene der Geduldsfaden, und von jenem Tag an tat er alles, um die Religion auszurotten – zumindest in Lorelia. Er überlebte fast zwei Jahre, indem er sich mit einigen ihm treu ergebenen Wachen in einem Flügel seines Palastes verbarrikadierte. Schließlich gelang es den Züu, ihn zu ermorden.

LA HACQUE

Der Legende zufolge wurde die Handelsstadt der Unteren Königreiche von einem lorelischen Edelmann gegründet. Wahrscheinlicher ist jedoch, dass eine Gruppe reicher Reeder am Ufer des Aòn ein Kontor errichteten, wodurch sich ein bereits bestehendes Dorf entwickelte. Jedenfalls finden sich in der Stadt, die oft als die schönste der Unteren Königreiche bezeichnet wird, zahlreiche Gebäude mit lorelischer Architektur. Auch einige Straßen erinnern an die König-Kurdalene-Straße oder an die Bellouvire-Allee in Lorelia.

La Hacque war lange die einzige Stadt, die von den Stammeskriegen verschont blieb, die diesen Teil der Welt heimsuchten. Im Jahre 878 wurde sie von Yussa-Söldnern im Dienste Alebs des Einäugigen erobert, dem König von Griteh und Quesraba. Seither gibt es südlich der Louvelle keine freie Stadt mehr.

LEEM (DIE GLOCKEN VON)

In Leem kam es einst zu einem derartigen Anstieg der Verbrechen, dass man den Eindruck hatte, die Stadt sei in fester Hand von Dieben, Plünderern, Brandstiftern, Mördern

und anderen finsteren Gesellen. Vergeblich verdoppelten und verdreifachten die Nachtwächter die Anzahl ihrer Runden; die Schurken waren einfach zu gut organisiert. Daraufhin hatte der damalige Bürgermeister die Idee, an den Häusern der Honoratioren Glocken anbringen zu lassen. Wenn sich ein Würdenträger bedroht fühlte oder Zeuge eines Verbrechens wurde, läutete er die Glocke, um den Nachtwächter herbeizurufen. Meist war dieser jedoch nicht schnell genug, da die Übeltäter schon beim ersten Glockenschlag die Flucht ergriffen. Dennoch besserte sich die Lage etwas.
Die gemeinen Bürger folgten dem Beispiel, und bald hatte jeder Handwerker und Händler eine Glocke an seiner Werkstatt oder seinem Laden angebracht. Nach einigen Jahren gab es in Leem so viele Glocken, dass kaum noch Verbrechen verübt wurden.
Allerdings nahmen die Schurken Rache, indem sie jedes Haus mit einer Glocke anzündeten.
Heutzutage hängen immer noch an über sechshundert Häusern Leems Glocken, die jedoch nur noch selten geläutet werden, hauptsächlich zu Festtagen.

LERMIAN (DIE KÖNIGE VON)

Vor fünf Jahrhunderten war Lermian die Hauptstadt eines blühenden Königreichs, das dem aufstrebenden Großen Kaiserreich Goran oder dem expandierenden Lorelien in nichts nachstand. Die königliche Familie saß seit elf Generationen auf dem Thron, und die Dynastie drohte nicht auszusterben, da König Oroselem und seine Frau Federis drei Söhne und zwei Töchter hatten.
Lermian hatte romische Invasionen, die itharische Herr-

schaft und goronische Expansionsgelüste ohne größeren Schaden überstanden. Auch allen Einflussversuchen Bledevons trotzte das Königreich tapfer. Der lorelische König wollte Lermian annektieren, da es wie eine Insel mitten in seinem Reich lag. Doch es war nicht Bledevons Art, die Stadt, die er als Bollwerk gegen Goran brauchte, von seiner Armee stürmen zu lassen. Oroselem wusste das nur zu gut und schmetterte belustigt alle Einschüchterungsversuche, Versprechen und Intrigen des lorelischen Königs ab.

Lermian hätte eine der einflussreichsten Städte der Oberen Königreiche werden können – mehr noch, als sie es heute ist –, wenn seine Herrscher nicht ein grausames Schicksal ereilt hätte. Oroselem starb an einer Lebensmittelvergiftung, nachdem er etwas Verdorbenes gegessen hatte. Sein ältester Sohn saß ganze sechs Tage auf dem Thron, bevor er von der Burgmauer stürzte und seinen Verletzungen erlag. Der mittlere Sohn regierte etwas mehr als acht Dekaden, bis er plötzlich spurlos verschwand. Da der jüngste Sohn noch zu jung war, um den Thron zu besteigen, wurde der Prinzgemahl als Regent eingesetzt, doch er musste nach einem Jahr abdanken, weil er infolge eines Reitunfalls den Verstand verloren hatte. Der Gatte der zweiten Prinzessin verzichtete auf die Ehre, die Geschicke des Königreichs zu lenken, und ging mit seiner Frau ins Exil. Königin Federis bat daraufhin ihre Ratgeber, einen Regenten aus ihrer Mitte zu bestimmen. Ein einziger Ratgeber stellte sich zur Wahl, doch er wurde wenige Tage später in der Stadt von einer Räuberbande niedergestochen.

Niemand wollte nun mehr die Regentschaft übernehmen. Die Königin, die sich selbst dazu nicht in der Lage

sah, akzeptierte schließlich ein von Bledevon vorgeschlagenes Abkommen. Lermian wurde ein Herzogtum Loreliens, und das Königreich versprach der Stadt im Gegenzug Schutz durch seine Armee.
Der Fluch, der auf Oroselems Dynastie gelastet hatte, schien aufgehoben. Königin Frederis und ihr jüngster Sohn erreichten beide ein hohes Alter.
Böse Zungen munkelten etwas von einer Mordserie und verdächtigten sogar König Bledevon. Doch der lorelische Hoftheoretiker zerstreute alle Zweifel, indem er bewies, dass es der Wille der Götter gewesen sei, beide Königreiche unter einer Krone zu vereinen. Von diesen tragischen Geschehnissen rührt die volkstümliche Wendung her: »so tot wie die Könige von Lermian sein«.

LOUVELLE
Grenzfluss zwischen den Fürstentümern und den Unteren Königreichen.

LUREEISCHER GESANG
Im Altitharischen bedeutete »Lur« Späher. Lurée ist aber auch ein beliebter Gott. Übersetzt heißt sein Name »der Wächter«. Lurée wacht vor allem über Neugeborene, aber auch über glückliche Familien. Auf diesen beiden Tatsachen beruht vermutlich der Brauch des lureeischen Gesangs.
Es heißt, solange der Gesang irgendwo auf der Welt erklinge, bringe er all jenen Glück, die irgendwann in ihrem Leben eine Strophe gesungen hätten. In Ith wird der Gesang nie unterbrochen: Zahlreiche Freiwillige stehen Tag und Nacht Schlange, um eine der fünf Stimmen im Chor zu übernehmen. Die wenigsten kommen aus Selbstlosig-

keit, aber alle erfüllen ihre Aufgabe gewissenhaft, wenn sie an der Reihe sind.
Der Kult des Lurée ist wie die Eurydisverehrung eine Moralreligion, wie der Liedtext eindeutig zeigt. Im Verlauf der Jahrhunderte haben die lureeischen Maz mehr als dreißig Strophen zu den ursprünglichen siebzehn hinzugefügt. In ihnen werden Nächstenliebe, Freundlichkeit, Treue, Bescheidenheit und andere Tugenden gepriesen. Dahinter verbirgt sich die Überzeugung, niemand könne einen Text laut aufsagen, ohne von ihm beeinflusst zu werden: Aus einem Samenkorn im Wind kann ein Baum wachsen …

LUS'AN

Zü. Mystischer Ort der Zuïa-Religion, an dem die Boten nach ihrem Tod von der Göttin empfangen werden. Sie finden dort ewiges Glück und gehen Zuïa bei ihrem Großen Werk zur Hand.
Lus'an ist auch der Name einer kleinen Provinz auf der Heimatinsel der Züu. Dort leben die Judikatoren und ihre Sklaven, Fremden ist der Zutritt verboten. Die wenigen Abenteurer, die es wagten, die Insel zu betreten, sind nie zurückgekehrt.
In den Mooren Lus'ans sind die Geister der untauglichen Boten gefangen und derjenigen, die die Göttin verraten haben. Sie irren dort für alle Ewigkeit in unermesslicher Schwermut umher.

LUSEND RAMA

Der hoch zu Pferd Sitzende. Gott der Reiter und Beschützer aller Nomaden und Boten. Er wird vor allem in den Unteren Königreichen verehrt. Außerdem ist er der Hüter

der Stammesgesetze. Sein Urteil wird ebenso gefürchtet wie sein Ehrgefühl bewundert.
Künstler stellen ihn meist auf dem Rücken eines schwarzen Hengsts mit blinden Augen dar. So wird er in der Chronik des Pferdekönigs beim Kampf gegen die zwei Riesen von Irimis beschrieben. Manchmal wird er auch in der Gestalt eines Zentauren gemalt. Dieses Bild stammt aus der Taspriá, der ältesten religiösen Schrift der Unteren Königreiche.

MAÏOK

Arkisch. Mutter.

MARGOLIN

Nagetier von mittlerer Größe. Ausgewachsen kann es bis zu zwei Fuß lang werden. Es gibt mehrere Unterarten: das Kupfermargolin, das Plärrmargolin, das Fressmargolin und andere.
Margoline sind vor allem im Süden und in der Mitte der Oberen Königreiche heimisch und leben in Wiesen, im Wald oder am Ufer von Flüssen. Wegen ihrer hohen Vermehrungsrate, ihrer Bösartigkeit und der Ungenießbarkeit ihres Fleischs gelten sie als Schädlinge. Ihr Fell, aus dem die Handwerker Pelze, Lederbeutel und Kleider herstellen, ist jedoch sehr begehrt.

MASKE

In Itharien ist es üblich, eine Maske zu tragen. Obwohl die Itharier aus religiösen Gründen ansonsten eher schlichte Kleidung bevorzugen, ist die Maske eine Art Statussymbol. Die Maske ist keineswegs Pflicht, und von zehn Ithariern,

denen man an einem Tag begegnet, tragen sie vielleicht nur vier. Dennoch gibt fast jeder Bewohner der Heiligen Stadt an, irgendwann in seinem Leben die Maske getragen zu haben oder sie im Alter tragen zu wollen.
Die Erklärung für diesen religiösen Brauch verliert sich in den Tiefen der Vergangenheit. Schon die Ureinwohner der Gegend, die Vorfahren der heutigen Itharier, trugen zu gewissen Anlässen Masken.
Die eurydischen Priester übernahmen die Tradition, weil sie darin ein hervorragendes Mittel sahen, die dritte Tugend der Weisen Eurydis umzusetzen: Toleranz. Das Tragen der Maske ebnet alle Unterschiede ein und stellt die unter einem glücklichen Stern Geborenen mit den weniger Begünstigten auf eine Stufe. Obwohl dieser Gedanke umstritten ist, tragen die Itharier weiterhin ihre Masken.

MAZ

Ehrentitel vor allem in der Eurydisverehrung. Andere Religionen haben ihn übernommen.
Mit einer Ausnahme kann der Titel nur von einem Maz auf einen seiner Novizen übertragen werden, wenn dieser ihn sich durch seine Hingabe verdient. Der Große Tempel muss die Übertragung absegnen. Sie kann sofort in Kraft treten oder erst beim Tod des Maz, je nach Abmachung. Es ist einem Maz streng verboten, den Titel einem Mitglied seiner Familie zu vermachen.
Allerdings kann der Titel einem Novizen auch außer der Reihe verliehen werden, um ihm für ein besonderes Verdienst zu danken. Häufig wird der Titel posthum als Ausdruck der Dankbarkeit verliehen, wenn jemand sein

ganzes Leben der Eurydisverehrung geweiht hat, und in diesem Fall kann er natürlich nicht weitergereicht werden. Eine solche Auszeichnung kann nur ein Emaz vergeben. Die Rechte und Pflichten eines Maz sind nicht festgelegt und hängen von der persönlichen »Laufbahn« ab. Manche bekleiden wichtige Ämter in den Tempeln, andere unterrichten nur hin und wieder einige Novizen, und wieder andere treten nie einen Dienst an.
Niemand kennt die Anzahl der lebenden Maz, abgesehen von den Archivaren des Großen Tempels, die ihre Liste ständig auf dem neuesten Stand halten. Viele Priester außerhalb Ithariens nennen sich unrechtmäßig Maz, was die Schätzungen nicht gerade erleichtert. Der Legende zufolge gab es ursprünglich 338 Maz, so viele, wie ein Jahr Tage hat, und 34 Emaz, nach der Anzahl der Dekaden.

MÈCHE

Kleiner Fluss im Matriarchat von Kaul. Die Hauptstadt Kaul liegt an seinem Ufer. Zufluss der Gisle.

MEMISSIEN

Eine der fünf Provinzen des Königreichs Romin. Ihre Hauptstadt ist Jidée, ihr Wappenbild ein großer Platinschmetterling.

MERBAL

Merbal war einst der Anführer einer legendären Räuberbande, die für ihre Grausamkeit und Barbarei berüchtigt war. Heute fällt es schwer, bei den Schauergeschichten, die über ihn kursieren, zwischen Wahrheit und Lüge zu unterscheiden. Es gilt jedoch als sicher, dass Merbal die grau-

same Angewohnheit hatte, von jedem seiner Opfer einen Becher Blut zu trinken.
Der Glaube einer Sekte namens ›die Vampire von Jidée‹ beruht auf dieser Legende.

MISHRA

Die Verehrung Mishras ist mindestens so alt wie der Große Sohonische Bogen. Mishra war die Hauptgöttin der Goroner, bevor die itharische Armee im achten Äon die Stadt Goran einnahm. Nach der Befreiung, als die Itharier die Waffen niederlegten und sich der Religion zuwandten, wurde die Verehrung Mishras wieder populär. Aus der Stadt Goran ging erst das Königreich Goran und schließlich das Große Kaiserreich Goran hervor, und die Religion breitete sich im Land aus.
Mishra ist die Göttin der Gerechtigkeit und der Freiheit. Ein jeder hat das Recht, sie anzurufen. So kam es vor, dass Völker, die vom Großen Kaiserreich Goran besiegt worden waren, die Göttin ihrer Eroberer um Hilfe anflehten. Sie ist mit keiner bekannten Gottheit verwandt. Manche Theoretiker behaupten, sie sei die Schwester Hamsas. Zu Mishras Ehren wurden nur wenige Tempel gebaut – eine Ausnahme ist der prachtvolle Palast der Freiheit in Goran. Viele Gläubige verehren Miniaturen der Göttin oder eines Bären, ihres Sinnbilds.

MIT-TAG

Höchststand der Sonne, in unserer Welt 12 Uhr. Allgemein wird das Ende des dritten Dekants als Mit-Tag bezeichnet.

MOÄL

Der Moäl ist ein Baum, der nur in den Wäldern der Kleinen Königreiche wächst. Alle Versuche, ihn anderswo anzupflanzen, scheiterten, was die fähigsten Botaniker vor ein Rätsel stellt.
Der Moäl ähnelt der weit verbreiteten Grule sehr, und es fällt häufig schwer, sie auseinanderzuhalten. Der Unterschied ist eigentlich nur zu Beginn der Jahreszeit des Wassers sichtbar, wenn die Zweige des Moäls mehrere Tage lang blassgrüne Blüten austreiben.
Es heißt, wenn man beim Vollmond eine Goldmünze unter einen Moäl legt und nur lange genug zum Nachtgestirn hinaufsieht, erscheint der Kobold, der in dem Baum haust. Wenn ihm der Glanz der Münze gefällt, tauscht er sie gegen einen Wunsch ein.
Selbst diejenigen, die das für einen Aberglauben halten, sind überzeugt, dass es Unglück bringt, den Zweig eines Moäls abzubrechen.

MONARCH

Goldmünze im Königreich Romin.

MONDKÖNIGIN

Kleine Muschel mit glatter Oberfläche und nahezu runder Form, die wegen ihrer Seltenheit äußerst kostbar ist. Es gibt drei Sorten von Mondköniginnen: eine weiße, die am häufigsten vorkommt, eine blaue, die schon weniger gängig ist, und schließlich eine gefleckte, die äußerst selten ist. Eine Zeit lang dienten die blauen und gefleckten Mondmuscheln in einigen entlegenen Orten des Matriarchats von Kaul als Währung, und bei manchen alten

Leuten kann man noch heute mit ihnen bezahlen. Die Muschel ist auf alle Münzen geprägt, die von der Schatzkammer des Matriarchats ausgegeben werden. Nach ihr ist auch die offizielle Währung benannt: die Königin. Es gibt Münzen zu einer, drei, zehn, dreißig und hundert Königinnen. Die Hundert-Königinnen-Münzen sind etwa so groß wie eine Hand und dienen nicht als Zahlungsmittel. Sie fungieren lediglich als Garantie bei Transaktionen zwischen dem Matriarchat und seinen Nachbarn.

MORALIST

Die Moralpriester stützen sich auf religiöse Schriften und Überlieferungen, um die moralischen Werte zu verbreiten, die gemeinhin als die wichtigsten gelten: Mitgefühl, Toleranz, Wissen, Aufrichtigkeit, Achtung, Gerechtigkeit, usw. Häufig sind Moralpriester Lehrer oder Philosophen, die sich aus Bescheidenheit darauf beschränken, eine kleine Gruppe von Schülern zu unterrichten. Die wichtigste Moralreligion ist die Eurydisverehrung.

MORGENLAND

Bezeichnung für die Länder östlich des Rideau.

NAMEN

Die Bedeutung der Namen hängt natürlich vom Geburtsland ab. In Kaul, Romin oder Goran werden seit Jahrhunderten einfach immer dieselben Namen weitergegeben, und niemand macht sich großartig Gedanken über ihre Herkunft. Doch das gilt nicht für alle Völker der bekannten Welt.

In Itharien ist es üblich, ein Neugeborenes auf das erste

Wort zu taufen, das es spricht. Da jedes Lallen als Wort gilt, das die Menschen zwar nicht verstehen, für die Götter aber von Bedeutung ist, sind die gängigsten itharischen Namen Nen, Rol, Aga und ähnliche Ein- und Zweisilber. Die Interpretation bleibt den Eltern überlassen, und es ist auch möglich, mehrere Silben aneinanderzureihen. Itharische Namen sind meist kurz und leicht auszusprechen.

Arkische Namen werden nicht endgültig vergeben. Im Verlauf seines Lebens nimmt ein Arkarier verschiedene Namen an. So heißen die meisten Neugeborenen Gassan (Säugling) oder Gassinuë (Winzling). Arkische Eltern suchen sehr früh nach der Besonderheit ihres Kindes und benennen es entsprechend, bis ein Namenswechsel geboten ist. So bedeutet Prad »der Neugierige«, Iulane »das junge Mädchen«, Ispen »die Liebreizende«, Bowbaq »der Riese«, usw. Jeder gibt sich Mühe, sich keinen Namen wie »der Grausame«, »der Geizhals«, »der Untreue« oder andere Beleidigungen einzuhandeln. Selbstverständlich verbietet es die Höflichkeit der Arkarier, jemanden nach einem körperlichen Makel zu benennen, doch bei Feindschaften wird dieser Grundsatz gern einmal vergessen.

Die Züu, die der Rachegöttin dienen, nehmen am Ende ihres Noviziats einen neuen Namen an. Als Zeichen ihrer Unterwerfung unter Zuïa wählen sie einen Namen mit dem Anfangsbuchstaben »Z«, der ihnen zugleich Macht über das gemeine Volk der Züu verleiht.

NIAB

Kauli. Der Niab ist ein Tiefseefisch, der nur nachts an die Oberfläche kommt. Die kaulanischen Fischer spannen ein großes dunkles Tuch knapp über der Wasseroberfläche zwischen mehrere Schiffe, um ihn zu täuschen. Dann müssen sie die Fische nur noch einsammeln, weil sie in eine Art Dämmerzustand verfallen. Als »Niab« bezeichnet man auch jemanden, der allzu leichtgläubig und arglos ist.

OBERE KÖNIGREICHE

Streng genommen sind damit das Königreich Lorelien, das Große Kaiserreich Goran und das Königreich Itharien gemeint, manchmal auch noch das Königreich Romin. In den Unteren Königreichen zählt man jedoch alle Länder nördlich des Mittenmeers dazu, also auch das Matriarchat von Kaul und Arkarien.

ODREL

Odrel ist ein Gott, der vor allem in den Oberen Königreichen verehrt wird. Odrel soll der zweite Sohn Echoras und Olibars sein.

Ein fleißiger Priester sammelte einst mehr als fünfhundertfünfzig Geschichten über den traurigen Gott, wie Odrel manchmal genannt wird. Die bekannteste ist die Geschichte der tragischen Liebe Odrels zu einer Schäferin, die mit dem Tod der Menschenfrau und ihrer drei Kinder endet. Als Odrel seiner Geliebten in den Tod folgen will, muss er qualvoll erfahren, dass dies als Einziges auf der Welt nicht in seiner Macht steht.

Der Priester fasst die Ergebnisse seiner Forschungen wie folgt zusammen: »Niemand hat so viel Unglück erfahren wie Odrel. Aus diesem Grund wenden sich all jene an ihn, die ein Unheil oder einen Schicksalsschlag erlitten haben, die von Trauer, Reue oder bösen Erinnerungen gequält werden, die in Ungnade gefallen sind oder in Armut leben, die Ungerechtigkeiten, Verzweiflung oder andere Prüfungen des Lebens durchstehen müssen. Er ist der einzige Gott, der sie versteht und ihnen Trost spenden kann, da er selbst Mitleid erregt.«

PAÏOK
Arkisch. Vater.

PHRIAS
Der Verfolger. Phrias ist ein Gott, der durch böse Gedanken und finstere Gebete der Menschen beschworen wird. Er macht, dass ein Seil reißt, ein Hund zubeißt, das Feuer aus dem Kamin springt oder der Boden plötzlich rutschig wird. Dieser Dämon nährt sich vom Hass und erfüllt die schwärzesten Wünsche.

PRESDANIEN
Eine der fünf Provinzen des Königreichs Romin. Ihre Hauptstadt ist Mestebien, ihr Wappenbild ein Gyolendelfin.

RAMGRITH
Bewohner des Königreichs Griteh. Wichtigste Sprache dieses Königreichs.

RAT DER MÜTTER
Oberste Versammlung und Regierung des Matriarchats von Kaul.
Jedes Dorf hat einen solchen Rat, deren Vorsitz die Dorfmutter innehat, während die Dorfälteste als ihre Beraterin dient.

RIDEAU

Der Rideau ist ein Gebirge, das im Westen an das Große Kaiserreich Goran und das Königreich Itharien und im Osten an das Morgenland grenzt.

ROCHANE

Fluss, der in den Nebelbergen entspringt und in das romische Meer mündet. Er fließt durch die romischen Provinzen Helanien und Presdanien. An seinen Ufern liegen zwei der größten Städte des Alten Landes: Mestebien und Trois-Rives.

ROMERIJ

Legendäre Stadt, auf dessen Ruinen Romin gebaut ist.

ROMISCHES ALPHABET

Das romische Alphabet ist das komplizierteste Alphabet der bekannten Welt, das noch in Gebrauch ist. Es besteht aus einunddreißig Buchstaben, von denen siebzehn einen Akzent tragen können. Diese achtundvierzig möglichen Buchstaben geben jedoch noch keine Laute wieder. Erst aus der Kombination von zwei, drei oder vier Buchstaben entstehen Silben. Die Schreibweise jeder Silbe hängt wiederum davon ab, welche Silben ihr vorausgehen und auf sie folgen.

Selbst die Rominer benutzen im Alltag eine vereinfachte Version. Das ursprüngliche Alphabet wird nur noch für offizielle Schriften verwendet. Musiker nutzen es außerdem für Gesangspartituren, da seine Variationsmöglichkeiten es erlauben, jede noch so kleine Stimmmodulation zu notieren.

Gelehrte aus allen Königreichen studieren das romische Alphabet wegen seines streng mathematischen Aufbaus.

SCHIEBEN

Schieben ist ein Spiel mit großem Körpereinsatz, das vor allem im Alten Land und im Norden der Fürstentümer populär ist. Zwei Gegner stellen sich jeweils auf ein Bein, legen die Handflächen aneinander und verschränken die Finger. Derjenige, der als Erster das zweite Bein auf den Boden stellen muss, hat verloren. Die Hände müssen sich die ganze Zeit berühren. Wie der Name schon sagt, ist es die beste Taktik, mit aller Kraft zu schieben.

SEMILIA

Unabhängiges Fürstentum, das unter dem Schutz Loreliens steht.

TAL DER KRIEGER

Landstreifen zwischen den nördlichen Ausläufern des Rideau und dem Spiegelozean. Sowohl das Große Kaiserreich Goran als auch das Königreich Thalitt erheben Anspruch auf das Gebiet. Seit Jahrhunderten liefern sie sich im Tal der Krieger erbitterte Gefechte.

TERZ

Die Terz ist die offizielle Währung Loreliens. Es gibt Silberterzen – das gängigste Zahlungsmittel – und Goldterzen, auf die das Konterfei des Königs geprägt ist.
Die lorelischen Goldterzen sind berühmt für den hohen Goldgehalt ihrer Legierung.
Die Untereinheit der Terz ist der Tick. Eine Silberterz ist

zwölf Tick wert. Der Wert einer Goldterz hängt vom jeweiligen Geldwechsler ab, liegt aber bei mindestens fünfundzwanzig Silberterzen.

THEORETIKER

Priesterkaste, die sämtlichen Göttern dient, selten auch nur einigen oder gar einem einzigen Gott. Die Theoretiker versuchen, aus den göttlichen Zeichen den Willen der Allmächtigen herauszulesen. In den Tempeln genießen sie kein hohes Ansehen, aber an den Höfen der Könige und Fürsten sind sie sehr gefragt. Häufig sind sie auch Astrologen und Ratgeber.
Der bekannteste Theoretiker war Jéron der Zarte, der die Einwohner Romins vor dem Ertrinken rettete, obwohl der König seiner Prophezeiung keinen Glauben schenkte.

UBESE

Fluss, der in den Jezebahöhen entspringt und durch die Kleinen Königreiche fließt. Bis zum Abschluss des ersten Friedensabkommens kämpften die Fürstentümer lange Zeit um die Vorherrschaft über die Ubese.
Die Ubese ist ein breiter, gemächlich dahinfließender Strom und bildet in der Ebene von Junin einen See. Ein bewachtes Wehr am Südeingang des Sees schützt die Hauptstadt der Fürstentümer vor einem Angriff der Unteren Königreiche auf dem Wasserweg.

UNTERE KÖNIGREICHE

Bezeichnung für die Länder südlich der Louvelle. Oft werden jedoch auch die Fürstentümer hinzugezählt.

URAE

Fluss, der in den Brantacken entspringt und ins romische Meer mündet. Die romische Provinz Uranien ist nach ihm benannt. Romin, die Hauptstadt des Alten Landes, liegt an seinem Ufer.

Die Urae genießt den traurigen Ruf, der dreckigste Fluss der bekannten Welt zu sein. Man sagt, in seinem schlammigen Grund verberge sich ein größerer Schatz als der des Kaisers von Goran. Aber das ist sicher nur ein Bild, um das Ausmaß der Verschmutzung zu beschreiben. Dennoch hält sich das Gerücht hartnäckig, da immer wieder Flussschiffer zu plötzlichem Reichtum gelangen und über die Herkunft des Geldes schweigen.

URANIEN

Eine der fünf Provinzen des Königreichs Romin. Ihre Hauptstadt ist Romin, ihr Wappenbild der Kronenadler aus den Nebelbergen.

VELANESE

Lorelischer Fluss. An seiner Quelle liegt die Stadt Le Pont.

DIE WEISE

Die Göttin Eurydis wird auch ›die Weise‹ genannt.

WEISSES LAND

Anderer Name für das Königreich Arkarien.

YÉRIM-INSELN

Die Inselgruppe Yérim besteht nur noch aus zwei Inseln: Yérim selbst und der Insel Nérim. Zwei kleinere In-

seln sind beim Ausbruch des Yalma – des größten Vulkans der Inselgruppe – im Meer versunken. Eine fünfte Insel erhob sich aus den Fluten, verschmolz mit Yérim und gab der Hauptinsel ihre heutige Form. Der Vulkanausbruch geht auf das Jahr 552 zurück. Zwei Jahrhunderte zuvor hatte das Große Kaiserreich die Inselgruppe besiedeln lassen, ohne auf Widerstand zu stoßen, da kein anderes Königreich Anspruch auf diesen trostlosen Fleck Erde erhob. Kaiser Uborre, der die Besiedlung befohlen hatte, wollte von Yérim aus die Unteren Königreiche angreifen, verwarf die Idee aber wieder, als sich herausstellte, dass es zu kostspielig war, den Hafen und das Fort zu unterhalten, die eilig auf Yérim errichtet worden waren.
Zurück blieben nur eine kleine Garnison und eine Flotte von zehn Galeerenschiffen. Die unfähigsten Soldaten wurden nach Yérim versetzt und unter den Befehl von unfähigen Offizieren gestellt. Bald wurde das Fort zum Gefängnis umgebaut, und immer mehr Verurteilte wurden ohne Hoffnung auf Rückkehr nach Yérim verschifft. Die Ausgestoßenen der goronischen Gesellschaft – Gefangene wie Aufseher – sollen das Wappenbild Yérims entworfen haben: ein schwarzes Stirnband, das Symbol der Verschwörer und Feinde des Kaisers.
Als im Jahre 552 der Vulkan ausbrach, nutzten die dreitausend Gefangenen die Gelegenheit zur Revolte. Die Hälfte der auf Yérim stationierten Soldaten schloss sich ihnen an. Die Gefechte waren rasch beendet, doch bald brachen Kämpfe zwischen den verschiedenen Rädelsführern aus. Inmitten der Unruhen entdeckten die einstigen Gefangenen das reiche Kupfervorkommen der Insel, das bei ei-

nem Vulkanausbruch an die Oberfläche gekommen war. Anstatt von der Insel zu fliehen, beschlossen die Goroner, die Galeeren, die bei der Revolte verschont worden waren, zur Verschiffung des Erzes zu nutzen. So brachten sie Yérim endgültig in ihre Gewalt. Die Bewohner fürchteten einen Gegenangriff Gorans, doch bald stellte sich heraus, dass sich das Große Kaiserreich wenig um den Verlust scherte und nicht noch mehr Kriegsschiffe verlieren wollte.

Als die Kupferminen erschöpft waren, sattelten die Yérimer um und wurden Piraten, Söldner und Schmuggler. Drei Jahrhunderte später wird die Insel immer noch ›Gorans Gefängnis‹ genannt und gilt nach wie vor als äußerst gefährlich.